# Criadora de Reis

# KENNEDY RYAN

*Criadora de Reis*

Tradução
Dandara Morena

**HARLEQUIN**
Rio de Janeiro, 2024

Copyright © 2019, 2023 by Kennedy Ryan. Todos os direitos reservados.
Copyright da tradução © 2024 por Editora HR LTDA.
Todos os direitos reservados.

Título original: *The Kingmaker*

Todos os direitos desta publicação são reservados à Casa dos Livros Editora LTDA. Nenhuma parte desta obra pode ser apropriada e estocada em sistema de banco de dados ou processo similar, em qualquer forma ou meio, seja eletrônico, de fotocópia, gravação etc., sem a permissão dos detentores do copyright.

| | |
|---|---|
| PRODUÇÃO EDITORIAL | *Cristhiane Ruiz* |
| COPIDESQUE | *Sofia Soter* |
| REVISÃO | *Thaís Entriel e Pedro Staite* |
| ILUSTRAÇÃO DA CAPA | *JacksonStockPhotography/Shutterstock; -strzh- / Shutterstock* |
| DESIGN DE CAPA | *Stephanie Gafron | Sourcebooks* |
| ADAPTAÇÃO DE CAPA | *Maria Cecília Lobo* |
| DIAGRAMAÇÃO | *Abreu's System* |

Dados Internacionais de Catalogação na Publicação (CIP)
(Câmara Brasileira do Livro, SP, Brasil)

R955c
    Ryan, Kennedy
      Criadora de reis / Kennedy Ryan ; tradução Dandara Morena.
    – 1. ed. – Rio de Janeiro : Harlequin, 2024.
      352 p. ; 23 cm.

    Tradução de: The kingmaker
    ISBN 978-65-5970-401-9

    1. Romance americano. I. Morena, Dandara. II. Título.

24-91571                CDD-813
                          CDD-82-31(73)

Índice para catálogo sistemático:
1. Romance americano   813
Bibliotecária responsável: Gabriela Faray Ferreira Lopes – Bibliotecária – CRB-7/6643

Harlequin é uma marca licenciada à Editora HR Ltda. Todos os direitos reservados à Editora HR LTDA.

Rua da Quitanda, 86, sala 601A - Centro,
Rio de Janeiro/RJ - CEP 20091-005
Tel.: (21) 3175-1030
www.harpercollins.com.br

*Dedicado aos guerreiros, sonhadores e malandros que mudam o mundo.*

# NOTA DA AUTORA

Lennix, a heroína desta história, faz orgulhosamente parte da nação yavapai-apache, um povo indígena norte-americano. Alguns povos marcam a transição de menina para mulher por uma cerimônia de puberdade conhecida por vários nomes. Minha trama se baseia na versão Apache Ocidental desse ritual de passagem, em geral conhecido como Cerimônia do Nascer do Sol ou Dança do Nascer do Sol. *Na'íľees,* que significa "preparar ela", transmite às meninas as qualidades consideradas importantes para a fase adulta. A conclusão do ritual traz consequências para toda a comunidade — bênçãos, saúde e longevidade. Durante os quatro dias da cerimônia, acredita-se que a jovem fique impregnada com o poder da Mulher que Muda, a primeira mulher de acordo com a história de origem do povo.

Banidas no final do século XIX pelo governo dos Estados Unidos como uma tentativa de ocidentalizar e assimilar os povos originários, tais cerimônias se tornaram ilegais, criando a necessidade de que fossem praticadas em segredo até 1978, quando o Ato de Liberdade Religiosa dos Indígenas Americanos foi aprovado. Esse ritual de passagem é sagrado e essencial na vida e no desenvolvimento de muitas jovens yavapais-apaches. Abordei a escrita desse ritual com respeito e reverência, sob a orientação de muitas mulheres indígenas para assegurar que eu não representaria indevidamente essa e outras tradições. Também consultei um curandeiro que supervisiona essas cerimônias para garantir sua integridade ao retratá-las. Qualquer erro foi cometido por mim, não por eles. Além disso, essas mulheres abriram meus olhos para a epidemia de desaparecimento e assassinatos de mulheres indígenas, que é abordada nesta história. Por todo o auxílio, sou muito grata a:

Sherrie — yavapai-apache
Makea — yavapai-apache
Andrea — yavapai
Nina — nação apsáalooke
Kiona — povo hopi, Liswungwa (Clã Coyote)

# PARTE 1

*"Minha mãe foi meu primeiro país.
O primeiro lugar no qual morei."*

— "lands", de Nayyirah Waheed, poeta e ativista

# PRÓLOGO
# LENNIX

**13 ANOS**

Meu rosto permanece o mesmo no espelho, mas meus olhos estão mais velhos.

Mais velhos do que a última vez que estive no meu quarto, com a cama de dossel rosa e as Barbies Princesas enfiadas no fundo do armário. Os cartazes do 'N Sync e da Britney Spears ainda estão nas paredes, mas, no momento, não consigo me lembrar de uma letra sequer. As canções dos meus ancestrais e dos ancestrais deles preenchem minha mente. Canções antigas com letras que apenas nós conhecemos — canções que tivemos que reivindicar — estão grudadas na minha memória. Elas ressoam nos meus ouvidos e vibram no meu sangue. O tambor cerimonial ainda bate no lugar do meu coração. O espírito de uma mulher ocupa este corpo de menina com seios que mal se formaram e bochechas gorduchas. Ainda tenho 13 anos, mas, durante os quatro dias da minha Dança do Nascer do Sol, o ritual de passagem que me converteu de menina em mulher, parece que vivi uma vida inteira.

*Não sou a mesma.*

— Como você tá, filhota? — pergunta meu pai quando ele e minha mãe entram no quarto.

Ultimamente, vê-los juntos é raro. Na verdade, vê-los juntos é raro há muito tempo.

— Estou bem. — Divido meu sorriso em porções iguais entre eles, como faço com os feriados e meu carinho. Partidos bem no meio. — Cansada — acrescento.

Mamãe se senta na cama e alisa meu cabelo com os dedos longos e graciosos.

— Os últimos dias foram difíceis pra você — diz ela, com um sorriso pesaroso. — Para não falar do último ano.

Começamos a planejar a Dança do Nascer do Sol meses atrás. Considerando a comida para alimentar todos os envolvidos por dias, os presentes, a preparação da roupa tradicional e o pagamento do curandeiro e dos dançarinos do cerimonial, é um processo não somente longo e exaustivo, mas também caro.

— Eu faria tudo de novo — respondo.

Sinto dor nos joelhos por dançar ajoelhada e de pé. Dancei e cantei por horas, conduzida pelas palavras do curandeiro. E a corrida. Nunca corri tanto na vida, mas, quando disparei nas quatro direções, reuni os elementos — terra, água, fogo e ar — em mim. Eu os absorvi. São parte de mim e me guiarão pelo resto dos meus dias.

— Sei que está exausta — afirma mamãe —, mas está com disposição pra encontrar algumas pessoas? Elas estiveram com você nos últimos quatro dias e estão muito orgulhosas.

Apesar da fadiga, sorrio. Meus amigos e minha família se reuniram ao meu redor, não apenas nos últimos quatro dias, mas também nos meses anteriores à minha Dança do Nascer do Sol. É um grande evento para mim e para toda a comunidade.

— Claro — digo, e passo a mão no vestido cerimonial de pele de gamo macio e nos mocassins. — Tenho tempo pra um banho rapidinho?

O curandeiro encheu meu rosto de pólen de taboa como parte da bênção perto do fim da cerimônia. Mesmo que tenha sido lavado, ainda sinto vestígios do pó e de todas as atividades dos últimos quatro dias na pele e no cabelo.

— Claro — responde meu pai.

Há orgulho em seus olhos cinza. Embora não seja apache, ele se envolveu na cerimônia e participou de todas as etapas. Como professor de Estudos de Povos Indígenas na Universidade Estadual do Arizona, mesmo que as tradições não lhe pertençam, ele as entende e respeita profundamente.

— Todo mundo está lá fora, comendo e se divertindo — explica mamãe. — Vão continuar enquanto você toma banho.

Meus pais trocam um olhar rápido, parecendo hesitar juntos. Isso me chama a atenção porque eles quase nunca estão em sincronia, apesar de já terem sido perdidamente apaixonados. Meu pai era um estudante que pesquisava a vida nas aldeias. Minha mãe morava na aldeia, na mesma casa humilde em que moramos agora. Foi empolgante por um tempo. Tempo o bastante para me trazerem ao mundo.

Talvez a empolgação tenha morrido. Talvez meus pais fossem muito diferentes, com minha mãe querendo permanecer na aldeia, conectada a seu povo e à comunidade. Meu pai, uma estrela em ascensão do departamento no qual terminou o doutorado, precisava estar na universidade. Eles se afastaram tanto que se partiram. No momento, sou sua única ligação. Eles não chegam a brigar, mas vêm discordando bastante, na maior parte do tempo no que me diz respeito.

— Hoje foi um marco pra você — diz mamãe, com cuidado, de novo trocando um olhar com meu pai como se precisasse de incentivo. — Você agora é uma mulher. O espírito da Mulher que Muda te fortaleceu.

Assinto. Nunca fui muito religiosa. Minha mãe não pratica todas as tradições, mas hoje eu realmente me senti fortalecida durante a cerimônia. Por algum motivo, acredito de verdade que o espírito da primeira mulher me deu poder. Ainda sinto a eletricidade nos nervos que não consegui expelir mesmo depois do fim da cerimônia.

— Como sabe — assume meu pai de onde minha mãe parou —, temos debatido onde você deveria estudar ano que vem.

— Sabe que amo ter você aqui na aldeia e na nossa escola — declara mamãe. — Aprendendo nossas tradições.

— E sabe que quero que aproveite cada oportunidade disponível pra você — acrescenta papai, o rosto moldado numa expressão neutra. — Mesmo que algumas delas sejam fora da aldeia, como a escola particular perto da minha casa que acredito que lhe daria chances... ou melhor, prepararia você para a faculdade e uma bolsa de estudos.

— Ela pode fazer faculdade de graça com os apoios federais para os povos — ressalta mamãe. — Ela não precisa de escola particular pra isso.

— É, mas, estatisticamente, apenas vinte por cento dos estudantes indígenas terminam o primeiro ano da faculdade — responde meu pai. — Por que não preparar Lennix para o que está além da aldeia enquanto ainda a mantém conectada à comunidade? Ela não pode se preparar para os dois mundos?

Parece lógico.

E assustador.

Eu só frequentei as escolas da aldeia. Mesmo me sentindo empoderada pela força da Mulher que Muda, a ideia de algo novo ainda me intimida. Essa conversa resume minha vida de muitas maneiras. Amada pelos dois e dividida entre suas casas.

— Tem muito a se considerar — afirmou mamãe, um pouco de impaciência surgindo na voz baixa. — Mas a questão é: achamos que *você* é quem deveria tomar a decisão.

Olho para minha mãe, uma versão só um pouquinho mais velha de mim, e para meu pai, com quem não pareço em nada a não ser pelos olhos cinza. Mas tenho ambos no coração, e acho que meu maior medo é magoar um deles com minhas escolhas.

— Podemos conversar mais quando eu voltar — diz mamãe, passando a mão macia nas minhas costas. — Vou para Seattle amanhã. Vai ter um protesto contra o novo oleoduto que estão propondo. Eles não pensam nas consequências. Dinheiro não vai significar muito quando a água estiver poluída e a terra, irreparável.

— É verdade — murmura meu pai. Eles se unem no amor por mim e, embora ele não seja indígena, na paixão pelas questões dos povos. — Só tome cuidado.

Um pouco do antigo afeto que eu vislumbrava entre eles quando era mais nova surge nos olhos dela.

— Sempre tomo cuidado, Rand. Você sabe, mas tem muito o que fazer e nenhum tempo a perder. A injustiça nunca descansa, nem eu.

Bem que eu *gostaria* que ela descansasse às vezes. Há sempre uma causa, um protesto, um oleoduto. Algum motivo para afastá-la. Mas não posso reclamar. Ela é a pessoa que mais admiro no mundo, e não seria quem é sem essa paixão pelos outros.

— Conversamos melhor quando eu voltar de Seattle, que tal? — pergunta ela.

Olho para eles e assinto, um nó de tristeza se formando na minha garganta com a ideia de desagradar um deles.

Eles me deixam tomar banho e me trocar, e, quando desço para o térreo, meus amigos, parentes e comunidade lotam nossa salinha de estar. A alegria no rosto deles faz valer a pena tudo que suportei nos últimos quatro dias. A Dança do Nascer do Sol é uma celebração que nos negaram por anos quando o governo a tornou ilegal. Tivemos que praticá-la, além de muitas outras tradições nossas, em segredo. Nunca mais vamos deixar de valorizar o privilégio de celebrar abertamente. Devemos isso a nós mesmos, mas também em homenagem a todos que vieram antes de nós. É um fio que nos conecta a eles.

Mena Robinson, a melhor amiga de mamãe, se apresentou como minha madrinha na cerimônia, um papel que fortaleceu nossa ligação ainda mais. Ela e mamãe poderiam ser irmãs, não só pela aparência, mas também pela intimidade.

— Estou muito orgulhosa de você — sussurra Mena.

— Obrigada por tudo — respondo, com lágrimas nos olhos.

Por algum motivo, nos braços dela, rodeada por todos que testemunharam minha transição de menina para mulher, a emoção dos últimos quatro dias me inunda.

— Mena, Lennix — chama mamãe, radiante e mirando a câmera em nós. — Sorriam!

Faço uma careta, exausta de retratos e de ser o centro das atenções, mas mamãe tira muito mais fotos. Ela não sai de perto: toca meu cabelo, me abraça, me faz comer. Seu amor e orgulho me envolvem, quase me sufocando. No fim da noite, quero ficar sozinha na cama.

Eu deveria ter feito mamãe tirar mais dezenas de fotos. Deveria ter lhe dado mil beijos. Deveria ter dormido aos seus pés.

Eu teria feito isso se soubesse que nunca mais a veria de novo.

*"A revolta é a linguagem dos que não são ouvidos."*

*— Dr. Martin Luther King Jr.*

# 1
# MAXIM

## QUATRO ANOS DEPOIS

Eu sou filho do meu pai mesmo.

Sou Warren Cade cuspido e escarrado. Cabelo escuro com mechas arruivadas, um pouco ondulado, igualzinho ao dele. Olhos verde-claros idênticos. Mesma largura de costas e ombros. Cara a cara, frente a frente, ambos temos 1,91 metro. Não obstante a notável semelhança física, sob a pele, dentro dos ossos: somos iguais.

Considerando que meu pai é um dos filhos da mãe mais impiedosos que existem, isso deveria me assustar.

— Por que estou aqui, pai? — pergunto, me afundando no assento de couro macio do jatinho particular da empresa depois de um tempão em silêncio. — O que era tão importante para o senhor me tirar do campus e me trazer a essa reunião em pleno ar?

Ele ergue o olhar da pasta na mesa a sua frente.

— Vai morrer se passar um tempinho com seu coroa?

Nós dois poderíamos morrer, se os últimos anos servirem de referência. Nossos confrontos são épicos. Quando criança, eu era a sombra do meu pai. "Idolatria" seria pouco para descrever o que eu sentia por ele. Éramos inseparáveis, mas, conforme eu crescia e formava as próprias opiniões, reconhecia meus próprios desejos, o abismo entre nós se alargou. Meu pai comanda a família com o mesmo punho de ferro com que comanda a Cade Energy, a empresa da família. Quando tenta *me* comandar... não acaba muito bem.

— É um momento ruim — respondo, e dou de ombros. — Estou terminando a dissertação e...

— Nunca vou entender por que você perde tempo com esse tal mestrado.

Engulo qualquer defesa da minha escolha. Meu pai viu sentido quando me formei em administração e engenharia de energia, porque combinava com seus planos para mim. Já continuar em Berkeley para um mestrado não fazia sentido. De acordo com a programação dele, a essa altura eu deveria estar liderando um setor na nossa empresa.

— Não vamos falar disso — respondo enfim, passando a mão agitada pelo cabelo comprido demais, quase no ombro.

— Você precisa cortar o cabelo — afirma meu pai de repente, voltando a atenção para a pasta. — Como eu dizia, logo vai acabar os estudos. Hora de voltar aos trilhos.

— *Estou* nos trilhos. — Pigarreio e evito seus olhos. — E não sei bem o que vou fazer a seguir.

Mentira. Sei exatamente o que farei a seguir: um doutorado em ciências climáticas, mas não estou a fim de brigar. Não o vejo há muito tempo. Prefiro falar das expectativas dos Cowboys nas eliminatórias. Do time Longhorns. Do seu taco de golfe. De qualquer coisa que não seja a minha carreira — e as nossas opiniões opostas a respeito do que eu deveria fazer.

Meu pai ergue os olhos para mim, franzindo a testa.

— Que história é essa de não saber o que vai fazer? Agora que Owen está no Senado, precisamos que você gerencie o escritório da Costa Oeste, Maxim. Sabe disso.

O tom de orgulho em sua voz quando menciona meu irmão mais velho, Owen, irrita um pouco. O orgulho por mim não aparece em sua voz há muito tempo. *Reprovação. Desprezo. Frustração.* É tudo que demonstra desde que lhe contei que ia fazer mestrado em Berkeley em vez de começar na Cade Energy.

— Pai, não sei se sou... — Hesito. As próximas palavras podem detonar uma bomba que não tenho certeza se deveria explodir dentro de um avião. — Talvez eu não seja a pessoa certa para o trabalho.

Ele fecha a pasta e me encara.

— Não é a pessoa certa? Você é um Cade. Literalmente *nasceu* para esse trabalho.

— Vamos falar disso depois.

— Não. Agora. Quero saber por que a empresa que quatro gerações de Cade passaram construindo do zero não é boa o bastante para você.

— Não foi isso que eu falei. Só não sei se sou a melhor pessoa para comandar uma empresa que produz petróleo e gás. Questiono a sustentabilidade de combustíveis fósseis como recurso energético primário no país. Acredito que deveríamos mudar radicalmente para energia limpa: solar, eólica, elétrica.

Um silêncio profundo se segue às minhas palavras, que são, em sua essência, um grito rebelde para um dos barões do petróleo mais poderosos dos Estados Unidos.

— Pelo amor de Deus, garoto, que *merda* é essa que você está falando? — berra ele, sua voz ricocheteando nas paredes, presa na cabine luxuosa. — Você vai terminar essa porcaria de mestrado inútil e começar no escritório da Califórnia assim que possível. Não tenho tempo pra essa palhaçada sem noção de vento, ar e amor por árvores que estão enfiando na sua cabeça na universidade.

— Sem noção é acreditar que o planeta vai funcionar para sempre à base de veneno. Se o senhor pelo menos escutasse minhas ideias sobre transição para energia limpa...

— Petróleo era limpo o bastante quando pagava sua educação chique, né? E as viagens, os carros e as roupas. Para isso não foi veneno, foi?

— Eu não esperaria que notasse, mas paguei minha própria faculdade — corrijo, em voz baixa.

Antes que ele possa expressar verbalmente o desprezo que vejo em seu rosto, uma comissária de bordo uniformizada entreabre a cortina.

— Pousamos, sr. Cade — declara.

Quando meu pai se levanta, bate os joelhos na mesa. A pasta cai, espalhando uma infinidade de papéis no carpete grosso. Eu me abaixo para arrumar, e enfio algumas folhas de volta na pasta. Certas palavras se destacam na primeira página.

*Oleoduto. Engenharia militar. Cemitérios tradicionais. Direito à água. Impacto ambiental.*

Eu me forço a desviar da página a tempo de atrair seu olhar.

— Pai. Onde estamos, e o que viemos fazer aqui?

Por um momento, ele não responde, mas estica a mão até que, com relutância, eu lhe entregue a pasta.

— Estamos no Arizona. — Ele pega o paletó num gancho na parede e o veste. Ele ainda está em forma, e esse terno custa o suficiente para rejuvenescer qualquer homem em dez anos. — Instalando um novo gasoduto — continua —, e, digamos que, hum, os nativos estão ficando agitados.

Ele ri do próprio comentário, mas se recompõe quando vê que eu não.

— O memorando mencionava os apaches — digo, com o cenho franzido.

— Até você virar homem e realmente comandar alguma coisa na Cade Energy, nenhum memorando é da sua conta, mas é por isso que estou aqui. Se acham que esse protesto ridículo vai impedir meu gasoduto, estão errados.

— Vamos instalar um gasoduto que destrói cemitérios sagrados? — A indignação e a raiva quase me sufocam. A vergonha, também, por meu nome estar ligado a algo tão hediondo. — Vai ameaçar o fornecimento de água deles?

— Vamos instalar um gasoduto natural que vai transportar meio milhão de barris por dia e criar centenas de empregos.

— Sem considerar o impacto ambiental?

— E o impacto econômico? — rebate ele, áspero. — Se você fizesse algo além de ficar sentado o dia todo na frente do computador *estudando*, saberia como é ser responsável por milhares de famílias. Milhares de vidas. Como é ter acionistas exigindo lucro. E eles se importam menos ainda do que eu com um rio numa aldeia. É o meu trabalho, Maxim.

— Seu trabalho também deveria ser garantir que esse gasoduto não contamine a água de outras pessoas.

— Não tenho tempo para discutir com você. — Ele vai em direção à saída. — Pode ficar aqui enquanto lido com isso ou descer do avião, pouco me importo. O canteiro de obras fica perto de uma aldeia e, de acordo com nosso mestre de obras, essas índias têm uma das melhores bo...

— Para. — Engulo meu nojo e o sigo pelo pequeno lance de escada que sai do avião. — Não quero saber o que seu mestre de obras acha das mulheres.

— Até parece que você não molha o pau — diz ele, maldoso.

— Ah, eu amo as mulheres. Amo demais pra desrespeitá-las.

— Eu não deveria ter mandado você para Berkeley — resmunga meu pai, se acomodando no banco de trás de um Escalade preto que está esperando por nós. — Essa droga de faculdade fresca te deixou mole.

— O senhor não me mandou para lugar nenhum. — Olho pela janela, observando a paisagem desértica passar conforme saímos do aeródromo. — E ter princípios não é o mesmo que ser mole.

— Sabe qual seu problema, Maxim?

— Tenho certeza de que vai me dizer.

— Você não é implacável o bastante. Acha que seu irmão ganhou aquele cargo no Senado se preocupando com a água ou o cemitério de uma aldeia? — Antes que eu responda, ele continua: — Claro que não. Política requer bolas de aço, e Owen as tem.

— Que bom que está satisfeito com um de nós — digo, comprimindo os lábios.

— Se você não é a "pessoa certa" para a empresa da família e sua personalidade delicada não combina com política, o que pretende fazer?

Ele não está pronto para ouvir o que pretendo fazer, e não sei se quero contar. Vou deixar minhas ações falarem por si. Por mim.

— Como está minha mãe? — pergunto, mudando descaradamente de assunto.

Seu rosto se suaviza, a superfície rígida cedendo ao que talvez seja sua única qualidade. Ele adora minha mãe. Deve ser a única coisa pura que restou nele.

— Ela está bem. — Ele pigarreia e também observa a paisagem, retirando-se para o cenário lá fora. — Sente saudade sua.

— Vou visitá-la em breve.

— Ela ficou magoada quando você não foi passar o fim de ano em casa.

— Tanto quanto se visse a gente tentando se matar?

Eu me arrependo assim que termino a frase. Não adiantou nada mudar de assunto. Não importa o que eu faça, sempre voltamos ao mesmo ponto: não estou à altura, não agrado meu pai, fracasso. Ele se decepciona. Ele usa o dinheiro para me forçar a fazer algo e tenta que eu ceda à sua vontade.

Bom, não vou ceder. Se ele acha que não sou implacável, não prestou atenção. Em um confronto direto, eu acabaria com meu irmão. Owen lambeu cada migalha que meu pai jogou, guiando-o no caminho prescrito. Bolas de aço? Nem fodendo. Meu pai praticamente *comprou* o cargo de Owen no Senado. Se quero construir meu próprio caminho, vou ter que pagar por ele.

E não tenho nenhum problema com isso.

— Meu Deus, Maxim — exclama meu pai, sua voz baixa e carregada de frustração. — Achei que essa viagem pudesse... — Ele balança a cabeça, sentindo a esperança esvanecer com as palavras não ditas. — O que aconteceu com você? O que aconteceu com *a gente*, filho? A gente caçava juntos. — Ele abre um sorriso nostálgico. — Caramba, você é um atirador de primeira. Consegue atirar na asa de uma pulga. E a pesca no rio Big Horn?

Assamos o que pescamos numa fogueira naquela noite. Silenciosamente, completo a lembrança, ainda sentindo o sabor do peixe, a alegria da risada, da camaradagem que vinha tão fácil na época.

— E lembra daquela semana que domamos o Trovão? — pergunta ele.

— Aquele cavalo era metade árabe, metade demônio — relembro com uma risada curta.

— Mas não era páreo pra gente. Você e eu, nós o domamos.

Uma imagem marca minha mente. Trovão, com os olhos revirados, empinando e relinchando seu grito de guerra. Meu pai e eu nos revezamos naquela semana no nosso rancho em Montana, montando, freando, treinando e domando o cavalo até ele conseguir guiá-lo pela corda ao redor de um circuito cercado, o ânimo do cavalo tão contido quanto seu trote leve.

Dócil. Domado.

E é assim que ele me quer. Trotando com obediência, o pescoço curvado pelas rédeas de seu poder.

— Aquele cavalo não foi páreo para nós. Podemos fazer qualquer coisa juntos — continua meu pai. — Vem comandar a Cade Energy comigo, Max.

Eu quase caio. Quando o dinheiro não funciona, ele emprega a outra arma que tem: meu amor por ele. Ele balança seu afeto, sua aprovação, diante de mim como uma fruta madura ao alcance da mão. É só morder. Uma troca tentadora. Minha determinação pela dele. Se fizer o que ele diz, se eu for quem ele quer, ele me amará daquele jeito novamente. Mas eu já vi coisa demais — mudei demais. Nossos olhos, cabelos, ossos e a própria essência podem ser os mesmos, mas passei muitos anos me aventurando fora da segurança dos limites de meu pai, e isso me deu consistência. Foi o que me tornou um homem, e o homem que quero ser não é meu pai.

Não respondo e mantenho o olhar focado no vidro fumê. Ainda estou formulando uma resposta que não vá causar uma batalha no banco de trás do veículo quando estacionamos no canteiro de obras.

Algumas centenas de pessoas lotam o terreno no deserto. Escavadeiras e caminhões estão parados, impotentes e silenciosos, cada um ancorado a um manifestante de cabelo escuro. Os manifestantes envolvem o pescoço das escavadeiras, com os dois braços revestidos por gesso, transformando-os em um laço inquebrável. Alguns estão acorrentados aos caminhões, impedindo qualquer movimento. Outros erguem cartazes e entrelaçam os braços para formar uma fileira de corpos ao redor do canteiro. Vans da imprensa com antenas parabólicas se espalham pela cena, e repórteres bem-vestidos estão por perto, munidos de microfones. Policiais circulam a área, sóbrias sentinelas de rosto inexpressivo. Não sei se estão aqui para proteger ou ameaçar. Acho que depende de que lado as pessoas estiverem.

— Que inferno — resmunga meu pai. — Preciso que esses caminhões se mexam.

Um homem com aparência vagamente familiar se aproxima do carro, a expressão marcada por irritação e ansiedade. Ele para na porta, esperando meu pai sair. Meu pai abaixa a janela até a metade, não faz nem a gentileza de se inclinar. A raiva transparece no rosto do homem antes de ele se controlar e se aproximar da janela, com a expressão falsamente serena. Ele olha de forma respeitosa para um homem que mal se dignou a reconhecer sua presença.

— Senhor Cade — diz, aproximando-se da janela o suficiente para ser ouvido.

— Beaumont — responde meu pai, e o nome do homem acende minha memória. Ele é um gerente regional que conheci durante um dos piqueniques da empresa feito no nosso complexo de Dallas. — Você disse que a situação estava sob controle. Odiaria ver o que considera um desastre.

Beaumont pigarreia e afrouxa o colarinho antes de responder:

— *Estava* sob controle, senhor. Estávamos dentro do cronograma. Ouvi falar desse protesto planejado ontem e contatei o escritório assim que soube. Achei que mandariam alguém. Não esperava que viesse pessoalmente.

— Eu *sou* alguém — rebate meu pai —, e vim manter você alerta. Precisava ver essa confusão com os próprios olhos. Quem é essa gente toda?

— A maioria é da aldeia — responde Beaumont. — Mas alguns universitários locais apareceram também. Como o senhor pode ver, uns se acorrentaram no equipamento de construção. Outros acabaram de chegar da corrida.

— Que corrida? — pergunto do canto escuro do banco.

Beaumont vira os olhos na minha direção, estreitando-os antes de retorná-los para o rosto de meu pai.

— Ah, senhor — começa, com o tom cauteloso e a expressão se fechando ainda mais. — Podemos conversar depois ou…

— Está tudo bem — assegura meu pai, impaciente. — Pode falar livremente na frente dele. É meu filho Maxim.

— Ah, sim. — Beaumont relaxa e curva a cabeça para mim, como se eu fosse algum tipo de príncipe e meu pai, seu soberano. — Bom ver você de novo, Maxim. Como estão as coisas em Berkeley?

— A corrida? — Ignoro o gracejo e insisto pela informação que pedi.
— Que tipo de corrida?

— Bem, alguns deles se chamam de guardiões da água — responde o gerente. — Eles chamam a atenção para o tema com essas corridas. Terminaram uma hoje.

Aponto com a cabeça para as vans da imprensa.

— Parece que chamaram um pouco de atenção para esse gasoduto.

— É uma coisinha pequena, considerando tudo — insiste Beaumont. — Alguns índios velhos e um bando de crianças da aldeia, preocupados com algo que provavelmente nunca vai acontecer.

— Está falando de um vazamento? — questiono. — Eles estão com medo de que sua principal fonte de água vá ser poluída? É disso que está falando?

Beaumont desvia o olhar do meu rosto carrancudo para o do meu pai. O olhar que ele dá para meu pai diz muito sem pronunciar uma palavra: *De que lado seu filho está, afinal?*

Não é do dele. Pode ter certeza.

— Temos a salvaguarda, certo? — pergunta meu pai, ignorando a troca entre mim e seu capanga corporativo.

— Temos, sim, senhor. — Um sorriso repuxa a boca do homem. — Está tudo a postos. Só vai precisar de uma ligação, e posso…

— Estão me ouvindo? — grita alguém num megafone, cortando as garantias de Beaumont. — Estão me vendo?

Meu pai abaixa totalmente a janela, se esticando para ver quem está por trás da voz. Eu faço o mesmo, e fico paralisado.

É uma garota. Uma mulher. Ela é jovem, mas há poder em sua postura, em seu rosto. A luz da tarde a adora, beijando as reentrâncias sob as maçãs do rosto angulosas. O vento carrega seu cabelo com a mesma facilidade com que carrega sua voz, balançando as mechas escuras atrás dela como uma flâmula no campo de batalha. Ela parece comandar os elementos sem esforço, assim como comanda a atenção da plateia, de pé num montículo de terra, uma colina usada como palco. Mesmo que não estivesse sobre uma ligeira elevação, ela se destacaria. É uma linha reta de cor recortada contra a paisagem desértica, transformada por um feitiço de poeira e luz solar.

— Eu perguntei: "Estão me ouvindo?" — repete, alto, com mais intensidade. — Estão me vendo? Porque acho que não.

Ela usa uma camiseta preta estampada com a frase RESPEITA NOSSA ÁGUA, enfiada com cuidado no cós da saia estampada esvoaçante que termina na altura do joelho, junto às botas mocassins de camurça. É uma mistura perfeita de passado, presente e futuro. Um punhado de estrelas decoram a pele ao redor do olho esquerdo, enquanto linhas coloridas espalham-se no direito.

*Estrelas e listras.*

Eu me pego sorrindo para o humor astuto pintado em sua pele, um comentário implícito, inspirado na bandeira dos Estados Unidos, sobre patriotismo, colonialismo e provavelmente outras dúzias de subtextos que eu não saberia como começar a nomear.

— Acho que não estão, se corporações instalam gasodutos em terras que prometeram que seriam preservadas — continua a jovem.

Um grito se ergue da multidão.

— Acho que não estão — grita ela no megafone —, se meus ancestrais que sangraram e morreram não têm paz na própria terra pela qual se sacrificaram, porque caminhões e arados reviram seus túmulos.

A plateia solta uma resposta que é uma mistura de inglês e outra língua que não entendo, mas claramente apoia o discurso e a incentiva a continuar.

— Quatro anos atrás, num dia como hoje, minha mãe partiu para um protesto em Seattle bem parecido com este. E nunca mais voltou.

Ela abaixa o megafone e encara o chão por um instante. Mesmo de longe, noto o megafone tremer em sua mão quando ela o ergue de novo.

— Nossas mulheres desaparecem — diz ela, vacilante, mas feroz —, e ninguém liga. Ninguém procura. Ninguém diz seus nomes, mas eu digo o nome dela. *Liana Reynolds.* Eu não tinha seu corpo, mas tinha seu nome, então vim aqui neste solo sagrado e o sussurrei. O vento o levou até meus ancestrais. Pedi a eles que recuperassem o espírito dela. Que a levassem para casa. — Ela balança a cabeça, imperturbável apesar das lágrimas no rosto. — Vim aqui chorar meu luto. Quando chegou a hora do ritual de passagem de menina para mulher, vim aqui dançar. Nós cultuamos esse lugar, casamos aqui. O chão onde sentam é nosso banco. As árvores ao redor, nossos campanários. Vocês estão de pé na nossa igreja.

Sua voz ecoa, dominante e rouca. Uma lágrima solitária escorre pelas listras vibrantes ao redor do olho. Não há gritos em resposta. Nenhum punho erguido. Apenas olhares abaixados. Cabeças balançando, reféns do sofrimento dela.

— E o homem eleito para nos representar — continua, o rosto endurecendo numa expressão raivosa — é o mesmo que nos traiu. Senador Middleton, você deveria ter vergonha! Vendeu nossa terra para Warren Cade. Terra que prometeram que seria preservada. A terra não era sua para dar!

O ar estremece sob o peso de suas palavras, e, como se ela o tivesse convocado, um vento desértico, um siroco, levanta a cascata de cabelo escuro em suas costas e o joga como um gemido de lamento pelo ar.

— Não era sua para dar — repete, com mais fervor. — Mentiroso. Vigarista. Ladrão.

A plateia ecoa de volta, como se tivessem feito isso milhares de vezes:

— Mentiroso! Vigarista! Ladrão!

— Vocês não se importam porque nunca nos viram? — pergunta ela, sem hesitar.

E, mesmo que seja no megafone, é um sussurro. Mal chega a ser uma dúvida, como se não quisesse perguntar, porque já sabe a resposta.

— Bem, vejam agora! — grita com vigor renovado no megafone. — Tentem nos ignorar hoje enquanto lutamos pelo que é nosso, pelo que nos foi prometido. Não vão nos mover daqui. Não podem tirar tudo de nós. Não podem roubar as profecias que iluminam nosso caminho.

Há alguns gritos de resposta antes que ela continue.

— As profecias preveem uma geração surgindo para defender, lutar, recuperar o que foi perdido — afirma, as lágrimas escorrendo num único fio de cada olho. — Eu sou essa geração.

Mais gritos coletivos são ouvidos da multidão.

— Somos as pessoas que dizem "basta"! — Seus olhos analisam aquele grande número de pessoas como um general à procura de fraqueza para erradicar, de força para aplicar. — Repitam comigo. Basta! Chega!

— Basta! Chega! — repetem todos.

— Basta! Chega!

— Basta! Chega!

— *Tu be hi'naah!* — grita ela, com o punho no ar.

— Água é vida! — ecoa a multidão.

— *Tu be hi'naah!*

— Água é vida!

Sob aplausos, ela desce do montículo de terra e entra na fileira de corpos entrelaçados pelos cotovelos que bloqueiam os caminhões.

— Vá — comanda meu pai, com a voz áspera, raivosa. — Eles acham que podem bagunçar meu cronograma? Querem ferrar comigo? Eles nem sabem por onde começar. Faça a ligação.

Beaumont assente e tecla alguns números no celular antes de levá-lo ao ouvido.

— Sigam em frente — ordena ele.

— Pai, o que está fazendo? — dirijo minha pergunta a ele, mas mantenho os olhos na cena na janela.

Ele me dá uma olhada, a boca em uma linha rígida e severa.

— Bolas de aço, filho — responde, de olhos semicerrados. — Bolas de aço.

O som de cães latindo desvia minha atenção da expressão estoica de meu pai. Uma brigada de cães dobermann encoleirados salta dos caminhões que circundam o canteiro. Policiais de coletes acolchoados encaram os manifestantes, os rostos embaçados pelos escudos faciais.

— Pai, não!

As palavras mal saíram dos meus lábios quando a primeira névoa de gás lacrimogênio invade o ar.

— Ninguém vai se machucar — garante meu pai, com o olhar fixado na cena que se desenrola adiante. — Eles têm instruções restritas para manter a ordem e intimidar, se necessário, mas ninguém vai se machucar.

— O senhor não pode ser tão ingênuo. Situações como essa escalam num piscar de olhos. Um movimento errado, um tiro é disparado, um cachorro morde, e vai acabar em processo.

Sem falar da culpa, mas não sei bem se meu pai ainda é capaz de sentir isso. Nunca pensei que esse traço impiedoso fosse tão longe, a ponto de passar por cima de gente inocente.

— Processo? — zomba meu pai. — Olhe pela janela. De que lado parece que a lei está?

Eu olho pela janela, e um misto de desamparo, culpa e vergonha me atinge. Muitos manifestantes demoram a proteger os olhos da ardência do gás e gritam, esfregando com fúria a intrusão. Outro grupo se adianta, posicionando-se diretamente à frente de um caminhão de construção, no caminho do que parecem ser balas de borracha. Ranjo os dentes quando vejo a garota da colina naquela fileira. Os dobermanns se viraram, com os dentes à mostra, e avançam nos manifestantes.

Avançam *nela*.

Não paro, não penso no limite que estou ultrapassando, no meu pai, o arquiteto deste caos cruel. Não considero minha própria segurança, só a deles.

A dela.

Suas palavras vibram em meus ouvidos e pulsam nas minhas veias.

*Chega. Basta.*

*Estão me ouvindo? Estão me vendo?*

Não consigo deixar de ver a linha orgulhosa que ela traçou no horizonte daquela colina. Não consigo esquecer a história triste que gritou no vento.

*Eu te vejo.*

*Eu te ouço.*

Abro a porta e, antes que me dê conta, corro pela terra empoeirada.

*Estou indo.*

# 2
# LENNIX

Milhares de agulhas perfuram meus olhos. Esfrego as pálpebras com os nós dos dedos mesmo que saiba, pelo treinamento de protesto, que jogar água é a única coisa que ajudará. Preparar-se para enfrentar gás lacrimogêneo e *realmente enfrentar* são coisas muito diferentes. É a lição número um de desobediência civil, mas não sei bem se algum treinamento me prepararia para enfrentar um cão rosnando, retido por uma coleira frágil. Tropeço, com os olhos bem fechados por causa do desconforto, e acabo trombando em algo.

— Desculpa — arfo, esticando a mão por reflexo para me afastar da pessoa em quem esbarrei.

Abro os olhos. Um homem se ergue à minha frente, na contraluz do sol. Considerando que estou no meio de um levante, com dobermanns mal contidos rosnando, gás lacrimogêneo pairando no ar, e enfileirada com manifestantes uivando de dor e esfregando os olhos, é um momento inoportuno para notar que o sujeito é lindo. E muito cheiroso.

— Ah… hum, ei — gaguejo. — Quer dizer, oi.

Idiota. Boba. Acabei de proferir um discurso vigoroso que deixou meu coração apertado e meu rosto molhado de lágrimas, mas me atrapalho toda porque um homem bonito apareceu para protestar contra o gasoduto?

— Você está bem?

Sua voz me envolve, grave, rouca e um tiquinho arrastada. Talvez ele seja do Texas? Ele veio lá do Texas para se juntar a nós?

— Ah, sim. — Esfrego os olhos de novo. — Vou ficar.

Sou arrastada de volta, à força, para este pesadelo com cães espumando e policiais mascarados empunhando gás lacrimogêneo.

— Merda!

O palavrão vem da minha direita, e uma careta de dor passa pelo rosto de Jason Paul, um dos manifestantes e meu professor do quarto ano. Ele luta para soltar a mão da mordida travada de um cachorro. Fico com o coração na boca quando um cão vem rosnando na *minha* direção. O cara muito alto e cheiroso me empurra para trás, me afastando do perigo, mas é mordido no braço antes que o policial puxe a coleira. Não tenho tempo para agradecê-lo por me poupar ou me desculpar por ele ter sido pego no fogo cruzado. Sou empurrada para a frente, e alguém puxa meus braços para trás e aperta lacres de plástico nos meus pulsos.

— O que está fazendo? — grito para o policial me algemando. — É um protesto pacífico. A gente tem todo o direito de estar aqui.

— Propriedade particular, moça — murmura ele perto do meu ouvido, com rancor. — Parece que ficou faltando alvará.

— Isso é um erro — diz o Alto e Cheiroso quando o algemam também.

— Você vai ter a oportunidade de falar — retruca o policial, e o empurra para um camburão. — Ligue para seu advogado.

— Confie em mim, você não quer meu advogado envolvido — declara ele, sua voz tão afiada quanto o olhar que dirige ao policial. — Me solte. Solte todos, e nem venha me falar de alvará. Sei o que está acontecendo.

— O que está acontecendo — diz o policial, empurrando a cabeça do homem para passar pela porta do camburão, forçando a entrada — é seu direito de permanecer calado.

Seis de nós ocupamos os bancos no interior do camburão, três de cada lado, um banco de frente para o outro. Os policiais nos entregam garrafas de água para lavar o gás lacrimogêneo dos olhos como dá. Nós nos preparamos para este momento, mas acho que nenhum de nós esperava ser preso. E, mesmo que esperássemos, ninguém teria feito diferente. Todo mundo aqui tem um interesse pessoal no que vai acontecer com esse gasoduto. É uma ameaça ao fornecimento de água da aldeia. É a profanação de cemitérios sagrados. Todos nós crescemos bebendo água daquele córrego. Mergulhando nele para cerimônias que marcam momentos cruciais da nossa vida. Cada um de nós tem um motivo para estar aqui.

*Menos ele.*

Agora que não estamos mais rodeados de cachorros e sufocados com gás, eu o analiso com mais atenção. Com toda a confusão, só tive tempo de ter uma impressão geral da gostosura, mas, visto que nós dois estamos algemados no camburão, eu tenho todo o tempo do mundo para um exame mais completo. Ou, pelo menos, enquanto durar o caminho até a delegacia.

Ele tem um desses rostos de foto de revista. Não exatamente de modelo, mas o rosto de "alguém". Um rosto de "alguém importante". Na verdade, não tem a ver com a beleza dele. Embora não seja nenhum exagero enaltecer o cabelo escuro com mechas cor de mogno caindo pelas orelhas e pelo pescoço. Ou os olhos verdes, da cor da pedra peridoto que mineramos nas nossas colinas sagradas. Olhos de metal precioso. E sério. O Criador deve ter usado um transferidor para desenhar um maxilar de ângulos tão perfeitos. Mas tem algo mais. É como se, caso eu só prestasse atenção ao rosto e ao que é, admito, um corpo fantástico, todo de músculos e peitoral largo, eu perdesse a parte principal dele.

— Você veio lá de Cali para isso? — pergunto, acenando com a cabeça para a camiseta de Berkeley esticada no seu peito.

— Ah, é.

Ele se remexe no banco.

— Que ótimo que tem gente no país todo ouvindo falar do gasoduto — diz o sr. Paul, sorrindo para o homem com rosto de foto de revista. — E vindo ficar ao nosso lado. Obrigado.

— É — fala ele de novo. — Há quanto tempo vocês lutam contra, hum… a Cade?

Ele faz a pergunta a todos nós, mas respondo primeiro.

— No ano passado, o senador Middleton vendeu as terras para a Cade Energy — explico, cerrando a mandíbula. — Ignorando, como sempre, que elas deveriam ser preservadas. E que não podiam ser vendidas, já que não eram deles.

— As promessas deles — continua o sr. Paul, torcendo a boca de amargura — não valem mais do que o papel em que escreveram cada acordo que já quebraram. O senador Middleton só conseguiu aprovar esse gasoduto porque, de última hora, o atrelou a outro projeto que já tinha apoio.

— Foi fechado antes de a gente sequer ficar sabendo — acrescento. — Começamos a nos organizar na hora, mas, como sempre, a Cade tem influência sobre políticos, o Corpo de Engenheiros do Exército, a polícia local. Todo mundo do seu lado e no seu bolso. A pior parte é que ele podia mudar a rota dessa coisa.

— Como assim? — pergunta Berkeley.

— Na proposta original, o gasoduto passava por baixo de uma área residencial a uns quinze quilômetros ao norte — respondo. — Não ficava perto de um fornecimento de água nem nada, mas as pessoas de lá não quiseram. E adivinha? Foram atendidas. Nem tiveram que protestar. Só disseram que não.

— Acho que a voz deles é mais alta que a nossa — murmura o sr. Paul.

— É basicamente racismo ambiental — diz Berkeley, suspirando e balançando a cabeça.

— É *exatamente* racismo ambiental — corrijo. — Mas não vamos aceitar.

— Não vamos a lugar nenhum. Sabemos resistir — afirma o sr. Paul, com orgulho no rosto. — Fomos o último povo a se render. Temos sangue de guerreiro.

— Como assim? — pergunta Berkeley.

— Geronimo foi o último guerreiro indígena a se render formalmente ao governo dos Estados Unidos — respondo. — Ele era apache.

— Uau. Não sabia disso.

A van para, e, pelo vidro, vejo a pequena delegacia.

*Vou ficar de castigo por tempo indeterminado. Lá se vai... bem, a vida, basicamente.*

Meu pai sabia da corrida. Fundei a organização patrocinadora, Respeitem a Água, um grupo de ação para jovens guardiões do aquífero, mas deixei convenientemente de fora a parte em que eu iria estar de fato *no* protesto com cachorros, gás lacrimogêneo... e tudo o mais. Quando oferecerem o telefonema a que tenho direito, talvez eu recuse e passe o resto do último ano do ensino médio numa cela. Eu podia redirecionar todas as minhas cartas de aprovação da faculdade para a delegacia. Isso não seria um problema, não é? Que estabelecimento de ensino superior decente não recruta gente do sistema penitenciário?

— Pra fora! — grita a policial na porta, com a voz áspera, impaciente, e a monocelha franzida.

Nós seis nos arrastamos até a delegacia. Os policiais parecem não se incomodar por eu ser menor de idade e tiram minha foto para a ficha sem nem questionar. A delegacia é pequena como a cidade, e só tem uma cela na qual somos todos jogados. Não espero que essas acusações deem em alguma coisa. É bem provável que a Cade só queira nos intimidar.

*Boa sorte, seu ricaço babaca.*

Posso não morar mais na aldeia, mas ficar com meu pai na cidade não fez com que a aldeia deixasse de ser meu lar. Ainda estaria morando lá se mamãe...

Enterro esse pensamento num buraco negro onde mantenho as coisas mais dolorosas. Por que lidar com isso agora? Vou guardar alguma coisa para o terapeuta que eu começar a consultar depois dos 30 anos, quando enfim decidir que é peso demais para lidar sozinha.

Minha mãe foi assassinada? Sequestrada? Traficada?

*Sumiu.*

Uma dessas mulheres "invisíveis", uma voz não ouvida, cujo desaparecimento não é divulgado nos noticiários nem se torna preocupação do mundo.

E nunca vou superar isso. Nunca.

Tem dias em que consigo ficar algumas horas sem pensar nisso: sem imaginar o que aconteceu com a linda mulher que deu tanto de si para mim e para todos ao seu redor. Sim, tem dias assim, mas não são muitos. Na maior parte deles, há milhares de coisas que me lembram dela, e uma das mais importantes é meu próprio reflexo.

— Que bom tirar isso — murmura Camisa da Berkeley, esfregando os punhos e me relembrando de nossa situação nada ideal.

Não sei por quanto tempo vão nos manter nessa cela.

— Machuca muito — acrescenta o sr. Paul, tocando a pele avermelhada e perfurada da mão.

— O senhor precisa de cuidados médicos. — Ando até as grades e olho de relance para Berkeley. — E você também.

Berkeley. De acordo com a camiseta, ele já deve estar na faculdade. Ele já é um *homem*, não um *menino*. Meu pai me estrangularia e o mutilaria.

— Acho que não vou ter que amputar.

Ele acena com a cabeça para o braço ferido, com um canto da boca erguido.

*Foca nos primeiros socorros, não nos lábios dele.*

— Ei! — grito de trás das grades. — A gente precisa de um kit de primeiros socorros aqui.

Monocelha anda bem devagarinho até a cela.

— Chamou, milady? — pergunta.

Ah, essa aqui gosta de sarcasmo.

— Sim. Tem duas pessoas aqui com mordidas de cachorro, graças aos monstros que vocês soltaram pra cima da gente — respondo, e aponto o polegar para trás. — Pensei em fazer o favor de te poupar de um processo. De nada.

Ela olha o sr. Paul, que segura a mão, e depois olha para Berkeley. Ela mantém o olhar ali, admirando o espécime masculino completamente espetacular que ele é.

*Não posso te culpar, amiga.*

— Vou pegar um kit de primeiros socorros e antibiótico — diz finalmente, antes de se virar e sair.

— Você é mesmo uma rainha da enfermagem — grito para ela e me viro para a cela cheia.

Outro camburão traz mais manifestantes. Meu coração fica apertado vendo meus amigos e vizinhos atrás das grades como criminosos. Não roubamos. Não desprezamos a lei nem desonrarmos nossa palavra. Isso é o que fazem *conosco* desde que o primeiro navio atracou.

— Estrelas e listras, né? — pergunta Berkeley do banco encostado na parede.

Ele é a única pessoa aqui que nunca vi. Ando até ele e me sento ao seu lado.

— Como assim? — pergunto, me recostando na parede e encolhendo uma perna enquanto espero que ele esclareça.

— Estrelas — repete, e aponta para os olhos. — E listras. No seu rosto. É de propósito?

*Perspicaz. Observador.* Ele estuda em Berkeley, afinal. Faz sentido.

— Nunca aleguei ser sutil — respondo com um sorriso tenso.

— É, percebi a falta de sutileza no protesto — diz ele com um rosto neutro, mas com os olhos brilhando.

Não estou a fim de conversar sobre minha relação complexa com os ancestrais desta nação e a definição distorcida deles de "Nós, o povo". Escolho a resposta mais simples para sua pergunta.

— As estrelas representam meu segundo nome — conto.

— Segundo nome?

— Um curandeiro foi até nossa aldeia quando eu era menina e me deu meu segundo nome: Menina que Persegue Estrelas.

— Uau. É um nome e tanto.

— Vou te contar um segredo — digo, e me aproximo. — Acho que foi marmelada.

— Marmelada?

— Quando eu era pequena, queria ser astronauta. Bom, primeiro quis ser palhaça.

— Claro. Quem não quis?

— Você também?

— Não, palhaços são bizarros pra cacete. Que criança estranha você era.

— Tenho que concordar. — Solto uma risada e me surpreendo por *conseguir* rir numa cela de cadeia, conversando com um homem que conheci há pouco mais de uma hora. — Então, mais ou menos com 5 anos, decidi que queria ser astronauta. Todo mundo sabia, então talvez o curandeiro estivesse simplesmente dando às pessoas o que elas queriam, por assim dizer. Galinha, ovo. Terra, Lua.

— Se Menina que Persegue Estrelas é seu segundo nome, qual é o primeiro?

— Lennix.

— Lennix — repete ele.

Berkeley enrola as sílabas na língua, e algo na forma como parece testar o nome, saboreá-lo, me provoca arrepios. Nunca fiquei perto de um garoto assim. *Correção*. Um homem. Os garotos na escola me deixam indiferente — indiferente, desinteressada, nada impressionada. Esse homem? É diferente, interessante. Bem impressionante.

Eu me distraio quando a porta da cela se abre e aparece uma mulher cambaleando sobre saltos altíssimos. Sua peruca azul é mais comprida do que o vestido, que deve ter sido um guardanapo em outra vida. Acho que já a vi algumas vezes na aldeia, e na cidade também. Ela é indígena, e aposto que, se jogassem uma água na cara dela para tirar essa maquiagem, ela seria bem bonita.

A porta da cela se fecha, e ela faz uma careta, passando o olhar pelo bando e parando em Berkeley. Um sorriso repuxa seus lábios devagar, e ela toma o lugar mais ou menos vazio do outro lado dele, empurrando o vizinho com o quadril para ter onde sentar.

Ela arrasta o olhar por tudo que notei de cara: os músculos pronunciados, o peito forte, o cabelo escuro. Quando ele se volta para ela, deixando ela olhar o quanto quiser, eu quero arrancar e pisotear aquela peruca azul de sua cabeça.

*Bem madura.*

— Ora, ora, ora — diz ela, com a voz arrastada, passando a língua pelos lábios. — Que gato, hein?

Para o crédito de Berkeley, ele nunca abaixa os olhos para os seios salientes no decote profundo do vestido microscópico. Ele a olha sem piscar, quase como se esperasse ela continuar.

— Não esperava achar alguém do seu tipo aqui — prossegue ela. — Deve ser minha noite de sorte.

A mulher estica a mão até o rosto dele, mas ele segura seu punho antes que ela o toque. Suas unhas de garras longas estão a centímetros do maxilar dele. Com o que parece um pouco de cordialidade, ele abaixa a mão e a larga.

— Ah, é assim? — pergunta ela, com os olhos escuros severos e vidrados como pedras. — Você que perde. Eu ia fazer de um jeito que você nunca viu.

— Estou bem — responde ele, por fim, com um sorrisinho no canto dos lábios —, mas obrigado.

— Você acha que tá. — Ela se inclina até eu ter certeza de que o pobre decote vai rasgar a qualquer momento. — Já chuparam seu pau com Pop Rocks?

Berkeley tosse com o punho na frente da boca, mas detecto o sorriso que ele está escondendo.

— Oi?

— Pop Rocks — responde ela, com um sorriso largo o suficiente para revelar o dente ausente na parte de trás. — Aquela balinha que estoura na boca. É uma daquelas coisas do tipo "crianças, não tentem isso em casa". Só com ajuda profissional.

— Ah, eu não… contrato ajuda profissional — replica ele. — Então não saberia.

Ela me dá uma rápida olhada e estreita os olhos. Eu faço o mesmo, desafiando-a em silêncio a me provocar. Ela revira os olhos e se levanta com orgulho, se certificando de passar as mãos com garras de ponta dourada pelo corpo antes de atravessar a cela e se sentar do lado de outro homem desavisado.

— Ora, ora, ora — diz ela, arrastado. — Que gato, hein?

Berkeley emite um ruído engasgado, e eu olho de volta para ele.

— Do que está rindo? — pergunto, embora meus lábios estejam tremendo também.

— Pop Rocks — murmura ele, sorrindo. — Quem diria?

Estamos nós dois sentados no banco, encostados na parede, os ombros balançando com uma risada silenciosa. O riso solto enruga os cantos daqueles olhos lindos, e eu do nada fico triste porque com certeza nunca verei esse homem de novo. Sei que é doideira. Apenas trocamos algumas palavras durante pouco mais de uma hora, mas eu sou daquelas que com muita frequência fica presa entre mundos, dividida em dois e à procura do meu lugar. Em raras ocasiões dá para encontrar alguém que nos entende, e então não é necessário achar um lugar. Onde quer que se esteja está bom.

Acho que ele podia ser uma pessoa "onde quer que se esteja".

Sua risada se esvai também, e não sei por quanto tempo nos entreolhamos, mas os segundos se estendem numa tensão perfeita. Nem um pouco desconfortável. É um retesamento no ponto certo que se estica entre nós e envia vaga-lumes para minha pele formigante, me iluminando.

— Seu *papai* sabe que você ia protestar hoje, Lennix? — indaga o sr. Paul.

Sua pergunta mordaz estilhaça a tensão e espanta os vaga-lumes. Berkeley pisca, afasta o olhar e cruza os braços. O sr. Paul lança um olhar desconfiado e paternal em mim e Berkeley.

Uau. Acho que chamar meu professor do ensino fundamental de empata-foda é um pouquinho de exagero, já que mal estou paquerando esse desconhecido, mas ainda assim... Ele tinha que falar do meu "papai"?

— Ah, ele sabia que eu ia discursar hoje, sim, senhor — respondo.

Não foi bem o que ele perguntou, e o olhar dele me diz que sabe disso.

— Seu pai vai ficar irritado por você ter protestado? — pergunta Berkeley.

— Provavelmente. — Solto um suspiro não tão sofrido. — Ele é superprotetor desde...

*Desde que minha mãe desapareceu.*

Como tinha feito uma dezena de vezes, ela saiu para um protesto em Seattle, e então… não voltou. E, desde então, meu pai tenta me embrulhar em algodão e plástico-bolha, mas não aceito. Ele tem razão: este mundo não é seguro. Mas não vou mudar isso se agir dentro de um limite rígido de segurança o tempo todo.

— Meus pêsames pela sua mãe — oferece Berkeley.

Ergo o olhar e vejo o sentimento de compreensão escurecendo o tom de seus olhos para um verde-floresta. Tinha esquecido que ele deve ter me ouvido falar dela hoje.

— Obrigada. — Engulo a dor e o desamparo que se alojam na minha garganta quando penso em mamãe. — Enfim, meu pai se tornou bem protetor. Provavelmente vai me deixar algumas semanas de castigo.

*Caramba. Que jeito de parecer uma menina de 12 anos na frente do homem mais bonito que você já encontrou.*

— De castigo? — pergunta ele, erguendo ao máximo as sobrancelhas escuras. — Quantos anos exatamente tem a Menina que Persegue Estrelas?

Bem, lá se vai a breve quase-paquera que estávamos curtindo. Ele deve ser como nós. Uma pessoa que está presa, mas não deveria estar. Duvido muito que quisesse se meter com uma garota menor de idade que podia acabar levando ele para a cadeia de vez.

Um homem esperto.

Resignada, falo devagar a única palavra que sei que vai acabar com isso:

— Dezessete.

# 3
# MAXIM

*PUTA MERDA, 17 ANOS?*

Ela é chave de cadeia. E eu literalmente já estou na cadeia.

Enquanto estava me perguntando se, agora que estávamos sem algemas, seria muito estranho chamá-la para sair, eu me deparei com isso: uma menor de idade.

Merda. Mas que merda. Eu seria preso *de novo* pelas coisas que estava imaginando enquanto ela estava ao meu lado. Ela não parece ter 17 anos. Alguém deveria colar uma etiqueta de aviso nessa garota.

Não é sua aparência. São as coisas que ela falou no protesto. É a gravidade em seus olhos quando ela encara a gente. Não sei como nomear a cor dos seus olhos — não tenho ideia de como deveria chamá-los. Não tem como serem só cinza. São olhos de prata. Não só a cor, mas o metal também. Enrijecido, forçado e fundido durante a vida dela nesse matiz indescritível. Metal e vigor.

— Você é... muito madura pra sua idade — consigo falar por fim, me afastando um pouco dela no banco.

— Minha madrinha diz que tenho uma alma velha.

*Pelo menos alguma coisa nela é maior de idade.*

Meu Deus, essa garota não é nem caloura na faculdade, e eu estou fazendo mestrado. Posso ser muitas coisas, mas um pervertido não é uma delas, pelo menos sob circunstâncias normais.

A Menina que Persegue Estrelas não é uma circunstância normal. Ela é atípica. Incomum. Vai para a pasta "não tem como achar outra igual a essa". Aposto que os idiotas da escola não têm ideia de como lidar com ela. Parte de mim realmente espera que não tenham.

— Não é justo — declara ela, inclinando um pouco a cabeça e deixando seu cabelo liso preto escorrer pelas costas. — Você sabe meus dois nomes, e não sei o seu. Passei a última hora te chamando em pensamento pelo nome que está na sua camiseta.

Hesito, e torço para que ela não tenha notado. Nunca vou ver essa garota de novo. Caramba, provavelmente não vou ver nenhuma das pessoas nesta cela de novo, mas elas deixaram uma baita impressão em mim. Principalmente ela. Estou com vergonha do meu sobrenome — com vergonha do meu pai, que é como qualquer outro filho da mãe soberbo que roubou deles, desprezou seus direitos e degradou sua humanidade. Cade é um nome que abre portas e sela acordos, mas não quero saber dele hoje.

— Maxim.

— Que nem naquele filme *Gladiador*?

— Esse era Maximus.

— Mesmo assim. Significa "o melhor", não é? É muita pressão.

— Digamos que meus pais tinham expectativas altas.

— Tinham? — sonda ela, com aqueles olhos de cor cinza analisando meu rosto.

Essa menina não é *mesmo* uma menina.

*Ela é uma menina, babaca. Lembre-se disso ou vai se acostumando com a cadeia.*

— Acho que sou meio que uma decepção — admito, forçando um sorriso casual com a compreensão nos olhos dela. — Está tudo bem. Eles me decepcionaram também. É uma característica de família.

— Eles com certeza têm orgulho de você — insiste ela. — Bom, se meu filho viajasse da Califórnia até o Arizona para protestar por pessoas indígenas, eu faria adesivos com o rosto dele.

*Sim, falando nisso...*

— Lennix Moon — grita um dos policiais que nos fichou.

Ele abre a grade e gesticula para ela sair para o corredor.

— Sou eu.

Ela ri e me dá uma olhada que, se eu não estiver enganado, tem algo de saudoso.

— Mais um nome?

— Nome do meio. — Ela se levanta e alisa a saia dourada. — Lennix Moon Hunter. Bem grande, não é?

Ainda estou varrendo da mente os pensamentos impuros de *antes* de descobrir que ela tinha 17 anos. Fora de cogitação.

— Bem, tchau e boa sorte.

Estendo a mão para um aperto de despedida.

Quando ela aceita, seus dedos nos meus são pequenos e confiantes. Nossa pele conduz uma carga elétrica entre as palmas. A voltagem me atinge bem no estômago. Eu me pergunto se estou imaginando, só que, quando ergo o olhar, o dela está fixo naquele exato ponto de conexão. Ela me encara, e, assim como nos meus olhos, há uma mistura de curiosidade e prazer bem ali.

Mas, porra, ela tem 17 anos, e não tem espaço para prazer, para nada mais do que uma leve curiosidade, entre nós.

Solto sua mão de forma abrupta, interrompendo a eletricidade.

— Prazer em te conhecer, Lennix Moon.

Nós nos entreolhamos por um instante a mais. Soltei sua mão, parti a conexão, mas parece que não adiantou. Ainda há algo nos ligando. Ela parece saber disso, senti-lo também, porque, mesmo com o policial esperando na porta da cela aberta, mesmo com o pai lá na frente provavelmente pronto para colocá-la de castigo, ainda está aqui me olhando, um ponto de interrogação pairando no ar carregado.

— Lennix, seu *papai* está esperando.

É o cara que falou conosco mais cedo. Ele está me olhando feio, uma expressão de advertência.

Abaixo os olhos para o chão de cimento sujo da cela.

— Ah, é — diz Lennix e pigarreia. — Acho que é melhor eu ir. Hum, vejo o senhor depois, sr. Paul.

Não ergo o olhar de novo, mas, sob as pálpebras abaixadas, vejo seus mocassins se retirando da cela e a levando embora. Parece que perdi algo ou que nunca tive algo que tenho certeza de que teria sido bom. Sei que não faz sentido, porque a conheci há menos de uma hora. Tivemos uma conversa. Algumas pessoas deixam uma impressão. Lennix Moon Hunter deixou mais do que uma impressão. Ela deixou sua marca em mim.

Tem a forma de uma estrela.

———————

— Estou preparado pra te perdoar.

São as primeiras palavras que meu pai fala comigo desde que me "recolheu" na delegacia da cidade. Estou contente pelos outros manifestantes já terem todos ido embora quando o policial veio e chamou por Cade. Mesmo que eu nunca mais vá vê-los, não queria esse nome grudando em mim como lodo. Quando entro no banco de trás do Escalade, meu pai está sentado de braços cruzados e maxilar cerrado, a cabeça virada para o outro lado. Seu ultraje preenche o espaço climatizado. Nossa fúria em uma briga silenciosa a caminho do aeródromo.

Ignoro sua frase ridícula e engulo minha irritação e indignação para responder:

— Está me levando de volta pra Berkeley? Tenho mais o que fazer.

O olhar congelante em seu rosto diminui ainda mais de temperatura. É sua expressão abaixo de zero.

— Que merda estava pensando? — questiona ele, a raiva rugindo, estalando os dentes diante do meu rosto. — Tem alguma ideia do quanto poderia ter me prejudicado? Que vergonha seria para a Cade Energy se alguém percebesse quem você era? Que meu próprio filho protestou contra o *meu* gasoduto?

— Concordo com você nisso. Também não queria que ninguém soubesse que sou um Cade.

— Moleque, estou protegendo a porcaria do seu futuro! — troveja ele, suas veias saltando na pele do pescoço.

— Ocupando terra sagrada? Colocando em risco o fornecimento de água de uma aldeia? Roubando mais uma vez de gente que foi constantemente sacaneada por este país? Isso não é meu futuro, pai. Não quero ter nada a ver com isso.

A mágoa cintila em seu olhar, e, por um momento, me sinto culpado, até que me lembro dos olhos ardentes daqueles na cela comigo. Vejo os cães mordendo o sr. Paul. Toco a mordida no meu braço que era para ter sido em Lennix. A mágoa de meu pai é superficial e temporária se comparada a como eles foram e continuarão sendo feridos. A dele é apenas orgulho.

— Bem, você não vai ter parte nenhuma, então, mas não tem nada que possa fazer para impedir.

— Se seguir com isso, nunca vou trabalhar na Cade Energy.

— Está me ameaçando?

— Não é uma ameaça, pai. Estou só dizendo que, se seguir em frente com esse gasoduto, não tem a menor chance de eu um dia trabalhar com o senhor.

Ele enrijece, os olhos como fendas de verde reptiliano.

— Não precisamos de você para construir esta empresa, e não vamos precisar pra mantê-la. Nunca vai conseguir me manipular assim. Você não saberia comandar um negócio nem mesmo que sua vida dependesse disso. Esse é o problema, seu menino ingrato. Você teve as vantagens do nome Cade a vida toda. Não tem em si o que é preciso para ter sucesso sem ele.

— Ah, que nem o Owen virou senador sem usar o nome Cade? Dá um tempo, porra. Ele é sua marionete. Você controla tanto meu irmão que ele só deve cagar quando você permite.

— Você tem inveja do sucesso do seu irmão. É patético, já que não quer fazer o necessário para ter o seu próprio.

— *Estou* fazendo o necessário para ter sucesso. Venho fazendo. O senhor só não se importou porque não faz parte do seu plano.

— Você não tem plano nenhum, moleque — zomba meu pai. — Que plano é esse? Salvar baleias e índios? Afaste-se de mim e vamos ter algo que a família Cade nunca teve. — Ele preenche a pausa com crueldade deliberada. — Um fracassado.

Deixo suas palavras me ferirem. Posso sentir o peso de seu desprezo e de sua decepção. Seus olhos brilham sinistramente como obsidiana. Mesmo derrotado, ele parece ao mesmo tempo frio e capaz de me afogar em lava a qualquer momento.

— Não vou fracassar.

Minhas palavras não carregam bravata, apenas confiança, porque tenho toda a intenção de provar que ele está errado.

— Vai, sim — rebate ele com igual certeza. — Você é irrecuperável.

*Irrecuperável.*

Eu deveria saber que ele acharia uma palavra que supera a rejeição. Supera a desonra. Uma palavra que atinge a essência do meu caráter como se fosse algo que ele tivesse tentado salvar, mas falhado miseravelmente. Não resta esperança.

O carro para. Nossa briga resfriou o ar. A tensão cobre o interior do carro. Estou surpreso pelas janelas não terem ficado embaçadas.

Nós dois saímos, um por cada porta. O jatinho dos Cade está parado na pista, à espera do comando do meu pai, assim como qualquer outro súdito de seu reino.

Ele começa a andar e se vira quando percebe que não estou com ele.

— Vamos — solta, com rigidez. — Tenho coisas mais importantes do que satisfazer seu mi-mi-mi.

— O senhor nunca pagou um boleto da faculdade — digo, sem comentar seus insultos. — Nunca pagou meu aluguel nem meu alojamento. E nunca nem notou.

A expressão em seu rosto deveria me trazer um pouco de satisfação, mas ela apenas reitera que ele pouco se importa comigo enquanto pessoa; ele não se interessa pelos detalhes da minha vida porque não estou onde ele quer que eu esteja.

— A vovó me deixou um pouco de dinheiro, que recebi quando fiz 18 anos, se o senhor se lembra — explico com um sorriso irônico doloroso. — Para o senhor, é pouca coisa, mas, com o devido cuidado, dá para fazer durar. Estou por contra própria há anos e me saindo mais do que bem.

— Você não duraria um ano sem meu nome.

Seu sorriso mostra como ele se delicia com a possibilidade do meu fracasso.

— Quer saber? Talvez eu fracasse. Talvez acabe arruinado, mas serei dono de mim. Vai ser difícil, mas estou determinado a construir uma vida que não tenha nada a ver com o nome Cade.

E então vejo em seu rosto, em seus olhos: este é o momento que nos separa. Acontece tão repentinamente quanto com os icebergs gigantes que venho estudando. Num momento, inteiro e sólido; no outro, partido em duas paredes distintas e afastadas de gelo. É assim que estamos. Separados. Congelados.

— Diga o que quer dizer, Maxim. Não é só com o nome ou com a empresa que não quer ter nada a ver, é?

— Não quero ter nada a ver com o *senhor*. Não está me cortando, pai — digo, atirando as palavras como pedras arremessadas por uma catapulta. — Sou eu quem está cortando o senhor.

Não tenho ideia de onde estamos. O aeródromo fica no meio do nada, mas dou as costas a meu pai, a seus jatinhos particulares e seu reino corrupto, e tomo um caminho que nem consigo visualizar. Não sei bem como farei isso, mas vou provar que está errado, enquanto conduzo uma vida livre dele, de suas expectativas e de sua desaprovação constante.

Eu me afasto e não olho para trás.

# 4
# LENNIX

Derrota e poeira se misturam no ar limpo da manhã. Estamos reunidos num penhasco com vista para o solo sagrado pelo qual lutamos tanto, assistindo, desamparados, aos dentes afiados e pontiagudos da escavadeira devorarem a terra. O veículo ara um caminho descuidado sobre nossas lembranças e vasculha nosso solo sacro como um soldado conquistador saqueando o bolso dos derrotados.

Essa batalha acabou. O campo está perdido.

Mena aperta minha mão, lágrimas escorrendo nas bochechas. Ela me apoia desde que se tornou minha madrinha na Dança do Nascer do Sol. Ela limpou o suor quando pensei que iria morrer de dançar, de me ajoelhar, de correr naqueles quatro dias. Ela me tranquilizou a cada hora exaustiva. E, quando percebemos que mamãe tinha partido e não ia mais voltar, ela me abraçou, secou minhas lágrimas e derramou as próprias pela melhor amiga. Nem sempre foi fácil para meu pai criar uma adolescente sozinho, ainda mais uma com uma história cultural tão complexa quanto a minha. Eu tinha que caminhar por este mundo, mas também fazer parte do mundo da minha mãe. A comunidade me acolheu totalmente, mesmo depois do desaparecimento de mamãe, mesmo depois que eu comecei a estudar em uma escola particular a quilômetros da aldeia. E essa mulher, sua grande amiga e minha tia, é minha melhor guia.

O sr. Paul baixa a cabeça, os ombros curvados e abatidos. Dezenas de pessoas da aldeia, e muitos dos apaches que moram na cidade, como eu, vieram testemunhar mais uma profanação. Mais uma promessa desfeita.

— O senador Middleton deveria se envergonhar — murmura meu pai, os olhos cinza sofridos como se a terra fosse sua também. — Só podemos torcer para que os eleitores o façam pagar na eleição do ano que vem.

— Não vão — declara o sr. Paul. — Os políticos, as corporações, o governo… só tomam e tomam. Prometem, mentem, enganam, traem, mas nunca pagam pelos crimes contra nós. Nós nunca recebemos nossas dívidas.

— Que irônico o gasoduto ser aqui — diz meu pai. — Tão perto do Salto Apache.

Imagino aqueles guerreiros apaches corajosos, com a cavalaria do governo norte-americano, a derrota certa diante deles e a morte certa atrás. Eles escolheram a morte no lugar da rendição, saltando da beira do penhasco para a próxima vida.

— Será que algo mudou mesmo? — pergunto, o cinismo alojado na garganta. — Morte, derrota, doença, pobreza. São essas as escolhas que oferecem, como se estivessem fazendo um favor pra gente.

— Quem lhes dá esse direito? — questiona Mena. — Dancei aqui. Corri, cantei e me tornei mulher aqui. — Ela vira os olhos escuros e úmidos para mim. — Assim como você, Lenn.

Mal consigo assentir. Estou dormente. Ela está certa. Se eu fechar os olhos, ainda vejo as chamas da fogueira lambendo a escuridão em tons brilhantes de laranja, rodeada por amigos e família, cantando, dançando e celebrando. Mamãe estava por perto, com o rosto cheio de emoção, os olhos cintilando de orgulho.

*De mim.*

— Minhas coroas — sussurro, e a constatação repentina traz novas lágrimas aos meus olhos.

— Ah, querida — diz meu pai, com um suspiro, encostando minha cabeça em seu ombro. — Lamento.

No final da Dança do Nascer do Sol, as jovens recebem coroas usadas pelos Espíritos da Montanha dançarinos. Os elaborados adornos são decorados com perfeição, pintados com símbolos que representam as visões do curandeiro. Sagradas, só podem ser usadas uma vez, e depois são escondidas. As minhas estão guardadas nas colinas que rodeiam este gasoduto maldito, deslizando por nosso vale como uma serpente, cada som da maquinaria pesada um chiado e um ataque.

*A injustiça nunca descansa, nem eu.*

As palavras de minha mãe flutuam até mim no árido ar do deserto. Parece que nunca ganhamos, mas minha mãe nunca desistiu. Não sei como ela morreu, mas sei, sim, como *viveu*. Ela teria lutado até o fim. E lutarei também. Vou aprender a manipular o próprio sistema construído contra nós.

Algumas das mulheres começam a entoar uma das canções antigas. As palavras apache, o som lamentoso como um cântico fúnebre. Suas vozes se erguem e diminuem, crescendo e encolhendo de tristeza. Ficamos parados como carpideiras assistindo à terra achatada, cavada e preenchida de tubos. Nunca esquecerei essa sensação, mas vou invocá-la quando me sentir cansada da luta. Não, nunca esquecerei essa sensação.

E nunca perdoarei Warren Cade.

# PARTE 2

*"O que uma pessoa consegue ao conquistar seus objetivos não é tão importante quanto o que ela se torna ao conquistar seus objetivos."*

— Henry David Thoreau

# PARTE 2

# 5
# LENNIX

**QUATRO ANOS DEPOIS**

— Decidiu o que vai fazer depois da formatura? — pergunta Mena.

A pergunta poderia ser uma pedra que ela joga no rio ao lado do qual estamos sentadas. Faz ondular as poças de dúvida no meu peito. Minha graduação no departamento de Serviço Público e Soluções Comunitárias da Universidade Estadual do Arizona foi incrível, mas agora o mundo real me aguarda. E está tão arruinado e ferido, um cenário devastado de tanta injustiça, que não sei bem por onde começar.

— Ainda estou decidindo.

Estico as pernas nuas sobre a grama seca na beira do rio.

— Quais são as opções? — pergunta ela.

— Hum, opções. Talvez seja este o problema. Tenho muitas.

— Me conte.

— Fui aceita no mestrado da universidade. — Jogo o cabelo pesado para trás do ombro. Não o corto há eras. — Me ofereceram a bolsa de estudos Bennett, que seria incrível, e eu precisaria trabalhar com serviço comunitário por um ano numa área designada. E recebi oferta de uma grande empresa de lobby em Washington.

Mena assobia e abre um grande sorriso.

— Nossa, olha só. Essas opções são todas ótimas.

— São, mas me formo daqui a uns meses e ainda estou tentando descobrir qual é a melhor. Nenhuma parece a *certa*.

Sou como este rio, serpenteando pelas colinas do Arizona e bifurcando pelo caminho, cada afluente levando a um lugar diferente, conduzindo o fluxo de água para uma nova direção. Não se pode conduzir todos de uma vez. Não é a primeira vez que me lembro de ter corrido nas quatro direções quando tinha 13 anos, reunindo os elementos dentro de mim. *Para qual direção devo ir?*

— Quem sabe fique claro enquanto estiver fora — ajuda Mena.

— Não acho que Viv e Kimba tenham objetivos meditativos planejados para a semana de férias — respondo, rindo e cutucando a grama queimada de sol.

— Amsterdã, hein? Deve ser divertido.

— É, a melhor amiga de Vivienne, Aya, faz faculdade lá. Parte da família dela é holandesa e Aya prometeu mostrar tudo pra gente.

— Você tem muita sorte. Aproveite ao máximo seu tempo lá. — Ela me lança um olhar brincalhão. — E quem sabe encontre um homem finalmente.

— Tia! — exclamo com tom e expressão de falso choque. Mena nunca escondeu sua apreciação por homens bonitos. — Nunquinha.

— Exatamente. Nunquinha — diz Mena, com a risada astuta e rouca. — E, garota, você não tem ideia do que está perdendo.

Sou exigente. Sei disso. Meu nível é alto, e nunca encontrei um homem com o qual quisesse dar o próximo passo, para quem entregar meu corpo. Namorei alguns na faculdade, me diverti e até cheguei a me apaixonar. Mas, quando chegava a hora, eu simplesmente não queria ter intimidade com nenhum deles. Eu já acolhi os elementos no meu corpo. A primeira vez que eu acolher um *homem*, quero que seja importante para mim.

— Não estou julgando você nem ninguém — digo a Mena. — Acredite. Sei que faço parte da minoria virgem, mas não sinto muita pressão. Quando acontecer, aconteceu, e acho que vou saber com quem a primeira vez deve ser.

— Não estou te apressando, meu bem. Na clínica da aldeia, vejo muitas moças grávidas e obrigadas a cuidar de um bebê antes de estarem prontas. Acho que, se não estiver pronta para qualquer coisa, é bom esperar. Isso vale para o sexo. — Ela dá um sorriso malicioso. — Mas, ah, quando encontrar o homem digno de desvendar esse enigma...

— Não sou um enigma, tia — protesto com uma risadinha.

— Acho que é. — Seus olhos e sua boca ficam sérios. — Também acho que algo em você meio que congelou quando sua mãe desapareceu. Queria que tivesse continuado indo naquele terapeuta. Eu disse a Rand que uma sessão não era nem de perto o suficiente.

Meu bom humor se esvai também, mas forço um sorriso, torcendo para recuperá-lo.

— Planejei os próximos dez anos, e o terapeuta só aparece no oitavo.

— Você vai ter que se permitir a contatar seus sentimentos de novo, Lennix. Eu percebo, sabe? A cautela que tem com todo mundo. A postura defensiva que assume quando acha que alguém de quem poderia gostar se aproxima demais.

Ela está certa. Algo dentro de mim realmente se estilhaçou quando mamãe não voltou para casa. Essa ferida é uma dor latente que não tenho certeza de que um dia vai embora. É melhor não provocar o destino a passar por isso de novo. Meu pai? Bem, é tarde demais para bloqueá-lo. E, com relação a Mena, se a Dança do Nascer do Sol não tivesse nos conectado de forma inextricável, os últimos oito anos durante os quais ela fez o papel de minha mãe várias vezes teriam fortalecido nosso vínculo. Tenho minhas melhores amigas que conheci na faculdade, Vivienne e Kimba, mas é só. Qualquer outra pessoa fica de fora. Penso de novo, como faço muito mais do que deveria, no homem que só conheci pelo primeiro nome: Maxim. Algo a respeito dele irrompeu através das minhas defesas, mesmo que eu fosse jovem demais para me envolver com ele na época.

— Lennix — chama Mena, estalando os dedos no meu rosto. — Está me ouvindo, garota?

— Desculpe, tia.

Passo a mão nos olhos, piscando para afastar a imagem do jovem bonito que fez uma viagem longa para protestar com a gente. Com o meu povo, e, no final das contas, comigo. Ele levou uma mordida de cachorro que era para ter sido em mim, e, quando penso nisso, não sei se sequer lhe agradeci de forma apropriada.

— Acho que estava sonhando acordada — digo. — O que você disse?

— Vamos fazer o que viemos fazer aqui, clarear sua mente e acalmar seu coração.

Ela indica o rio com a cabeça.

O sol pode estar quente, mas aquele rio está congelante. Não seria a primeira vez que sua frigidez agitada iria me recompor e desanuviar minha mente.

— Vamos.

Fico de pé, tiro o short jeans, dispo a regata pela cabeça e revelo meu maiô.

Tia Mena faz o mesmo. Ela está vestindo apenas um top esportivo preto e uma calcinha em estilo shortinho. Ela era um pouco mais velha do que minha mãe, mas eram amigas desde meninas. Ela ainda é relativamente jovem, mal passou dos 40 anos, e está em ótima forma por causa da ioga que faz ao ar livre todo dia. O que me faz imaginar como mamãe seria se ainda estivesse aqui.

— Pronta? — pergunta Mena, de sobrancelhas erguidas.

— Pronta.

Com passos cautelosos, andamos pela beira até o rio. Entramos até a água bater nas coxas, gélida. Mena segura um saquinho, que ela vira na mão até que o pólen, como raio de sol em pó, caia em sua palma. Nunca vou esquecer o curandeiro salpicando o pólen sagrado das taboas sobre mim. Enquanto Mena o espalha por meu rosto, e eu me sinto tão reverente quanto me senti naquela ocasião. Fecho os olhos, deixando o pó vagar por minhas bochechas e cílios, como se cada partícula contivesse poder restaurativo de cura. E talvez contenha mesmo.

— Não é ciência nem magia — murmura Mena para mim. — É esperança. É a fé de que se conectar com a terra, com *nossa* terra, vai dizer ao universo, ao Criador, que fomos abençoadas e estamos prontas para o que virá. Agora, mergulhe para lavá-lo. Não só o pólen, mas tudo que está enuviando sua mente e embaçando sua visão.

Ela aponta para o rio. Prendo a respiração por causa do frio que sei que me espera e afundo na água. Ela se fecha sobre minha cabeça, me isolando só por alguns segundos, e sinto tudo. Sinto a solidão, o medo e a incerteza do futuro. O rio me engole inteira e me expele, fazendo-me engasgar ao tirar o cabelo do rosto.

— Está se sentindo mais serena? — pergunta Mena, seus olhos analisando meu rosto, cheio de gotículas de água.

— Não sei se estou serena — respondo, sorrindo e deixando o sol beijar meu rosto. — Mas estou pronta.

# 6
# LENNIX

— Chegou?

A preocupação impregnada na voz de meu pai impulsiona meu instinto para tranquilizá-lo. Ele precisa sempre ser tranquilizado. Desde que mamãe desapareceu, vive preocupado.

Eu entendo. Ele é professor de Estudos de Povos Indígenas. Conhece as estatísticas. Quatro entre cinco mulheres indígenas nos Estados Unidos sofreram algum tipo de violência, e mais da metade sofreu violência sexual. Mesmo conhecendo os fatos, ele nunca esperou que fosse acontecer com alguém próximo. Ele e minha mãe nunca se casaram e nem sempre concordaram nos rumos da minha criação, mas sei que nunca deixou de se importar com ela e que ficou devastado quando ela desapareceu.

— Chegamos, sim. — Encosto na parede do corredor do albergue. — Estou bem. O albergue é ótimo. Amsterdã é linda.

— Tome cuidado, por favor, Lenn. Três garotas jovens num país estrangeiro… vocês podem ser raptadas numa esquina bem à luz do dia. Não bebam nada que não saibam o que é. Meu Deus, sem falar do tráfico sexual.

Já ouvi essa preocupação se tornar pânico antes, então o interrompo antes que chegue a isso.

— Pai, o senhor assistiu a *Busca implacável* de novo?

Seu silêncio culpado fornece minha resposta.

— Ninguém vai me raptar numa esquina, nem me traficar, nem vender minha virgindade para quem pagar melhor.

— Podemos não falar da sua virgindade? Não estou preparado pra isso.

— Tenho 21 anos e, acredite, meu pai é a última pessoa com quem quero discutir minha vida sexual.

*Embora ela não exista.*

— Pode também evitar usar a palavra "sexual" na mesma frase que… bem, você? — pergunta. — Homens são porcos. Já te falei isso, não é?

— Ah, mais de uma vez. Acho que uma vez chamou sua espécie de flagelo da terra e me disse que eram basicamente placas de Petri com más intenções.

— Continuo firme nessa avaliação.

— Sim, bom, o senhor vai ficar feliz em saber que nem estou no laboratório, por assim dizer. Talvez eu seja assexual? Ou esteja defeituosa? Só simplesmente nunca conheço caras que pareçam valer meu tempo, sabe?

— Quando peço para não usar a palavra "sexo" na mesma frase que você, isso inclui "assexual". Mas, amor, você não é defeituosa. Você é… discriminativa. Do jeito bom, do jeito exigente, não do jeito racista sistemático.

— É, eu entendi.

— Deixando as piadas de lado — fala ele, abaixando a voz, mais sério —, alguém vai ser mais especial do que o restante.

Quero perguntar se mamãe foi mais especial do que o restante. Quero perguntar se ele chora por ela, como eu ainda choro. Será que o luto o atinge nos momentos mais inesperados e paira o dia todo até que ele deseje se arrastar para cama e dormir para não lembrar que ela se foi e nunca vai voltar? Será que ela aparece nos seus sonhos?

*Ou é só comigo?*

Fazia anos que eles não estavam mais juntos antes de ela morrer, o que me faz volta e meia questionar se sou a única pessoa que ainda sofre assim por ela. Se sua memória vive apenas no meu coração, como uma faca alojada nas minhas costelas. Luto é um tipo único de intimidade, um tipo de ligação entre você e alguém que perdeu. Ninguém mais se sente do jeito que você se sente em relação àquela pessoa que tanto amou. E talvez ajude saber que alguém chega ao mesmo nível de desespero. Família é para isso, certo?

Queria poder voltar para a noite da Dança do Nascer do Sol e lhe implorar para que não fosse àquele protesto. Pedir, só daquela vez, que deixasse outra pessoa lutar pelos problemas do mundo, porque eu precisava dela mais do que os outros precisavam.

— Lenn, ainda está aí?

Tento me livrar do sentimento de desamparo que surge com assuntos passados e coisas irreversíveis e me afasto da parede.

— Estou aqui, sim. Desculpe. A diferença de fuso me deixou aérea. Só queria avisar que cheguei bem.

— Obrigado por isso.

— Tenho certeza de que você tem uma pilha de trabalhos para corrigir, então vou liberá-lo. Está precisando de uma vida social, coroa.

— Você está certa — responde ele, com a voz mais leve. — Então vai ficar feliz em saber que eu talvez consiga uma. Tenho um encontro hoje.

Franzo o cenho, pisco, umedeço os lábios e aperto o lóbulo da minha orelha. Ao que parece, a ideia de meu pai num encontro me deixa inquieta.

— Um... encontro? Uau. Que bom. Bom para o senhor.

— Sério? — pergunta ele com uma hesitação inesperada.

Penso no meu pai como geralmente o vejo. Distraído do jeito que os acadêmicos com frequência ficam, perdido em pilhas de trabalhos que está corrigindo, ou em livros que está lendo, ou em algo que está pesquisando. Seus olhos cinza meio vagos com seja lá que tarefa eu interrompi. Ele merece mais do que isso.

— Sério, estou feliz pelo senhor, pai. Eu a conheço?

Ele então me conta que o nome dela é Bethany. Ela é uma professora de inglês que começou a trabalhar na faculdade há alguns meses. Eles já tomaram café, mas vão jantar hoje à noite. Ouvi-lo empolgado com algo além do trabalho alegra meu coração. Eu me pego sorrindo quando desligamos.

— Também estou com saudade. — Vivienne, minha melhor amiga número um, está segurando com força o celular e enxugando uma lágrima quando entro no quarto que estamos dividindo. — Fico repetindo pra mim que é só uma semana, mas meu coração não ouve.

Encaro a minha melhor amiga número dois, Kimba, que me olha com sua famosa expressão de "você acredita nessa palhaçada?".

Vivienne nos olha um pouco acanhada, se vira e abaixa a voz.

— Desculpe, eu deveria ter te contado. Peguei a sua fronha — diz ela, num sussurro triste. — Porque tem seu cheiro.

— Jesus, me dê forças — murmura Kimba, revirando os olhos e aumentando a voz. — Garota, sai desse celular. Stephen, ela vai ficar bem. A gente vai garantir que ela não trepe com ninguém antes do casamento.

Eu bufo, mas, ao se virar para trás, os olhos de Vivienne estão arregalados, horrorizados e cheios de veneno.

— Foi mal — sussurra Kimba em um tom sem nem um pingo de arrependimento.

— Tenho que ir, Stephen — diz Vivienne. — As meninas precisam de ajuda pra se acomodarem.

Assim que ela desliga, pega um travesseiro no sofá ao lado e o coloca sobre o rosto de Kimba, que está deitada no beliche de baixo.

— Você está me sufocando — a voz abafada de Kimba, misturada com risada, sai de debaixo do travesseiro.

— Essa é a intenção. — Vivienne ri e ergue o travesseiro. — Você estava tentando me *desnoivar*?

— Seria preciso dinamite pra separar você e Stephen — digo a ela, ao subir a escadinha para meu beliche do outro lado. — Não sei se ele vai conseguir passar esta semana sem você.

— Vai ser difícil — declara Vivienne, séria, o que faz meus olhos e os de Kimba se revirarem de novo. — Que foi? É a primeira vez que ficamos longe um do outro desde o noivado.

— Entendo — fala Kimba. Depois, ela balança a cabeça e murmura: — Não entendo.

— Olha, é uma semana só — digo, tentando manter a exasperação da voz. — Com certeza você sobrevive a uma semana sem ele.

— Espere até conhecer a pessoa certa — responde Vivienne. — E vai ver como é. Quem sabe aqui mesmo em Amsterdã. Não seria romântico?

— Até eu descobrir o que quero fazer da vida — rebato, seca —, a grande questão da "pessoa certa" vai ter que esperar, e não estou com pressa.

— Já eu vou me divertindo com as "pessoas erradas" enquanto isso — declara Kimba. — Nada que dure mais do que um orgasmo. Quem sabe encontro um holandês grande e loiro para me seduzir com sua língua estrangeira.

— E que língua. — Vivienne ri. — Além do abdômen, do peito, dos braços, do pau.

— Ah, com certeza com pau. — Kimba e Vivienne batem as mãos com cumplicidade.

Viv me espia do beliche de baixo no nosso quarto de albergue minúsculo mas confortável.

— Qual é, Lenn. Você pelo menos pretende se dar bem enquanto a gente estiver aqui?

— Ah, claro. — Eu me viro de barriga para baixo. — Já que sou bastante inclinada a peguetes aleatórios. Duvido muito que eu vá me entregar pra uma pessoa qualquer em Amsterdã. Eu me guardei por todo esse tempo, seria um desperdício.

— Já é um desperdício, se quer saber — diz Viv. Ela sobe a escada do outro beliche, mas para no meio do caminho, apoiando a bunda num degrau. — Sei que já ficou tentada.

— Claro que já. — Dou de ombros. — Mas passa, e sempre vejo algo de que não gosto, não confio ou não tolero. Vou saber quando for a hora certa, o homem certo. Eu acabei de ter essa conversa com meu pai.

— Você e seu pai — rebate Vivienne, balançando a cabeça e rindo. — Como vai o professor?

— Melhor agora que ouviu minha voz e sabe que ainda não fui traficada.

— Aff — grunhe Kimba no beliche de baixo. — Ele viu *Busca implacável* de novo?

— Pois é. Falei pra ele parar. Enfim, ele me garantiu que eu provavelmente não sou assexual.

— Mas você achou isso mesmo? — pergunta Vivienne. — Bom, não teria problema se fosse, mas você já teve namorados e pareceu gostar de todas as preliminares. Aposto que vai gostar de pau quando tiver um.

— Só não sou uma garota que transa por transar, acho. — Enterro a cabeça no travesseiro frio e inspiro o cheiro de fronha limpa. — Confio em mim pra reconhecer a hora e a pessoa.

Nunca tive vergonha da minha virgindade. Também nunca evitei conversar sobre isso com as pessoas. Tanto meu pai quanto minha mãe me ensinaram a articular primeiro *para mim* e depois para os outros. Se for da conta deles, claro, o que, na maioria dos casos, não é. Mas nenhum assunto é proibido entre mim e essas duas.

— Você não tem pressa — fala Kimba da cama — porque não fez ainda. Quando fizer… Nossa, minha filha. Vai ser difícil ficar sem.

Nunca gostei da ideia de meu corpo tomar decisões que minha cabeça e meu coração não sancionam. Já vi minhas duas amigas chorarem, ficarem deprimidas ou infelizes porque algum homem as decepcionou. Pau nenhum vale isso.

— U-hum. — Kimba parte o som em duas sílabas e mordisca o lábio inferior. — Uma provinha, uma *boa* prova, e você vai ser fisgada.

— Nossa, não tem nada melhor do que uma boa transa — grunhe Viv, fechando os olhos e jogando a cabeça para trás. — Até uma semana sem Stephen… aff.

— Uma semana? — zomba Kimba. — Tenta meses. Estou na seca, mas li a previsão do tempo, e vai chover na minha horta, meu bem!

Nós três rimos e mudamos o assunto para o planejamento de amanhã. Temos uma semana em uma das cidades mais lindas do mundo e queremos aproveitar ao máximo.

— Então, sei que estamos todas meio exaustas da viagem — fala Viv, com a voz sonolenta —, mas um cochilo rápido seria o suficiente antes de sairmos?

— Claro. — Bocejo e enfio o braço sob o travesseiro. — Só algumas piscadelas e estamos prontas.

— Boa — sussurra Viv. — Aya disse que a gente vai começar sem pressa hoje. Só vamos num boteco holandês, comer e beber. Quem sabe você não arranja uma coisa legal e loira pra trazer pra casa, Kimba?

— Vou cruzar os dedos — responde ela. — E abrir as pernas.

— Ah, meu Deus — grunhe Viv. — Assanhada. A gente tem que estabelecer algumas regras de sexo. Acho bom você não dar para um escandinavo gigante na cama de baixo.

Nossas risadas sonolentas se misturam e morrem.

— Vamos montar um sistema pra você, Kimba — declara Viv. — A srta. Estou Esperando Pelo Pau Certo ali não vai precisar de sistema nenhum.

Estou acostumada com a zoação, mas é assim tão errado esperar? Esperar até sentir que conheci alguém com quem quero compartilhar meu corpo?

Minha mente vaga de volta para minha Dança do Nascer do Sol. Toda a cerimônia leva àquele momento no qual o espírito da Mulher Que Muda supostamente nos ocupa, mesmo que seja brevemente. Por uma fração de tempo, recebemos algo sagrado no corpo, e isso nos muda para sempre. Não estou dizendo que sexo é sagrado, mas a primeira vez que eu compartilhar meu corpo com alguém vai ser especial.

E acho que talvez vá me transformar para sempre.

# 7
# MAXIM

Preciso de amigos novos.

Os três que estão comigo hoje à noite não são as melhores companhias.

— Porra — murmura Hans na cerveja. — Eu pegaria todas as quatro no bar.

— Ah, com certeza — concorda David Barnes, o que melhor conheço do trio, avaliando as quatro mulheres em questão. — Ao mesmo tempo, se todas me quisessem.

— Acho que você superestima seu fôlego — digo a ele, dando um gole na cerveja. — E seu charme.

David bufa e me olha de soslaio com o humor agradável que apreciei tanto nos últimos quatro anos. Nós dois acabamos de defender com sucesso a tese e, pela primeira vez no que parece uma eternidade, não sou mais estudante.

— Você tem que admitir que aquelas quatro são gatas — fala Oliver.

Mais britânico impossível, antes de começar o mestrado na Universidade de Utrecht, onde todos nós nos conhecemos, ele estudou em Oxford. E em Eton antes disso. Nasceu na nobreza. Há um lugar na Câmara dos Lordes à espera dele um dia. Não que esteja interessado em política, mas os pais controlam o dinheiro e, com isso, a vida dele.

Diferente de mim. Eu cortei todos os laços familiares. Cortei o apoio doméstico. O apoio financeiro. O apoio afetivo. Encontrei minha mãe e meu irmão poucas vezes nos últimos quatro anos, e meu pai, nem vi. Eu subestimei o que significam para mim, o espaço que ocupavam na minha vida, mesmo que eu os veja tão pouco.

— A loira é gostosa — afirma Oliver. — Será que é mesmo holandesa? Dá pra acreditar que estou neste país há quatro anos e nunca transei com alguém que fosse mesmo da Holanda? Tenho que fazer isso antes de a gente ir embora semana que vem.

*Semana que vem.*

Foi preciso um pouco de malandragem, muitas cartas de recomendação entusiasmadas e uma tonelada de treinamento físico, mas vou partir semana que vem para a Antártida. Consegui um lugar numa das poucas expedições de pesquisa durante o inverno. Não é o tipo de coisa que a maioria do pessoal da minha idade fica louco para fazer quando finalmente termina os estudos, mas os Cade nunca seguiram a maioria. Nisto, não sou exceção.

— A garota negra é linda — diz David. — Ela levantou ainda há pouco e seu corpo é a oitava maravilha. Essa é minha.

Todos rimos, e Hans brinda com sua caneca de cerveja na de David.

— O que diz, Kingsman? — pergunta Hans, o sotaque holandês mais pronunciado a cada rodada de bebidas. — Com qual vai tentar a sorte?

Às vezes, ainda demoro para responder quando alguém me chama de Kingsman, "homem do rei". Não é mentira. É meu nome do meio pelo menos. Todos os homens da minha família compartilham esse nome. Por algum motivo, um dos meus ancestrais cismou que nós descendíamos de príncipes galeses. Eles migraram para os Estados Unidos como mineradores e foram para o Oeste com a corrida do ouro. Tiveram sorte. Encontraram ouro na Califórnia e depois tiveram sorte de novo com o "ouro negro" no Texas. Começaram a se chamar "Reis do Texas", e o nome do meio nasceu.

— Estou procurando por todos os homens do rei — gritava minha mãe, sua voz descontraída fluindo pelos pisos brilhantes de madeira e pela escada da nossa casa de Dallas quando ela perseguia a mim e Owen no esconde-esconde.

Uma dor familiar se acomoda no meu peito. Não vejo minha mãe há um ano. David me convidou para passar o Natal com sua família, e, no verão anterior, fiquei aqui na Holanda para estudar. Estou numa terra estrangeira, um residente temporário sem casa e sem família. Ao menos, sem uma família que ainda me reivindique. A casa na qual meu irmão e eu brincamos não é mais minha. Caramba, nem o nome é. Ninguém me chama de Cade há quatro anos. Construí uma vida completamente independente para mim num outro mundo, e, se não foi o oceano que me afastou de Warren Cade, foi nossa última briga.

Com as costas e os cotovelos apoiados na beirada do balcão do bar, dou um gole na minha cerveja, me prometendo um uísque na próxima rodada.

— Pelo amor de Deus, Kingsman. — Oliver ri. — Para de contar os cabelos da bunda e escolhe seu belo veneno. Qual garota vai ser?

— Eu nem olhei ainda — admito.

— Ah, qual é! — exclama Hans. — A gente precisa que você escolha a que quer porque todos sabemos que vai conseguir. Todas vão te querer. Estou surpreso por esse seu pau não ter caído ainda.

Não é para tanto, mas as mulheres holandesas realmente *têm* me tratado muito bem. Eu me viro no banco para ver o outro lado do bar. As quatro mulheres parecem estar se divertindo bastante sem a gente, rindo, brindando e gritando *proost* toda hora. Vejo a loira, a garota bonita de pele negra do David, e uma outra bonitinha, mas é a de cabelo tão escuro que fica preto sob as luzes que prende minha atenção. O ângulo pronunciado das maçãs do rosto, sobrancelhas pretas grossas, nariz reto e atraente. Seu rosto é uma coleção de características que desafiam a desviar o olhar.

Tem algo… familiar nela. Eu não a conheço, porque nunca esqueceria de uma mulher que tivesse essa aparência. Não é tanto que ela me pareça conhecida — é o que *sinto* quando a olho que reconheço. Vasculho a mente por qualquer coisa que desvende isso, e então ela ri de algo que uma das amigas disse. Ela joga a cabeça e a cascata em forma de cabelo cai atrás de si, e sua risada — calorosa, rica e áspera — me agarra do outro lado do salão.

E então me dou conta. Caramba, eu a reconheceria em qualquer lugar.

Ela está mais velha. Quatro anos mais velha, para ser exato, mas é quase a mesma, e sua risada me cativa do mesmo jeito que me cativou naquela cela. Pela primeira vez em anos, a adrenalina da caça surge. A promessa da captura me levanta.

— A de cabelo preto — aviso, sem esperar pelos meus amigos e dando o primeiro passo em direção a uma velha tentação que não é mais proibida. — Aquela é minha.

# 8
# LENNIX

— AI, MEU DEUS — solta KIMBA PELO CANTO DA BOCA, SEU OLHAR fixo atrás de mim. — Não olhem agora, senhoritas, mas tem uma bela alcateia vindo na nossa direção.

Eu nem desvio os olhos do copo.

— Qual é o nome dessa bebida mesmo, Aya? — pergunto, inspecionando o líquido âmbar.

— É *jenever* — responde a amiga de Vivienne, com os olhos azuis brilhantes e a pele corada, o cabelo claro caindo ao redor do rosto bonito. — Tipo um gim holandês.

Dou um gole cauteloso e faço uma careta. Nunca fui fã de gim, e considero se deveria apenas ter pedido um chope.

— É bom, não é? — questiona Aya, com o sorriso esperançoso.

*Não.*

Não digo isso porque não quero insultá-la — uma hora depois de nos conhecermos — ou qualquer aspecto de seu país, que é realmente bonito.

— Acho que dá para me acostumar — escolho dizer em voz alta.

— Sério! — guincha Kimba e se vira para mim, seus olhos arregalados de empolgação. — Os caras gostosos estão vindo.

— Ninguém é assim tão gostoso. Credo.

Rio e dou outro gole na bebida, que tem um gosto melhor agora. Ergo o copo para outro gole, mas um estrondo grave de voz congela o copo na metade do caminho.

— Lennix Moon Hunter.

Ergo o olhar e quase derrubo o copo. Tipo, preciso pegá-lo com a outra mão.

Se me perguntassem quem era a última pessoa que eu esperaria ver em Amsterdã ou em qualquer lugar de novo, a resposta seria...

— Maxim? — Minha voz soa aguda como se precisasse de lubrificante.

— Então você lembra — responde ele, com o sorriso tão grande e branco que fico tonta.

— Cla... claro. Como poderia esquecer?

Para meus olhos de 17 anos, ele era bonito. O cara mais bonito que eu já tinha visto. Mas agora? *Ai, caramba.*

Agora, ele é devastador. Maior. Como se tudo tivesse sido cuidadosamente cultivado nos últimos quatro anos — regado e exposto à quantidade perfeita de luz. Seu cabelo escuro está um pouco maior. Escuro, mas com as mechas arruivadas espalhadas por toda parte. Seu rosto está mais magro, e os ossos e ângulos, modelados em algo ainda mais marcante do que antes. O verde nos olhos de metal precioso brilha sob a luz fraca do bar. E seu corpo? Antes ele era magro e quase esguio, não mais. Seus bíceps repuxam um pouco as mangas, e a blusa se estica sobre os músculos do peito. Ele cresceu nos últimos quatro anos.

Além da aparência física, tem outra coisa diferente nele. Algo sob a pele. Mais autoconfiança? Mais determinação? Não consigo descobrir, mas várias mulheres ao nosso redor o observam como se quisessem descobri-lo todinho.

— Você não vai apresentar seu amigo pra gente, Lennix? — pergunta Vivienne, direta e curiosa.

— Ah, sim. Desculpe. Vivienne, Aya e Kimba, este é Maxim... — Vacilo e rio para ele. — Acabei de perceber que nunca soube seu sobrenome.

— Ah, Kingsman — responde ele, abrindo o sorriso para minhas amigas. — Maxim Kingsman. Prazer em conhecê-las, senhoritas. E estes aqui são David, Oliver e Hans.

Todos nós trocamos sorrisos e gracejos e movemos nosso grupo recém-formado para uma mesa maior nos fundos. Os painéis, o piso e o balcão do bar holandês são todos marrons. Os vitrais nas paredes e as placas cafonas dão alegria à decoração sóbria. É aconchegante e perfeito para passar o tempo e rir com um grupo de amigos. Ou, no nosso caso, um grupo de pessoas com tesão que mal se conheçem. Estou muito focada no homem com quem venho sonhando desde os 17 anos, sentado em uma mesa comigo em Amsterdã, ainda por cima, para prestar atenção nos outros.

— Quais eram as chances, hein? — pergunta Maxim depois de nos acomodarmos com uma nova rodada de bebidas e petiscos.

— Não é? Nem acredito que você está aqui. — Isso parece muito dramático, como se eu fosse alguma donzela esperando pelo príncipe. — Quer dizer, que a gente se esbarrou assim.

— Pois é, que loucura. A gente tem muito o que conversar.

— Bom — digo, abaixando o olhar para a bebida diante de mim —, queria poder dizer que nossos esforços naquele dia tiveram resultados. Não sei se soube… a Cade Energy ganhou e construiu o gasoduto.

— Lamento, Lennix.

Quando ergo o olhar, a resignação triste em seus olhos parece tão sincera que me faz sorrir apesar da pontada no meu coração toda vez que me lembro daquelas escavadeiras sucateando e destruindo nossa terra.

— Tudo bem. Não é sua culpa. Seria preciso um milagre, e é difícil de eles acontecerem com o governo, os políticos corruptos e aquele maldito Warren Cade contra a gente.

— É, acho que sim.

Ele pigarreia e se remexe na cadeira, com uma ruga franzindo as sobrancelhas grossas.

— Ei, desculpe. Não quis soar amarga, mas é que foi difícil. Já mentiram e enganaram a gente muitas vezes. Eu não deveria ficar surpresa, mas ainda machuca.

— Entendo. — Ele assente, olhando para a própria bebida também. — Bom, acho que nunca vou entender realmente, mas me compadeço e odeio que tenha sido como foi e que continue sendo assim.

Foi dito com perfeição, seu desejo sincero de que as coisas tivessem sido e pudessem ser diferentes. Não foi condescendente, defensivo nem nada do que as pessoas dizem quando não sabem o que fazer com uma dor que não causaram, mas à qual se sentem conectadas.

— É uma merda, mesmo, mas fazer o quê, né?

— O que você *vai* fazer? — pergunta. — O que *tem* feito?

Sorrimos um para o outro como se tivéssemos ganhado na loteria e estivéssemos dividindo o prêmio bem no meio. Que sorte. Que sorte termos encontrado um ao outro de novo. Desta vez, sem uma cela cheia de manifestantes. Sem um sr. Paul observador. Sem prostitutas.

— Ah, meu Deus, lembra da mulher que se ofereceu pra te chupar com Pop Rocks? — pergunto, do nada transportada de volta para aquela noite estranha.

Cada segundo estava cravado na minha memória.

— Nossa. — Sua risada baixa e estrondosa provoca uma onda de arrepios nas minhas costas e meus braços. — Que vergonha. Eu tinha a esperança de que tivesse esquecido dessa parte.

— Nunca esqueci de nenhuma parte — digo antes que consiga me conter.

Como se estivéssemos conectados, nossos sorrisos se dissolvem ao mesmo tempo, e algo mais intenso engolfa o humor em seus olhos. O ar fica úmido, cheio de possibilidades. Havia energia entre nós anos atrás, mas era tudo energia potencial. Minha idade, as circunstâncias — as coisas tinham um limite. Mas esta energia... é cinética. Já está em movimento. Agora as coisas entre nós podem ir até onde quisermos.

— O que estão aprontando num canto sozinhos, crianças? — pergunta Vivienne.

— A gente só está botando o papo em dia — respondo com um sorrisinho.

— Como foi que vocês se conheceram mesmo? — questiona Oliver.

— Participei de um protesto que o povo de Lennix organizou quando uma empresa quis construir um gasoduto — responde Maxim.

— O quê? — interrompe Kimba, desviando a atenção de David, que claramente está a fim dela. — Quando foi isso?

— No meu último ano da escola.

Maxim e eu compartilhamos um olhar carregado após minhas palavras. Não estou mais na escola. A compreensão implícita paira entre nós, e sei com certeza que ele a sente também. O espaço apertado vibra com ela.

— Lennix foi incrível — declara Maxim para todos ouvirem, mas seus olhos estão apenas em mim. — Mal consegui acreditar que ela tinha só 17 anos. Ela fez a plateia comer na palma da mão.

— Você discursou? — indaga Aya, com a voz temperada de espanto. — Odeio falar em público.

— Ela foi brilhante. — Maxim ri e dá um gole no uísque que pediu. — E depois fomos presos.

— Presos? — pergunta Hans, com uma incredulidade encantadora tomando conta do seu rosto distintamente holandês.

— Isso mesmo — confirmo e rio. — A gente foi em cana, e você foi mordido por um cachorro.

— Você levou gás de pimenta na cara.

— *Você* recebeu uma cantada.

— Da garota errada — fala Maxim, baixinho, seu olhar me envolvendo como uma chama em fogo baixo. — Mas você era mesmo muito jovem pra mim. *Na época.*

Todo o calor e desejo aterrado que não podíamos reconhecer antes está descarado no olhar que ele me dirige agora. Um silêncio cai sobre a mesa, pontuado com alguns pigarros e risadinhas. Não nos importamos. Não desviamos o olhar. Não tenho nenhuma referência para o frio na minha barriga. Para o arrepio nos meus mamilos. Para a umidade entre minhas pernas só porque sua coxa fica encostando na minha sob a mesa. Só porque ele está com um cheiro bom, masculino e fresco. Só porque, tão perto assim, vejo a explosão estelar no centro de seus olhos verde-claros.

— Bem, então — diz Vivienne, virando sua bebida e engolindo tudo de uma vez —, está ficando tarde, e estamos todas exaustas por causa do fuso. Que tal encerrar a noite, senhoritas?

David e Kimba trocam números enquanto todo mundo paga a conta e se prepara para ir embora.

— Está cansada? — pergunta Maxim.

— Não — respondo, na hora. — Nem um pouco.

— Onde está hospedada?

Dou o nome do albergue, e ele assente.

— Sei onde fica. Posso te levar se quiser ficar e conversar mais.

— Ei, vou ficar mais um pouco — falo para minhas amigas.

— Oi? — perguntam Vivienne e Kimba em uníssono, a mesma expressão cautelosa no rosto das duas.

— A gente só quer botar o papo em dia mais um pouco — responde Maxim, com a voz no tom certo de "Prometo que sou inofensivo e não vou machucar sua amiga". — Vou levá-la pra casa assim que acabarmos.

— Tudo bem — responde Kimba, olhando-o com mais atenção, como se estivesse memorizando seu rosto, e provavelmente está fazendo isso. — Tá bom. — Ela se curva para beijar minha bochecha e murmura no meu ouvido: — Garota, vai nessa. Se você disser que *este aqui* não é a pessoa certa, acabo contigo. Bota essa virgindade pra jogo!

Rimos, e, ao olhar de relance para trás, vejo Maxim me observando com bastante interesse.

— Te vejo quando chegar em casa — sussurro de volta, sem confirmar, mas reconhecendo, pelo menos para mim mesma, que reencontrar Maxim parece coisa do destino. Como se o universo estivesse nos juntado.

Eu seria tola de ignorar isso, e, pela primeira vez, acho que minha virgindade talvez seja mesmo colocada pra jogo.

# 9
# MAXIM

CARAMBA, ACHEI QUE NUNCA FOSSEM EMBORA. NOSSOS AMIGOS saem do bar, deixando o eco fraco de suas risadas e conversas para trás. Noto que David está a fim de Kimba. Desejo-lhe sorte, mas estou muito ocupado com uma segunda chance que nunca achei que teria. Pode-se chamar de segunda chance quando nunca houve uma chance antes?

De certo modo, ainda estou processando que a garota pela qual fiquei tão atraído quatro anos atrás é essa mulher ainda mais bonita aqui em Amsterdã, no meu bar favorito, me olhando com o mesmo tipo de empolgação atordoada que pulsa por meu corpo.

— Seus amigos são legais — declara Lennix, colocando um triângulo de queijo gouda na boca.

— Não são, não — replico, rindo. — Mas se comportaram bem hoje. Eles conseguem fingir quando tem mulheres bonitas envolvidas.

— A noite com certeza deu uma guinada quando vocês apareceram. — Ela sorri, colocando uma mecha de cabelo liso e preto atrás da orelha. — É a semana do feriadão de primavera na faculdade, e elas estão atrás de peguetes, então seus amigos podem dar sorte. Bem, não com Viv.

— Espero que não com você. Estava na esperança de ter você toda pra mim.

Ela não ri. Nem mesmo sorri. Ela ergue o olhar da tábua de queijos e me fita com intensidade.

— É isso que você quer? — pergunta ela, com a voz mais casual do que o olhar. — Uma peguete?

Se ela está perguntando se quero transar com ela, é óbvio que sim. Se está perguntando se vai ser só isso... quem sabe? Nada nunca foi comum com essa mulher envolvida. Nem o jeito que nos conhecemos. Nem as coisas que aprendi sobre ela. Nem o modo como sua imagem, sua voz, sua risada rouca vinham à minha mente no meio de uma aula ou até quando eu estava beijando outra pessoa.

— Quero te conhecer — digo, respondendo e não respondendo com a maior honestidade que posso. — Me conte o que aconteceu com você nesses últimos anos.

— Humm, vamos ver. Eu fiquei, como previsto, de castigo até me formar.

Trocamos um rápido olhar e uma risada.

— Não estou surpreso — digo. — Eu não ia querer minha filha de 17 anos levando mordida de cachorro e gás de pimenta e acabando presa numa cela com um bando de homens adultos e prostitutas.

— Não levei mordida de cachorro. — Ela me surpreende ao esticar a mão, puxar para cima a minha manga e tocar a cicatriz no meu antebraço. — Você levou.

Seus dedos na minha pele me fazem perder o fôlego e enrijecer o corpo. Sério? Um toque e estou pronto para explodir?

— Então, do castigo à formatura. — Passo o dedo no seu polegar que permanece no meu antebraço. Não me escapa como a respiração dela estremece, mas continuo falando. — E depois, faculdade?

— Sim. — Ela traça o padrão labiríntico da minha digital. — Universidade Estadual do Arizona.

— Qual curso?

— Serviço público e políticas públicas com foco em estudo dos povos indígenas.

— Legal. — Aperto a mão ainda pousada em meu braço. — O que quer fazer?

— A pergunta de um milhão de dólares. Talvez mestrado. Me ofereceram uma bolsa de bastante prestígio, que demandaria que eu atuasse em alguma área de campo relacionada por um ano, e também recebi uma ótima oferta de emprego em uma empresa em Washington.

— Que tipo de empresa?

— De lobby. Por algum motivo, acho que posso acabar na política. — Ela me olha com atenção. — Lembro que você estudou em Berkeley. Foi… graduação?

— Graduação e mestrado. Acabei de terminar meu ph.D. em ciência climática.

— Uau. Então é *doutor* Kingsman. Eu nunca chutaria isso.

— O que chutaria?

Ela semicerra o olho e murmura, considerando.

— Administração, talvez?

— Minha graduação foi em administração e engenharia de recursos energéticos na Berkeley, então não errou.

— Por que essas áreas?

— Só pareceu inteligente ter uma base em administração.

Não acrescento que a empresa da minha família está na lista da *Forbes* há décadas.

— E os recursos energéticos? — pergunta. — Como chegou nisso?

— Sou fascinado pelo clima. Por como podemos reverter toda a merda que a gente vem fazendo para arruinar este planeta. Mais ainda, por como os Estados Unidos podem se tornar menos dependentes de combustível fóssil. Nossos líderes são imediatistas demais, se apoiando em petróleo e gás. Não é sustentável.

— É por isso que estava lá protestando contra o gasoduto?

— Sim, mais ou menos. — Eu me apresso antes que ela possa sondar mais: — Então você ainda está tentando descobrir o que quer fazer com seu diploma, é isso?

— Sei que quero mudar o mundo. Só não sei bem como.

Nunca ouvi alguém tão confiante dizer que não sabe de algo. Ela diz como se *ela* fosse a questão — como se, assim que determinasse seu plano de ação, o mundo fosse ser posto em suas mãos para ser modelado e moldado em algo melhor. Eu poderia rir da sua cara, chamá-la de ingênua, mas não posso, porque me sinto do mesmo modo.

— Entendo — respondo, enganchando meu mindinho ao dela na mesa. — Às vezes meus objetivos e sonhos parecem grande demais. Tipo, você acha mesmo que consegue convencer uma nação a mudar seus hábitos? E a resposta é sempre sim. Não sei como, também, mas é. — Forço uma risada, ficando mais desconfortável sob seu olhar fixo. — Isso é arrogante? Presunçoso?

— É, mas acho que revolução exige um certo grau de soberba.

— Quem disse isso? — pergunto, vasculhando o cérebro por uma referência para a citação.

— Ah, eu disse. Agora.

*Cacete, me deixou impressionado.*

Ela ergue a cerveja com a mão que não estou segurando e boceja no copo.

— Desculpe. Acho que o cansaço está começando a bater.

Levanto, erguendo-a também.

— Vou te levar pra casa, ou pelo menos pra sua casa longe de casa. Vamos pra seu albergue.

Quando saímos do bar, o ar frio e seco nos recebe na rua.

— Está muito mais frio do que achei que estaria — declara Lennix, esfregando os braços. — Ainda bem que é uma caminhada curta.

— O clima aqui é imprevisível, pode estar fresco e mudar um minuto depois.

Tiro a jaqueta de couro e a coloco em seus ombros.

— Ah, não.

Ela começa a tirar a jaqueta, mas a interrompo.

— Olha. — Aponto para a manga comprida da minha camisa. — Vou ficar bem por alguns minutos.

Ela assente com certa relutância e gratidão em seu sorriso.

O caminho até o albergue é uma reta, mas traço uma rua secundária para estender o tempo. Isso nos coloca ao longo do rio Amstel, o calçadão mais romântico que conheço.

O luar reflete na água transparente. Uma leve brisa no ar da noite agita o cabelo de Lennix, e me lembro de como ela pareceu comandar os elementos naquele dia no deserto.

— Você realmente foi extraordinária naquele protesto — afirmo, quebrando o silêncio agradável no qual vínhamos andando.

— Hum? — Ela me olha, sem interromper o ritmo calmo da caminhada. — O quê?

— No protesto, naquele dia. Você discursou com muita convicção e paixão.

— Muitas coisas foram tiradas da gente — explica Lennix, a voz baixa mas forte. — Tentaram arrancar nossa língua, terra, casa, família. Até nossas tradições. — Ouço, desejando escutá-la muito mais do que desejo me escutar. — Para mim, para muitos de nós, ativismo é tão sagrado quanto as cerimônias que quase perdemos, porque nos conecta com a terra e com nossos ancestrais. É como a gente se junta à briga. Assumimos nosso lugar na linhagem de gerações que vão resistir. — Ela deixa escapar uma risada amarga. — Mesmo quando parece uma causa perdida.

— Não é. — Pego sua mão e apoio na curva do meu cotovelo, diminuindo o passo para nivelar com o dela. — Nunca pense isso.

Ela me olha, analisando meu rosto antes de assentir, sorrindo.

— Por que Amsterdã? — pergunta, mudando o foco para mim.

— Bem, a Europa está bem à frente de nós em questão de energia limpa. Seja lá por que razão, os europeus são menos resistentes às mudanças de energia de que precisamos. Vim estudar o progresso que estão fazendo. Como o governo educa as massas e as convence de que as mudanças são necessárias. Os holandeses são bem inovadores, ainda mais quando se trata do vento.

— Você até que é meio inteligente, não é? — Ela sorri e aperta meu braço. — Com ph.D. e tudo.

— Prometo não fazer você me chamar de doutor.

— Acho que vou chamar, sim, *doutor*.

Seu sorriso aumenta, e o humor é como uma vela acesa dentro dela, iluminando todas as coisas de que mais gosto em seu rosto. O orgulho no queixo erguido. A força no maxilar retesado. A gentileza, inteligência e curiosidade nos olhos prateados e vigorosos de metal.

Paro de andar, olho para ela e envolvo seu rosto com a mão. Sua pela está fria em contraste ao calor seco da minha palma.

— Me pergunte quantas vezes pensei em você desde o protesto.

Minha voz sai rouca no frio sedoso da noite silenciosa.

Ela me encara, e, de primeira, acho que vai descartar minha pergunta, fingir que é normal, o que está acontecendo entre nós. Mas Lennix não faz isso. Não finge, não descarta. Ela ergue a cabeça e responde com uma sinceridade inabalável:

— Talvez tantas vezes quanto pensei em você.

# 10
# LENNIX

Meu pai me daria um sermão até perder o fôlego.

Ele mandaria as autoridades me procurarem.

Um homem que encontrei apenas uma vez antes, um desconhecido cujo sobrenome descobri há uma hora, está sozinho comigo numa rua quase deserta num país estrangeiro às três da manhã.

Pode não ser inteligente, mas eu jamais estaria em outro lugar agora. Não estaria em paz no meu beliche no albergue sabendo que Maxim estava do lado de fora querendo minha companhia. Estamos seduzindo um ao outro com toquezinhos, esbarrões furtivos e olhares demorados. Não sei bem por quanto tempo vou suportar.

— Então pensou em mim também, é?

Ele abre um sorriso galanteador no belo rosto de "alguém importante". Ele tem um quê de Kennedy. Não é só o cabelo escuro com mechas naturais, ou o corpo alto e musculoso, ou a autoconfiança demonstrada na postura. São seus ideais e a convicção férrea escondidos sob a conduta casual. Mas isso não me engana. Esse homem não é nada casual. Ele exala ambição. Eu me pergunto se ele tenta se esconder — se misturar com todo mundo. É risível pensar que ele poderia camuflar sua natureza determinada e ser alguém que não é. Ser domesticado quando se é, como disse Kimba, um lobo.

Sorrio de volta e retomo a caminhada.

— Você já deve ser convencido demais pra eu responder isso.

— Me conta — diz ele, como se quisesse saber mesmo, pegando delicadamente meu braço e nos detendo de novo. — Você pensou em mim?

As palavras ficam presas na minha garganta. Eu podia lhe dizer que não tinha percebido até agora, mas que ele criou um parâmetro que nenhum outro conseguiu alcançar. Que não tinha nada a ver com a sua beleza, com seu corpo formidável ou seu sorriso fascinante. Que, no momento que ele se colocou entre mim e aquele cachorro, algo no meu interior o reconheceu como alguém diferente de todo o restante.

Não posso dizer nada disso, então respondo com apenas um aceno de cabeça solene. Há uma chama selvagem, como a ambição, a vontade que vejo por trás de seu aspecto calmo, rugindo em seu olhar. Ele toca o meu rosto, as palmas nas minhas bochechas, e acaricia as laterais do meu pescoço.

— Posso te beijar, Lennix?

A pergunta acende um fio ardente que nos liga um ao outro, e queima com tanta intensidade, tão quente, que palavras parecem supérfluas. Como ele não sabe que quero isso também? Ele tem que saber que estou faminta por este beijo, mas assinto de novo.

Devagar, ele nos guia alguns passos até onde a rua de pedras acaba em um muro. Estamos parcialmente escondidos sob a sombra que o prédio lança. Encosto na parede de pedra, o rio Amstel reluzindo à frente, e o corpo de Maxim colado no meu. Sinto cada aresta rígida dele se encaixar perfeitamente no meu corpo. Seus dedos deslizam para meu cabelo. Ele me olha e, embora seu rosto esteja tingido pelas sombras da noite, vejo aqueles olhos de pedras preciosas, verdes e brilhantes, voltados para minha boca.

Ele não pergunta de novo se pode me beijar. Só beija, encurvando-se para provar a textura dos meus lábios com um passar da língua e depois outro, como se eu fosse um pirulito e ele quisesse saber quantas lambidas são necessárias para chegar ao meio. Ele me sonda, procurando por algo que quero dar. Abro e o recebo completamente, sentindo o gosto dele misturado com o de uísque. Nossa, *o gosto dele*. Quero rastejar por sua garganta. Subo as mãos por seu ombro e as afundo no cabelo grosso caindo em sua nuca, enquanto inclino a cabeça para trás para pegar e dar o máximo possível.

Se beijos têm cor, este aqui é de tons suaves do céu acima de nós naquele momento: um ménage à trois entre meia-noite, anil e luar prateado. Se beijos têm som, este aqui é um concerto de respirações, suspiros e gemidos. Se beijos têm gosto, é este gosto aqui. Fome misturada com desejo e temperada com desespero. De mordidas, grunhidos, lambidas afetuosas e gemidos reconfortantes. Porções perfeitas de doce e tórrido.

Uma coxa grossa faz pressão entre as minhas, e eu me esfrego nela antes de perceber que meus quadris assumiram um ritmo próprio. Ele segura minha cabeça enquanto invade minha boca. Envolve meu seio com a mão, provocando a ponta até que se torne um broto rígido. Interrompo o beijo para gemer, minhas costas se arqueando para aumentar o contato com sua mão. Eu me pressiono ainda mais contra a coxa dele, roçando nele sem parar, procurando fricção na calça jeans através das camadas de vestido e calcinha.

— Caralho, Nix. — Ele apoia a testa na minha. — Eu moro pertinho daqui. Vem pra casa comigo.

É assim que acontece? Minha primeira vez com um homem? Num corre-corre por ruas de paralelepípedo, num tirar de roupas frenético e com a mente enevoada de gim holandês e exaustão devido ao fuso horário?

Arquejo em sua boca, roçando os lábios nos dele, mas me afasto antes que ele mergulhe em mim de novo, confunda meus pensamentos e roube meu raciocínio. Eu lhe dou um último beijo, breve e caloroso, antes de me soltar. Deixo-o na parede, com os ombros largos subindo e descendo a cada respiração irregular, com a intensidade de sua paixão. Seu rosto está sombreado pela lua escondida atrás de uma nuvem.

— Não, hum… — Aperto sua jaqueta em volta de mim. — Hoje, não. Tem problema?

— Não. — Ele se afasta da parede e se aproxima em dois passos. Suas mãos voltam para mim em segundos, uma no quadril, e a outra segurando meu rosto. — Claro que não tem problema. Desculpa. Fui rápido. Droga, me desculpa.

— Não, eu quis também. Eu... quero também.

Ele inclina o rosto e um feixe de luar revela seu sorriso satisfeito. Não é convencido nem presunçoso. Só contente por eu querê-lo também. Ele me beija de novo, sem a loucura. Com um roçar doce dos lábios e um toque gentil no canto da boca antes de se afastar para me olhar.

— Vou te levar pra casa... ou, melhor, pro albergue.

Nós dois sorrimos, mas me resta o medo persistente de que talvez eu tenha arruinado algo. Que talvez eu devesse ter ido para casa com ele.

— Fico feliz que você tenha interrompido — afirma Maxim, e me pergunto se expressei minhas preocupações em voz alta.

— Fica?

— Quero a gente com a mente limpa, alerta e convicta quando acontecer. Mas não posso fingir que não quero que aconteça. Eu quero.

— Também quero.

Eu me aninho mais no cheiro *dele* na jaqueta de couro e no calor de seu corpo que ainda me envolve. Ele me lança um olhar ardente, que me leva de volta para a parede em meio às sombras, para sua mão provocando meu mamilo. Em silêncio, ele pega minha mão. Parece natural entrelaçar nossos dedos e balançar as mãos dadas entre nós um pouquinho, criando nossa própria brisa numa noite tranquila.

Terminamos a pequena caminhada em silêncio e, rápido demais, paramos na frente do albergue. Começo a tirar a jaqueta, mas ele me detém de novo, segurando as lapelas para me puxar para um último beijo.

— Amanhã — murmura nos meus lábios, passando a língua pelos cantos e mordiscando o meio. — Pego de volta amanhã.

É a única promessa de que eu precisava.

# 11

# MAXIM

O nome do meu irmão no celular sempre me pega de surpresa.

É tão raro ele me ligar que fico atordoado, porque sempre presumo que algo deve estar catastroficamente errado para ele atravessar o limite que meu pai traçou entre nós. Ou eu tracei. Depois de quatro anos, parece que importa menos quem impôs a fronteira. Tudo que importa é que estou deste lado sozinho.

— Owen — atendo no terceiro toque. — Oi.

— Não sabia se ia atender — soa a voz grave do meu irmão.

— Está tudo bem com nossa mãe? E com você?

*E com nosso pai?*

Deixo a última pergunta de fora, mas temo pelo dia que Owen vai ligar para dizer que nosso pai se foi.

— Nossa, Max, por que só posso ligar pra meu irmão caçula com notícias ruins? Posso estar ligando só pra dar oi.

— Beleza, oi. O que você quer?

A pequena pausa depois das minhas palavras me deixa envergonhado.

Owen é um bom homem. Pode estar no caminho que nosso pai planejou, mas não é como ele. Não é como nós. Owen pode ter bolas de aço ou seja lá o que meu pai acha que uma pessoa precisa ter para sobreviver na política, mas também tem uma integridade de aço.

— Isso não é justo — responde com uma reprimenda baixa e firme. — Essa briga é sua com nosso pai. Nem nossa mãe nem eu queremos escolher lados. Você mal atende quando a gente liga. Nunca vem pra casa. Ela está com saudades.

— Nem vem. Você escolheu seu lado, Owen. Seu cargo precioso no Senado não é uma cortesia do bolso cheio do pai?

— Você não sabe de nada, Max. Batalhei pra cacete por isso, e é o que *eu* sempre quis fazer. Sabe disso.

É verdade. Há duas opções na nossa família: Cade Energy ou política. Owen cumpriu seu tempo na empresa, mas sempre manteve o foco na Casa Branca.

— Então está ligando pra me convidar para a cerimônia de posse? — pergunto, relaxando no tom brincalhão que costumava aparecer com facilidade. — Sei que não moro nos Estados Unidos há muito tempo, mas perdi mesmo uma eleição inteira?

— Muito engraçado — replica Owen, um sorriso em sua voz. — Isso não está nos planos pelos próximos dez anos. Quem sabe até lá você vai ter conquistado algo e me ajude a ganhar.

— Ah, eu vou ter conquistado bastante coisa, sim. Se vou te ajudar depende totalmente de quem vai estar por trás de você.

— O povo está por trás de mim, Max.

Solto uma gargalhada na hora.

— Caramba, mano, não tem câmeras filmando. Poupe as falas de campanha para o próximo discurso.

— Não é uma fala. Quero fazer o que é do interesse do eleitorado.

— Então qual sua opinião sobre os combustíveis fósseis? Bom, já que você trabalhava para uma empresa de petróleo, acho que sei.

— Vamos só dizer que minhas opiniões estão evoluindo. Represento a Califórnia, então há uma demanda para mais legislações sobre energia limpa.

— Boa sorte convencendo o público de que você não está sob a influência do nosso pai em relação a petróleo, se não consegue nem convencer o próprio irmão.

— Tenho tempo pra descobrir como fazer isso. Enquanto isso, de volta pra nossa mãe.

— Ela está bem? — pergunto, esperando a resposta com ansiedade.

— O aniversário dela é semana que vem.

— Eu sei. — Pigarreio. — Vou estar... fora.

— Quer dizer na Antártida?

— Como você sabe?

— Acha mesmo que nosso pai não sabe onde você está e o que está fazendo? — questiona Owen, baixo. — O tempo todo?

— Por que ele se importa com o que estou fazendo da vida? Tudo que ele precisa saber é que nunca vou trabalhar na Cade Energy enquanto ela for construída em cima de ideias antiquadas e combustíveis fosseis. Sério, combustíveis *fósseis*? Até o nome já diz que é velho.

A risada baixa de Owen me faz sorrir.

— Não tenho ideia de como você foi criado por Warren Cade e terminou virando um amante de árvores.

Reviro os olhos, mas não nego.

— Se você ama mesmo seu país — afirmo —, vai começar a amar um pouco as árvores também. E, se pretende liderar o mundo livre, deveria arranjar uma esposa. Os norte-americanos querem reality shows de solteiros, não presidentes solteiros.

— Tenho alguém em mente, mas ainda estou galinhando um pouco, como você.

— Um futuro presidente não pode galinhar muito, e eu não estou galinhando.

— Você está em Amsterdã, Max — afirma Owen, seco. — O distrito da luz vermelha me traz lembranças agradáveis. Sei como a cidade fica fervilhando. Você deve ter uma mulher diferente a cada noite.

— Só tem uma mulher na qual estou interessado.

O silêncio que se segue à minha declaração é tão impactante que me arrependo na mesma hora por ter dito isso. Não sei por que falei. Talvez seja um anseio pela camaradagem que perdemos, a fraternidade tranquila que dividíamos.

— Calma. Tem uma mulher? — indaga Owen. — Tenho certeza de que nosso pai não sabe disso. Se tem uma coisa que ele quer controlar quase tanto quanto nossas carreiras é com quem casamos.

— Primeiro de tudo, é a sua vida que ele controla, não a minha. Segundo, quem falou em casamento? Só disse que estou interessado em uma mulher. Só vou me casar depois que certas metas forem atingidas.

— Tem coisas que uma mulher tem que fazer antes de casar?

— Não, tem certas coisas que *eu* preciso fazer antes de casar. Não posso me dar ao luxo de me distrair. Ainda tenho muito o que fazer.

— Mas essa mulher é uma exceção?

O interesse na voz dele me irrita.

— Ela é excepcional. — Faço uma pausa. — Nosso pai te contou do dia que brigamos? Do protesto no Arizona?

— Só que você tentou manipulá-lo para conseguir que o gasoduto fosse redirecionado.

Se eu não o conhecesse bem, pensaria que havia admiração na voz de Owen.

— Manipular. — Solto uma risada áspera. — Fiz de tudo para que ele optasse pela coisa certa, mas, claro, princípios são negociáveis para ele. É uma velha discussão que não quero ter com você. Tinha uma garota lá. Uma das manifestantes.

— Você comeu ela?

A pergunta descarada me faz franzir a testa.

— Ela tinha 17 anos, e eu já estava no mestrado, Owen. Não, não transei com ela. Meu Deus.

— Mas queria — afirma Owen com uma perspicácia perigosa.

— Enfim — desvio da insinuação em sua voz —, ela está aqui. Faz quatro anos e, por uma coincidência doida, ela está aqui em Amsterdã.

— E agora você quer comer ela.

*Nossa, muito.*

Proíbo as palavras de saírem da minha boca.

— Quero *conhecê-la*. Não quero namoro nem nada. Depois da Antártida é a Amazônia. E, depois disso, vamos ver, mas não quero a pressão de um namoro à distância.

— Não posso dizer que alguém já tenha me impressionado como essa mulher te impressionou.

— Não falei que ela me impressionou.

— Qual é, Max. Te conheço desde antes de você se conhecer. Sua voz é toda de impressionado.

— Que seja.

— Estou dizendo que talvez ela não seja pra galinhar — declara Owen.

— Talvez seja pra sonhar.

# 12
# LENNIX

— Isso — diz Kimba, jogando a cabeça para trás enquanto nosso barco de passeio corta o canal e passa sob o arco de uma ponte — que é vida.

Kimba, Viv e eu estamos sentadas bem no fim da balandra. O guia, ou capitão, como sugeriu que nós o chamássemos, está do outro lado. Uma comissária vem conferir como estamos e garantir que ainda estamos cheias de Moët, gim, Perrier, petiscos abundantes e sanduíches que mal cabem na minha mão.

— Concordo — fala Viv, com a voz arrastada, meio sonolenta, meio bêbada de coquetéis e luz do sol. — Estou muito feliz por termos escolhido Amsterdã para nossa última farra.

Última farra porque, quando voltarmos para o Arizona, terminamos o pouco que resta do semestre e a vida real começa.

Evito pensar em todas as decisões que ainda preciso tomar em relação aos próximos passos. Não quero pensar num futuro que passe de hoje à noite. Um sorriso lento e secreto repuxa os cantos da minha boca. Por que pensar no futuro quando se tem Maxim Kingsman no presente? Um suspiro literal escapa por meus lábios ao pensar nele. E agora? Vou desmaiar, por acaso?

— Esses suspiros e sorrisos rolando aí — Kimba balança o dedo para mim como se fosse uma varinha — indicam que a noite de ontem deve ter sido boa com o doutor.

Tento controlar o sorriso, mas ele só aumenta. Disfarço o máximo que consigo ao tomar um gole demorado de *jenever*, que estou mesmo começando a apreciar. Kimba e Viv não param de perguntar sobre ontem, e eu só lhes dei migalhas até agora, guardando os detalhes para mim.

— É, ele é ótimo.

Faço pouco dele porque eu poderia me levantar neste barco e disparar trinta superlativos sobre aquele homem, suas mãos, sua boca e os beijos de ontem.

Mas *me controlo.*

— O que vai usar para sair com ele hoje à noite? — cantarola Vivienne, me provocando.

— Não sei. — Olho de uma para a outra, sem querer abandonar minhas amigas, mas desejando ver Maxim. — Vocês têm certeza de que está tudo bem eu ir?

— Ah, meu bem, passamos o dia todo juntas — responde Kimba. — Além disso, David ligou pra gata de vocês aqui. Eu ia mesmo perguntar se posso sair com ele.

— Legal. Você tem meu voto a favor de mandar a ver. — Eu me viro para Vivienne. — E você, Viv? Não quero te deixar sozinha.

— Vou ficar bem — garante Vivienne. — Aya e eu vamos jantar com a família dela hoje.

— Então é hoje? — Kimba me encara por cima da borda do copo. — A gente precisa ter aquela conversa antes que aconteça?

Minha gargalhada desinibida me surpreende. Nossa, de onde veio essa felicidade? É gostoso ficar feliz assim com algo. Ficar tonta, que é o que os beijos, toques, as palavras e a *companhia* de Maxim fazem comigo. E também é bom sentir essa convicção. Por semanas, espiei cautelosamente meu futuro, incerta do que fazer a seguir. Tenho quase certeza de que, hoje à noite, o que vou fazer é *transar* com Maxim.

— Acho que é hoje, sim — admito. — Mas dispenso a conversa. Não usei o equipamento, mas já li o manual e brinquei com os botões.

Kimba gargalha e passa a mão no cabelo castanho-dourado bem curto.

— É, esses botões me fizeram suportar a seca, mas acho que vou dar o controle pro David hoje.

— Que horas vai encontrar o Maxim? — pergunta Vivienne, ainda rindo do comentário de Kimba.

— Ah, não sei bem. Ele disse que mandaria mensagem, mas, claro... — Reviro os olhos. — Deixei o celular no quarto.

— Eu sei. Lamento, garota. A gente vai voltar logo — me garante Kimba e morde uma fatia de limão.

— Eu estava ouvindo outra mensagem de voz do meu pai enquanto escovava os dentes. Acho que deixei na pia.

Quando aportamos e desembarcamos, forço um ritmo sem pressa para acompanhar o de Viv e Kimba, mas quero correr, achar o celular e ver se Maxim tentou ligar ou mandar mensagem. Ainda estamos falando da arte que vimos no Museu do Van Gogh e da linda colina do passeio de bicicleta pelo campo quando chegamos ao albergue. Maxim está sentado num muro de pedra baixo do outro lado da rua, lendo um livro, todo gostoso de óculos escuros em estilo aviador.

*Deus, me salve deste homem de óculos escuros.*

— Bem, errei em pensar que ele seria intimidado por um celular perdido — murmura Vivienne com um sorriso. — Está bem aqui te esperando.

Eu lhes dou um olhar alegre antes de andar um pouquinho na frente para me aproximar. Ele parece completamente absorto no que está lendo.

— Oi — digo quando paro diante dele.

Seu sorriso carrega uma dose de adrenalina, uma agulha fincada bem no meu coração, distribuindo sangue, endorfinas e eletricidade por todas as minhas partes vitais.

— Oi. Espero que não tenha problema eu ter aparecido. Liguei, mas...

— Desculpe. Esqueci o celular no albergue. E claro que não tem problema.

Ele olha para trás de mim e dá outro sorriso, mais educado, menos íntimo.

— Oi, Kimba, Vivienne. Vocês se divertiram hoje?

— Uhum, à beça — responde Kimba, já se virando para a entrada do albergue. — Vejo você lá cima, Lenn.

— Foi ótimo — diz Vivienne, logo atrás de Kimba, as duas se apressando para nos deixar sozinhos. — Fomos ao Van Gogh, andamos de bicicleta e fizemos um passeio no canal.

— Ah, eu estava esperando que a gente desse um passeio no canal, Nix — declara ele para mim, seus olhos e voz num tom mais íntimo mesmo que a gente ainda não conheça o corpo um do outro.

O apelido, por algum motivo, é muito sexy. Meu pai e todos os meus amigos me chamam de Lenn. Nix é só… Uau. Quero ser Nix esta semana. Hoje à noite, quero ser Nix para ele.

— A gente ainda pode ir — afirmo, minha voz baixa para que só ele ouça. — Tinha muita gente. Quem sabe tenha um barco só pra dois?

Ele larga o livro aberto e virado para baixo no muro e segura minha cintura, me puxando para ficar entre suas pernas. Estica a mão e fecha o punho em volta do meu rabo de cavalo.

— Era exatamente o que eu estava planejando.

Ele está sentado no muro, mas é tão alto que estamos quase na mesma altura. Nós nos conhecemos quatro anos atrás por algumas horas. Passamos um tempo juntos ontem à noite e até nos beijamos. Como podemos já estar assim? Como posso querer isso com ele quando nunca quis com ninguém?

E então ele puxa meu rabo de cavalo e me aproxima o suficiente para um beijo. Todas as dúvidas e perguntas pulam pela janela logo atrás do bom senso. Seguro seu rosto e me aperto mais na abertura entre suas coxas. Eu me abro para ele, o aceito, engulo seu grunhido e adoro como ele se retesa sob minhas mãos.

— Caramba — suspira, apalpando minha bunda. — Fiquei pensando nisso o dia todo. No seu gosto de ontem.

Sorrio junto à boca dele.

— Ficou?

— Você pode, por favor, ignorar as oitenta e quatro mensagens e trinta e seis ligações perdidas no celular quando subir? — Sua risada rouca atrás da minha orelha me arrepia. — Vamos só fingir que não aconteceram.

— Elas beiram o desespero? — pergunto, esperançosa.

— Um pouco.

— Então vou guardá-las.

Ele semicerra os olhos e tira as mãos de mim, mas os cantos de sua boca se inclinam. Como lábios podem ser tão firmes e viçosos?

— Sou tão ansioso quanto seu pai. Fiquei pensando que talvez algo tivesse acontecido com você ou...

Ele levanta e abaixa os ombros, e desvia o olhar.

— Ou?

— Que talvez tivesse mudado de ideia sobre me conhecer melhor.

Ele olha de volta para mim, e há um lampejo inesperado de insegurança. Maxim não me parece um homem inseguro.

— Tenho a sensação de que você é o tipo de cara que as pessoas gostam de conhecer. Não sou uma exceção. Me desculpe se te preocupei.

— Pode me compensar no jantar.

— Eu adoraria.

— Ótimo. — Ele se levanta e pega o livro. — Vou te deixar entrar pra relaxar um pouco, se trocar. Oito horas está bom pra voltar e te buscar?

— Claro — respondo, distraída, minha atenção fisgada pela capa do seu livro. — *Shackleton: uma lição de coragem.* — Levanto o canto da boca, ao mesmo tempo intrigada e já meio sonolenta. — Antártida, hein?

— Sei que Ernest Shackleton não é lá tão famoso. — Ele ri, pega o livro, fecha-o e o segura. — Mas ele é meio que um figurão no mundo das expedições.

— Expedições são a sua praia? Mas restou algum lugar para se fazer expedições?

— Ah, sim. — Ele ergue a sobrancelha e analisa a capa. — Para as duas perguntas. Tem muitos lugares para se explorar, e a maioria me interessa muito. Na verdade, parto para a Antártida semana que vem.

Meu coração vacila, e meu corpo todo paralisa. Se eu contar cada minuto que passei com esse homem, nem chegaria a um dia, mas ouvir que ele vai embora na semana que vem... Caramba, *eu* vou embora na semana que vem. O que acontece ou pode acontecer entre nós provavelmente é temporário. Não posso me esquecer disso.

— Nossa, Antártida. Uma viagem ao lugar mais remoto do planeta. Você foi recrutado? É um requisito para seu diploma, ou algo assim?

— Eu me candidatei, e na verdade é um processo bem competitivo. Vou passar o inverno todo lá, e ficar até novembro, que é o verão da Antártida. A pesquisa é completamente diferente nas duas estações, e quero ser exposto às duas. Vou ficar em terra até mais ou menos setembro e então vou estudar o entorno da ilha num navio quebra-gelo no verão. Algumas das melhores pistas que temos, das melhores previsões de como o planeta está mudando e quais implicações isso vai ter, estão na Antártida.

— Quando digo que quero salvar o mundo, estou falando da população, mas você está falando…

— Do próprio planeta, sim, mas isso *é* a população. As rápidas mudanças na Terra são uma das crises mais urgentes que enfrentamos, e as pessoas que realmente podem ajudar não estão prestando atenção ou parecem não se importar.

Eu estava errada. Aquela chama, aquele brilho nos olhos que achei ser ambição? É paixão. É fervor. É uma distinção importante, e eu a reconheço porque arde dentro de mim também.

— Na minha opinião, tem bastante coisa mais urgente do que o derretimento das calotas polares — declaro, observando sua reação às minhas palavras. — Tipo o fato de que um número absurdo de mulheres indígenas nos Estados Unidos sofreu agressão sexual, sendo que mal há dados sobre esse fato nem preocupação quando alguma desaparece. Ou o fato de que crianças em algumas partes do mundo, até mesmo nos *Estados Unidos*, não têm comida suficiente.

— Concordo, essas coisas são urgentes, mas, colocando em perspectiva, a Antártida contém noventa por cento do gelo do planeta e setenta por cento da água doce. Sabe o que isso significa?

— Que é muito frio e úmido lá? — indago com um sorriso meio zombador.

Ele sorri de volta, mas há seriedade em torno da sua boca.

— Significa que, se todo o gelo da Antártida derreter, o nível do mar iria aumentar tanto que Londres, Nova York, Sydney e várias cidades grandes seriam submersas.

— Caramba.

— É improvável que tudo derreta, mas as coisas estão mudando com rapidez. A gente não pode esperar até que seja tarde demais para fazer qualquer coisa, e é por isso que a gente deveria estar agindo agora. Enquanto podemos. — Ele acaricia minha bochecha. — E você não precisaria se preocupar com todas as pessoas que quer ajudar, Nix, porque estariam todas mortas. Então, sim. Também quero salvar o mundo.

De repente, me sinto frustrada, excitada e preocupada com o planeta. Quero reciclar *e* me esfregar toda nele no meio da praça. Esses sentimentos, que parecem conflitantes, me confundem. Ou talvez seja Max, que é muito mais do que pedi, e exatamente o que eu esperava.

# 13
# MAXIM

FOI UMA BOA IDEIA. VUURTORENEILAND É ÓTIMO PARA UM PRIMEIRO encontro, para quem consegue, porque é uma experiência completa, não apenas jantar. Cinco horas. Geralmente, é preciso reservar, mas eu conheço um cara que conhece outro cara.

— Que lindo — observa Lennix, admirando o horizonte enquanto atravessamos o lago IJ para chegar à ilha onde jantaremos. — Agora me explique o que é isso que estamos fazendo.

— Se chama Vuurtoreneiland, que quer dizer "ilha do farol". Só dá pra chegar de barco. Já foi um farol ativo, mas agora tem um restaurante. No verão, o jantar é na estufa. No inverno, o que, para todos os efeitos, é qualquer dia antes de julho, é no subsolo, no bunker. Não sei bem o que esperar, mas ouço grandes elogios.

— Uma nova aventura. Você parece gostar disso.

— É, acho que gosto. Sempre há algo novo pra aprender, mas quero conquistar muita coisa, então tem sempre algo mais que preciso saber.

— Ahhh.

Ela assente como se eu tivesse confirmado algo que nem percebi que estava em questão.

— Por que esse "ahhh"?

— Logo de cara te achei ambicioso.

— Você estava certa. Ambição seria um eufemismo. Você é uma dessas pessoas que acham ambição uma coisa ruim?

— Não, não necessariamente. Também sou ambiciosa. Minha ambição é servir e ajudar, mas levo isso muito a sério. Quero ser a melhor possível.

— Você disse que *de cara* me rotulou de ambicioso. Qual foi sua segunda impressão?

— Um ativista, acho. Fervoroso.

Minha risada é abafada pelas outras conversas acontecendo ao nosso redor no barquinho.

— Tipo um ativista pelo planeta ou algo assim?

— Acho que sim.

— É justo. Tudo que contei de querer saber como a gente pode reverter o dano que já causamos e descobrir como diminui-lo? É tudo verdade, mas acho que minhas intenções não são puras o suficiente pra eu ser considerado um verdadeiro ativista.

— O que você é então?

— Um capitalista — respondo, olhando diretamente em seus olhos. — Por favor, não me confunda com alguém que não está interessado em ganhar dinheiro. Que só quer o melhor para o planeta. Eu quero isso, sim. Estou dedicando parte da minha vida a isso.

— Mas a outra parte?

— Ah, a outra parte é pra mim. Assim que enfim conseguirmos convencer nosso governo de que combustíveis fosseis não são sustentáveis, eu vou estar bem ali com soluções de energia eólica, solar e hidráulica. Vou fazer o máximo de bem que conseguir, mas também vou monetizá-lo de todas as formas possíveis.

Não acrescento que isso está no meu sangue, mas sei que é verdade. O sangue dirá.

*Você não vai durar um ano sem o nome Cade.*

Veremos. Não sinto que tenho que provar alguma coisa para o mundo. Mas a provar para meu pai? Já é outra história.

— Um ativista capitalista? — Ela ri e me lança um olhar irônico. — Então você quer salvar o mundo e ganhar muito dinheiro.

Não sei se ela aprova ou reprova, mas isso não muda minha resposta:

— Claro. Alguém tem que preencher os cheques generosos para todas as suas causas.

Seus cílios longos e grossos protegem seus pensamentos, mas ela não esconde o sorriso que instiga seus lábios.

— Acho que não penso muito em dinheiro. Digo, como parte do meu futuro e do que vou fazer da vida. Isso deve soar ridículo pra você, não é?

O barco chega à margem, e cerca de cinquenta convidados descem e andam em direção ao farol que marca onde vamos comer.

— Na verdade, não — respondo, pegando sua mão quando passamos por um terreno acidentado e, convenientemente, esquecendo de soltá-la. — Não me surpreende.

— Não?

— Pense em como nos conhecemos, Nix. Quantas meninas de 17 anos você conhece que organizam maratonas pela água, são presas em protestos e dão discursos que levam as pessoas a querer fazer o que você pede?

— Algumas, na verdade — responde ela com uma risadinha feita das sobras de modéstia e orgulho.

— Quando você me contou ontem das oportunidades que tinha, a que te deixava menos entusiasmada era a que tinha o maior potencial de ganhar dinheiro.

— A empresa de lobby.

— Isso. Suas prioridades, seus valores, ficaram claros pra mim em todas as interações que já tivemos.

Paramos de falar para que nos conduzam ao interior do restaurante, o bunker no subsolo. O garçom anota nossos pedidos de bebida, e ficamos sozinhos para continuar a conversa.

— Então você acha que já conhece meus valores, certo? — indaga ela, com um olhar travesso.

— Você não é difícil de ler.

— Veremos. Ainda posso ter uma carta na manga.

Com esse pedacinho enigmático de informação, nossa noite dá uma guinada que, de maneira abençoada, envolve muita comida na forma de uma refeição de quatro pratos.

— Uau! — exclama ela para o pão marrom e folhado. — Tudo aqui é delicioso. Você está me mimando. Se este é o primeiro encontro, qual será o próximo?

Dou um gole no Bordeaux que acompanha a refeição.

— Bem, usei todos os meus recursos para *conseguir* um segundo encontro.

— Está tentando se dar bem, é? — pergunta, com humor ousado escurecendo seus olhos cinzentos.

— Ah, não sei exatamente o que isso significa.

*Mentira.*

Sei muito bem o que significa. E, sim, estou tentando impressioná-la. E, sim, espero conseguir fazer todas as coisas que fantasiei. Ela não é mais proibida.

— Hum. Você tinha 17 anos quatro anos atrás. Então agora você tem... — Finjo calcular no ar. — Sobe um...

— Idade suficiente.

— Idade suficiente pra quê, exatamente?

— Pra o que você pensa quando me olha assim.

A tensão sexual entre nós é palpável e reluzente como cristais suspensos, refletindo seu desejo por mim e o meu por ela. Estou espantado pela cor e pela luz. A chama brilha. E *queima*.

— Assim como?

— Acho que você sabe, mas não se preocupe — sussurra, inclinando-se para a frente. — Também quero. Sou uma mulher que sabe o que quer.

— Achei que fosse a garota que persegue as estrelas.

— O que acha que estou fazendo agora?

Ela me quer também. Eu sabia disso, mas ouvi-la afirmar audaciosamente? Sem ficar de rodeios, sem fazer joguinhos ou fingimentos? É bom. Na verdade, é especial, o que é perigoso, pois não posso me dar ao luxo de nada especial. Pelos últimos quatro anos, fui o que meu pai achou que eu não poderia ser: implacável. Não com as pessoas, ou do jeito que ele é nos negócios. Fui e vou continuar sendo implacável *comigo*. As coisas que quero conquistar são maiores do que eu. Maiores do que consigo imaginar. A verdade que quero desvendar está enterrada em lugares longínquos. Tem coisas que quero vender que nem existem ainda. O mundo que quero criar para mim mesmo, a vida que desejo, requer que eu seja um explorador, filantropo, inventor e negociante. Estou fazendo o que quatro gerações da família Cade fizeram, mas sozinho. Criando algo do nada. Sei que sou capaz, mas isso demanda tudo. Não posso perder tempo com distrações ou amarras. Não namoro. Não lido com coisas... especiais.

O que é um problema, já que suspeito que Lennix seja o tipo de mulher com quem eu iria querer fazer todas essas coisas um dia, só que agora não posso me permitir.

Estamos no barco de volta para a cidade, e é igual a ontem. Nós nos tocamos e nos encaramos até eu ter a sensação de que estou flutuando. Eu a quero de jeitos que nunca quis ninguém. Não só debaixo de mim, ou em cima de mim, me cavalgando, ou na minha frente enquanto meto nela por trás, mas com o cabelo espalhado no travesseiro. Conversando. Rindo. Quero vê-la sob a luz do sol na manhã seguinte. Como ela toma café? Como gosta dos ovos? Ela passa fio dental à noite?

*Sério, Cade? Fio dental?*

Quando saímos do barco e chegamos à rua, continuo segurando sua mão e a viro para que fiquemos cara a cara.

— Estou totalmente pronto para te levar de volta ao albergue, mas preferiria te levar pra casa. Bem, para o lugar que estou alugando, porque...

— Sim.

Sua afirmação, embora suave, é firme. Não está tingida por nenhum tom de dúvida.

— Tá bom. — Acaricio sua mão. — Então acho que podemos...

— Mas primeiro preciso te contar uma coisa. — Ela desvia o olhar e depois o retorna, desafio e incerteza misturados em seus olhos. — Espero que não faça você mudar de ideia, mas alguns homens ficam esquisitos com esse tipo de coisa.

— Não sou alguns homens, e não consigo imaginar que exista alguma coisa que possa me dizer que me faria mudar de ideia quanto a passar a noite com você.

Compartilhamos um momento, um olhar, antes que ela abaixe o rosto de novo.

— Está frio aqui — digo a ela. — Vamos voltar pra minha casa e conversar lá? Não estou dizendo isso pra te levar pra cama mais rápido. Só está frio.

— Só para constar, não tenho problema com chegar à sua cama mais rápido.

Não tem como conter o sorriso que se espalha no meu rosto.

— Mas — interrompe ela com uma das palavras de que menos gosto — quero que saiba de uma coisa antes de eu ir com você.

Ela ergue o olhar através de uma rede emaranhada de cílios compridos, e é tipo um soco no estômago o quanto essa garota é bonita.

— Nunca fiz isso.

O que ela quer dizer? Nunca transou com ninguém depois de um dia? No primeiro encontro? Essa vai ser sua primeira vez quatro anos depois de um protesto?

— Fez o quê, Nix? — Seguro seu rosto. — Sei que é rápido, mas não penso nisso como uma coisa de uma noite só. Quero… — Encosto a testa na dela e enfio os dedos em seu cabelo. Deus, vou soar como um coitadinho apaixonado, mas não dou a mínima. — Quero o máximo de tempo possível com você. Enquanto a gente estiver aqui. Até eu partir pra Antártida ou você ir pra casa. Só…

— Não, você não enten… — Ela para e sorri, um pouco acanhada. — Você disse no jantar que via meus valores com clareza, mas acho que deixou um de fora.

— Beleza. Me ajuda aqui. O que eu perdi?

— Sou virgem, doutor.

# 14
# LENNIX

O SILÊNCIO SEPULCRAL QUE SE SEGUIU ÀS MINHAS PALAVRAS SE estende por tanto tempo que começo a me irritar.

— Falei que sou virgem, não uma alienígena. — Passo a mão no cabelo. — Se for um problema...

— Não é.

Quando ele segura meu punho com os dedos fortes, parece que minha mão é frágil e pequena. Ou talvez seja assim que me sinto, ao compartilhar algo tão pessoal e... *meu* com ele. Me faz perceber como sabemos pouco um do outro.

— Minha cor favorita é azul-esverdeado — solto. — Nem só azul, nem só verde, porque ficam melhores misturados.

Ele pestaneja algumas vezes, franze o cenho e então ri, um som baixo e sensual que vai direto para minha calcinha. Se realmente formos para sua casa hoje, ele vai ter nas mãos a virgem mais excitada do *mundo*.

— Táááá. Vou me lembrar disso da próxima vez que for, ah, sei lá, comprar sapatos pra você, mas hoje sinto que talvez haja outras coisas sobre as quais gente deveria conversar. — Ele começa a andar, meio me arrastando junto. — Vamos andando e falando.

Não está tão tarde, e as ruas ainda estão cheias de conversas, gargalhadas e gente. Amsterdã é distinta, charmosa, louca e encantadora.

É uma mistura de medieval e moderno que parece marcadamente europeia para meus olhos norte-americanos.

— Vamos pra sua casa? — pergunto depois de alguns instantes andando em silêncio.

— Vamos, a não ser que queira que sua primeira vez seja num albergue com suas duas colegas de quarto escutando e assistindo. Assim, se você gostar desse tipo de coisa, eu topo. Só presumi que iria querer um pouco de privacidade.

— Privacidade seria melhor, mesmo. Você, hum, quer saber por que ainda sou virgem?

— Se quiser me contar. Não é tipo uma doença nem nada contagioso que você precise confessar pra um parceiro por questão de saúde ou segurança. "Cuidado com a virgem."

— Bem, muitas pessoas tratam dessa forma. Os homens às vezes *ficam* esquisitos com esse negócio de deflorar.

— Sabe, na verdade, eu *já* transei bastante, de vez em quando com virgens, e nunca encontrei flor nenhuma lá embaixo.

Dou um soquinho no seu braço, e ele ri, me puxa para seu lado, para o calor de seu corpo, e beija o topo da minha cabeça.

— E estou magoado — declara ele. — Aqui estava eu, achando ser o primeiro homem para o qual você ofereceu sua virgindade, e aí descubro que você tenta se livrar dela há eras e todos esses idiotas ficaram tão surtados com a flor imaginária entre suas pernas que não aceitaram. Estou me sentindo meio rejeitado.

Eu meio que rio e viro a cabeça para dar uma mordida brincalhona no seu braço. Mesmo por cima do suéter, sinto o músculo denso e firme.

— Não tentei, sabe — conto. — Não ofereci… me ofereci pra ninguém, quer dizer.

Eu o espio de rabo de olho e vejo que Max me olha do mesmo modo. Ele mesmo assim não verbaliza a pergunta, mas quero que saiba.

— Quando eu tinha 13 anos, me tornei mulher. Sei que parece cedo, mas temos uma tradição, um ritual de passagem para jovens meninas, chamado Dança do Nascer do Sol. É extremamente importante. Por anos, foi proibida pelo governo, e tivemos que realizá-la em segredo.

— Malditos colonizadores — murmura ele.

— Hum, seus ancestrais provavelmente foram alguns desses malditos colonizadores — aviso, mas lhe dou um sorriso fraco para remover um pouco da acidez da verdade.

— Meus ancestrais eram galeses que só chegaram no final do século XIX.

— E o que fizeram depois disso? — Antes que ele responda, faço por ele: — Ocuparam terras. E aposto que ocuparam terras roubadas dos indígenas. E logo assumiram posições mais altas no sistema hierárquico norte-americano porque, confia em mim, a gente sempre esteve na parte mais baixa.

— Touché. Desculpe. Estou sendo muito branco e ignorante?

— Não, não é isso. Por mais que eu goste de um bom sermão sobre o colonialismo e seus resultados desastrosos em… bem, tudo, hoje não é dia para isso.

Respiro fundo, reúno meus pensamentos e os despejo no silêncio e no tempo que temos antes de chegar à casa dele.

— A Dança do Nascer do Sol são quatro dias exaustivos com etapas que fazem parte da jornada de menina para mulher. É complicado, e talvez um dia eu te conte tudo, se quiser saber…

— Adoraria saber.

Paro, olho para ele e sorrio.

— Em outro momento, então, tá. Te conto tudo, mas hoje vou só dizer que, perto do fim, acreditamos que algo excepcional, talvez até milagroso, acontece. Todo mundo tem um jeito de explicar como as coisas acontecem para dar sentido ao mundo. Adão e Eva. Deuses romanos. Mitologia grega. Que seja. Bem, pra gente, são as histórias de origem, e uma figura essencial é a primeira mulher, a Mulher que Muda. Perto do final da Dança do Nascer do Sol, acreditamos que seu espírito ocupa o corpo da garota. Fica dentro dela apenas por um tempinho sagrado. E, quando isso está acontecendo, a garota se tornando mulher é uma bênção.

— Como ela é uma bênção?

— Ela recebe poderes. Doentes vão até ela para serem tocados. Pais pedem bênçãos para seus bebês. Toda a comunidade faz parte da preparação da cerimônia e tudo que ela implica, e então toda a comunidade também é abençoada.

— Você sentiu alguma coisa assim durante sua cerimônia?

Adoro que ele não esteja me olhando como se eu fosse maluca nem menosprezando a cerimônia como uma tradição estranha, e, sim, levando a sério. Como se ele fosse acreditar em qualquer coisa que eu dissesse.

— Senti — respondo, confiando nele para dizer a verdade. — Senti que era capaz de qualquer coisa e decidi que não queria receber nada, ninguém, dentro do meu corpo que fizesse eu me sentir menos do que aquilo. Não queria desperdiçar. E não tenho nenhuma expectativa puritana que imponho aos outros. Não é nem um pouco assim.

— Entendo.

— Entende? — Paro, me virando para ele no meio da rua de pedras e analisando os ângulos bem marcados de seu rosto sob a luz da lâmpada. — Não acho que eu seja uma deusa do qual nenhum homem é digno. Não acho que minha vagina seja um prêmio sagrado. Só... senti algo naqueles momentos, senti que meu corpo fazia parte de uma coisa grandiosa. Todas as minhas amigas falavam de perder a virgindade. A palavra "perder" me parecia negligente. E acho que foi isso que senti naquele dia. Não só com sexo, mas com tudo. Eu senti *propósito*. Como se cada segundo, cada decisão, cada pessoa com quem compartilho importasse. E, sendo honesta, só não conheci ninguém em quem confiasse.

— Uau. — A condensação ondula no ar frio da noite quando ele ri. — Isso provavelmente deveria me parecer expectativa demais. Muita pressão.

— E parece?

Ele curva a sobrancelha, como se estivesse se concentrando, analisando.

— Não. Você me atraiu desde a primeira vez que te vi naquela colina, com estrelas e listras no rosto. Você chorou, e tinha tanta convicção em cada palavra que falou... Eu não sabia que tinha 17 anos, mas sabia que era jovem. E me perguntei: o que a tornou o que ela é? O que *já* a transformou nesta pessoa excepcional? Agora eu sei. Aquela garota, a que me atraiu naquele dia… eu nunca esperaria que as coisas fossem simples ou típicas com ela.

Por um momento, fico espantada com a visão dele de mim — de como ele viu com tanta clareza. Poucas coisas são mais afirmativas do que alguém nos ver exatamente do jeito que aspiramos ser, de dizer "Vejo isso em você".

— Eu te achei tão gostoso. — Rio e balanço a cabeça. — No meio do gás de pimenta e dos dobermanns, eu fiquei, tipo, ai, meu Deus, ele é tão gato. Então acho que eu tinha mais de adolescente típica do que você imaginou.

— Bem, *eu* não era adolescente. Já estava no mestrado. Quando descobri que você tinha só 17 anos, me senti um pervertido.

— Eu percebi. E o sr. Paul garantiu que você soubesse. Ele foi meu professor na escola, por sinal, e tenho certeza de que mencionou meu *papai* de propósito.

— Minhas bolas se encolheram por pavor da lei.

Nós dois rimos e recomeçamos a andar.

— Não acredito que nos encontramos de novo assim, depois de quatro anos — admito.

— Soube assim que te vi naquele bar ontem que eu queria que a gente acabasse bem aqui.

Ele para diante de uma das casas estreitas ao longo do Amstel. É vermelha, alta, imponente e, até para os meus olhos despreparados, nada barata.

— Hum, você mora aqui?

— Moro, essa aqui é minha. — Ele salta o pequeno lance de escada, se vira e me vê ainda no começo, encarando a fileira de casas à beira do canal na qual a dele se encaixa. — Você vem?

— Vou.

Subo os degraus com mais lentidão. Não sei muito do homem com quem estou prestes a compartilhar meu corpo. Passamos por um hall espaçoso, entre uma sala de jantar decorada lindamente e uma sala de estar tão bonita quanto. Maxim me vê absorvendo todo o luxo, deslizando as mãos nos bolsos da calça, que noto agora ser muito bem ajustada. Seus sapatos parecem... caros. *Ele* parece caro. Como deixei escapar que ele não só tem a aparência linda, como também cara? Daquele jeito tão sutil e inalcançável que não dá nem para identificar como sei que suas roupas poderiam pagar um mês de aluguel.

— Roupas boas, casa chique — declaro. — Você é rico, doutor?

Algo perpassa por seu rosto antes de ele retomar a expressão impassível.

— Meu guarda-roupa não mudou muito nos últimos anos — oferece ele, irônico. — E este lugar parece mais caro do que realmente é. Não tenho muito dinheiro, mas minha família tem, sim.

Por que estou surpresa? Eu sabia que ele tinha estudado em lugares caros. Só nunca me ocorreu que havia tanta distância entre nossa origem quanto parece haver.

— Meu pai me deserdou. — Sua voz e seus olhos ficam sérios, e quero abraçá-lo. — Sei que parece uma palavra antiquada, mas cortar os filhos dos testamentos aparentemente nunca sai da moda. Não estou só cortado do que ele vai deixar quando morrer, mas também de quem ele é enquanto está vivo. Cortado dele.

Eu dou alguns passos para me aproximar e estico a mão para afastar o cabelo que caiu em seus olhos.

— Lamento.

— Não lamente. Não preciso do dinheiro dele — afirma Maxim, com dureza. — Tenho um pouco meu. Consigo me virar.

É evidente para mim que o dinheiro do pai é a última coisa de que Maxim sente falta. Desconfio de que ele sinta falta do próprio homem, embora talvez não queira admitir.

— Se é isso que você chama de se virar — digo, brincando, com um olhar de admiração para o corredor e as escadas —, nem quero ver o que chamaria de esbanjar.

Nós dois rimos, e um pouco da tensão enrijecendo seus ombros se dissipa.

— É só um mês de aluguel entre terminar meu doutorado e partir pra Antártida semana que vem.

A lembrança esvazia minha risada. Também vou partir em breve.

— Deveríamos fazer esta semana valer a pena — declaro.

— Deveríamos.

Ele se aproxima, entrelaçando nossos dedos do lado do corpo e se curvando para dar nos meus lábios um beijo vagaroso, lânguido e oposto à energia que emana dele. Daria para me enganar e pensar que ele é domesticado. Será que sou a única que vê o lobo selvagem?

— Meu quarto é lá em cima — comunica ele, me levando em direção às escadas.

Assinto e vou com ele para o segundo andar, segurando sua mão levemente. O pé-direito do quarto é alto, e o piso de madeira reluz sob meus pés quando tiro o sapato. Fios dourados percorrem o papel de parede, e a cama é enorme, coberta de lençóis de qualidade.

— Que quarto lindo, Maxim.

— Não posso levar muito crédito por isso. A casa foi alugada toda mobiliada. A gente vai falar de decoração a noite toda, ou estamos prontos pra colher essa flor de que você anda falando?

Rio, e sei que ele teve essa intenção. Ele está sendo charmoso, me relaxando de propósito. O que só me faz desejá-lo mais. Quero suas mãos e sua boca em mim, mas não consigo dizer as palavras. Então lhe mostro.

Sem desviar o olhar, abro a fina fileira de botões que desce pela camisa de seda verde enfiada na minha calça. Suas narinas se dilatam no rosto imóvel. Sacudo um ombro, fazendo a manga deslizar pelo braço. Levo a mão ao delicado fecho frontal do meu sutiã, mas ele me detém. Eu ergo o olhar dos dedos compridos e bronzeados na minha pele até seu rosto.

— Achei que virgens fossem todas assustadas e trêmulas.

Sua risada é áspera, mas suas mãos, carinhosas, e seus olhos me queimam.

— Não essa aqui. Há poder em escolher o próprio caminho, e esperei até encontrar alguém com quem eu tivesse certeza de que queria estar na minha primeira vez. É o que eu quero, doutor. Nunca me senti mais no controle.

Seu rosto bonito fica marcado por algo que parece dúvida.

— Você foi sincera comigo, Nix. Muito aberta, e tudo que compartilhou comigo me fez te respeitar ainda mais. — Ele passa o polegar na minha boca. — Faz eu te querer ainda mais. Você é exatamente quem achei que fosse. — Uma risada rouca percorre nossos lábios quando ele me beija. — Até melhor do que achei que seria, na verdade. Eu não dou nada como certo, então preciso dizer uma coisa, e espero que não estrague tudo.

— Tá bom.

— Não posso oferecer compromisso. Semana que vem, vou pra Antártida. Depois, pra América do Sul. Não tenho planos de casar, de me comprometer e…

— Entendo. — Selo meu coração com aço e sufoco tudo que seja meigo e vulnerável. Mantenho a voz estável. — Está dizendo que é só sexo.

Ele funde nossos olhares, leva minha mão aos lábios e balança a cabeça.

— Não, vai ser mais do que isso. Eu já sei que, com você, vai ser mais. — A mesma ambição brilhante, ardente e apaixonada, lampeja por seus olhos, ou talvez seja apenas um truque de luz. — É isso que vai dificultar tanto ir embora no fim da semana, mas o que estou dizendo é que vou. Vou embora, e não vou olhar pra trás. — Ele gesticula a mão grande no ar, desenhando uma linha imaginária entre nossos corpos. — Não posso fazer isso agora.

Minha risada sai como o ar forçado de um duto, rápida, dura e fria.

— Não estou esperando um pedido de casamento. Acha que só porque nunca transei antes vou ficar arrasada emocionalmente semana que vem quando tomarmos caminhos separados?

— Não, não sou tão arrogante. — Seus lábios se curvam numa demonstração de humor. — Tá, na verdade, sou bem arrogante, mas não. Só quero que saiba que isso vai ser importante pra mim, mas que não posso permitir que seja…

— Nem eu. — Estico a mão e enfio os dedos no cabelo grosso da sua nuca. — Vou passar uma semana com alguém por quem sinto uma atração louca, que respeito muito e de quem vou lembrar com carinho como o primeiro homem com quem transei.

Mantenho a voz serena e neutra de modo intencional, tiro toda a emoção. Elimino todas as possibilidades que parecem brotos prontos para desabrochar. Eu lhe mostro apenas desejo e disposição para tê-lo do jeito que ele vem.

— E isso é o bastante? — Ele analisa meu rosto, procurando por uma mentira, verdade, fraqueza, não sei o quê. — Uma semana, nosso tempo juntos, tomar caminhos separados. É o bastante?

Eu sinceramente não sei. O que digo? Que, depois de só ter um gostinho, eu já anseio por ele? Que não tenho ideia de como meu corpo e meu coração vão reagir ao tipo de conexão que apenas algumas conversas e alguns beijos invocaram? Não sei o que vou sentir no fim da semana, mas sei que quero isso, então lhe digo exatamente o que Maxim precisa ouvir.

— É o bastante.

Ele não se mexe, então eu tomo a iniciativa, ficando na ponta dos pés para pressionar a boca na dele. De início, ele apenas me observa beijá-lo, os cílios abaixados, lábios fechados, como se ainda não tivesse certeza de que deveríamos fazer isso. Passo a língua em seus lábios, e aí ele geme meu nome, fechando os olhos. O som vibra da minha boca para o centro nervoso do meu corpo — até a base da minha necessidade, vontade e curiosidade. Quero compreender este mistério físico que evitei a vida toda, e quero isso com ele. Se o preço é um coração partido no final, estou de olhos bem abertos.

Cubro sua mão com a minha e a conduzo até meu peito, aumentando a pressão de sua palma. Ele aperta e desliza o polegar sob o sutiã para brincar com meu mamilo. Prendo a respiração e fecho os olhos. Ele sobe a mão por meu ombro e a passa sob a alça de seda do sutiã, fazendo-a cair pelo braço. Sob seu toque, o fecho do sutiã se abre, me expondo para ele. Tenho orgulho do meu corpo, não por ser de um certo tamanho ou por estar em forma, mas porque é o que tenho a oferecer. Escolhi este homem, escolhi este momento. Num mundo onde tantas de nós não podem escolher, celebro isso. É meu direito, mas não significa que eu não dê importância. Não quando já vi muitas se arrependerem da primeira vez.

Já posso dizer que esse não será o caso. Não com Maxim.

Ele se abaixa e toma um mamilo com o calor da boca. Eu arfo e enfio os dedos no seu cabelo, meio ondulado, meio cacheado. Com uma das mãos, ele apalpa minha bunda e, com a outra, massageia meu peito. Ele abre o botão e o fecho da minha calça, e a puxa pelas minhas pernas até eu ficar só com a calcinha, que combina com o sutiã, um conjunto que Kimba e Vivienne insistiram que eu usasse "só por precaução". Com os polegares presos no elástico de seda no quadril, ele desliza a calcinha para baixo e me deixa completamente nua.

— Nossa, como você é linda, Nix.

Ele elogia, a voz rouca no meu pescoço, incitando uma trilha de arrepios pelos meus braços. Maxim se ajoelha, espalhando beijos suaves pela minha barriga, sob meus seios, pelo quadril e no topo das coxas. Enfim, beija mais embaixo, entre minhas pernas. Ele me abre com dedos suaves e passa a língua naquele ponto.

— Nossa — gemo.

Ele ergue o olhar através de cílios invejáveis, um sorriso travesso na parte ainda visível dos lábios. Ele me guia com o mais leve toque, minhas pernas se rendem à gravidade e às sensações que perpassam meu corpo, e eu caio para trás. A cama está fria e macia. Suas mãos têm a aspereza perfeita na pele sensível da parte interna da minha coxa enquanto Maxim abre minhas pernas e abaixa a cabeça de novo, passando o nariz ao longo da fenda da minha boceta.

— Quero tanto isso — diz, rouco, sua respiração uma carícia.

Ele apoia minhas pernas em seus ombros, sua largura me abrindo, me expondo. Eu esperava me sentir constrangida e acanhada, mas não sinto. Uma coisa desvairada e lasciva me faz ansiar por agarrá-lo pelo cabelo e forçar sua cabeça no lugar úmido e pulsante onde sua boca paira. A expectativa é o pavio de uma linha de gasolina, e estou pronta para pegar fogo. Ele não se mexe.

— Cacete, doutor — sussurro, áspera. — Vai logo.

Com um grunhido, ele vai. Lambe meus segredos e chupa minhas inibições, sua boca, língua e dentes me consumindo como se fosse sua primeira vez e eu, sua última refeição.

— Nossa, você é perfeita aqui embaixo — declara ele, áspero. — Já fez isso antes? Alguém já te chupou?

Mal consigo respirar, que dirá formar palavras em meio à névoa e ao caos que ele está causando no meu corpo.

— Já.

Ele aperta os dedos nas minhas coxas e empurra o rosto mais para dentro de mim.

— Odeio qualquer um que já tenha te provado.

As palavras possessivas deslizam para os lugares famintos à espreita sob minhas defesas. Quero lhe dizer para não falar coisas que contradigam nosso acordo, mas seus dedos roubam todo o meu raciocínio quando assumem um vaivém ritmado, o dedo do meio se tornando uma fonte de prazer quando está dentro, mas uma frustração quando está fora. Ele acrescenta outro dedo, me distendendo. Meus músculos se tensionam. Balanço a cabeça na cama. Agarro seu cabelo enquanto seu polegar toca o ponto sensível onde toda a minha concentração e consciência se reuniram. Não consigo pensar em outra coisa além de suas mãos e sua boca. Homens já me tocaram ali, já me beijaram ali, mas a sensação nunca foi essa. Ele está me despedaçando e me jogando no ar como confete até que eu por fim voe, flutue, caia, partezinhas de mim carregadas por uma tempestade.

— Ah, meu Deus — murmuro com lábios dormentes.

Eu já tive alguns orgasmos antes, a maioria com minha própria mão, mas este me deixou entorpecida. Meu corpo todo está fraco e mole.

— Foi bom? — pergunta Maxim.

— Ah, foi — respondo, num suspiro risonho e surpreso. — Pode-se dizer que sim.

Ele lambe com avidez a umidade nas minhas coxas.

— Quero te fazer gozar de novo só pra ter mais. Nunca vou esquecer isso, Nix. Vou sentir seu cheiro, seu gosto, até em sonho.

Com a cabeça abaixada, ele venera meu centro, onde tremores mais leves ainda se espalham por mim. Sua boca está sedenta, chupando, grunhindo, emitindo os sons de lobo selvagem, toda a pretensão de civilidade abandonada. Meu quadril se move ao encontro dele, minha coluna se arqueando. Meu corpo é uma câmara vazia, e meus gritos de prazer ecoam, famintos e desesperados.

— Preciso de você dentro de mim, Maxim. Estou pronta.

— Eu, não — murmura na minha boceta, ainda a adorando e umedecendo.

Ele desliza a mão por minha barriga e costelas até chegar ao meu seio para apertá-lo e eriçar meu mamilo enquanto me chupa. A sintonia de suas mãos e boca me lança em um espiral, voando de novo.

— Maxim. — Agarro os lençóis do meu lado, desesperada por algo em que me ancorar. — Agora. Por favor.

Ele enfim se ergue entre meus joelhos e puxa o suéter canelado pela cabeça.

Cada centímetro dele é primoroso. Os mamilos como moedas de cobre. A alvenaria de seu peito e abdômen, como tijolos colocados com argamassa de músculos. Quando ele abaixa a calça e a cueca, as linhas musculosas em seu quadril esbelto atraem minha atenção, me direcionando para onde ele está totalmente ereto, comprido e coroado com a cabeça, as bolas penduradas. Já vi homens antes, mas percebo que minha inspeção até agora foi clínica, marcada por indiferença ou simples admiração. Minha primeira visão de Maxim nu é o total oposto. Seu corpo, tão bonito e forte, dispara uma cantiga impossível e primordial dentro de mim.

*Meu. Meu. Meu. Meu.*

Como os tambores da dança que marcaram minha entrada na vida adulta, a batida possui meu sangue e galopa pelas minhas veias enquanto chego a outro ritual de passagem. A batida do tambor e do meu coração ecoam como uma só.

*Meu. Meu. Meu. Meu.*

Quero ignorar o ritmo insistente exigindo que eu o reivindique, mas é impossível. Ele está se tocando, mordendo o lábio, seu olhar vagando por meu corpo enquanto eu me arrasto para trás na cama, escorada nos travesseiros.

— Agora. — Não é a voz de uma virgem, não há insegurança diante do desconhecido. É um comando, um decreto por meu prazer. — Agora mesmo, doutor.

— Está pronta? — Ele engatinha pela cama, desliza a mão entre minhas pernas e encosta a testa na minha, afirmando com um grunhido. — Está.

— Estou pronta.

— A gente deveria ir devagar, Nix.

Ele estica a mão até a gaveta e pega uma camisinha, analisando meu rosto, com a preocupação infiltrada no desejo. O que só me fez querê-lo mais.

— Não ligo se doer — digo, minha voz rouca e tensa de prazer. — Eu quero. Quero você.

Ele assente uma vez, os lábios comprimidos em uma linha firme. Suas mãos são suaves, mas determinadas e exigentes, ao afastar minhas pernas. Ele se apoia nos cotovelos, olhando para mim por um instante e espalhando beijos por meu rosto e meus lábios. Ele me lambe, uma exploração terna e voraz que retorce nossas línguas e acelera nossos batimentos. Devagar, ele se acomoda entre minhas pernas e entra, grosso, rígido e quente. Uma invasão centímetro a centímetro. Uma rendição por suspiros. Solto um arquejo de dor, e então ele está tão fundo dentro de mim que, por um momento, não consigo respirar.

— Desculpa — sussurra ele, parecendo torturado. — Nix, amor, está tudo bem?

— Está.

Engulo um gemido, tentando me ajustar, erguendo o quadril.

— Porra! — exclama, sem fôlego e trêmulo, no meu cabelo. — Que sensação incrível.

Mexo o quadril de novo, um experimento, como se jogasse um anzol na água.

*Maxim morde a isca.*

Ele se mexe, de início entrando e saindo devagar, e então se torna mais intenso, mais rápido. Um trem de carga entre minhas pernas. Grunhindo, arfante e ofegante. Dói muito, mas a sensação é perfeita. Eu devo estar sangrando, mas não dou a mínima. A cada movimento do seu corpo mais fundo no meu, ele se marca dentro de mim, a cada centímetro de felicidade pura.

— Está tudo bem mesmo? — indaga ele, de olhos vidrados, seu corpo tomando o meu de forma impiedosa, linda e maravilhosa.

— Para de falar — rebato.

Ele atinge um lugar que não podia estar lá todo esse tempo, dormente dentro de mim. Um lugar só à espera da carícia certa dele, enterrado em mim para entrar em erupção. A sensação tão boa ofusca a dor.

— Só me come.

O som que ele emite é ininteligível. Estamos envolvidos com muita firmeza, um ritmo emaranhado de membros, mãos, lábios, suor e lágrimas.

Lágrimas que escorrem dos cantos dos meus olhos quando ele urra e estremece sobre mim. Prendo as pernas e os braços ao redor dele, segurando-o tão perto que o ritmo do seu coração pertence a mim. O suor brilhante em seu peito é *meu*.

Através de uma chuva de beijos cheios de adoração que ele deixa no meu rosto, ombros e seios, tento lembrar que ele *não* é meu. Maxim me disse que seria mais — que a sensação seria essa. Que seria mais do que sexo, e é mesmo. Se pretendo sair inteira desta semana, preciso me agarrar à única promessa que Maxim fez.

Que, quando for a hora, ele vai embora.

# 15
# MAXIM

CHÁ.

Eu me perguntei como ela toma café, mas ela não toma. Lennix gosta de chá.

E dos ovos? Bem mexidos.

E a aparência sob a luz da manhã seguinte? Cabelo ainda úmido e grosso caído sobre um dos ombros, uma cachoeira incontida e tingida de preto. Sua pele de ouro escuro e liso brilha do banho. Nunca vou esquecer sua aparência desse momento. Nunca vou esquecer sua aparência de ontem.

— Você está me encarando — avisa ela, sem erguer o olhar do jornal que alguém entrega na minha porta todo dia, provavelmente assinado pelo último inquilino.

— Não estou, não.

Desvio a atenção para a torrada e para longe da visão de Lennix usando algum roupão que encontrou no fundo do meu armário. Não tenho coragem de dizer que não faço ideia de quem seja o dono.

— Não estava? — Ela se mexe para o roupão abrir, me presenteando com uma espiada indistinta de seus seios e suas coxas compridas e firmes. — Me enganei.

Devoro a visão, lambendo os lábios, procurando por rastros do gosto dela.

— Falei que gosto de ovos bem mexidos — diz ela, com um sorriso meigo. — Não bem queimados.

— Merda.

Tiro a frigideira da chama do fogão para uma boca desligada. Ainda estou pegando a torrada e raspando os ovos queimados quando ela se aproxima por trás de mim e me envolve com os braços.

— Te fiz olhar — sussurra, ficando na ponta dos pés para beijar a minha nuca.

Desligo o fogão e me viro para ela, entrelaçando os dedos na base de suas costas.

— Você também estava encarando — murmuro no nosso primeiro beijo do dia.

— Não estava, não. — Seu sorriso nos meus lábios demonstra que é mentira. — Estava cuidando da minha vida, lendo jornal.

— Ah, você aprendeu holandês da noite para o dia, então? — pergunto, olhando o *de Volkskrant* abandonado, com manchetes em uma língua que nitidamente não é inglês.

Uma risada faz seus ombros chacoalharam sob o robe, e eu deslizo minhas mãos pelo tecido liso colado ao seu corpo. Ela é saudável. Está em forma. Com o corpo firme e curvas exuberantes. Acaricio uma das minhas curvas favoritas, sua bunda, e beijo seu pescoço, inspirando meu xampu naquele cabelo macio. Um pouco de *mim nela*.

Pode ser que nós nos separemos semana que vem — não, nós *vamos* nos separar semana que vem; precisamos —, mas vou me lembrar desta noite e de quantas mais ela me der pelo resto da vida. Lennix é especial a esse ponto. Meu corpo sabe disso. Meu coração, que não consulto em nenhuma das minhas decisões, não vai ficar muito atrás se eu não tomar cuidado.

— Passa o dia comigo — peço.

Não quero soar carente, grudento e patético, mas foi preciso apenas uma noite para eu saber que não vou conseguir ter o bastante dessa mulher.

— Vim com as minhas amigas, lembra?

— Elas têm você o tempo todo. Eu só tenho alguns dias antes que você volte para os Estados Unidos. — Eu me abaixo até que minha boca fique na altura de seu seio e chupo o mamilo por cima do robe de seda. Ela grunhe e enfia os dedos no meu cabelo, arranhando a pele. — Por favor.

Empurro a lapela de lado e encontro uma pele suave e perfumada sob o robe. Deslizo as mangas por seus braços até que o cinto afrouxe seu aperto frágil na cintura dela e caia, parando nos cotovelos. Ela está quase nua na minha cozinha, e quero curvá-la sobre a mesa e a tomar por trás. Com *força*.

— Não posso simplesmente abandoná-las — afirma ela, rouca e pouco convincente.

— Diz pra elas que é difícil encontrar um bom pau. Elas com certeza vão entender. — Sondo com os dedos o meio de suas pernas, procurando pelo nirvana que encontrei na noite anterior. — Você está dolorida?

Torço para não demonstrar todo o desespero que tocá-la me faz sentir.

— Um pouco. — Ela aperta os dedos na minha nuca. — Mas vou estar pronta pra você hoje à noite se me quiser de novo.

*Hoje à noite. Droga. Não fui tão persuasivo quanto achei que tivesse sido.*

— Então não vai passar o dia comigo?

— Tenho planos com Kimba e Viv — diz ela, com um pedido de desculpa e arrependimento nos olhos. — Prometo que a noite é sua.

— Vai dormir aqui de novo?

Estou pedindo muito, cedo demais. Sei disso, mas tudo parece compactado. Vê-la de novo de forma aleatória quatro anos depois, fazer amor na nossa segunda noite juntos, qualquer coisa que conseguirmos esta semana: está tudo enfiado numa janelinha na qual quero jogar uma pedra e quebrar.

— Vou dormir aqui, sim. — Ela sobe o robe, se envolve com ele e o amarra na cintura. Passa por mim para pegar um pedaço de torrada queimada. — Mas tenho que ir agora.

Meus braços e minha cozinha ficam vazios. Ela sobe os degraus, e disparo atrás dela. Ela arregala os olhos quando me vê em seu encalço.

— Não!

Nix ri e acelera, ziguezagueando pelo corredor como se fosse me deter. Ela comete o erro amador de correr para meu quarto e tentar fechar a porta. Empurro até abrir e entro no quarto aos tropeços. Ela está rindo e esparramada na cama, o robe aberto me mostrando suas curvas macias, seus traços pronunciados e sua boceta linda.

— Vem me pegar — diz, com os braços estendidos.

Caio na desordem dos lençóis com o aroma do sexo da noite anterior e a prendo debaixo de mim.

— Tem certeza de que não pode ficar? — pergunto, um último apelo.

— Não, minhas amigas estão me esperando. — Ela estica a mão entre nós para agarrar meu pau, apertando-o. — Mas não estou *tão* dolorida, e elas *podem* esperar.

# 16
# LENNIX

— Seu pai ou seu namorado? — pergunta Kimba, molhando as batatas fritas num punhado de maionese dentro de um cone quadriculado de papel vermelho e branco.

Olho para o celular.

— Maxim não é meu namorado — respondo, dando metade da minha atenção para ela, e o resto para a ligação. — E não é ele nem o papai. É Mena. Melhor ver do que ela precisa.

— Se você diz, srta. Perdi o Cabaço Passando a Noite com um Desconhecido. — Vivienne ri e toma um gole de gengibirra. — Vamos ficar aqui comendo nosso peso em batata e massageando nossos pés.

Visitamos a Casa Anne Frank hoje e fizemos um passeio a pé pelos pontos turísticos mais importantes. Estamos sugando todas as experiências possíveis desta cidade.

Deixo-as com suas piadas no café da calçada e ando até um muro baixo a alguns metros dali.

— Oi, tia — cumprimento Mena. — Como vai?

— Bem — responde ela, com um riso na voz. — Está gostando de Amsterdã?

— Muito. — Um sorriso desavergonhado se espalha no meu rosto. Vou compartilhar os detalhes com ela quando voltar. — Está tudo bem? Meu pai te obrigou a ligar? Eu o limitei a uma ligação por dia, mas se ele…

— Não, não falei com Rand, mas não me surpreende que ele esteja ligando o tempo todo. Sabe como é difícil pra ele quando você está longe.

— Eu sei. Entendo, mas o que aconteceu com mamãe...

O desaparecimento de mamãe e sua morte presumida formam um círculo partido que nunca se fecha, e sei que esses pontos de interrogação, em alguns dias, são como foices cortando a sanidade do meu pai. O mínimo que posso fazer é atender suas ligações e lhe assegurar de que estou bem.

— Entendo — concluo, desanimada, depois de um instante. — Então, se não está ligando por causa do meu pai, o que houve?

— Lembra quando a gente conversou na beira do rio logo antes de você partir?

— Claro.

— Seu caminho já ficou claro?

Hesito antes de responder. Quero lhe dizer que sim, mas as opções que tenho ainda estão ali, nenhuma delas me atraindo o bastante para dar um passo.

— Na verdade, não.

— Certo. Tenho uma coisa que pode interessar a você enquanto decide. Quem sabe. Sem pressão. Não quero influenciar suas decisões, mas isso parece...

— Fala logo, tia.

— Tenho um amigo da faculdade em Oklahoma, Jim Nighthorse — explica, com um tom entusiasmado. — É da nação cherokee por parte de mãe. Ele é candidato ao Congresso.

Minha antena mental se agita, e congelo. Meus dedos formigam.

— Tá bom — digo, devagar. — Me conte mais.

— Ele é incrível, Lenn. É advogado e já representou vários casos em nome da nação cherokee nos últimos anos.

— Tudo parece incrível. O que você quer? Como posso ajudar?

— Você podia trabalhar na campanha dele. Posso te enviar o perfil dele, mas não leve muito tempo pra decidir. Ele está fazendo entrevistas para montar a equipe. Vai ser uma disputa difícil. O oponente dele, o atual congressista no cargo, apoiou a proposta de uma empresa para um gasoduto em Oklahoma uns anos atrás.

Assim que ela pronuncia as palavras, algo estala e se encaixa dentro de mim, como se eu estivesse esperando ouvi-las. Escutei muito pouco sobre esse homem e essa oportunidade, mas ela já parece a certa. Isso vem acontecendo bastante comigo ultimamente. Eu senti convicção ontem, com Maxim, e, por algum motivo, sinto convicção agora.

— E você acha que posso ajudar? — questiono, mesmo que já acredite que sim.

— Acho. Ele precisa de alguém ousado e jovem, mas também sábio e astuto.

— E você acha que sou eu? — pergunto com um sopro de humor.

— Ah, eu sei que é.

Levanto do muro e volto para a mesa onde minhas melhores amigas aguardam, ainda molhando batatas fritas na maionese.

— Me manda o perfil.

# 17
# MAXIM

— Minha boca está pegando fogo, doutor.

Lennix abana os lábios carnudos, os olhos lacrimejando. Rio e entrego meu copo de água para ela beber. Entre goles ávidos e arfadas, ela sorri.

— Eu disse pra você ir com calma.

Corto um pedaço de *daging blado* no meu prato, o bife apimentado e levemente refogado que queima minha língua e incendeia minhas papilas gustativas.

— Bem, quanto a mim — fala Kimba —, estou amando demais este peixe. Está apimentado, também, mas é tão bom. Do que você o chamou, Max?

— É *sate lilit* — respondo. — Que bom que gostou. Como está o seu, Viv?

Os óculos da morena bonita estão praticamente embaçados pelo calor que emana de seu prato.

— Tudo está delicioso. Obrigada por trazer a gente aqui.

— Melhor *rijsttafel* da cidade. — Olho a mesa, com mais de uma dúzia de pratos de carnes, legumes e arroz. Muito arroz, que é meio o objetivo. — Não se pode vir pra Amsterdã e não comer *rijsttafel*.

— É muita comida — murmura Lennix, pegando arroz e o *sate kambing*, o cabrito saboroso que aceitou experimentar.

— Aqui é um dos meus lugares favoritos na cidade pra isso — conto. — Tinham alguns em Utrecht, mas este aqui é melhor.

— Você estudou sobre mudança climática lá? — pergunta Kimba, mastigando a carne de cabrito com cuidado, como se estivesse considerando se gosta ou não.

— Minha graduação foi em ciência climática, mas mudança climática com certeza faz parte disso, sim.

— E o que vai fazer com isso? — indaga Kimba.

— Tudo — respondo.

Kimba e Vivienne riem, mas Lennix me observa, seus olhos e os meus se encontrando no reconhecimento. Ela vislumbrou minha ambição em lampejos, em algumas coisas que compartilhei. Sabe que nada vai me deter na busca por meus objetivos.

— Também tenho diploma em administração — esclareço, respondendo aos olhares questionadores que as outras duas mulheres me dão. — Estou interessado na intersecção entre energia limpa e comércio.

— Em outras palavras — fala Lennix, arrastada, com o sorriso afetuoso e desconfiado —, ele quer ganhar muito dinheiro com o planeta.

Todos rimos, mas sinto a necessidade de assegurá-las que não sou um babaca capitalista sem coração que comprometeria o bem maior por um lucro maior. Não sou meu pai.

— É verdade que quero monetizar a inovação na energia ecológica — declaro, dando um gole no resto do meu Bir Bintang. — Mas também me recuso a deixar que este planeta se acabe sem pelo menos tentar convencer as pessoas de que a gente deveria parar de tratá-lo como uma lata de lixo sem fundo.

— Por isso vai pra Antártida semana que vem? — pergunta Lennix.

— É, tem muito o que aprender por lá.

— É perigoso? — Vivienne enche o pratinho a sua frente com mais bife e arroz.

— É o lugar mais remoto da Terra — respondo, com humor. — É, basicamente, um deserto coberto de gelo. Fica a literalmente milhares de quilômetros da civilização, e vou ficar rodeado de icebergs. Sem falar que o clima pode mudar num piscar de olhos, então, sim. Tem um pouco de risco.

Lennix franze as sobrancelhas sobre olhos preocupados.

— Quer dizer, nem tanto — me apresso em falar. — Vamos ter acesso, ainda que restrito, a telefone e internet pela maior parte do tempo.

*Nem sempre frequente ou confiável, mas já fiz parecer ruim o suficiente.*

— Quanto tempo você vai ficar lá? — indaga Vivienne.

— O voo é semana que vem, e ficamos lá até novembro — respondo. — Então mais ou menos oito meses. Um dos maiores riscos, além do clima e das condições imprevisíveis, é a depressão. Na maior parte do tempo, não vai ter sol. Fica escuro por meses no inverno, e muitas pessoas lidam com transtorno afetivo sazonal, algumas acabam em depressão.

— Parece intenso — diz Lennix.

— Pode ser. Só temos que nos ajustar à hipóxia hipobárica.

— Hum... o quê? — pergunta Kimba.

— Desculpe — digo, rindo. — Vamos viver muito tempo com menos de um terço do oxigênio que está disponível no nível do mar, mas temos treinado para essa condição. Tem um ex-membro das forças especiais da Marinha no nosso grupo, e eu treinei com ele por semanas, e sigo mantendo o programa que sugeriu.

— Por isso você está tão maior — declara Lennix. Ela faz um pouco de careta quando as amigas riem e bufam. — Quer dizer... Você... Foi quatro anos atrás. Só mais músculos, sei lá.

Sob a mesa, deslizo a mão por seu colo e encontro a sua, um galanteio entre nossos dedos. Rio e beijo sua têmpora. Ela se move para beijar meus lábios, abrindo-se brevemente para encostar a língua na minha. Fecho a mão livre num punho e reprimo o desejo de puxá-la para meu colo.

— A-hem — Kimba pigarreia e depois se espreguiça, bocejando com exagero. — Estou morta. Não está cansada, Viv?

— Hum? — Vivienne ergue o olhar, com a boca cheia de arroz e bife. — Não, na verdade queria pedir outra cerveja. A gente tem essas coisas nos Estados Unidos?

— Mas você não está pronta pra *ir embora*? — Kimba arregala os olhos e aponta a cabeça sutilmente na nossa direção.

— Embora? — Vivienne enfia um grão de arroz errante de volta na boca. — Nem experimentei o cabrito ainda.

— Bem, *eu* estou morto — digo, libertando Kimba e decidindo que seremos nós a ir embora. — Estou satisfeito e pronto pra ir. Por minha conta, senhoritas. Fiquem o tempo que quiserem que vou cuidar da conta na saída.

Afasto o cabelo do rosto de Lennix e murmuro em seu ouvido:

— Vai ficar mesmo comigo hoje?

Ela vira a cabeça, e a necessidade e o desejo em seus olhos combinam com tudo que venho querendo desde que ela saiu da minha casa esta manhã.

— Ei, meninas. — Ela arrasta o olhar de volta para as amigas. — Vou com o Maxim, tá bom?

Elas respondem com sorrisos astutos e acenos. Eu aceitei totalmente a ideia de jantar com Vivienne e Kimba, que me deu tempo com Lennix e também aliviou sua culpa por passar menos tempo com as amigas nas férias.

— Te vemos de manhã — diz Kimba. — Obrigada pela noite, Maxim. Foi ótima.

— E acho que você não checou seu celular nem uma vez pra ver se o Stephen tinha ligado, Viv — brinca Lennix.

Vivienne na hora vasculha a bolsa e pega o celular.

— Ele ligou! — Ela nos mostra a tela, o rosto triunfante. — Duas chamadas perdidas. Meu Deus, como esse homem me ama.

Elas continuam batendo papo enquanto acerto a conta. Vivienne e Kimba ainda estão beliscando seus pratos meio vazios e bebendo cerveja quando Lennix e eu saímos pela porta, os ricos aromas nos seguindo para a rua.

— Foi muito fofo da sua parte. — Lennix pega minha mão e me puxa para perto até que esteja pressionada ao meu lado. — Quer dizer, o jantar pra elas.

— Um pequeno preço a se pagar para passar um tempo com você. Eu estava mais do que disposto. Além disso, elas são ótimas.

— São incríveis. Kimba e eu nos conhecemos numa campanha de cadastro de eleitores no campus. — Ela ri no meu ombro. — A gente cadastrou a Viv pra votar. Nós duas somos graduandas em políticas públicas. Vivienne faz jornalismo.

— Legal. Ela e o namorado parecem estar sérios.

— Noivo, e nem acredito que ele a deixou sair do país. Ele é tão cheio de preocupações quanto meu pai. Stephen e Viv são unha e carne.

— Que ótimo que eles se encontraram tão novos.

— Acho que sim. Me preocupo às vezes que seja demais. Bom, ele já terminou a faculdade. Mora em Nova York. Trabalha no mercado financeiro. Ela com certeza vai se mudar pra lá quando se formar.

— O que tem de errado nisso?

— Ela está recusando uma oferta do *LA Times* pra ficar com ele.

— E você acha que não é prudente?

— Eu não faria. Quer dizer, é Nova York, então ela provavelmente vai achar outra coisa, mas não tem garantia. Deixar de lado minhas ambições e meus objetivos pra seguir um homem? — Seu arquejo zombador forma uma nuvem no ar frio. — De jeito nenhum.

— Bom pra você. Já entende como eu me sinto.

— É. — Ela tira a cabeça do meu ombro para observar o canal reluzente à margem da rua. — Sem compromissos.

— Isso. — Conecto nossos dedos e a puxo para perto. — Sem compromissos.

O silêncio se aprofunda entre nós enquanto caminhamos, e eu me pergunto se disse a coisa errada em algum momento do caminho, se fui honesto demais sobre como as coisas precisam ser entre a gente.

— E você? — pergunto depois de alguns instantes. — Pensou mais em qual das oportunidades vai escolher?

— Na verdade, tem mais uma opção agora. Minha madrinha ligou hoje. Ela tem um amigo candidato ao Congresso, e acha que eu deveria fazer parte da equipe dele. Ele é indígena, esperto e vem fazendo um ótimo trabalho pra nação cherokee em Oklahoma.

— Uau. Parece que isso poderia ser incrível. Vai topar?

Ela rapidamente dá de ombros.

— Mena, minha madrinha, vai me mandar algumas coisas para eu analisar e ver como ele é. Mas isso poderia ser a coisa certa.

— A coisa certa?

— Tenho a sensação de que sou um míssil pronto pra partir, mas que está esperando os códigos de lançamento e um destino. Confiante, poderoso, mas não sabe bem onde mirar. Hoje, enquanto Mena me contava dessa campanha, imaginei se seria meu alvo. Algo pareceu... não sei, fazer sentido. Você já pensou em entrar na política?

— De jeito nenhum. — Finjo um arrepio. — Negócio sujo, a política. Não se pode ter uma alma e ser político. Acredite em mim, tenho uma família cheia deles.

— Sério?

— É, meu tio foi prefeito. Temos alguns deputados na nossa ilustre árvore genealógica. E meu irmão mais velho é senador. Falando nisso, ele vai ser seu presidente daqui a uns dez anos.

— Você fala como se fosse só uma questão de tempo.

— Você não conhece meu irmão — afirmo, seco. — Quando cisma em fazer algo, ele consegue realizar seu objetivo.

— Parece que é coisa de família.

Paro e considero. Sou um Cade. Ambição e conquistas nunca foram uma escolha para mim. Era só uma questão de se minhas ambições me levariam para um caminho que satisfaria meu pai. Só que removi esse fator. Posso ter rejeitado o nome Cade, mas a natureza Cade não pode ser afastada com tanta facilidade.

— Você não quis entrar no negócio da família, por assim dizer? — segue ela.

— Vamos só dizer que o negócio da família não é pra mim.

*Nenhum deles*, acrescento em pensamento.

— Além disso, são os sonhadores, inventores e empresários que mais mudam o mundo. Gutenberg, Edison, Stephenson, Jobs: algo não estava bom o bastante no presente, então eles construíram o futuro. — Quase engasgo com uma risada amargurada. — O que os políticos fazem? Eles fazem guerra. Fazem lucro com a desgraça dos outros. Cometem erros pelos quais não vão assumir as responsabilidades e tomam decisões de que nunca vão sentir o impacto. Não, obrigado. Não é pra mim.

— Bem, quando você coloca assim, imagino que ache que eu deveria recusar o trabalho na campanha.

— De jeito nenhum. Se alguém consegue fazer aquele sistema corrupto funcionar, é você.

Uma gota pesada de chuva cai no meu nariz, escorrendo pela ponte, seguida por outra, e então uma sucessão delas.

— Ah, droga.

Puxo a jaqueta apoiada nos cotovelos erguidos para oferecer um pouco de abrigo a nós dois, mas a chuva triplica, caindo mais e com mais velocidade.

— Ainda tem quatro quarteirões até minha casa — aviso. — Desculpe, mas o clima é imprevisível nesta época do ano.

A chuva já começou a grudar o vestido fino no corpo de Lennix, abraçando firmemente cada curva sua. Um tremor forte passa por ela, e seus dentes batem.

— Vem. — Pego sua mão e me enfio no beco. Um beiral fornece um pedacinho de chão seco e abrigo. — Talvez dê pra gente esperar. Essas chuvas começam e passam como se nunca tivessem caído.

Estamos no meio de dois prédios, e mal tem iluminação, mas o luar a encontra, esculpindo sombras sob suas bochechas e traçando luas crescentes escuras com seus cílios abaixados. A chuva borrou seu rímel, e o cabelo encharcado está grudado em sua pele. Ela devia estar com a aparência desgrenhada, mas consegue ser a mulher mais bonita que já vi.

Eu me curvo, hesitante no início, mesmo depois do ontem. Mesmo depois de fazer amor com ela novamente hoje de manhã quando a persegui escada acima. Eu me aproximo com lentidão, dando-lhe oportunidade de recusar, mas ela não recusa. Lennix se aproxima, de olhos abertos, lábios ávidos, mãos amontoadas no meu cabelo molhado. É um beijo de água-doce, feito de chuva e paixão. Toques lentos ganham ritmo até que acabamos desvairados, encostados no muro, com mãos ansiosas, desesperadas para encontrar pele debaixo das roupas molhadas. O lado interno de sua coxa está escorregadio de chuva, e eu passo o dedo nas gotinhas antes de subi-lo e enterrá-lo sob sua calcinha.

— Isso, doutor — pede ela, num comando ofegante e faminto. — Assim.

Eu me inclino na curva úmida e perfumada de seu pescoço, deixando beijos ali enquanto meu dedo está fundo no paraíso. Cada som que ela emite me deixa mais duro, pronto. Lennix beija meu maxilar, minha bochecha, puxa meu lábio inferior com os dentes.

— A gente devia parar — digo, ofegante em sua boca. — Não consigo... vamos parar antes que...

Como lhe digo que, se não pararmos, vou comê-la num beco sem considerar quem pode ver? Como digo isso sem parecer desrespeitoso e egoísta?

— Não pare. — Ela se atrapalha na minha cintura, puxando o cinto da fivela e afrouxando o botão, descendo o fecho. — Pode fazer.

— Amor. — Jogo a cabeça para trás e solto um grunhido. Tão tentador. Eu quero tanto fazer isso. — A chuva deve parar logo. A gente pode ir correndo pra minha casa.

— Ou — fala ela, enfiando a mão na minha calça, me encontrando, me apertando.

— Cacete, Nix — grunho. — Não me faz te querer mais do que já quero.

— Ou — repete — pode fazer o que nós dois queremos. Agarrar o que eu quero dar. Aqui mesmo. Agora mesmo.

É uma rendição se nós dois quisermos? Não sei bem se é a vontade dela ou a minha que vence, mas eu a levanto, com as mãos na bunda dela, e cruzo suas pernas nas minhas costas. Coloco a mão entre nós para puxar a calcinha de lado e penetro.

Eu me sinto um deus.

Ainda assim, toda vez que ela arfa, grunhe e se aperta ao redor do meu corpo, *ela me* conquista. Ela é indelével. Talvez eu acabe com outra pessoa, talvez até ame outra pessoa algum dia, mas existe um lugar que Lennix Moon cavou dentro de mim em questão de alguns dias onde apenas ela vai se encaixar para sempre. É irracional e vai contra todas as regras que criei para mim, mas sinto que ela é minha. Pelos próximos dois dias, ela *é* minha.

E então nos afastaremos.

Essa regra sempre funcionou para mim. Ela me manteve focado durante a graduação, o mestrado e o doutorado. Ela me guiou para a Antártida e para outras regiões distantes da Terra a fim de desvendar os mistérios que podem moldar uma geração. Hoje à noite, porém, meu corpo encontrou um lar doce e úmido dentro de Lennix e, quando ela goza, quando eu gozo, as palavras, as regras, parecem tolices.

Suas pernas ainda estão ao redor da minha cintura, seus cotovelos, descansando nos meus ombros, e ela, presa entre mim e o muro de tijolos. Nossa respiração entrecortada se desprende da nossa boca, aquecendo o ar frio ao redor.

— Posso te perguntar uma coisa? — indaga ela.

Ainda um pouco sem fôlego, simplesmente assinto.

Ela encosta a cabeça na parede de tijolos para olhar meus olhos, analisá-los antes de fazer a pergunta.

— É sempre assim?

Sei o que quer dizer.

*Volátil. Indomado. Apaixonado. Satisfatório. Perfeito.*

O que posso dizer? Que, na minha vasta experiência, nunca foi assim? Nunca foi uma conflagração de fumaça saborosa e chama ardente? Que nunca quis quebrar minhas regras por ninguém, por melhor que fosse o sexo? Que, quando a vi naquela colina quatro anos atrás, soube que nunca a esqueceria e que, quando a vi de novo, soube que precisava tê-la? E que estar com ela, *dentro* dela, supera tudo que já tive com qualquer outra pessoa?

Se eu lhe contar a verdade, talvez a faça acreditar que posso quebrar minha regra.

Pior, *eu* talvez acredite.

Então minto.

— Às vezes.

Ela me observa por um segundo antes de assentir e remexer os quadris.

— Droga — sibilo.

Esse movimento simples é tão gostoso que meu pau se anima, e quero começar tudo de novo, avançar nela e perder toda a consciência do mundo além de Lennix Moon Hunter, meu único foco de luz.

— Merda. — Balanço a cabeça, enojado com a constatação repentina. — Esqueci a camisinha. Mil desculpas, Nix.

Ela arregala os olhos. Morde os lábios, abaixando os cílios longos.

— Minha madrinha trabalha numa clínica — informa, com a voz rouca e a respiração ainda curta. — Ela me faz tomar pílula desde os 16 anos, e estou saudável. Bem, você sabe que nunca estive com outra pessoa.

Ela me olha, silenciosamente pedindo por minha resposta.

— Estou saudável — me apresso em assegurar. — Sempre usei camisinha e faço exame regularmente só pra… Estou saudável, mas ainda peço desculpas por ficar distraído assim. Nunca ia querer que você se sentisse em perigo.

— *Geeft het als ik meedoe?* — pergunta uma voz masculina brusca a alguns metros dentro do beco, logo depois do fecho iluminado.

— Some daqui — disparo, encostando a cabeça de Lennix no meu pescoço para que ele não veja seu rosto.

— O que ele disse? — murmura ela, a respiração quente na minha pele.

— Hum, ele perguntou se podia se juntar a nós — respondo, rangendo os dentes, envergonhado por tê-la colocado nessa situação.

Uma risada abafada sopra meu cabelo. Eu me afasto e a olho sob a luz fraca da rua.

— Você está… rindo? — indago, o sorriso no meu próprio rosto me surpreendendo.

Ela solta as pernas da minha cintura, e seus pés atingem o chão. Nix pressiona a palma das mãos no meu peito, inclinando-se e erguendo o olhar para mim com um sorriso grande.

— Você tem que admitir que é meio engraçado.

— Não tenho, não. — Deslizo as mãos para agarrar seu quadril. — A chuva estiou um pouco. Vamos sair daqui antes que ele insista. Prefiro não acabar numa cadeia holandesa.

Pego sua mão, e nós nos aventuramos de volta para a rua. No momento, há apenas uma garoa fraquinha, um chuvisco leve estável. Ela ergue os braços, esticando os dedos como uma jovem deusa recebendo uma oferenda despejada pelo céu. O fluxo de água banha seu rosto, gotas cristalinas grudando nas pontas curvas de seus cílios. Algo se aperta no meu peito com a visão. Parte de mim, que eu não sabia nem que existia, se move. Seguro seu braço, nos detenho no meio da rua, no meio da chuva, no meio de uma das cidades mais bonitas do mundo, e a beijo.

Mesmo encharcados por causa de um aguaceiro, ainda estamos com sede um do outro. Ela abre bem a boca e explora a minha. Sinto cada linha e curva de seu corpo pelo vestido molhado grudado nela. *Eu* grudo nela. Meu sapato está pesado, gotículas descem por minhas costas, mas um raio teria que nos atingir para eu soltá-la.

Por fim, ela se afasta, seus olhos tão atordoados quanto eu me sinto. Curva a boca, inchada e úmida de chuva e beijos, num sorriso misterioso. Anda na frente, se vira para mim, e continua andando de costas. Aponta a cabeça na direção da minha casa, que está à vista, mas ainda a uma distância de mais de trinta metros.

— Corrida?

Antes que eu possa responder, Nix dispara, deslizando nos paralelepípedos, movendo os braços e as pernas. A risada sedutora dela flui até mim, e eu me mexo, correndo para alcançá-la. Ela está na metade dos degraus da minha casa alugada quando passo por ela e alcanço a porta com um segundo de vantagem.

— Não foi justo — diz, sem fôlego, fatigada, linda.

— Você até saiu na frente. — Rio, destranco e abro a porta, e a arrasto comigo pela mão. — E, para o vencedor, os espólios!

Jogo-a sobre meu ombro e disparo pela escada.

— Doutor! — Ela bate nas minhas costas sem um pingo de convicção, seu riso ricocheteando no pé-direito alto. — Me põe no chão!

Levo-a para o meu quarto e continuo até o banheiro.

— Com prazer.

Eu a coloco no chão, pego uma toalha e começo a secar seu cabelo. Sorrimos um para o outro, e acho que ela está tão feliz comigo quanto estou com ela. Lennix pega uma toalha e começa a secar meu cabelo também. Nossos sorrisos se esvaem. Soltamos as toalhas e começamos a despir o outro, tirando roupas ensopadas e chutando sapatos. Descarto rapidamente seu sutiã e sua calcinha e, com cuidado, passo a toalha por seus mamilos, como frutinhas no marrom-escuro de sua pele.

Ela joga a cabeça para trás, e se curva na minha mão, seu gemido ecoando no banheiro grande e vazio. Sento-a na bancada para que suas pernas fiquem penduradas. Eu me abaixo no chão e beijo o arco bem delicado de cada pé e depois atrás dos seus joelhos. Pressiono os lábios numa linha reta de beijos pelo interior de sua coxa até a boceta, atraído pelo aroma forte e íntimo. Estou faminto por ela, mordiscando os lábios carnudos e chupando o botão dentro deles.

— Meu Deus do Céu, Nix! — exclamo, sem fôlego, na sua coxa. — Sua boceta está estragando todas as outras pra mim.

Ela gargalha, segurando minha cabeça e passando os dedos no meu cabelo. Quando ergo o olhar, uma onda profunda de carinho inunda seus olhos. Ela põe o pé no meu ombro e me dá um empurrão, me fazendo cair de bunda no piso. Lennix salta da bancada e arranca para o quarto, se joga no colchão e abre as pernas. A risada sai do seu rosto, deixando apenas um convite atrevido. É impossível de resistir.

Quando chego à cama, ela se ajoelha e começa a abrir meu cinto, me lançando um olhar penetrante, faminto e profundo.

— Quero você na minha boca, doutor.

Sem desviar o olhar ou dizer uma palavra, tiro a calça e a cueca, libertando meu pau. Eu a conduzo até a beira da cama e para a lateral, colocando-a de joelhos. Não sei por quanto tempo a imaginei assim, mas é uma fantasia que pretendo satisfazer plenamente. Aceno para o pequeno espaço separando seus lábios do meu pau.

— Vai, então.

Ela abaixa a cabeça, e me envolve com os lábios cheios, engolindo o máximo que consegue. Eu agarro seu cabelo e me afundo até ela engasgar um pouco.

— Demais? — pergunto, com a voz rouca, sem saber direito se vou sobreviver se ela avançar só mais um centímetro.

Lennix não desvia o olhar, aqueles olhos de nuvem escura, e me leva ainda mais fundo.

— Porra.

Seguro seu maxilar e acaricio os músculos do pescoço quando ela começa a mover a boca em volta de mim, uma sucção tão perfeita que por um instante minha visão fica embaçada. Se olhar para meu pau desaparecendo em sua boca, vou sucumbir em sua garganta, e quero que isso dure o máximo possível.

De olhos fechados, os outros sentidos despertam. Os sonzinhos de gemido que ela emite, como um gato sedento por um pires de leite. O jeito que suas unhas se cravam nas minhas coxas, garrinhas me imobilizando para que ela consiga exatamente o que quer. O toque caloroso e úmido de sua língua e a pele por dentro de suas bochechas acariciando meu pau. É uma delícia, como se ela tivesse descascado a pele e chupasse meus nervos.

— Nix, vou…

Abro os olhos e sei que é uma causa perdida. Seus olhos estão fechados bem apertados, e eu estou tão dentro da garganta que a engasgo o suficiente para lágrimas deslizarem por suas bochechas. Ver ela assim… Tento afastar sua boca a tempo, mas ela abre os olhos, me encara e afasta minha mão deliberadamente, entrelaçando nossos dedos enquanto chupa e engole. Com a outra mão, pressiono sua cabeça, penetrando mais fundo e me libertando, me desprendendo de qualquer pensamento e me entregando a meter descontroladamente na boca de Lennix.

— Caralho.

Mal consigo falar, e gozo com tanta força que derrama pela garganta, transborda da boca e escorre pelo pescoço dela. É a coisa mais erótica que já vi. Ela lambe da base até a cabeça, me torturando ainda mais.

Quando acaba, nós nos arrastamos para a cama. Ela paira sobre mim, me beijando, me transmitindo o gosto salgado persistente em seus lábios e cobrindo o interior doce de sua boca. Sem interromper o beijo carinhoso, ela se deita ao meu lado. Exaustos, descansamos a cabeça no mesmo travesseiro, enroscamos as mãos entre nosso peito e, na confusão de lençóis e de corpos úmidos da chuva, adormecemos. E, nos meus sonhos, fazemos amor a noite inteira.

# 18
# LENNIX

Estou lá novamente, de pé na elevação de uma pedra, observando o terreno sagrado onde meu povo já se casou, dançou, cantou e lamentou. Estamos amontoados na beira do penhasco, observando a clareira. Mena, meu pai, o sr. Paul — todo mundo da minha Dança do Nascer do Sol está comigo. Um toque gentil afasta o cabelo do meu rosto.

— Mamãe — sussurro. Minha garganta queima, e ela fica embaçada na minha frente através do véu de lágrimas. — Achei que você tinha partido. Me falaram que você tinha partido.

— Não. — Os olhos de mamãe reluzem de lágrimas também. — Nunca. Estou sempre aqui, Lenn. Sempre com você.

Eu me aproximo, precisando segurá-la, senti-la sólida e macia contra mim, mas ela desaparece.

Um som me força a prestar atenção na planície abaixo. As árvores, ali instantes atrás, se foram, e máquinas monstruosas invadiram a área. Elas escavam a terra, revirando pedaços e os colocando de lado. A bocarra da escavadeira apanha o solo e um braço paira pendurado sobre sua fileira de dentes de metal. O caminhão vira e joga sua carga de terra e membros no chão. O corpo cai e rola, revelando o rosto. Olhos sem vida me encaram através de uma camada de cabelo escuro.

Um grito baixo e lamentoso se forma na minha barriga e sobe às pressas pela garganta.

— Mamãe!

# 19
# MAXIM

Acordo com o som do terror de Lennix e ligo o abajur. Ela chuta e se debate. Eu a abraço e puxo suas costas para junto do meu peito.

— Nix — chamo, minha voz se tornando mais nítida enquanto me forço a ficar plenamente consciente. — Nix, querida, para.

— Mamãe — murmura ela, jogando a cabeça para trás com tanta força que bate no meu queixo.

Massageio o maxilar e a viro de barriga para cima.

— Lennix, acorda.

— Mamãe, ah, Deus — diz, choramingando, os olhos ainda fechados. — Volte. Mamãe, não vá. Não vá.

As palavras se embaralham, se dissolvendo em soluços que sacodem seus ombros e enrugam seu rosto bonito.

— Shh. — Aproximo a boca de seu ouvido. — Estou aqui. Ei, estou bem aqui.

Quando afasto seu cabelo, ela agarra minha mão e a leva até o rosto. Ela a beija, e lágrimas umedecem meus dedos.

— Mamãe — fala, com os olhos bem fechados. — Pensei... pensei...

— Estou aqui — sussurro para ela.

Não sei bem se estou lhe dizendo que sou sua mãe para mantê-la calma ou se estou lhe dizendo que estou aqui, mas não importa. Estou aqui e quero fazer qualquer coisa para aliviar essa dor.

Piscando os olhos lentamente, ela acorda. Olha para mim e depois para o quarto.

— Eu estava sonhando? — As palavras saem ásperas e hesitantes.

— Estava.

Seco as lágrimas de suas bochechas, aquele mesmo lugar no meu peito de quando testemunhei sua alegria simples na chuva se apertando ao ver sua dor assim.

— Te acordei — diz. — Desculpa.

— Tudo bem.

Deito ao seu lado. Ela está tremendo, e não sei dizer se é uma reação ao sonho ou à temperatura do quarto.

— Está com frio?

Eu me afasto para sair da cama e ajustar o termostato.

— Não. — Ela pega meu braço sob o lençol e se aconchega em mim, sua pele nua fria na minha. — Por favor só... me abrace. — Sua risada trêmula e fraca. — Você disse sem compromissos, e aqui estou na sua cama, me agarrando, chorando e...

— Sabe que não foi isso que quis dizer. — Eu a aperto do meu lado e beijo sua cabeça. Hesito quando ela não responde e estremece outra vez contra mim. — Você se lembra do sonho? Quer falar dele?

Um suspiro ansioso é sua única resposta. Estou prestes a deixar para lá, garantir que ela saiba que não precisa dizer nada, mas então ela assente. Espero mais alguns instantes enquanto aperta meu braço mais um pouquinho.

— Já tive esse sonho. Sempre estou nos penhascos observando o vale onde Cade passou o gasoduto.

Quando ela menciona Cade, não sei se quer dizer meu pai ou a empresa, mas sei que, para ela, é uma coisa só.

— Estamos todos lá. — Sua risadinha sopra na minha pele. — Até nosso amigo, o sr. Paul.

Dou uma leve risada também, mas ainda a ouço chorar dormindo, desesperada e presa no inconsciente, ainda a sinto estremecer ao meu lado, então seu comentário alivia o momento apenas até certo ponto.

— Minha mãe está lá. — Sua voz falha, e ela inspira o ar fracamente. — Ela está tão linda. Tão viva. E então deixa de estar.

— O que acontece?

— Quando olho pra baixo de novo, os caminhões de obra estão lá e desenterram o corpo da minha mãe.

Eu a puxo para mim, incapaz de tê-la perto o suficiente.

— Lamento muito.

— É... não houve um desfecho, sabe? Os policiais foram uma piada quando ela desapareceu. É tão difícil conseguir justiça quando nossas mulheres desaparecem.

— Por que isso?

— Às vezes fica complicado por causa do lugar em que acontece. Se for numa aldeia, a maioria das nações indígenas tem autoridade criminal limitada frente a pessoas não indígenas. A comunicação entre a polícia local e o governo do povo é uma merda, e há um surto burocrático. Em geral, eles só não ligam muito, se quer saber. Seja lá por qual razão, é mais difícil proteger mulheres indígenas e conseguir justiça para elas. As pistas do caso da minha mãe esfriaram tanto que não achamos nada.

— Ninguém foi preso nem interrogado?

— Não. Acharam o celular dela perto do carro e vestígios de... — Ela pausa para pigarrear. — Vestígios de sangue, como se talvez tivesse ocorrido um confronto, mas nada que pudesse nos levar a algum lugar.

— Lamento muito.

— Quando alguém que a gente ama some assim, você não quer deixar de ter esperança. Não há um corpo. Nem certeza, então ainda há uma parte teimosa sua que se recusa a acreditar que a pessoa se foi. Vai acontecer algum milagre. Ela foi sequestrada. Ela ficou no porão de alguém por anos e, justo quando você está prestes a abandonar as esperanças, ela escapa. — Sua risada não tem humor e é dolorosa. — Mas isso é uma chance em um milhão — continua. — Na maioria dos casos, um monstro sai impune, e você nunca vai ter respostas.

Não tenho ideia de como confortá-la além de mantê-la perto, acariciar seus braços e ficar em silêncio para que Lennix possa dizer tudo que precisa, deixando claro que estou aqui e estou ouvindo. Que quero saber.

— Meu único conforto, e isso não vai fazer sentido, já vou logo avisando, foi que, no Natal, fomos para a clareira onde tive a Dança do Nascer do Sol, onde tantas das nossas cerimônias sagradas aconteceram, onde alguns dos nossos heróis estão enterrados. Eu sepultei ela lá do único jeito que pude. Ainda vou lá todo Natal, mesmo que seja por só alguns minutos. É como passar parte do feriado com ela. — Ela balança a cabeça e enfia uma mecha de cabelo atrás da orelha. — Sei que parece mórbido. Foi uma paz falsa, mas foi a melhor que consegui. E então Warren Cade e o senador chegaram com o maldito gasoduto. — Rancor e ódio escorrem de suas palavras, e quase não soa como a minha Nix: a mulher engraçada, corajosa e brilhante que conheci melhor nos últimos dias. — O que posso dizer é que aquele protesto, aquele gasoduto, me deu foco — declara ela. — Me moldou. Sei que vou lutar com homens como Warren Cade pelo resto da vida e que vou ter que trabalhar no sistema para ajudar pessoas com as quais o sistema não se importa. É por isso que estou sendo tão cuidadosa com meus próximos passos.

— É importante demais para errar — digo, compreendo pela primeira vez o papel essencial que o gasoduto e meu pai tiveram na formação da garota de quem passei a gostar muito num curto espaço de tempo.

— Exatamente. — Ela vira o rosto e olha para mim. — Tenho que ter propósito em tudo. Não posso me dar ao luxo de errar nas decisões. Não é por mim. É pelas pessoas que quero ajudar.

Eu deveria ter lhe contado naquela primeira noite quem era meu pai. Quem eu era. Caramba, eu deveria ter contado na cela, quatro anos atrás, mas não vi relevância. Sei que a maioria das pessoas adoraria ser um Cade, mas não me orgulho desse nome ou do meu pai há muito tempo. Vivi os últimos quatro anos fora da sombra da minha família e de tudo que vem com ela. Depois de ouvir o papel de meu pai nos pesadelos que torturam Lennix, ainda não consigo arruinar essa conexão contando a verdade. Está tudo emaranhando em sua mente e seu coração: o desaparecimento e a morte da mãe dela e o gasoduto que destruiu o cemitério onde ela a sepultou. É uma teia pegajosa e complexa, e meu pai? Ele é a aranha.

— Vamos parar de falar disso. — Ela se aninha mais perto, pressionando o corpo nu contra o meu. — Estou melhor.

Vou lidar com a questão do meu nome mais tarde. No momento, só quero aproveitar nossos últimos dias. Dissemos que nos afastaríamos no fim da semana, mas me recuso a arruinar o pouco tempo que temos com a verdade.

Eu a rolo de barriga para cima e me apoio nos cotovelos para olhá-la.

— Depois de amanhã, preciso ir a Londres.

— Como assim? — Tristeza e decepção tingem sua voz e rosto. — Por quê?

— É uma reunião da expedição à Antártida. Tem gente do mundo todo na equipe. Quem está perto de Londres, como eu e David, vai pessoalmente. Outros vão participar pelo Skype.

— Então vamos perder um dia.

— É. Quando eu voltar, a gente vai ter só um dia antes de você voltar pra casa.

— Então acho — diz ela, beijando meu pescoço e deslizando a mão por minhas costas para apertar minha bunda — que deveríamos aproveitar o máximo.

Dou uma risada sem conseguir esconder minha excitação.

— Exatamente o que penso, e por isso quero que você largue suas amigas e passe o dia inteiro comigo amanhã. Elas podem te ter de volta quando eu for pra Londres.

— O que está planejando?

— Vai ter que confiar em mim.

Traço os contornos do seu rosto com o indicador.

— Tá bom. Confio em você.

Eu me sinto um babaca, porque sei como a confiança de Lennix é preciosa e difícil de se conquistar. Seu ódio por meu pai ainda queima, vibrante e vívido. Tenho que contar a verdade, mas sou egoísta demais e a desejo demais, pelo máximo de tempo que eu puder, para cogitar contar meu nome de verdade.

# 20

# LENNIX

O SORRISO DE MAXIM TEM COMO FUNÇÃO PRINCIPAL ROUBAR corações. Seu magnetismo me atrai para ele, sentado na mureta em frente ao albergue.

Só faz algumas horas que nos separamos. Maxim me trouxe para casa, e tivemos tempo suficiente para nos aprontarmos para o dia que passaremos juntos. Ele empurra os óculos escuros em estilo aviador para a cabeça, e as mechas do cabelo se enrolam e grudam nas lentes. Vou sentir saudade de afundar os dedos em seu cabelo quando Maxim está dentro de mim. Vou sentir saudade do jeito que ele tem de me beijar, como se não acreditasse que é verdade — uma impressão espantosa de incredulidade vinda de alguém tão pragmático, até cético. Vou sentir saudade de ele entrelaçar nossos dedos sob a mesa e me tocar sempre que tem uma oportunidade. Vou sentir saudade de dezenas de coisas nele. Já estou fazendo uma lista, pois faltam apenas dois dias de seja lá o que isso for, ou foi.

— Oi.

Ele se levanta da mureta, deixando de lado o mesmo livro sobre as expedições para a Antártida, com a lombada para cima. Ele pega minha mão e me puxa para um abraço. Não espero que se incline e me beije; fico na ponta dos pés e tomo sua boca com a minha. Deslizo as mãos por seus ombros e cabelo. Abraço-o apertado e fecho os olhos com força, contendo as lágrimas repentinas.

*Vou perdê-lo.*

Passei apenas alguns dias com ele, mas a ideia de não ter isso todo dia é o suficiente para trazer lágrimas aos meus olhos.

Ele se afasta e segura minha mão.

— Nossa, bom dia para você também — diz, rindo um pouco.

Forço uma risada e mantenho os cílios abaixados por um segundo a mais, me recompondo. *Se controla, garota.*

Meu pequeno sermão vai para o espaço quando ergo o rosto e encontro seu olhar fixo atentamente no meu. Temo que eu esteja longe de conseguir me controlar. É possível ter sentimentos tão profundos por alguém depois de só alguns dias? Maxim esteve dentro de mim. Não é só sexo; ele respeitou meus sonhos impossíveis. Testemunhou meus pesadelos. Talvez eu tenha esperado tanto tempo para fazer amor porque sabia que seria ruim nisso: em aceitar alguém no meu corpo, mas impedi-lo de entrar na minha alma. Estendi um capacho de boas-vindas para Maxim, e a culpa é toda minha. Ele disse desde o início que seria sem compromisso.

*Não ligo se doer*, falei na primeira noite em que fizemos amor. Que garota ingênua, que boba. Que criança míope, pensando apenas em tê-lo, sem noção do quanto seria difícil deixá-lo ir.

— Tudo bem? — pergunta ele, franzindo as sobrancelhas grossas.

— Tudo — digo, e abro mais o sorriso para ele. — Tudo bem.

— Kimba e Viv não ligaram de eu te sequestrar hoje?

Meu sorriso se torna mais natural.

— Na verdade, elas estão adorando dormir mais. Depois do jantar de ontem, saíram para beber com Aya. Estão com uma ressaca daquelas.

— Bom. Então não vão sentir tanto a sua falta.

Caminhamos para a estação de trem e embarcamos. A expectativa supera a tristeza que o pensamento sobre nossa iminente separação trouxe.

— Aonde vamos?

Eu me recosto em seu ombro, aproveitando que ele está sentado ao meu lado.

— Oeste — responde, propositalmente misterioso.

Dou uma beliscada nele, embora seja só músculo e não tenha muito o que apertar.

— Ai! — Ele ri tão alto que várias pessoas no vagão viram a cabeça. — Sua… Vou te castigar por isso mais tarde.

— Vai me dar umas palmadas? — pergunto, com um olhar entusiasmado. — Me amarrar? Me amordaçar?

— Tem certeza de que ainda era virgem uns dias atrás? — sussurra. — Acho que não consigo te acompanhar.

— Você pareceu se sair bem hoje de manhã.

— E ontem à noite. — Ele passa a língua pelos meus lábios, me estimulando a abri-los para um beijo mais profundo. — Meu Deus, quero te comer o tempo todo.

— Temos isso em comum, então. Agora me diz aonde vamos.

— Sassenheim. O jardim Keukenhof é um pouco mais seleto. É tipo um museu de tulipas. Pensei em sair um pouco dos percursos batidos.

— Disse o homem que vai para a Antártida em uma semana. Tenho quase certeza de que você é o rei em "sair dos percursos batidos".

— Talvez tenha razão. — Ele ri. — Acho que vai ser melhor irmos só nós dois às tulipas, encontrar os campos, ver os moinhos pelo caminho. Quem sabe fazer um piquenique. Que tal?

— Sério? Parece o melhor dia do mundo.

Assim que ele disse "nós", pareceu perfeito. Quero ver as tulipas, o litoral e qualquer coisa deste país que Maxim quiser me mostrar, mas, principalmente, só quero mais tempo com ele.

— Que bom. A temporada das tulipas está só começando, então não vão estar totalmente em flor, mas ainda vão estar lindas. O clima este ano está sendo favorável. O melhor é ir na metade de abril, então estamos um mês adiantados. Eu só queria um tempo fora da cidade — diz. — Um tempo tranquilo com você. Um ritmo mais lento, com menos distrações, para podermos apenas nos curtir.

— Já está funcionando.

A viagem leva mais ou menos meia hora e, assim que desembarcamos, me apaixono. Um canal passa pela cidadezinha, cercado por casas estreitas. Barquinhos estão alinhados nas muretas do canal, e pontes de pedra cruzam a água. Lembra Amsterdã, mas emite uma energia diferente, como se fosse a prima desobediente da capital. É muito vívida, e o ar, fresco. Leva apenas alguns minutos para alugarmos bicicletas, encontrar uma ciclovia e começar. Faz frio, e o vento fustiga meu rosto e cabelo. *Eletrizante.*

— Tudo certo? — pergunta Maxim, olhando de relance para trás, pedalando um pouquinho a minha frente na ciclovia.

Acelero até emparelhar com ele.

— Tudo. Estou amando.

— Achei que amaria.

Conforme pedalamos, a paisagem muda, os indícios do centro desaparecendo e sendo substituídos por um interior exuberante, por campos e cavalos pastando com calma, sem nem erguer o olhar quando passamos. Moinhos de vento robustos, com os braços grossos de madeira em movimento preguiçoso, marcam a rota panorâmica ao longo da avenida no litoral.

Max desacelera e para em uma cerca que limita a ciclovia. Paro ao seu lado.

Ele aponta para a água.

— Está vendo aquilo?

— Os moinhos?

Maxim sorri para mim.

— São turbinas eólicas, não moinhos. Tem uma diferença.

— Tá, e o que tem elas?

— São minhas — conta ele, com um brilho orgulhoso nos olhos.

Meu queixo cai, e corro para mais perto da cerca como se isso fosse me aproximar dos objetos brancos e elegantes flutuando na água.

— Como assim são suas?

— Eu as comprei. Só algumas, mas é um começo. Usei o resto do meu dinheiro.

— Você é *dono* delas? Meu Deus. O que vai fazer com elas?

— A Holanda está fazendo um bom progresso com energia eólica. É uma substituta viável para os combustíveis fósseis e para as formas mais sujas de gerar energia.

— Uau. Você é dono de moinhos.

— De *turbinas*, Nix.

— Você é quase o Dom Quixote — continuo, me animando com a analogia. — Um cavaleiro errante, determinado a salvar o mundo. Todo equipado com moinhos de vento.

— Então virei piada, foi? — Ele se aproxima de mim e rosna de brincadeira.

— Ahhh! — Pulo na bicicleta e disparo, pedalando furiosamente, gritando quando o vejo vir atrás de mim. — É o doutor Quixote!

Pedalamos e rimos até chegarmos aos campos de tulipas, estendidos como tapetes vibrantes exibidos em um bazar ao ar livre. Áreas extensas pintam tudo de roxo, amarelo, vermelho e rosa.

— A maioria desses campos pertence a fazendeiros que vendem as tulipas. Alguns nem deixam tirar fotos, muito menos colher flores — conta Maxim, parando a bicicleta. — Felizmente para você, seu guia sabe onde colher.

Pedalamos mais um pouco, alternando entre momentos de silêncio confortável, de conversa enquanto pedalamos lado a lado e, em certa altura, de um coral entusiasmado dos melhores sucessos de Billy Joel. Maxim inventa sua própria letra ridícula para "We Didn't Start the Fire":

— Orelhas de coelho, Britney Spears, iPhone, *Esqueceram de mim*.

— Estou quase certa de que o iPhone não tinha sido inventado quando Billy Joel escreveu a música.

Rio depois de seu último refrão, que incluiu anacronismos como *The West Wing: Nos bastidores do poder* e DVDs.

— Você tinha que estragar com detalhes técnicos… — reclama ele.

— Também conhecidos como verdades — retruco.

— A verdade é relativa.

— Se você acha isso, talvez deva, sim, entrar para a política.

Chegamos ao jardim de colheita de flores e andamos com as bicicletas por corredores enormes entre fileiras de tulipas.

— Você despreza todos os políticos em geral ou, na sua opinião profissional, acha que já existiram alguns bons? — pergunto.

— É que eles sempre têm um objetivo próprio. Geralmente é a glória, mas alguns me inspiraram.

— Tipo quem?

— Gosto dos Kennedy.

— Que surpresa — digo com uma bufada.

— Como é que é?

Ele me olha com uma sobrancelha erguida e um meio-sorriso.

— Não me diga que ninguém nunca te comparou com JFK Jr.

— Como assim?

Sua risada surpresa soa alta na relativa calmaria do campo. Viemos em um dia de semana bem no comecinho da temporada de tulipas. Não há muitos turistas hoje, e temos um pedaço dessa colcha de retalhos colorida para nós.

— Ah, qual é. — Sorrio e abro o apoio da bicicleta para deixá-la ali e caminhar pela fileira de flores. — A altura, o cabelo escuro, o sorriso encantador e os olhos sedutores.

— Você acha que tenho olhos sedutores e sorriso encantador?

— Como se eu fosse dar minha virgindade depois de um dia para um tipo qualquer sem sorriso encantador.

— Não esquece os olhos sedutores.

Ele pestaneja rapidamente e ri quando mostro o dedo do meio. Maxim para a bicicleta entre duas fileiras de tulipas e se junta a mim.

— Os Kennedy estavam longe de serem perfeitos, sabe — digo a ele.

— Bem comprovado, mas por que a gente espera que os políticos sejam perfeitos? Eu prefiro alguém dizendo: "Ei, traí minha mulher, mas o que isso tem a ver com evitar guerras estúpidas? Ou com o aumento de impostos das pessoas de menor renda?". — Ele pega minha mão e me puxa para si enquanto nos distanciamos das bicicletas. — Quando paramos para pensar, tivemos muito pouco tempo com JFK — continua. — Mas é dele que todo mundo fala. Ele entendeu a importância da visão, de inspirar as pessoas. Ele literalmente disse que íamos para a Lua. E fomos. Ele nos mandou perguntar não o que o país poderia fazer por nós e, sim, caramba, o que nós podíamos fazer pelo país. Responsabilidade equilibrada com compaixão. Esse é o problema da maioria dos democratas. Muita compaixão, mas nunca me mostram como vão pagar por ela ou quem vai assumir a responsabilidade, e precisam ser impiedosos de vez em quando. Me mostrar um pouco de instinto assassino. Se eles se importam tanto com as pessoas, têm que lutar por elas. Se o adversário joga sujo, talvez eles precisem jogar também, pelas pessoas que disse que precisam.

— E qual o problema dos republicanos?

— Eles têm um problema com compaixão. — Maxim chuta uma pedra, que quica a nossa frente. — Têm visões medievais de quase tudo, incluindo mudança climática.

— E você é qual deles?

— Eu sou eu. Odeio o sistema bipartidário. Ele pede que as pessoas coloquem seus princípios individuais de lado por uma plataforma. Quero um cara que diga "eu acredito em quatro coisas do lado de lá e talvez três do lado cá, e todos entenderam essa merda errado, mas não se preocupem. Tenho meu próprio plano. Me sigam".

— Uau. Um verdadeiro slogan de campanha.

— Agora você vê por que nunca vou entrar para política. Tudo é um jogo de poder e manipulação, sem nenhuma sinceridade. Se eles fecham um acordo que seja vantajoso para eles e os eleitores acabam se beneficiando, ótimo, mas eles vêm em primeiro lugar.

— Então a lista de políticos que você aprova é bem curta.

Maxim dá de ombros.

— Tem algumas exceções. Na verdade, eu gosto de Bobby até mais do que do presidente Kennedy. Ele disse: "O futuro não é um presente. É uma conquista".

— Adorei.

— Eu vou fazer isso — afirma Maxim. A força de sua vontade e ambição é como uma muralha. — Não é preciso ser político para mudar o mundo. Na verdade, acho que as chances são maiores se não for. O poder embaça tudo e tende a tirar a perspectiva.

É uma pena ele não querer concorrer, porque apoio tudo o que disse. E o homem é bonito, o que faz muito sucesso com o eleitorado estadunidense. Amam um presidente bonito.

— Sinceramente, não ligo para esquerda ou direita — digo. — Só quero que as coisas mudem e não ligo para que lado faz isso.

— Concordo.

Caminhamos por fileiras de tulipa de cores tão ricas que cada bulbo parece ter sido pintado à mão. Eu as colho pelo caminho e as deixo na cesta, tirando fotos das flores e algumas, escondidas, de Maxim, que parece incongruentemente grande do lado das plantas delicadas.

— Está tirando o bastante? — pergunta ele, observando. — Quer dizer, fotos.

— Preciso de uma nossa juntos aqui.

Ele ergue a cabeça, nossos olhos se encontrando, e um grande sorriso se abre em seu rosto bonito.

— Senhora! — grita ele para uma mulher mais velha a algumas fileiras de distância.

Quando ela olha, ele vira o sorriso encantador para ela, e é claro que ela vem em nossa direção em poucos segundos.

— Se importa de tirar uma foto minha e da minha...? — Suas palavras somem, e ele parece tão incerto de como preencher essa lacuna quanto eu. — Pode tirar uma foto nossa?

— Claro.

Ela pega o celular dele e sorri com simpatia.

Ele me abraça por trás e apoia o queixo na minha cabeça. Ela faz a primeira foto. Quando ergo o rosto para ele, seu olhar me aquece e derrete qualquer hesitação restante. Ele se abaixa para segurar meu queixo e me beijar com ternura. Eu ouço outro clique, mas pouco me importo. Eu me estico para aprofundar o beijo, para estendê-lo, até que a mulher pigarreia.

— Desculpe — diz ele, com um sorriso arrependido. — Obrigado.

— Tudo pelo amor jovem — responde ela, melancólica, e volta para a cesta a algumas fileiras de nós.

*Amor jovem.* Não é o que temos. Deve ser muito cedo, mas temos algo especial que vai se acomodando no meu coração dia a dia, por mais que eu tente impedir. Tento me segurar, me lembrar de que não é permanente, mas meu coração manda eu me ferrar e segue seu caminho.

— Fome? — pergunta Maxim. — Comida?

— Por favor.

Depois de comprar uma cesta de piquenique com vinho, queijos, frutas e sanduíches, guiamos as bicicletas até a beira de um rio. Ele estende a toalha, e eu arrumo o almoço. O sol está alto, o clima, ameno, o ar, fresco, e a companhia… Maxim é a única pessoa com quem quero estar aqui e agora.

— Teve novidades do seu político? — indaga ele, alongando o corpo forte. Ele se apoia no cotovelo para jogar uvas na boca.

— Quando voltei para o albergue hoje, Mena tinha me enviado algumas coisas para eu ver. — Tomo um gole no copo descartável de vinho. — O salário é quase nada, claro, mas seria uma ótima experiência. Nighthorse é para valer. O que ele quer fazer pelos povos indígenas de Oklahoma é exatamente o que eu adoraria ver acontecendo em todo lugar. Fiquei impressionada.

— Acha que vai topar?

— Eu disse a ela que quero, se ele estiver interessado.

— Ah, ele vai estar. Como não?

— Vamos ver. — Dou de ombros. — Estou com você. Não suporto a maioria dos políticos. São eles que mais mentiram para os indígenas. Nos enganaram. Nos traíram. Nosso próprio senador passou aquele gasoduto de última hora para o Warren Cade.

Maxim emite um som engasgado, e, quando o olho, ele está tossindo.

— Tudo bem? O vinho desceu pelo lugar errado?

— Hum, tipo isso. — Ele encara o copo. — Desculpe. Você estava falando do…

— Warren Cade, isso. O babaca. — Respiro fundo para conter a fúria que surge toda vez que penso nesse homem desalmado. — Mas claro que ele cuidaria dos próprios interesses. O senador Middleton deveria estar cuidando dos nossos. Vou entender o sistema de dentro para fora e eleger líderes que vão cuidar do que é melhor para o povo.

— Mas quem determina o que é melhor? — Maxim esmigalha uma casca de pão no guardanapo. — Alguns diriam que Middleton realmente criou novos empregos para a população, e é verdade. — Ele ergue as mãos de forma defensiva quando lhe dirijo um olhar ameaçador. — Ei, só estou fazendo o papel de advogado do diabo. Não me mate.

— Sei que o gasoduto criou empregos, mas também quebrou promessas que o governo fez ao meu povo. *De novo.* Ele põe em risco o fornecimento de água de uma comunidade inteira. E quer saber? Ele declaram edificações como patrimônio histórico para que empresas não as destruam com escritórios novos e qualquer coisa que considerem progresso. Porque alguém diz que o valor da coisa é maior do que a renda que a destruição criaria. Ainda assim, toda vez que algo nosso é sagrado, deixa de ser no instante em que a proteção se torna inconveniente para alguém no poder.

— Então você quer o poder.

— Eu quero distribuí-lo. Criá-lo. Colocá-lo em um lugar onde vai ser usado direito — respondo, sentindo a indignação pulsando nas minhas veias. — Sim, geralmente tem mais de um "direito". O que é direito às vezes é relativo. Não é vida, ou morte, ou crueldade, esses absolutos todos. Tudo que se pode fazer é lutar pelo direito em que você acredita. Não tem gente o bastante lutando pelos "direitos" do meu povo. O que é certo para a gente *e* os direitos básicos que parecem ser dados com rapidez para todos menos nós. É por isso que planejo passar a vida lutando.

Maxim dá um sorriso quase triste.

— Que foi? — pergunto. — No que está pensando?

— Estou pensando — diz, empurrando meu ombro com delicadeza até que eu me deite na toalha e ele paire acima de mim — que você vai ser incrível pra cacete. — Ele encontra meu olhar, e seu sorriso se esvai. — E eu queria poder estar por perto para ver.

Ele me disse. Eu sabia isso não seria permanente. Ele disse que não teríamos compromisso, que iria embora, mas o encerramento em suas palavras dói demais.

— Você vai estar nas expedições, não é? — pergunto, afastando o cabelo escuro que cai sobre seus olhos. — Salvando a Mãe-Terra?

— Por aí. — Ele passa o polegar no meu lábio inferior. — Antártida. Depois vou para a Amazônia. Sabia que vinte por cento do oxigênio do mundo vem da Amazônia?

— Jura? Aprendo algo novo todo dia.

— Dá para aprender, se quiser. — Ele ri. — Depois quem sabe as Maldivas, que podem ficar inabitáveis daqui a só algumas décadas.

— Calma, as ilhas? As ilhas de férias das Maldivas?

— Elas só estão a uns dois metros acima do mar. No meio desse século, parte das Maldivas e até partes do Havaí talvez acabem submersas.

— Está falando sério?

— Claro. Uma pena que, quando as pessoas começarem a acreditar que é sério mesmo, vai ser tarde demais.

— Como entrou nisso? Por que é tão importante para você?

— Digamos que cresci pensando muito nos nossos recursos naturais — responde com um sorriso irônico que não diz completamente nada. — E nem sempre gostava do que descobria.

— Então você vai salvar o planeta.

— E não esqueça que quero ganhar muito dinheiro.

— Capitalista — murmuro, me esticando para beijar seu pescoço.

— Ativista — sussurra em réplica por cima do meu ombro, lambendo e beijando minha clavícula.

— A gente vai tomar direções completamente diferentes, não vai?

Odeio o som patético na minha voz, o aperto no meu coração com a ideia dele nas vastidões da Antártida e da Amazônia enquanto trabalho em prol do futuro senador Nighthorse, de Oklahoma.

— Vai, sim. — Ele puxa minha mão para sentarmos na toalha, me encaixando entre seus joelhos, com as costas em seu peito. — Deixa eu mostrar a você onde vou estar.

— O quê? — Olho para trás. — Como assim?

— Me dê as mãos — pede, sua voz ressoando nas minhas costas.

Ele me envolve com os braços e pega minhas mãos, esticando-as na nossa frente.

— Vamos voltar para os dias em que o mundo era plano por um momento. — Ele coloca minhas mãos lado a lado, com as palmas para cima. — Não estou com um globo aqui, então vamos fazer um mapa. Aqui está o bom e velho espaço ocupado pelos Estados Unidos. — Com o indicador, ele esboça na beira da minha palma esquerda o que parece vagamente a forma dos Estados Unidos. — Você vai estar lá em Oklahoma. — Ele passa uma linha pelo quadrante inferior da minha mão direita e para no meu pulso. — Vou estar bem aqui embaixo, na Antártida. — Ele sobe um pouquinho, deixando minha pele formigando a cada toque. — A equipe vai sair daqui para chegar lá.

— Onde é isso? — pergunto, com a garganta fechando e os olhos ardendo.

— Nova Zelândia. É mais perto.

— Sempre penso na Nova Zelândia como um lugar quente, não tão perto da região mais fria do mundo.

— É uma das coisas fascinantes de lá — diz ele, a empolgação surgindo em sua voz. — Tem um ponto onde o tropical e o ártico se cruzam. A Antártida é um estudo de paradoxos. Um deserto de gelo. Duas coisas que nunca deveriam estar juntas. — Ele beija meu pescoço, sua respiração soprando meu cabelo com as palavras. — Mas eles se encaixam. Têm sentido. Se pertencem.

*Como nós.*

Não digo, mas sinto.

Ele fecha minhas mãos no mapa que esboçou nas palmas, segurando-as juntas e me puxando mais contra o peito.

— Agora você tem o mundo todo nas mãos. — Ele ri no meu cabelo. — Eu sei. Cafona, né?

— Não. Não é cafona.

*É fofo.*

Abro as mãos de novo, analisando o caminho que ele desenhou do canto superior da palma esquerda até o canto mais inferior da direita. Estaremos em pontos extremos da Terra. Tão distantes quanto duas pessoas podem ficar.

Se eu fosse esperta, começaria a me afastar agora, preparando o coração para sua ausência. Para sua derradeira e inevitável partida. Mas não sou tão esperta quanto achei que fosse. Eu me viro e o abraço pelo pescoço, e o empurro até que ele se deite e eu monte seu quadril. Deslizo as mãos para a exuberância de seus cabelos. A cada beijo, passo as mãos nele, tentando apagar os quilômetros que em breve nos separarão. Não temos muito tempo, mas, agora, eu tenho isso.

# 21
# MAXIM

Já estou com saudade de Lennix.

Eu deveria estar revisando minhas anotações para a reunião em Londres, mas o que estou fazendo? Olhando para fotos nossas... dela nos campos de tulipas no dia anterior.

É por isso. É por isso que não namoro, cacete. Tenho objetivos. Todas as coisas que meu pai acredita que não consigo fazer sem ele e o nome Cade, eu farei. Ainda assim, aqui estou eu, embarcando na viagem mais perigosa e importante da minha vida, e sorrindo que nem um idiota para fotos de Lennix em um campo de tulipas. O vento açoitando seu cabelo como no dia em que a conheci, mas seus olhos não estão tempestuosos ou úmidos como no protesto. Eles sorriem para mim, com aquele cinza indefinível. Há um mar de cores atrás dela, inúmeras flores lindas, e ela supera todas.

— Ela é linda mesmo — murmura David do assento ao lado.

Bloqueio a tela do celular e me viro para olhar feio para ele.

— Nem pense nisso.

— Ei, estou pegando a melhor amiga dela. Sério?

— Não ligo se você... espera aí. Como é que é? A Kimba?

— Onde esteve a semana toda? É, transei com ela no segundo dia. Você não notou porque estava ocupando se apaixonando.

— Não estou, nada.

Franzo a testa para a tela escura.

— Ah, então você só está transando também?

Flexiono os dedos por reflexo com a ânsia de estrangulá-lo por falar de Lennix dessa maneira e também do que compartilharmos.

— Você não sabe de porra nenhuma — declaro com o máximo de tranquilidade que consigo. — Estamos de férias. Sei lá.

— Pois é, Kimba e eu fomos totalmente honestos. Só uma transa de férias. Aliás, uma transa boa para cacete. Já falei da bunda dela?

— Não precisa, valeu.

— Mas, quando ela for embora daqui a pouco, vou ficar de boa. É isso. Pode dizer o mesmo de Lennix?

Sinto uma revolta em nível celular com a ideia de deixá-la para sempre. Com a ideia de reduzir o que compartilhamos a uma transa de férias. Sou um aprendiz, um pesquisador, um estudante. Não ignoro os fatos só porque não gosto do que encontro. Talvez seja por isso que não me permiti examinar minha reação visceral a Lennix desde o primeiro instante em que a vi. Vê-la de novo foi como um milagre. Vou mesmo deixá-la partir para sempre?

— Mas provavelmente é melhor você ficar concentrado mesmo — avisa David. — Tem umas dez coisas que podem dar errado nessa viagem, cara. E todas podem nos matar.

— Que deprimente. Vai ficar tudo bem. A gente se preparou o máximo que pôde.

Shackleton não tinha se preparado? E Douglas Mawson? Eles não só eram cientistas brilhantes, como também estrategistas excepcionais. Pura determinação e a força de sua liderança os tiraram das piores condições quando as coisas deram errado na expedição deles para a Antártida. Ambos acabaram encalhados. Homens morreram.

— Sorte nossa que temos o Grim — continua David, analisando o manual que Brock Grimsby organizou para nós.

Brock foi das forças especiais da Marinha. Foi ele que elaborou o plano de preparação física que seguimos nos últimos seis meses.

— Baita sorte — concordo.

— Mesmo sendo bom, nem ele consegue vencer uma nevasca sozinho. Todos nós precisamos saber essa merda de trás pra frente.

Ele tem razão. Shackleton perdeu seu navio, *The Endurance*. Ele ficou nos bancos de gelo da Antártida com os homens que restaram e viu a embarcação afundar. Não posso me distrair. Por mais que eu queira me perder naquela cascata de cabelo preto e naquele corpo angelical, partimos para a Antártida semana que vem. Tenho que estar pronto para fazer minha parte.

Quando eu voltar para Amsterdã, vou ter mais um dia com Lennix. E então vou embora como falei que iria. Depois disso, quem sabe o que vai acontecer? Sei apenas que nada pode acontecer agora.

Determinado, pego as anotações para revisar nosso plano de emergência e deixo o celular de lado.

# 22
# LENNIX

MAIS. UM. DIA.

É tudo o que nos resta. Quando Maxim voltar de Londres, amanhã à tarde, na verdade teremos menos de um dia antes do meu voo para os Estados Unidos.

— Essas são bonitas — diz Vivienne. — O que acha?

Tento voltar a atenção para o que Vivienne está falando. Estamos explorando o famoso mercado flutuante de flores de Amsterdã, uma explosão de narcisos, cravos, violetas, orquídeas e uma quantidade de brotos que saturam de cor todos os centímetros desta manhã.

E tulipas. Como as que eu e Maxim colhemos ontem. Como foi perfeito o dia com ele… Depois que eu partir, por quanto tempo tudo vai me fazer lembrar dele?

— Ruim assim? — Vivienne faz careta para as flores agrupadas pelos caules na sua mão. — Achei que eram…

— São lindas — digo. — Desculpe. São muito bonitas.

— Concordo — fala Kimba. — Compra umas sementes dessas. E vê se estão empacotadas e aprovadas para exportação antes de comprar.

— Tá bom — responde Vivienne, assentindo. — Tinha esquecido.

— Você não contou muito para gente do seu dia nas tulipas — comenta Kimba enquanto Vivienne termina a compra das flores e sementes.

— Ah. — Ajusto a bolsa enorme no meu ombro e sorrio, com certeza de forma artificial. — Foi ótimo. Bom. Legal.

Kimba e Vivienne trocam um olhar significativo antes de se voltarem para mim.

— Beleza, Lenn — diz Kimba. — Precisamos conversar.

Saímos da estufa suspensa na água e voltamos para a rua. Lampejos do canal Singel iluminam nossa vista, e o perfume da inundação de flores impregna no ar.

— A gente gosta muito do Maxim — afirma Vivienne.

— Ele é ótimo — acrescenta Kimba. — E bonito pra cacete. Nem precisava dizer, mas estou dizendo.

Nós três rimos, e eu me preparo para o sermão que vem por aí.

— Mas — continua Kimba — todas nós sabemos que ele disse que seria só essa semana.

— E sem amarras — completa Vivienne. — Sem compromissos.

— Estou bem ciente disso — respondo, rigidamente. — Está tudo sob controle.

— Ah, meu bem, se você acredita mesmo que está tudo sob controle — retruca Kimba, sarcástica —, é pior do que imaginamos.

— Meninas, meus olhos estão bem abertos.

— E seu coração também. — Vivienne segura meu cotovelo e nos detêm na rua. — Ele é seu primeiro, Lenn. É lindo e fantástico na cama, e ainda por cima é um ph.D.

— E te olha como se o sol nascesse e se pusesse na sua vagina — murmura Kimba, do meu outro lado. — Quando um homem te olha assim, te fode assim, fica difícil não se deixar levar, mesmo quando eles dizem de cara "Não se deixe levar". Você ganhou na loteria da virgindade, amor.

— Não sou uma criança. Só porque eu era virgem…

— Quatro dias atrás — interrompe Vivienne, jocosa.

— Não quer dizer que sou uma menininha patética que vai ficar toda grudenta quando Maxim e eu seguirmos nossos rumos — afirmo, mesmo que meu coração zombe de mim pelo fato de que eu talvez fique exatamente assim quando perdê-lo.

Nossa, *perdê-lo*? Eu nem sequer o *tenho*. Ele não é meu. *Não somos nada*. Eu me alimento com o mantra que deveria proteger meu coração, mantê-lo seguro e isolado do que Maxim faz meu corpo sentir. Mal consigo admitir para mim mesma, muito menos para minhas amigas, que não está funcionando.

— A gente que vai secar suas lágrimas — comenta Vivienne, pegando minha mão. — E não vamos ligar, porque você já fez isso por nós duas mais de uma vez.

— Muito mais do que uma vez. — Kimba pega minha outra mão. — Então sabemos como dói e só não queremos te ver passar por isso.

— Ainda mais com essa oportunidade incrível no horizonte — acrescenta Vivienne. — Assim, trabalhar para um candidato indígena ao Senado? Foi totalmente feita para você. Você precisa botar a cabeça no lugar para aproveitar essa chance.

— Eu sei. — Aperto as mãos das duas, ganhando força e sensibilidade com o contato. — Vocês estão certas. Talvez eu esteja sentindo... mais do que deveria por Maxim. E ele realmente falou que seria apenas esta semana e que iria embora.

Mas a cada olhar, a cada toque, a cada momento com ele, vejo aquele pedido, *fique*, em seus olhos. Concordamos que seria só esta semana, mas, quando ele me beija, sinto que poderia ser *para sempre*. Que poderíamos criar um mundo para nós, mesmo que nossos caminhos estejam rumando para diferentes cantos do globo.

Não conto isso para minhas amigas porque elas já estão preocupadas que algo possa acontecer com meu coração. Não posso dizer que algo já deve ter acontecido.

— Ouvi vocês — afirmo, lançando um sorriso agradecido para ambas. — Devidamente anotado. Eu entendo. Esta semana, nada mais. Sem coração partido. Agora, a gente não disse que ia fazer um estrago na Leidsestraat? Esses euros estão queimando meu bolso. Vamos às compras!

Estamos obcecadas com um par de brincos quando meu celular toca.

— Tia, oi! — atendo Mena.

— Lennix, tenho novidades.

Eu me afasto do balcão onde Vivienne e Kimba vasculham uma bandeja de joias. Meu coração acelera.

*O emprego?*

— Tá bom. E aí? — pergunto, sem nem tentar conter a empolgação na voz.

— Você conseguiu!

— Ai, minha nossa. — Pressiono a mão no peito, mas não adianta tentar me acalmar. Meu coração está batendo como um tambor. — Sério?

— Sério! — Mena ri. — Um porém.

— Porém? Qual é?

— Bem, ele quer que você venha agora.

— Tá, eu volto na sexta.

— Ele gostaria de você *aqui* na sexta. Pode voltar hoje?

— Uau. Por que a pressa?

— Ele, hum, gostaria de explicar pessoalmente — responde Mena, em voz mais baixa. — Ele está aqui comigo. Você fala com ele?

— Agora? — guincho. — Ele está com você agora?

— É uma situação especial, Lenn — explica ela, séria. — Ou ele não pediria. Fale com ele.

— Tá bom — aceito depois de uma breve pausa. — Chame ele.

— Lennix? — uma voz suave e grave soa do outro lado da linha.

— Ah, oi, sr. Nighthorse?

— Me chame de Jim, por favor.

— Tá bom. Jim.

— Obrigado por falar comigo. Soube que está de férias na Europa.

— Sem problemas. — Permito uma pausa antes de continuar. — Mena me falou muito da sua campanha, e seria uma honra trabalhar com o senhor.

— A honra é minha. Lembro dos protestos contra o gasoduto Cade, e já li sobre as maratonas sagradas que você organizou durante a faculdade em prol de outros projetos. Seu histórico e seu currículo são extraordinários. Você é uma jovem impressionante.

Um sorriso se espalha por meu rosto, e me apoio no canto de uma vitrine de vidro próxima.

— Obrigada. Ouvir isso é muito importante.

— É só a verdade.

— Mena disse que o senhor precisa que eu esteja aí na sexta? Tipo ir...

— Hoje, se puder — interrompe ele. — Temos uma situação aqui e acho que você está muito bem preparada para nos ajudar. Uma menina está desaparecida.

Foi assim que a polícia descreveu minha mãe no início.

*Desaparecida.*

Vivemos no limbo agonizante entre *desaparecida* e *assassinada* desde então.

— Ela sumiu dois dias atrás — continua Jim. — É de uma família cherokee que não vive muito longe de um daqueles canteiros de obra de gasoduto. É a terceira garota dessa comunidade a desaparecer este ano. Não preciso te dizer o que isso pode ser.

Não. Histórias de jovens desaparecidas, sequestradas, estupradas por homens pervertidos que passam muito tempo longe de casa e têm a certeza de que, se podem ferir alguma mulher impunemente, seria uma de nós.

— Tempo e visibilidade são essenciais — afirma Jim. — Precisamos que o máximo de pessoas saibam disso o mais rápido possível. Quanto mais tempo levar, menos chances temos de encontrá-la.

— Sim, com certeza.

— Isso acontece o tempo todo com nossas mulheres. É um problema subnotificado. Que não recebe a devida atenção. Queremos fazer barulho e botar o rosto dela em todo lugar. Qualquer pista que pudemos achar. Qualquer um que puder ajudar. Vou falar dela na assembleia municipal, mas também vou falar de como ela é uma entre muitas.

— O que quer que eu faça? — indago, mantendo a voz neutra mesmo quando o pânico surge por conta da menina.

— Discurse. Quero que conte sua história, Lennix. Quero que conte a história de sua mãe.

A história da minha mãe não tem fim. Sua vida foi interrompida. Uma frase interrompida, um et cetera infinito, sem ponto-final. Sei o que a família dessa garota está sentindo agora, e só posso rezar para que não precisem viver com o mistério infindável do que aconteceu.

— Não quero que pareça que estou explorando essa situação — segue dizendo Jim —, mas acredito mesmo que ganhar visibilidade para o caso pode nos ajudar a encontrá-la e também a levantar a questão de por que isso continua acontecendo. Com a eleição chegando, quero que o povo saiba que me importo com isso; que, se me elegerem, vou lutar muito pelas mulheres. Quero que saibam que as vejo. Que as escuto.

*Estão me vendo? Porque acho que não.*

Minhas próprias palavras do protesto contra o gasoduto quatro anos atrás flutuam para a memória. Aquele momento e este parecem duas pontas de uma corda sendo finalmente amarradas. E nesse ponto, nesse nó, minha paixão e meu propósito se encontram.

— Jim, estou a caminho.

# 23
# MAXIM

— Você está distraído.

As palavras vêm de um dos homens mais impressionantes que já conheci. Brock Grimsby tem quase dois metros e é tão largo quanto um outdoor. Pense no The Rock, mas sem as sobrancelhas cômicas. Sem *nada* cômico. Eu odiaria me deparar com ele em um beco escuro, mas estou feliz pra cacete por ele ir para a Antártida conosco.

— Não entendi — respondo, fingindo seriedade e confusão.

— Você está distraído — repete. — Não tolero distrações agora, e muito menos no meio da Antártida. Sei como você fica quando está concentrado, e isso aí não é concentração. Preciso saber que vai botar sua cabeça no lugar.

— Estou concentrado. — Olho o celular para ver se perdi alguma ligação de Lennix. — Não se preocupe.

— Ah, eu me preocupo, sim. Aquele sabichão ali pode ser o líder, mas você é o mais inteligente.

Olho para o dr. Larnyard, o professor que financiou essa expedição com uma mistureba de subsídios do governo britânico, recursos de uma fundação de pesquisa sobre mudança climática e doações de patrocinadores particulares. Ele é um acadêmico brilhante, mas não é nenhum Shackleton. Já li os diários de Shackleton. Ele combinou a proeza física, o talento inovador e a força de vontade incontestável para liderar sua equipe pelas piores condições. Convencer seus homens de que eles não morreriam na aridez congelada da Antártida, quando havia todo indício de que iriam, levou sua liderança até o limite, mas ele estava à altura da tarefa.

Não, o dr. Larnyard não é nenhum Shackleton.

— Ele vai se sair bem, Grim — afirmo, usando a versão curta de seu sobrenome, cujo significado, em inglês, também descreve seu aspecto geral: severo.

— Sei que vai, porque eu e você vamos garantir isso, mas preciso de seu foco total. Isso não se faz de forma leviana, não se engane. Só conseguiremos um voo de volta em novembro. Se alguma coisa acontecer enquanto estivermos lá, estaremos por conta própria. Homens já morreram na Antártida, e, se não estiver preparado para o pior, você pode morrer também.

Ele não precisa me lembrar dos riscos envolvidos nesta expedição. Fiz todos os testes físicos, emocionais e psicológicos em que puderam pensar para garantir que estou preparado e sou adequado para o isolamento no inverno. Assinei todos os documentos possíveis garantindo que, se eu morresse, ninguém deveria ser responsabilizado além de mim.

Em sua maioria, nossa equipe consiste de cientistas e doutorandos como eu. Há algumas adições inesperadas, tipo quando mandamos professores para o espaço. Uma perspectiva de um homem comum sobre algo extraordinário. Esse vai ser nosso foguete. Dado o nosso isolamento extremo, psicólogos realmente estudam essas condições para analisar como astronautas ficam afetados no espaço.

Há uma deputada do Kansas que defende a legislação sobre a mudança climática. Estou ansioso para falar com ela. Uma professora escolar de Iowa se juntará a nós. E tem Grim, que provavelmente poderia sobreviver em Marte se precisasse. A Antártida não fica no espaço, mas tem mais coisa lá que nunca foi vista por olhos humanos do que em qualquer outro lugar da Terra. Então dá quase na mesma.

— Senhores — chama o dr. Larnyard, com seu sotaque britânico seco. — Vamos?

Assinto, jogando no lixo um copo de café já frio há muito tempo, e meu celular toca. Está no silencioso, mas é Lennix. Coloquei uma foto nossa no campo de tulipas no seu contato. Ela está olhando para a câmera, envolta em meus braços, na minha frente. Estou olhando para ela como se nem valesse a pena olhar para as flores gloriosas ao redor se ela está comigo. Foi assim que me senti. Passei o dia querendo falar com ela.

— Kingsman — chama Grim, bruscamente, encarando meu celular. — Está na hora. Vamos voltar.

Desvio o olhar do celular para o mapa da Antártida na parede, bandeirinhas vermelhas marcando os lugares onde colheremos dados e amostras para a pesquisa. Rangendo os dentes, mando a chamada para a caixa postal.

———————

"Oi, teve uma mudança de planos", avisa Lennix na caixa postal quando finalmente consigo ouvir. "Vou embora, hã, hoje. Estou tentando pegar um voo mais cedo. O sr. Nighthorse precisa de mim lá na sexta. Vai ter uma assembleia municipal especial que ele convocou, e ele quer que eu discurse. Eu esperava te ver antes do meu voo. Quem sabe ainda consiga. Talvez só consiga passagem pra amanhã mesmo." Ela para, e ouço a respiração trêmula. "Olha, não esqueci o que você disse. Sabe. De não se apegar. De ir embora, mesmo que pareça algo mais. Eu só queria dizer que, bom, parece mesmo algo mais. Parece…"

*Tudo. Parece tudo.*

O sussurro vem de um lugar bem profundo dentro de mim.

"Enfim", continua ela. "Queria que soubesse que a semana com você foi realmente especial para mim. Não me arrependo de nem um minuto." Sua risada partida sai pelo celular. "Acho que nunca fizemos aquele passeio no canal, não é?", constata, suave. "Se a gente nunca mais se ver, estou feliz por ter sido você. Estou feliz por você ter sido meu primeiro, e nunca vou te esquecer, doutor. Adeus."

Já ouvi a mensagem de Lennix dezenas de vezes desde que a reunião acabou. Desde que corri até o aeroporto Heathrow para adiantar o voo de volta para Amsterdã. Desde que pousei, peguei um táxi e praticamente burlei e quebrei todas as leis para chegar aqui em tempo recorde.

Aqui é o albergue onde Lennix se hospedou. Liguei para ela várias vezes e continua caindo na caixa postal. Ela disse que estava tentando pegar um voo adiantado. Talvez não tenha conseguido. Talvez ainda esteja aqui. Talvez...

— Maxim? — indaga Kimba da porta do albergue.

Ela e Vivienne me encontram na rua, com olhares tão curiosos quando cautelosos.

— Ela foi embora? — pergunto.

Não precisa de papo furado. Elas sabem por que estou aqui.

— Foi — responde Vivienne. — Ela conseguiu um voo. Está a caminho de Oklahoma.

— Droga. — Dou um soco na palma da mão. — Estou ligando para ela e só cai na caixa postal.

— O celular deve estar desligado para o voo — deduz Kimba. Ela olha para a rua e, após uma breve hesitação, de volta para mim. — Olha, gostamos de você, Maxim.

— Obrigado — respondo, preparado para o "mas".

— Mas — continua Kimba — não queremos ver nossa menina se magoar. Sabe?

— Não vou magoá-la.

*Não vai magoar quando ela descobrir quem você é?*, pergunta uma vozinha hipócrita.

*Ela sabe quem sou.*

Com olhares afiados e suspiros, Kimba e Vivienne fazem eu me sentir tão mal quanto minha consciência pesada.

— Você não tem a intenção de magoá-la — observa Kimba. — Mas quando um homem diz que não quer dizer nada...

— Nunca disse isso. — Cerro os dentes, exasperado. — Nós dois estamos vivendo coisas importantes que pedem nosso foco completo.

— Olha, eu entendo — diz Vivienne, encolhendo os ombros. — Mas ela é uma garota especial.

— Sei disso.

— Então não espere que ela continue *sem* compromisso — frisa Kimba. — enquanto você vaga pelo globo caçando icebergs.

Não respondo, mas a ideia de outra pessoa tocar Lennix, de seu cabelo no travesseiro de outro, de alguém lhe fazendo chá na manhã seguinte, me faz querer quebrar alguma coisa. Me faz querer abandonar a viagem em planejamento há um ano e voar para Oklahoma.

Mas não posso. Não vou.

— Temos que ir — avisa Vivienne. — Temos que comprar umas lembrancinhas antes de partir.

— Ah — diz Kimba, olhando para trás, quando elas começam a caminhar. — Diga ao David que me diverti e mandei tchau.

— Não quer dizer a ele você mesma? — pergunto, seguindo-a por alguns passos para ouvir sua resposta.

— Ah, não. — Kimba ri, lançando um olhar irônico para mim. — Quando dissemos que era só diversão, estávamos falando sério mesmo.

Depois que elas se afastam, fico sentado na mureta em frente ao albergue durante uma hora. Quase me convenço de que a porta vai se abrir a qualquer minuto e Lennix vai aparecer correndo. Eu a imagino do jeito que ela estava na noite que fomos ao Vuurtoreneiland. A primeira noite em que fizemos amor.

Minha mente vaga para alguns itens de última hora na lista de compras da qual Grim me encarregou de cuidar. Ainda não fui atrás de nada, e a viagem para a Nova Zelândia, o ponto de partida do nosso navio, é daqui a dois dias.

*Você está distraído.*

Grim comentou, e ele tem razão. Não posso lidar com isso no momento. Minha vida, a segurança da equipe, o sucesso de nossos esforços, essas coisas requerem minha atenção absoluta. Vou visitar Lennix depois da Antártida e antes da expedição da Amazônia para ver o que deveríamos fazer com esse vínculo que formamos.

Ligo para ela. Não sei quando ela vai receber o recado. Seja lá o que existe entre nós, não é para agora, mas não acabou.

— Nix, oi — digo para a caixa postal. — Viv e Kimba disseram que não cheguei a tempo. Voltei mais cedo porque queria te ver. Olha, eu, hum, sei que dissemos que nos afastaríamos, mas quero que saiba que essa semana foi muito importante para mim também. Acho que quebrei minha própria regra, né? Preciso me concentrar nesta viagem. Não é brincadeira, e ainda preciso resolver muita coisa antes de partir. E sei que você tem coisas sérias para fazer aí em Oklahoma. Vou ter acesso bem limitado a internet e celular, mas, quando eu voltar, adoraria conversar sobre... não sei. O que mais isso pode ser. Se cuida.

Vou atrás dela depois da viagem, sim.

E então teremos tempo.

# 24
# LENNIX

— Correu tudo bem. — Uma careta toma as feições distintas de Jim Nighthorse. — Na medida do possível.

— Não, correu tudo bem, mesmo — concordo, olhando ao redor da mesa para a equipe que ele reuniu para a campanha. — Tinha câmeras de TV por todo lugar. Essa comunidade com certeza sabe que Tammara está desaparecida.

— A família dela — diz Mena, enxugando as lágrimas. — Meu coração dói por eles.

Eles choraram abertamente, implorando por qualquer informação que possa levar à descoberta do paradeiro da filha. Reconheci o desamparo que vi no rosto deles. Conheço essa dor e esse apelo.

— Você foi brilhante, Lennix — elogia Jim.

— Parece que nunca fica mais fácil — respondo com um sorriso triste. — Falar da minha mãe. Só me lembra de que nunca mais vou vê-la.

Jim aperta meu ombro de forma firme mas gentil.

— Obrigado por fazer isso. Sei que contribuiu para a causa da Tammara hoje.

— Só rezo para que a gente a encontre — sussurro.

Meu celular toca, e olho para a tela.

— Licença — peço a Jim e Mena. — Preciso atender.

Saio e fecho a porta da sede da campanha de Jim.

— Oi, Viv — cumprimento com um dos poucos sorrisos que consegui dar nos últimos dois dias. — O que foi?

— Só queria saber de você — responde ela. — Sei que foi parar nessa campanha meio "ou vai ou racha".

— É, mas estou indo. Até agora, pelo menos. Vai ser difícil voltar para o campus semana que vem e terminar o semestre.

— Eu sei, mas você vai voltar ao trabalho em só alguns meses. Você, hum, falou com o Maxim?

Fico tensa e inspiro rápido.

— Ele deixou um recado e disse que conversaríamos quando ele voltasse da Antártida.

— Ele pareceu bem desesperado quando voltou e viu que você tinha ido embora.

Meu coração se eleva um tiquinho, mas me controlo.

— A mensagem dele foi meiga, mas não foi compromisso nenhum. Não espero ter notícias até ele voltar para os Estados Unidos — afirmo, sem entregar os sinais de mágoa pelos quais sei que Vivienne está procurando. — Não precisa ficar de olho em mim, Viv, estou bem.

— Eu sei. Só te amo.

— Te amo também, Lennix! — grita um cara ao fundo.

— Ah, meu Deus. — Rio e me apoio na parede. — Isso foi o Wallace?

— Foi. Você sabe que ele tem a maior queda do mundo por você.

— Ele ainda é um nerd?

— O prefeito da nerdolândia.

— Cala a boca, Viv! — exclama o irmão mais velho de Vivienne. — E me dá o celular.

Há uma confusão enquanto eles aparentemente lutam. O cérebro deve ganhar da força, porque a voz de Wallace é a próxima que ouço.

— Minha querida — ronrona ele. — Como senti vossa falta. Fuja comigo.

— Nossa, Wall. — Dou uma risadinha que só ele consegue arrancar de mim. — Não tenho tempo para fugir com você, não te contaram?

Sou uma entidade rara, alguém com um emprego antes mesmo de se me formar na faculdade.

— Não tão rara, Lennix — rebate, orgulho e diversão misturados em sua voz. — Acabei de arrumar um emprego no Centro de Controle e Prevenção de Doenças.

— Que incrível! Estou muito feliz por você.

— Pois é. Sabe o que isso significa, não é?

— Me conta, por favor.

— Significa que vou ter dinheiro suficiente para manter o estilo de vida com o qual está acostumada.

— Ah, está falando de macarrão instantâneo e brechós? Que bom que a formação no MIT não vai ser desperdiçada.

— MIT foi uns dois diplomas atrás — informa ele com falsa soberba. — Universidade Duke, meu bem. Duke.

— Bem, me desculpe, sr. Microbiólogo.

— Juro que não é tão divertido quanto parece.

— Na verdade, não parece nem um pouco divertido.

— Sério? Quantos homens poderiam recitar a tabela periódica para você enquanto fazem amor?

— Não o bastante.

A porta se abre atrás de mim, e Mena aponta para trás.

— Reunião da equipe em dois minutos.

Assinto e volto a atenção para Wallace e Vivienne.

— Oi, Wall, diz para Viv que a gente conversa depois. Tenho que ir para uma reunião.

— Tá bom. Mas guarde um pedaço do seu coração para mim, beleza?

Rio, mas o coração em questão vacila. Depois de apenas uma semana com Maxim, não sei se sobrou alguma coisa.

# 25
# MAXIM

— Está um frio de rachar.

A observação vem de Peggy Newcombe, a deputada do Kansas que é uma das pessoas mais inteligentes que já conheci, daquele jeito bastante prático que faz a gente perceber quanta besteira as pessoas falam. Ela é toda despachada, e fico feliz por ela estar conosco.

— E parece que está apenas começando — emendo. Do terraço da base, vejo o sol pairar no horizonte, o brilho colorindo o céu com os tons do crepúsculo. — O inverno chegou para ficar.

— É. — Ela semicerra os olhos para o horizonte radiante. — Esse pode ser nosso último pôr do sol pelos próximos quatro meses. Agora que a diversão começa de verdade.

O espaço entre o nascer e o pôr do sol diminuiu todos os dias durante os três meses desde a nossa chegada. No momento, mal há luz. Viveremos no escuro pelo restante do inverno até mais ou menos setembro e teremos poucas saídas além das paredes da base na qual estamos conduzindo a pesquisa. Nosso trabalho de inverno é dedicado a gases do efeito estufa, como dióxido de carbono e metano, cujas partículas medimos na atmosfera. Também estudamos as partículas fossilizadas encontradas em núcleos de gelo.

O inverno vai se instalar, e a noite longa da Antártida está chegando. Haverá momentos tão frios que respirar do lado de fora por um instante sequer causará hemorragia nos pulmões. Estamos relativamente seguros, contanto que nada dê errado. Pode parecer óbvio, mas estamos por conta própria até o verão. Ninguém pode chegar até nós, e não podemos sair. Temos um médico no grupo, mas seu alcance clínico é relativamente limitado. Passamos do PRS — *ponto de retorno seguro.*

Grim vem se juntar a nós, embrulhado no uniforme térmico para frio extremo que todos usamos. Ele tem um desses rostos que nunca expressam nada até que fique muito irritado por algo estúpido que alguém disse. Seu rosto é como o restante dele: severo e austero. Ele não fala muito, mas não tem mais ninguém que eu preferiria ter comigo se as coisas dessem errado.

— Homens fecham a porta para o sol poente — murmura ele, encarando, resoluto, os últimos raios que iluminam o céu.

— Shakespeare? — questiona Peggy, de sobrancelhas erguidas. — Você é um homem difícil de decifrar, Grim.

— Nem tente — aconselho. — É como bater a cabeça em uma parede de tijolos.

Grim grunhe e abre a garrafa térmica. Ele sacode o braço, jogando água para o lado. O líquido literalmente cristaliza no ar enregelante, transformando-se em gelo e caindo no chão como agulhas congeladas.

— Esse é o lugar mais incrível da Terra — afirma Grim, com a coisa mais próxima de encantamento que já vi em seu rosto, enquanto assiste à dança de despedida do sol. — É como viver em outro planeta.

Ele tem razão. O planalto liso e sem vida é tão branco que dá para esquecer as cores. O silêncio se arrasta tão profundamente que não nos lembramos do som. A solidão alguns dias se torna impenetrável, e chego a esquecer a sensação de ser tocado.

São nesses momentos em que mais penso em Lennix. Em como ela está seguindo com a vida. Estamos em maio. Ela se formou e provavelmente está na campanha do sr. Nighthorse. Ela é um míssil lançado, enviado e fazendo o que foi criado para fazer. Talvez tenha conhecido alguém. Beijado outra pessoa depois de mim. Dormido na cama de outro. Reprimo um rosnado entre os dentes. A ideia de outra pessoa tocando, possuindo Nix...

— O dr. Larnyard estava te procurando, Kingsman — avisa Grim, me lançando um olhar irônico. — O homem não dá dois passos sem te consultar.

Assinto e vou em direção às escadas, mas me permito um vislumbre derradeiro do último pôr do sol.

É primavera nos Estados Unidos. Flores, luz do sol e dias longos. Por algum motivo, penso no mapa que esbocei nas mãos de Lennix. Na extensão de suas mãos, estávamos separados apenas por centímetros. Na escala da vida real, estamos separados por milhares de quilômetros, por eras. E, com o inverno austral engolindo toda a luz, não sei como ou se consigo achar o caminho de volta para ela.

# 26
# LENNIX

— Esses números estão bons — comenta Jim, traçando as colunas de dados com um dedo. — Seu plano está funcionando, Lennix.

— Bem, em vez de tentar fazer com que todas as pessoas que não conseguimos convencer votem em você — respondo com um sorriso largo —, vamos construir uma coalizão de todas as pessoas que têm todos os motivos do mundo para votar em você. Precisamos de todo voto negro e marrom, do voto feminino, do voto gay. Se a pessoa é marginalizada de alguma forma, ela precisa saber que você será sua voz, mas precisam te eleger antes que você possa falar por elas. Essa é nossa mensagem, e só vamos continuar repetindo.

— Legal — diz Mena do sofá, as pernas longas dobradas sob o corpo. — Você também escreve os discursos agora?

Balanço a cabeça, sorrindo e cutucando a pizza fria na caixa na mesa de Jim. Com frequência, a equipe brinca comigo por causa de todas as funções que assumo na campanha. A verdade é que acabei descobrindo que sou boa pra caramba em política. Eu me sinto como um desses bebês que começam a nadar quando jogados na água. Tudo parece intuitivo: o povo e sua necessidade fazem sentido para mim, e a política deveria tratar de atender as necessidades do povo.

— Oi — chama Portia, a diretora financeira da campanha, na porta do escritório. — O xerife está aqui e precisa falar com você, Jim.

— Talvez ele esteja interessado no tema das mulheres indígenas desaparecidas e mortas que propusemos na assembleia — arrisca Mena, com o olhar alerta.

— Pode ser.

Jim refaz o nó da gravata que afrouxou horas antes e dá um beijo carinhoso na cabeça de Mena no caminho para sair do escritório.

*Calma aí!*

Espero a porta fechar antes de entrar em ação, com um gritinho.

— Ai, meu Deus! — Eu me jogo no sofá ao lado dela. — O que foi *isso*?

Ela aperta os lábios, lutando contra um sorriso. Não está me enganando.

— Desembucha, tia. Você e Jim? Me conta tudo.

— Lenn, para de ser boba. Somos só amigos.

— Ah, tá, ele e eu somos "amigos" também, mas ele nunca beijou minha cabeça assim. Nunca o vi beijar a cabeça de ninguém assim.

Uma luz incontida surge nos olhos de Mena, e seu sorriso não fica para trás.

— Tá bom. Saímos algumas vezes.

— Como conseguiram manter segredo? Essa campanha está tão embolada que ganho cinco quilos quando qualquer outro funcionário toma sorvete.

— Estamos sendo discretos, mas acho que pode ficar sério. — Ela para, me dando um olhar especulativo. — Falando de sério, teve notícias do cara que conheceu em Amsterdã?

Engulo o nó que aperta minha garganta.

— Quem? Maxim?

— Isso, ele. — Mena analisa meu rosto. — Ele pareceu ser um cara legal, pelo que Kimba contou.

Faço um lembrete mental de manter minha tia e minha melhor amiga afastadas no futuro.

— Não se pode acreditar em uma palavra que ela diz.

— Então ele não é um doutorando lindo, atencioso e sexy?

— Ah, é. Ele é tudo isso, sim.

*E mais.*

— E? — insiste ela.

— E… está na vastidão da Antártida, e eu estou aqui. — Dou de ombros e me estico no sofá, deitando a cabeça no colo da minha madrinha. — Ele me disse desde o começo que seria só aquela semana.

— Mas ele deixou uma mensagem meio que dizendo que a porta estava aberta, certo? — pergunta ela, passando os dedos por meu cabelo.

— Uau. Kimba foi mais meticulosa do que pensei. É. Ele disse que, quando voltar, gostaria de conversar e ver no que as coisas podem dar. Mas não vou criar esperanças.

— Precisamos conversar sobre sua esperança, mocinha.

— Esperança é difícil. — Fecho os olhos para bloquear sua preocupação persistente. — Esperança magoa quando não dá em nada.

— Sei que está pensando na sua mãe, mas…

— Não. — Sento e afasto o cabelo do rosto. — Não quero ouvir que ainda estou apegada a isso. Que não consigo me abrir para ninguém porque tenho medo de sentimentos de verdade.

Acabei de sentir de verdade com Maxim, e olha no que deu. Provavelmente nada além de ser "deflorada" e deixada com dor de cotovelo.

— Parece que não preciso dizer — responde ela, com suavidade —, porque você já sabe. Deveria se consultar com um terapeuta, meu bem. Disse isso a Rand anos atrás.

— Conversei com alguém… uma vez.

Torço a barra da saia entre os dedos e olho a porta. Por mais que ame Mena, quero escapar dessa conversa.

— Você era muito nova, e uma situação assim…

— Tia, por favor — resmungo. — A gente pode deixar pra lá?

Ela suspira, com resignação no lindo rosto, e assente. Jim volta para o escritório, pálido e com a expressão sombria. Assim que chega perto o suficiente, segura a mão de Mena. Ela se levanta e o abraça, o olhar ansioso fixo no rosto dele. É óbvio que tem mais do que "algumas saídas" entre eles.

— O que houve? — pergunta ela.

— O xerife — responde Jim, balançando a cabeça e fechando os olhos por um instante antes de abri-los, encontrando os meus. — Ele trouxe más notícias.

— Que tipo de más notícias? — indago, mas, por algum motivo, já sei. Antes de ele dizer, sei que a esperança falhou comigo de novo.

— É Tammara — responde, rouco, um imenso pesar delineando sua expressão. — Eles a acharam.

# 27
# MAXIM

Nunca mais vou deixar de valorizar o sol. Passamos quatro meses escondidos no escuro. A cada dia sem sol, fica mais difícil elevar o ânimo. Depressão, transtorno afetivo sazonal, deficiência de vitamina C — não importa o culpado ou o nome, é verdade. Devoramos a escuridão como beladona, e era venenosa. Melancolia em toda refeição. O peso de noites infinitas podem sufocar se não tomarmos cuidado. Agora sei por que homens já enlouqueceram na Antártida. Entendo os testes psicológicos rigorosos em quem vai passar o inverno. Não fomos feitos para viver assim.

Bem quando acho que vou perder a cabeça, um dia, um brilho bem tênue ilumina o horizonte, e nós, pelo menos, não precisamos mais de lanternas para enxergar e nos deslocar.

— Estou contando os dias para a península — comenta Grim em um jogo de pôquer em uma noite de setembro. — Depois de toda essa neve, aceito água por alguns meses.

— Não sei bem o quão aberto vai ser o mar — emenda Peggy, mastigando um charuto que ela nunca fuma. — Vamos combater blocos de gelo e outra série de desafios.

— Preciso de outra série de desafios. — Deixo minhas cartas na mesa. — Estou até pronto para ir para casa.

— A garota das tulipas está te esperando? — pergunta Grim, mostrando rapidamente no olhar o divertimento que a boca não permite.

— Cala a boca, cara.

Balanço a cabeça e empurro a cadeira para trás, sem humor para brincadeiras com Lennix.

— Já vi você olhando para fotos dela no jardim de tulipas — afirma ele, sério. — Ela é bonita.

— Bonita é dizer pouco, mas é, sim.

Sinto saudade da minha mãe, do meu irmão. Caramba, mesmo com nossa relação tensa, sinto saudade até do meu pai. Mas a maior saudade, por algum motivo, é de Nix. Mesmo após apenas uma semana com ela, é maior. Para cada vez que Grim me pegou olhando para aquela foto no celular, tem dezenas de vezes que eu olhei e ele não percebeu.

Nunca vou me arrepender desta viagem. Foi uma boa experiência, e nossa pesquisa é valiosa, só que, mesmo com a parte com a qual estou mais empolgado ainda pela frente — sair neste verão e explorar a península —, estou pronto para ir embora. O silêncio e a extensão desse lugar mudam sua perspectiva. E, se tem uma coisa que sei da minha vida após essa viagem, é que quero Lennix Moon Hunter, de qualquer jeito que conseguir.

----

Estar no mar inspira vida nova na minha paixão pela viagem à Antártida. Viver confinado no escuro com contato humano limitado por tanto tempo deu a sensação de que minha esperança estava submersa sob o gelo de forma tão hermética e inquestionável quanto a neve pré-histórica que coletamos.

Trabalhamos em terra firme nos últimos dias, o que demandou uma quantidade enorme de preparação. Sobretudo por conta da burocracia, porque a área tem uma proteção e administração tão severas que é preciso um facão para cortar todas as fitas vermelhas. Recebemos a aprovação para coletar os dados poucos dias antes de chegarmos à terra. Agora que saímos da península e nosso navio, *Crisálida*, flutua ao longo de uma frota de geleiras, me sinto tão leve quanto os blocos de gelo flutuando ao nosso redor.

— A paisagem muda todo dia — observa David do meu lado, de braços apoiados no parapeito do navio.

— É parte do que torna a viagem tão imprevisível — acrescenta Grim. — Fico contente por termos conseguido um bom trabalho antes que as condições mudassem.

— Os pássaros foram minha parte favorita — adiciona Peggy com uma risada, mastigando o charuto apagado como sempre.

Ela trabalhou com nosso especialista em aves marinhas para fazer a contagem populacional de várias espécies, que vai ser comparada com dados anteriores, ajudando a identificar alguma população potencialmente em risco. Eles conseguiram realizar um censo meticuloso e coletar banha das focas na área. Também reunimos muitas amostras de lama que serão analisadas e, com esperança, nos darão informações sobre como o carbono pode estar preso sob o gelo.

— Acho que Larnyard deve estar desejando ter te escutado — comenta Grim, apontando o céu com o queixo. — Olha essas nuvens.

Recomendei que acampássemos em terra firme por alguns dias e passássemos mais tempo coletando dados importantes, já que tinha levado muito tempo e esforço para acessar a área. O dr. Larnyard discordou e quis voltar à água para a próxima etapa da expedição.

Navegar pelo gelo é um projeto traiçoeiro e revigorante. O *Crisálida* é um quebra-gelo, mas nenhuma embarcação garante segurança se atingir um iceberg do jeito errado ou ficar presa na água em uma tempestade volátil da Antártida. As nuvens pairando sobre o navio prometem tempestade. Estamos a centenas de quilômetros da costa, a milhares de quilômetros da civilização e a um triz da catástrofe.

— Não gosto do que o céu está avisando — fala David, franzindo a testa e com um olhar preocupado. — Resplendor de gelo.

Há somente alguns lugares no mundo onde o fenômeno do resplendor de gelo, um branco reluzente perto do horizonte que reflete a luz do gelo, é possível. A Antártida é um deles. Exploradores polares e marinheiros vêm usando resplendor de gelo para navegar pelos mares da região há séculos. Em contraste, o céu de água projeta rotas de água livres nas nuvens, mostrando como evitar blocos de gelo perigosos que poderiam prender o navio por dias ou até semanas. Caramba, até mesmo por meses.

Quando vi o céu de água, foi a primeira vez que consegui articular a cor exata dos olhos de Lennix. De um cinza escuro, tempestuoso e perspicaz. Capazes de enxergar o que ninguém mais conseguia.

— O que eu não daria por um céu de água — comento, suave, dando à situação apenas metade do meu foco.

O que eu não daria para vê-la. Para lhe dizer que fui um idiota em pensar que poderia me afastar daqueles olhos.

— Tá — responde Grim, franzindo o cenho para o amontoado de nuvens. — Precisamos de mar aberto. Está vendo todo esse gelo se juntando ao redor do navio?

Ele está certo. Uma hora atrás, nosso caminho estava limpo, mas, no momento, mosaicos de gelo se interligaram ao redor do navio, um quebra-cabeça que, se não for navegado com habilidade, pode encalhar ou até afundar o navio. Além de habilidade, precisaremos de muita sorte.

À noite, apago morto de cansaço depois de todo o trabalho que fizemos nos últimos dias. Não é uma explosão alta ou uma batida que me arrancam do sono. É outro som que me causa calafrios.

Silêncio absoluto.

O motor do *Crisálida* está silencioso. A vibração estável que se tornou grande parte do ambiente do navio se foi.

David e Grim se levantam de sobressalto em seus beliches também, e nos encaramos por alguns segundos, absorvendo o silêncio juntos antes de pular da cama e vestir as camadas de moletom e jaqueta com pressa.

O clima na ponte de comando é de uma calma forçada, enquanto o capitão e a tripulação estudam mapas e transmissões dos satélites. Dizem que, em icebergs, o gelo visível compreende apenas dez por cento do total. Os outros noventa por cento estão abaixo da superfície. É isso. Os dez por cento que o capitão nos mostra estão sob controle, mas o pânico glacial comanda a atmosfera submersa. O dr. Larnyard está sentado em um banco com a cabeça afundada nas mãos.

— O que houve? — pergunto ao capitão Rosteen, um ex-oficial da Marinha australiana que se move pelos mares mais difíceis deste planeta há décadas.

— Estamos presos — responde, com rugas profundas ao redor da boca, e olhos angustiados, atípicos do australiano geralmente sereno. — O leme está bloqueado pelo gelo.

— O que isso significa? — indaga David.

— Significa que não estamos no controle do navio — explica Grim, com uma carranca sombria. — Não estamos guiando, não é, capitão? O gelo está nos guiando.

— Isso — confirma o capitão Rosteen com um aceno de cabeça. — De acordo com nossas projeções de satélite, uma tempestade poderosa está a caminho, soprando ventos ocidentais.

Ele exibe uma imagem em uma das telas de radar.

— O que é essa coisa azul grande? — questiona David.

— Um iceberg — responde o dr. Larnyard, a voz abafada atrás das mãos. — Está em movimento e vindo em nossa direção.

— Cacete!

Cruzo as mãos nos músculos tensos da nuca. Um iceberg de 80 mil toneladas vai facilmente quebrar os blocos de gelo que nos prendem e esmagar o navio.

— Devemos evacuar? — pergunta Peggy. — Temos botes salva-vidas o suficiente para usar antes do iceberg nos atingir.

— Tem uma tempestade vindo — frisa o capitão Rosteen, balançando a cabeça. — Ser pego em um bote salva-vidas no meio dela, sem terra por quilômetros, pode ser tão fatal quanto o naufrágio do navio.

— Vamos chamar socorro — sugiro com rapidez. — Aviões devem conseguir chegar agora que o inverno acabou.

— Já chamei — avisou o capitão. — Eles vão tentar.

— Vão tentar? — exalta-se Grim, a raiva percorrendo seu rosto geralmente imperturbável. — Que merda é essa de "vão tentar"? Tem sessenta e cinco pessoas neste navio, além da tripulação. Estudantes. Professores. *Mulheres*. Eles precisam fazer mais do que tentar, capitão, porra.

— A equipe mais próxima que pode ajudar é a de um navio japonês que só consegue quebrar gelo de mais ou menos um metro de espessura — esclarece o capitão. — É impossível. Tudo ao redor tem pelo menos o dobro disso.

— E a tempestade está se fechando — adiciona o dr. Larnyard, cansado. — Já está por toda parte. A visibilidade nas áreas do entorno está muito baixa para alguém voar com segurança.

Enquanto ele explica, o vento assobia com violência além da escotilha, sacudindo o navio. A Antártida nos mostra que vadia caprichosa ela pode ser — plácida em um momento, e vingativa no outro. Um baque balança drasticamente o navio.

— Merda — pragueja o capitão Rosteen, se afastando para verificar o medidor de inclinação. — O navio acabou de se deslocar três graus para a direita.

Ele sai correndo da cabine, e o seguimos. O medo se aloja no meu estômago como uma âncora lançada no mar. O vento, silencioso horas antes, emite uivos altos e estridentes ao nosso redor. No convés, os três graus para a direita se tornam mais óbvios, entortando um pouco o navio. Um aglomerado de blocos de gelo lutando por posição formou um cone pontudo e perfurou a lateral do barco.

O capitão procura pelo céu cheio de nuvens ameaçadoras e encara as estrelas, implorando, como se elas pudessem dar uma solução quando aparentemente não há nenhuma. Ele pronuncia as palavras que todos nós torcemos para nunca precisar ouvir.

— Fomos atingidos.

# 28
# LENNIX

— Não poupem esforços — digo aos voluntários sentados ao redor da mesa de madeira barata na sede da campanha de Nighthorse. — Precisamos fazer com que o máximo possível de eleitores votem cedo. Tempo ruim, filas longas, voto de cabresto e aliciamento: barreiras bem conhecidas para nossa base no dia da eleição. Vamos fazer o máximo possível para que votem adiantado. — Paro para sorrir. — Votem em nós, claro.

A pequena equipe voluntária, composta na maior parte de estudantes e idosos, ri da minha piadinha. Tento manter o ânimo do grupo. Preciso manter. Estamos na luta mais importante da nossa vida, com um adversário forte ainda na frente, de acordo com as pesquisas.

Na semana anterior, o sr. Nighthorse me pediu para ajudar a ganhar votos. Estamos a mais ou menos seis semanas da eleição, e podemos estar atrás, mas ganhamos terreno toda semana. No dia da eleição, acredito que possamos não apenas eliminar a vantagem do deputado em exercício, como também superá-lo.

— Beleza — digo, depois que as risadas e conversas diminuem. — Vamos para rua.

Todo mundo tem suas tarefas e pega as pranchetas já carregadas de formulários para votos à distância, caso as pessoas queiram preenchê-los no local.

Estou pegando uma prancheta também, pronta para seguir para as ruas sob minha jurisdição, quando Kimba entra. Ela começou a trabalhar na campanha algumas semanas atrás. Sei que acredita em Jim, mas acho que, acima de tudo, não quer ficar longe de mim. Depois de quatro anos de faculdade e uma amizade inseparável, também não quero ficar longe dela.

— Viu as notícias? — pergunta ela, com o rosto preocupado.

— Que notícias? — indago, distraída, verificando se estou com os formulários, broches e cartazes de campanha para entregar a quem quiser.

— É Maxim.

Tenho a sensação de que gelo escorre pela minha espinha. Não tive notícias dele. Não tinha problema. Concordamos com isso. Eu sabia que, embora parte de mim estivesse contando os dias até o fim da sua expedição, de acordo com o recado, nós voltaríamos a conversar. Não me deixei considerar os perigos que ele estava enfrentando. Não ter notícia já era boa notícia.

Até agora.

— O que tem ele? — indago, tentando conter o pânico na voz.

Kimba pega o controle, liga a TV e passa por alguns canais até chegar à CNN.

*EQUIPE DE EXPEDIÇÃO NA ANTÁRTIDA PRESA EM TEMPES-TADE FATAL.*

*Fatal?*

*Presa?*

A manchete aparece sobre uma sequência de fotos, e reconheço David e Maxim na hora. As palavras e imagens são como um soco na boca do meu estômago. Não consigo respirar, estou sufocando.

"Uma situação perigosa está em andamento na Antártida", informa a repórter com a quantidade apropriada de seriedade profissional. "Uma equipe de pesquisa de mudanças climáticas no Hemisfério Sul se encontra presa em uma tempestade de condições críticas. O navio foi atingido e está afundando. A tripulação está a milhares de quilômetros da civilização e a centenas de quilômetros da costa. Ventos extremos atingiram o local, e a baixa visibilidade torna quase impossível o voo para o resgate."

Desabo em uma cadeira de balanço e cruzo as mãos trêmulas no colo. Não sei se aguento isso de novo. Quando encontraram o corpo de Tammara, mal houve tempo para chorar, ir ao enterro e consolar sua família. Se eu pensar por muito tempo em como ela morreu, vou me perguntar se minha mãe morreu do mesmo jeito. Se seu corpo foi tão negligentemente usado e descartado, mas, ao contrário do de Tammara, nunca encontrado. Deixei o luto de lado, o antigo e o atual, e as demandas da campanha foram tanto uma distração quanto uma necessidade.

Agora isso. Eu me sinto presa aqui com meu luto congelado e medo glacial, e com aquilo a que quase nunca me permito. Só que, por Maxim, preciso encontrar.

*Esperança.*

# 29
# MAXIM

— É perigoso demais.

Pronuncio as palavras para o grupo todo, mas é para o dr. Larnyard que direciono o olhar severo.

— O que sugere, Kingsman? — atira ele. — Ficar em um navio naufragando e morrer no oceano?

Alguns dos universitários se sobressaltam com a palavra "morrer".

*Filho da puta idiota.*

— Não vamos morrer — asseguro, tirando um instante para olhar diretamente para os mais jovens. — Não vou deixar isso acontecer.

Grim me encara com as sobrancelhas erguidas. Sua mensagem é clara. Como é que vou manter essa promessa?

— Fomos atingidos — lembra o dr. Larnyard, sem necessidade. — Ontem tínhamos uma inclinação de três graus para a direita, e agora como estamos, capitão?

O capitão Rosteen desvia o olhar do medidor de inclinação para mim.

— Cinco graus.

— Dois graus em um dia é uma quantidade considerável — diz o dr. Larnyard. — Precisamos sair desse navio. Alguns desses blocos de gelo tem uns bons quatro mil metros quadrados. Podemos pegar um bote até eles e esperar sermos resgatados.

— Só que ninguém consegue chegar até onde estamos no momento — explico. — E não sabemos quando vão conseguir. Quer que a gente arme barracas em um quadrado de gelo no meio de uma nevasca?

— É o menor dos males.

— O menor teria sido escutarmos Kingsman para começo de conversa — acusa Grim. — E ficado em terra, onde nossas chances teriam sido maiores.

— Não tem nada que a gente possa fazer para mudar isso agora — corto.

Já temos muito o que enfrentar sem brigar, mas preciso colocar juízo na mente do dr. Larnyard antes que ele consiga convencer todo mundo a segui-lo para uma tempestade mortal.

— Precisamos encontrar a melhor saída da nossa circunstância *atual*, e não posso apoiar a saída deste navio em uma tempestade tão forte.

— E eu não posso apoiar a permanência em um navio naufragando no Oceano Antártico — rebate o dr. Larnyard. — Essa é a sua primeira expedição para a Antártida, certo, Kingsman?

— Certo — respondo, rangendo os dentes. — O senhor sabe que é.

— Bom, é minha quinta — replica ele. — E nunca que vou deixar um amador com complexo de super-herói levar nossa equipe para uma armadilha mortal.

— É *ele* quem vai nos levar para uma armadilha mortal? — questiona Grim, com raiva marcando os traços em geral sérios. — Foi você quem…

— Grim! — exclamo. — Cala a boca. Não está ajudando.

Faz-se um silêncio breve quando cruzamos nossos olhares irritados em meio à tensão que preenche a sala de reunião do navio.

— Eu sou o líder desta expedição — afirma o dr. Larnyard. — Eu que tomo a decisão, e digo para aproveitarmos a chance enquanto podemos. Se a tempestade piorar, só vai ficar mais difícil sairmos e chegarmos à segurança de um dos blocos de gelo. É agora ou talvez nunca.

Suas palavras drásticas atiçam uma confusão de murmúrios preocupados da equipe, à beira do pânico.

— Vou ficar com meu navio — anuncia o capitão Rosteen. — Não estou dizendo que seja a opção mais segura. Estou dizendo que o navio é meu e não vou abandoná-lo até que não exista outra opção para mim.

— Vou com eles — diz um membro da sua tripulação, de olhos escuros ansiosos voltados para a tempestade que uiva além da escotilha.

— Eu vou ficar — declara Grim, firme. — Não é a opção mais inteligente.

— Vou também ficar — emendo, torcendo para que a razão prevaleça se alguns de nós pressionarmos.

No fim, a maior parte do grupo decide ficar a bordo do navio. Mesmo enquanto o dr. Larnyard e mais ou menos um terço da equipe se preparam para levar alguns botes até o bloco de gelo mais próximo, continuo atento ao rádio, desejando que alguém ligue para dizer que as condições melhoraram o suficiente para que possam voar e nos resgatar. Não é seguro ficar no navio. Sei disso, mas é nossa maior esperança.

Pela escotilha, vejo o dr. Larnyard e seu grupo entrarem nos botes, isolados no uniforme térmico de frio extremo, e seguirem pelos ventos uivantes.

— Idiota — murmura David à minha esquerda.

— Babaca — adiciona Grim, à direita.

— Espero que eles não se arrependam de sair. — Solto um suspiro preocupado. — Inferno, espero que a gente não se arrependa de ficar. Alguma notícia?

— Nada — responde Grim. — A visibilidade está uma droga, e ninguém com metade de um neurônio arriscaria voar nesta tempestade. Seria assinar seu atestado de óbito.

*Tomara que não tenhamos assinado o nosso.*

———————

Passaram-se apenas algumas horas quando ouvimos um grito do lado de fora. Grim, David e eu corremos para a escotilha.

— Merda — praguejo entre dentes cerrados. — Eu avisei a esse babaca estúpido.

Se não fosse pela jaqueta vermelho-vivo, eu não discerniria a figura boiando na água congelada em meio à geada e à neve. Uma barraca flutua não muito longe dele, erguida e jogada com violência pelos ventos uivantes.

— Larnyard — murmura Grim.

— Ele está morto? — pergunta David.

O movimento frenético dos braços de Larnyard responde à pergunta.

— Temos que ajudá-lo — declaro, atravessando o quarto para pegar a jaqueta acolchoada e vestir o uniforme térmico.

— Filho da puta — diz Grim. — Não vou arriscar minha vida por esse palhaço.

— Bom, eu vou. Se suporta saber que um homem morreu a menos de trinta metros e você não fez nada, vai em frente. Eu, não.

— King, não dá — declara David, me agarrando pelo braço. — Vai morrer por esse idiota?

— Temos que tentar. Vamos falar com o capitão para ver o que ele diz pelo menos.

O capitão Rosteen já está no parapeito, segurando-se com força na ventania implacável.

— O que a gente pode fazer, capitão? — pergunto, cobrindo as orelhas com o gorro de lã.

Ele balança a cabeça, com resignação nos olhos.

— Alguém teria que sair para pegá-lo. — Ele aponta com a cabeça para as ondas agitadas, paredes de água rodeadas de icebergs. — Eu não vou. Todos ouvimos você implorar para ele ficar.

— Então isso é uma lição para ele aprender? — pergunto, raiva e incredulidade em conflito dentro de mim. — Ele tomou uma decisão estúpida, sim.

— A última de muitas — completou Grim.

— Mas temos que tentar. — Engulo meu próprio medo. — Eu tenho que tentar. Não estou pedindo para vocês irem. Só me ajudem.

O capitão Rosteen parece em dúvida, mas então assente.

— A gente pode amarrar uma corda em você, dar um colete salva-vidas e mandar você de bote.

O vento açoita com tanta força o vidro das janelas da ponte de comando que é quase como se a tempestade estivesse me desafiando a embarcar nessa missão tão imprudente.

— Vamos nessa.

— King — diz Grim, segurando meu cotovelo. — Seu idiota. Não vou te deixar fazer isso.

— Acha que pode me impedir? — Eu me aproximo dele. — Não tenho tempo para isso, Grim. Me ajuda ou sai do caminho.

Ele solta um suspiro frustrado, as sobrancelhas tão franzidas que lançam sombras nos olhos, então diz:

— Capitão, prepare duas cordas.

Assinto, severo, e visto o colete salva-vidas. A corda está apertada, mas não muito. Passaram-se apenas alguns minutos, mas a jaqueta vermelha de Larnyard está mais distante. Grim e eu pegamos uma boia para Larnyard, subimos no bote e começamos a remar em sua direção. Ele está boiando e afundando sem parar, gritando na tempestade, quando a corda entre nós e o navio acaba. Fomos até onde dava, mas ainda estamos a alguns metros do corpo agitado de Larnyard.

*Merda.*

É neste momento que percebo o quanto somos vulneráveis. Batalhamos por controle, por poder, por governar nossos pequenos domínios. Mas, no fim, uma onda, uma tempestade pode nos jogar para além da salvação. Não sei para onde os ventos e a água me levarão, mas desamarro a corda da cintura.

— Nem pensar! — berra Grim em meio ao barulho do vento. — Não, King.

— Estou de colete — grito de volta. — Ele vai ter mais chance se tiver um também. Estamos muito perto para não tentar, Grim.

— Você não para com essa merda.

Pego a boia salva-vidas e mergulho na água congelada. Faço força na água, tentando chegar a ele, mas, mesmo com os braços mais descansados, tenho dificuldade contra ondas tão poderosas. Fico agradecido até pelos poucos segundos em que o vento diminui o bastante para ele me ouvir.

— Larnyard! — grito.

Ele arregala os olhos, apavorado ao me ver e começa a nadar freneticamente através das ondas inclementes até mim.

Jogo a boia, mantendo o aperto forte na ponta da corda. Ele a segura e consegue passá-la pela cabeça. Puxo a corda, trazendo-o para perto, embora os ventos e as ondas empurrem com mais força. Começo a nadar até o barco, sentindo seu peso tranquilizante enquanto corto pela água até o bote e a mão esticada de Grim.

— Idiota maldito — resmunga Grim, me puxando para o bote e adicionando força para arrastar Larnyard até nós pela corda da boia.

Na hora, começamos a remar para o navio e a escada arriada na lateral à nossa espera. Grim sobe correndo e Larnyard vai atrás, pingando e tremendo. Gelo está se formando no meu colete, e sei que a água apenas incrementa o frio perigoso. Devo estar a poucos minutos da hipotermia, apesar do uniforme. Meus dentes batem, e meus ossos tremem. Eles precisam me puxar nos últimos centímetros quando meus braços e pernas exaustos finalmente cedem. Estou dando um grande suspiro de alívio já quase a bordo, no momento em que uma última rajada de vento me joga em direção ao parapeito, onde bato com a cabeça; e tudo fica escuro como o inverno sem sol da Antártida.

# 30
# MAXIM

— Este navio não pode afundar — digo, as palavras embola-das pelo cansaço e pelo que o médico da equipe me deu para a dor.

Estremeço quando ele dá um ponto em uma pequena ferida na minha testa.

Minhas palavras cortam os gritos de regozijo e preenchem a sala do navio onde todo mundo está reunido. Faz apenas uma hora que retomei a consciência. Não fiquei apagado por muito tempo, mas estou com uma baita dor de cabeça. É difícil me concentrar e seguir o que está aconte-cendo, mas sei que não podemos deixar o navio naufragar.

— Vamos sair dessa, Kingsman — diz o dr. Larnyard, de sobrance-lhas franzidas. — O vendaval diminuiu, quem sabe apenas pelo tempo suficiente para darmos o fora daqui.

Ele está segurando uma xícara de chocolate quente, parecendo revi-gorado depois do nosso rápido nado no oceano congelado.

— Isso, King — acrescenta o capitão Rosteen. — Nem os japoneses nem os russos puderam arriscar mandar um helicóptero até nós. Seus norte-americanos estão vindo.

A equipe dá outro grito de alívio e uma rodada de vivas.

— Entendi — respondo, ainda batendo os dentes apesar do aquece-dor. — E fico agradecido, claro, mas não podemos abandonar o navio.

— Claro que podemos — solta David. — Maxim, temos que aproveitar essa oportunidade antes que se perca. Tá maluco, cara?

— Claro que temos que sair — concordo, mantendo a voz sensata. — Mas não basta estarmos salvos. O *Crisálida* tem que ser salvo também. Ou podemos criar a maior tragédia na Antártida desde...

— *Bahía Paraíso* — completa Grim, passando a mão no cabelo de corte militar.

— Certo. — Olho para o dr. Larnyard. — Por acaso quer entrar para história ao lado do maior derramamento de óleo e talvez do maior transtorno ao ecossistema causado pelo homem no hemisfério?

O professor engole em seco, e quase consigo vê-lo pesando todos os seus prêmios e seu cargo contra uma mancha tão negativa.

— O que é *Bahía Paraíso*? — pergunta Peggy.

— Um navio cargueiro argentino que ficou preso aqui em 1989 — explico. — Foi atingido por um iceberg e naufragou.

— Derramou mais de 130 mil galões de óleo diesel na costa oeste da Península Antártida — continua Grim — e destruiu a fauna local.

— Vim aqui fazer algo bom — declaro, espalhando para toda a equipe o que torço para ser um olhar convincente. — Ajudar na luta para salvar este planeta. Nunca vou fazer parte da devastação de uma das áreas mais intocadas que sobrou.

— Que bem vai nos fazer afundar com o navio? — questiona o dr. Larnyard.

— Não vamos afundar — respondo, sem nem tentar esconder minha impaciência e desprezo pelo homem. — Vamos salvá-lo. Quando a equipe que está a caminho ligar, temos que pelo menos tentar negociar um resgate para o navio. Se não tiver como fazer isso quando nos pegarem, então logo que for humanamente seguro e possível.

O rádio estala, sinalizando que alguém está entrando em contato. Não hesito em agarrá-lo antes que alguém me diga o que posso ou não fazer.

— *Crisálida*, está na escuta? — soa a voz do outro lado em meio ao som de ventania e hélices.

— Aqui é o *Crisálida* — respondo, olhando para o capitão Rosteen, que dá um aceno relutante de aprovação. — Na escuta.

— Estamos a mais ou menos dois quilômetros — informa o piloto. — Já identificamos um bloco de gelo grande o bastante para pousarmos. Vocês o marcaram?

— Entendido. O vento diminuiu o suficiente para parte de nossa equipe no bloco de gelo sair das barracas e marcá-lo com grãos de café.

Pisco para Grim, que deu essa ideia, graças a sua genialidade e seu raciocínio rápido.

— Café, hein? — O piloto ri, fornecendo o único conforto que senti desde que o gelo perfurou o navio. — Contanto que eu consiga ver na neve, vai dar tudo certo, mas temos que ser rápidos. O satélite projeta que as tempestades vão voltar logo. E, com o tamanho da sua equipe, mesmo com cinco helicópteros, vai levar várias viagens.

— Sei que estão nos prestando grande ajuda — digo com cuidado —, e com um grande risco à sua tripulação, mas preciso perguntar. Existe alguma chance de vocês terem meios de consertar o navio, pelo menos para ele não afundar, antes de alguém voltar e recuperá-lo quando o gelo se mover?

— Estamos com uma equipe de engenheiros — declara o piloto. — Se tem uma coisa que sabemos prevenir é derramamento de óleo, Maxim.

*Maxim? Como ele sabe meu nome?*

— É bom ouvir isso — respondo, sorrindo e franzindo a testa, contente e confuso. — Vocês estão preparados. Quem são, afinal?

— Ah! — exclama o piloto, com surpresa evidente em suas palavras. — Achei que soubesse. É a Cade Energy, senhor. Seu pai nos enviou.

# 31

# LENNIX

— Temos atualizações do navio preso na Antártida. Uma empresa petrolífera norte-americana conseguiu voar e resgatar a equipe.

*Resgatar.*

As palavras do âncora do jornal me deixam afundada no banco do bar, mole de alívio. Nossa equipe está bebendo depois de um dia discutindo as áreas rurais em maior crise econômica de Oklahoma. Fiquei de olho nas notícias desde que a crise do *Crisálida* foi relatada, mas, por horas, houve poucas informações e nenhuma mudança. Agora, rodeada pelas pessoas que se tornaram tão próximas quanto uma família nos últimos meses da campanha, ouço a notícia de que Maxim vai ficar bem.

— Graças a Deus — sussurro, passando a mão trêmula pelo cabelo. Lágrimas escorrem dos cantos dos meus olhos e ardem nas bochechas. — Droga.

Seco o rosto, tentando manter a compostura, mas estou tomada pelo alívio incomensurável de saber que Maxim foi resgatado. Desisto. Não consigo conter os soluços que me abalam no meio do bar. Depois de minha mãe, Tammara e tantas perdas, preparei meu coração para outra, mas uma que não sabia bem se aguentaria. Perder Maxim antes mesmo de tê-lo me devastaria. Talvez eu não tenha direito, e ele pode nem querer me ver, mas já estou traçando um plano para encontrá-lo, ir até ele. Para abraçá-lo, beijá-lo, dar um tapa na cara dele por me fazer passar por esse inferno.

— Tudo bem? — pergunta Mena, em voz baixa, empurrando um copo de uísque para mim. — Kimba me contou do Maxim.

— Tudo, eu só…

Luto para desalojar as palavras da garganta, para me recompor, mas sou distraída pela cobertura na tela grande pendurada sobre o bar.

*AO VIVO do aeroporto internacional de Dallas.*

Dallas?

Dois homens altos de cabelo escuros emergem de um jatinho, descendo um atrás do outro um lance pequeno de escadas. Um enxame de jornalistas os cercam. Sinto o choque me despedaçar. Como pude ser tão cega?

*Sou uma tola, e Maxim é um mentiroso.*

Warren Cade, vestido com seu terno sob medida e usando o privilégio de sempre como um manto, sorri para o círculo de câmeras e microfones. Ao seu lado está um homem que, agora que os vejo juntos, se parece imensamente com ele. Maxim é uma cópia do pai, porém mais novo, mais casual, de cabelo mais comprido, moletom da Berkeley e calça jeans escura. Pontinhos de sangue escorrem claramente pelo curativo quadrado na sua testa.

— Senhor Cade — chama uma repórter.

Os dois homens olham para a câmera, a mesma camada de arrogância estampada em seus traços bonitos.

— Hum, *Maxim* Cade — diz ela com uma risada. — Desculpe. Como se sente ao voltar para os Estados Unidos depois de uma aventura tão angustiante?

A impaciência lampeja nos olhos de peridoto que julguei conhecer muito bem.

— Ah, ótimo — responde, abrindo caminho pela multidão.

— E havia uma viagem programada para a Amazônia em seguida? — grita outro repórter atrás dele. — Depois de escapar por quase um triz, vai repensar isso?

Sem diminuir o passo, com as pernas compridas e musculosas o aproximando do SUV luxuoso à espera na pista, ele olha para trás e lança aquele sorriso sedutor para a multidão.

— Claro que não, ainda vou. Por que não iria?

Muitas emoções se reviram dentro de mim. Pensamentos demais correm por minha cabeça. Traição. Medo. Alívio. Algo sensível, um broto fechado que esmago antes que se desabroche totalmente.

— É ele? — pergunta Mena, com os olhos fixos na tela enquanto Maxim entra no veículo atrás do pai.

— Não — respondo, piscando olhos secos e engolindo o uísque. — Não sei quem é esse homem.

# 32

# MAXIM

— Quero agradecer ao senhor por tudo, pai — declaro, dando um gole na água servida com o prato elaborado que minha mãe mandou o cozinheiro preparar.

Não venho a essa casa há anos, e não sabia bem se um dia retornaria.

— Não precisa agradecer, filho. — Meu pai dá uma mordida na carne e aponta o garfo para mim. — Voltar para casa, que é o seu lugar, é agradecimento suficiente.

Eu fico tenso, sabendo aonde isso vai levar e como vai acabar. Essa trégua terá curta duração, porque, por mais que aprecie o auxílio do meu pai, não posso lhe dar o que quer.

— Sim — se apressa a dizer minha mãe, olhando para mim e meu pai. — É tão bom ter você em casa. Sentimos saudade, não sentimos, Warren?

Meu pai dá um gole no vinho tinto e assente.

— Espero que esse último incidente tenha esgotado todo esse seu lado Greenpeace. A Cade Energy precisa de você.

Suas palavras caem em um tonel de silêncio temperado com tensão. Termino de mastigar e ponho com cuidado o garfo no prato.

— Não vou trabalhar para a Cade Energy, pai. Sabe disso.

Ele cerra o maxilar, os músculos flexionando no contorno da mandíbula. Minha mandíbula. Minhas bochechas. Meus olhos. Meu *rosto*.

Minha determinação teimosa, versão 1.0.

Nunca admirei uma pessoa e me ressenti tanto dela ao mesmo tempo como acontece com meu pai. Quando me encara do outro lado da mesa, sei que sente o mesmo.

— Seu tolo ingrato! — esbraveja entre dentes cerrados. Ele soca a mesa, fazendo os copos e a prataria retinirem. Minha mãe se sobressalta e fecha os olhos, com resignação em cada linha do rosto. — Resgatei você e seus amigos conservacionistas. Consertei seu barco estúpido. Te trouxe de volta para casa, e o que me dá em retorno? Descaso e rebeldia.

— Ninguém pediu para fazer isso — atiro de volta, a voz tensa de raiva.

— E o que eu deveria ter feito? Deixado você morrer?

— Se me salvou apenas para me controlar, sim.

— Maxim! — protesta minha mãe. — Não seja ridículo. Claro que te salvaríamos.

— Talvez, se soubesse que eu não ia andar na linha, ele não teria perdido tempo — declaro.

— Isso é mentira e você sabe muito bem, Maxim — afirma meu pai, os olhos semicerrados e o corpo tenso. — Tudo que peço é um pouquinho de gratidão, porra.

— Gratidão o senhor tem, mas não vou mudar o rumo da minha vida para fazê-lo sentir que sou grato o bastante.

— Que rumo? Outro diploma inútil? Mais perambulação pelo mundo coletando amostras de lama? Chama isso de carreira?

— Tenho uma carreira. Sigo um plano que não tem nada a ver com o senhor. Vai ver só. Não tem ideia de quem eu sou.

— Não, *você* não tem ideia de quem é — urra ele, inclinando-se para a frente na mesa. — Você é um Cade, porra, e fica andando por aí como se fosse um zé-ninguém. Bem, seja então um zé-ninguém, Maxim. Enquanto isso, vou continuar comandando um dos negócios mais bem-sucedidos do mundo e seu irmão vai se tornar presidente deste país. Vá lá salvar baleias. — Ele joga o guardanapo de linho no prato, por cima da comida que sobrou. — Não dou a mínima.

Passos largos e poderosos o levam da sala de jantar ao escritório. A porta pesada bate atrás dele, trancando-me do lado de fora do santuário íntimo que costumava ser como um segundo lar.

— Ele não falou sério — suaviza minha mãe, com os olhos cheios de lágrimas. — Por favor, não vá embora de novo. Fico preocupada com você. Sinto saudade.

— Ele falou sério, sim, mãe.

Levanto e dou a volta na mesa para erguê-la e lhe dar um abraço apertado, sabendo que pode ser nosso último abraço por um tempo. Ela balança o corpo pequeno enquanto chora de soluçar na minha camisa. Engulo a emoção queimando a garganta e enterro o nariz em seu cabelo.

— Ele falou sério, mãe, mas eu também.

# 33

# LENNIX

— TEM UMA PESSOA AQUI PARA TE VER, LENN.

Portia enfia a cabeça na sala de reuniões. Seu sorriso é megawatts. Eu a conheço há apenas algumas semanas, mas em geral ela só fica empolgada assim com doações.

— Me ver? — Toco a logomarca NIGHTHORSE HOJE estampada no meu peito. — Tem certeza? Além da equipe, não conheço ninguém em Oklahoma.

— Bem, ele te conhece. — Portia contrai o canto dos lábios com satisfação contida. — Por que não nos contou que conhecia Maxim Cade? Ele está em todos os jornais.

Estou no processo de empacotar uma caixa de broches. As palavras me paralisam no meio da tarefa. Eu olho bruscamente para ela e balanço a cabeça em negativo.

— Não o conheço e não quero vê-lo. Pode dizer que não estou?

O regozijo proclamado por todo o rosto de Portia se esvai. Ela cruza os braços e me lança um olhar por cima da armação verde-garrafa dos seus óculos.

— Olha, não sei o que está acontecendo — declara. — Mas ele acabou de fazer uma doação para a campanha, e, se quiser falar com nossos funcionários, nossos funcionários estarão disponíveis.

*Doação. Dinheiro.*

Claro. Ele *é* um Cade, afinal de contas.

Sem responder, enfio a camiseta na cintura da saia e passo por Portia em direção ao saguão da sede da campanha. Maxim está sentado no sofá surrado de segunda mão. Ele o faz parecer um trono, mesmo de camiseta simples branca e calça jeans. Como eu não sabia que este homem era um Cade ou algo do tipo? Está tão evidente. Homens como Maxim não acontecem do nada. Leva gerações para criá-los.

Ele ergue o olhar e se levanta. Eu me força a ficar onde estou. Seus olhos brilham entre cílios escuros. Há preocupação ali e provavelmente a coisa mais perto de uma desculpa que ele consegue exprimir. E desejo. Ah, sim. Reconheço o lampejo rápido de desejo em sua expressão porque está se acendendo em mim também, só de vê-lo. Meu coração o chama do que ele é, mentiroso, mas meu corpo se tensiona, buscando uma satisfação que só encontrou quando ele estava dentro de mim.

— Senhor Cade — cumprimento, séria e profissional.

Ele franze a testa e enfia as mãos nos bolsos. Dá alguns passos para a frente até que apenas centímetros nos separem. Esse espacinho vibra de memória e fome, mas ignoro.

— Nix — diz, a voz rouca, áspera.

Ele tenta pegar minha mão, mas eu recuo, alertando-o com o olhar para não encostar em mim. Sem tirar os olhos do meu rosto, ele assente.

— Tem algum lugar onde a gente possa conversar? — pergunta. — Talvez tomar um café ou algo assim?

— Desculpe, sr. Cade. — Gesticulo para as caixas meio abertas transbordando de broches, adesivos, cartazes e outras parafernálias de campanha. — Como o senhor pode ver, estamos nos preparando para pegar a estrada.

Seu rosto se contorce.

— Eu deveria ter te contado. Se pudermos ir a algum lugar, posso explicar.

— Qualquer coisa que tenha a dizer para mim, pode dizer aqui.

O sino da porta anuncia a entrada de dois voluntários. Nosso organizador de cronograma está sentado por perto com um quadro-branco gigante e canetas.

— Realmente acho que a gente deveria discutir isso em particular — afirma ele, mais uma vez tentando pegar minha mão.

Cruzo as mãos nas costas, longe de alcance, e só o encaro, alertando-o silenciosamente.

— Tá bom. — Ele dá de ombros, despreocupado. — Naquela noite no beco, quando a gente tran...

Tampo sua boca com a mão e o arrasto pelo braço até a sala de reunião. Ele fecha a porta e se apoia nela, com um sorriso presunçoso no rosto repulsivamente bonito.

— Ainda não sei por que está aqui, sr. Cade.

— Quer parar de me chamar assim?

Ele solta um suspiro frustrado e passa as mãos pelo cabelo, que está ainda mais comprido do que da última vez que o vi.

— Ah, me desculpa. Era assim que o chamavam na televisão. Eles erraram também? Como devo te chamar? Kingsman? — Uma risada sem humor sai de mim. —Nós dois sabemos que é mentira.

— Não é mentira. Todos os homens da minha família têm o nome do meio Kingsman.

— Seu papai também?

Ele me encara por um instante antes de baixar os olhos para o chão.

— Ele também, sim. Eu deveria ter contado da minha família.

— Ah, mas contou. — Sento na mesa da sala de conferência e balanço as pernas. — Você disse que sua família era rica, mas que você não tinha muito dinheiro.

— É verdade.

— Disse que seu irmão era senador.

— Ele é.

— Disse que você e seu pai estavam brigados.

— Sim, a gente...

— Mas, por algum motivo, esqueceu de mencionar que ele é o homem que não suporto. Que você vai herdar a empresa que devastou a terra mais sagrada que meu povo ainda tinha.

— Não vou. Herdar, quer dizer. Dediquei os últimos oito anos da minha vida a pesquisar mudanças climáticas, Nix. Acha mesmo que quero saber da empresa petrolífera da minha família?

— Na verdade, não sei o que achar, já que mentiu para mim este tempo todo. — Balanço a cabeça e forço um sorriso exagerado. — Enquanto todos nós estávamos nos perguntando o que aconteceria depois do protesto, quanto tempo ficaríamos na cadeia, se as acusações seriam aceitas, você sabia que tinha fiança garantida. Liberdade garantida. Proteção. Todo confortável, embrulhado na sua riqueza. Como você deve ter rido da gente...

— Não ri.

— Mas foi brincadeira para você, sem risco nenhum, enquanto a gente arriscava *tudo*.

— Não foi brincadeira. Eu te vi, te ouvi, e foi como falei antes. — Ele dá alguns passos para mais perto até que fica a centímetros da mesa. — Eu soube que nunca esqueceria você. Quando vi os cachorros indo na sua direção... — Ele esfrega a nuca e solta um suspiro áspero. — Não pensei duas vezes. Deixei meu pai no carro e corri. Só sabia que precisava... Esquece. Você não vai acreditar em mim. Só saiba que não foi palhaçada.

— Estávamos todos arriscando a reputação, a liberdade, talvez a vida se as coisas piorassem, e você agiu como se tivesse algo a perder, sendo que Warren Cade nunca deixaria nada acontecer com seu herdeiro.

— Contei que estamos brigados.

— E estavam na época? Naquele dia?

— Não. Tentei convencê-lo a não prosseguir com o gasoduto. Quando ele se recusou a mudar de ideia, fui embora.

— Você me deixou pensar que tinha ido lá da Califórnia para protestar com a gente. Isso foi verdade?

Seu silêncio é cheio de culpa e frustração.

— Não — admite depois de um instante. — Eu fui com meu pai. Não sabia por que estávamos lá. Depois de ouvir o que ele tinha feito e achar que nunca te veria de novo, não vi motivo para contar quem eu era.

— E em Amsterdã? — As palavras amargam na boca. — Na primeira noite, será que você podia ter visto um motivo? Ou talvez na segunda noite, antes de me comer? Podia ter mencionado quem era, mas talvez tenha achado que não fosse trepar comigo se eu soubesse.

— Nix...

— E estava certo. Não ia mesmo.

— Não vou deixar você depreciar o que tivemos.

— *Eu* estou depreciando? Você falou que, por eu estar sendo tão honesta com você, queria ser completamente aberto e honesto comigo.

— Eu queria.

— E mentiu para mim durante a semana toda.

— *Omiti*, porque não importa, cacete.

— Se realmente acreditasse nisso, teria me contado, e você sabe.

— Estou contando agora.

— Não, vi na televisão com o resto do mundo, e você veio aqui para quê? — Agarro a beira da mesa de conferência. — Para garantir que, se um dia voltar da Amazônia ou seja lá de que canto remoto visite a seguir, vai ter um contatinho nos Estados Unidos?

Ele se desloca tão rápido que salto para trás quando para bem na minha frente, me aprisionando com os braços ao redor de onde estou sentada. Assim tão perto, sinto seu cheiro. Sinto sua presença. Seu corpo, grande, familiar e ainda um mistério, irradia calor. Eu me lembro de me enroscar nele, nua em lençóis com aroma de sexo; recordo um dia deitada entre tulipas meio desabrochadas, compartilhando sonhos e ambições.

— Estou perdendo a paciência, Nix — avisa ele, tão perto que suas palavras param nos meus lábios.

— Ah, não estou te perdoando rápido o suficiente? Que privilégio o seu, por esperar uma coisa dessas.

— Não quero que seja assim. — Ele se abaixa até que apenas um centímetro sedutor nos separa. — Senti saudade. Vim para...

— Para quê? — Minha determinação vacila, mas logo volta para o lugar. — O que você quer?

O olhar que ele despeja em mim é óleo quente, me queimando mesmo através das camadas de algodão. Seu olhar profundo acaricia meu rosto, flui por meus seios e quadris e se acumula nos meus pés.

— Ah, *isso* você nunca mais vai ter — afirmo, a voz uma promessa suave e certa. — Não transo com mentirosos. Tenho critérios.

— Nunca diga nunca — responde ele, com a voz arrastada, erguendo meu queixo com o dedo.

— Nun...

Ele esmaga as palavras com a boca. Elas se desfazem no emaranhado doce e ardente de lábios. Ele afunda os dedos no meu cabelo e espalma a outra mão na minha lombar, em um aperto quase convulsivo, me erguendo e me aproximando. Estou paralisada. Completamente abalada pelo beijo, incapaz de responder. Envio uma mensagem desesperada para meu cérebro.

*Se mexa. Se afaste. Empurre-o.*

Mas o deslize persistente de sua mão nas minhas costas até a bunda derrete meus pensamentos, que flutuam na minha cabeça. Não consigo me afastar, e toda esperança de resistência se dissolve quando ele pressiona o polegar no meu queixo, me abrindo. Maxim persegue minha língua, caçando uma reação, com lambidas, chupões, grunhidos e rugidos. Aperta as mãos em mim até eu estender as minhas para buscá-lo, puxando seu cabelo com força, o trazendo para mais perto.

— Caramba, Nix — murmura entre beijos.

Ele desce a mão da minha nuca ao ombro e apalpa meu peito, torcendo o mamilo por cima das camadas finas de algodão e renda. Ergue minha saia, abre minhas pernas e puxa minha calcinha para o lado, me invadindo com os dedos. Meu corpo se recorda dessa ânsia enlouquecedora de rasgar caminho para fora dos meus ossos — que quer escapar. Que quer *ele*. Sob seu toque áspero, meu corpo desabrocha, e meu quadril ondula.

— Isso — diz, mordiscando meu lóbulo.

Jogo a cabeça para trás, gemendo. É bom demais. Seu toque me desperta. Suas mãos e seus beijos me reanimam. Sinto como se estivesse respirando de verdade pela primeira vez desde que nos despedimos, e o ar preenche meus pulmões, se infiltra nos poros. Ele está por toda parte e dentro de mim.

— Senti saudade — declara, sugando meus lábios e beijando os cantos, rápido, faminto. — Desculpe, amor, eu...

— Pare de falar. — Estico a mão para afrouxar seu cinto, agarro o fecho e o abro, puxando ele para fora. — Cala a porra da boca.

Ele está grosso e rígido na minha mão. A ideia de se esticar a sua volta deixa meu corpo choramingando. Não o espero se mexer, nem peço, apenas me ajeito na beirada da mesa para interligar nosso corpo. Um suspiro áspero se choca entre nossa boca, ambos perdendo o fôlego nessa união carnal premente. Por um instante, nós juntos somos perfeitos, nosso corpo servindo de canal para nossa alma. E então ele se mexe, reduzindo o mundo a esta dança de acasalamento. É algo ancestral, a pulsação do meu sangue, a batida do coração. O jeito que ele me toma é novo, fresco. Como se fosse a primeira vez, a última vez, ele agarra minhas coxas para me manter no lugar enquanto me reivindica; de início, com golpes lentos e profundos, que depois aumenta de ritmo. Rápido. Forte. *Ruidoso*. Nosso prazer atinge o topo dos nossos pulmões, e não nos preocupamos com quem ouve do outro lado da porta. Eu não poderia segurar esses sons nem se tentasse — grunhidos involuntários, sibilos e gemidos, coisa demais para meu corpo manter em silêncio enquanto gozo forte, e ele também, logo em seguida.

Encosto a testa na dele, roço os lábios nos seus para provar seus suspiros urgentes.

— Não me diga nunca de novo — ordena, sem fôlego. — Não gosto dessa palavra.

Suas palavras autoritárias me irritam. Eu me afasto e o empurro. Meu Deus, o que eu fiz? O que permiti? O que cedi? Qualquer um poderia ter entrado, nos pegado. Arrisquei tanto pelo quê? Por uma rapidinha com um homem que mentiu para mim?

Pulo da mesa, ficando de pé e ajeitando a roupa. A vergonha arde no rosto quando a prova da minha fraqueza escorre de mim, umedecendo a calcinha. Sou fraca. Muito fraca. Não consigo resistir a ele, mas não posso tê-lo. Não vou ter.

— Preciso que vá embora. — Eu me viro, me esforçando para recuperar a compostura. — Isso foi um erro.

— É o que acontece quando estamos juntos — rebate ele, atrás de mim e mais próximo do que estava segundos antes. — Por isso vim aqui, mesmo sabendo que estaria furiosa. Lembra quando me perguntou naquela noite no beco se era sempre assim?

Eu me viro para encará-lo e observá-lo com atenção.

— Você disse que às vezes.

— Menti. Nunca é assim. Achei que poderia me afastar, mas não quero, Lennix. Essa sempre foi minha regra, mas eu nunca tinha tido *você*. Não consigo ficar longe de você. Não me peça para ficar. Tenho que ir para a Amazônia, sim, e você vai pegar a estrada para a campanha, mas podemos tentar manter o relacionamento à distância. A gente pode superar esse mal-entendido e…

— Mal-entendido? — Dou uma risada desacreditada. — Você e sua família, seu pai, representam tudo que quero combater pelo resto da vida.

— Falei que não sou a empresa.

— *Não é a empresa.* Você é um mentiroso e um ladrão, igualzinho a Warren Cade. Ele tomou coisas que não eram dele, assim como você.

— Tudo seu que eu tenho — afirma, com a raiva queimando em seu olhar — você me deu de bom grado, e sabe disso.

— Para Maxim Kingsman, não para você.

— É tudo a mesma coisa. Tudo sou eu! — grita. — Maxim Kingsman Cade. Esse é quem sou. Não posso mudar isso, Nix.

— Você deveria ter me contado a verdade e me deixado decidir por mim mesma se queria me envolver com você, porque isso significa me envolver com sua família, com seu pai. É muito complicado para mim. E você mentiu.

— Deixe eu dizer a verdade agora.

— É tarde demais.

— Tarde demais? — Ele aponta para a mesa. — Aquilo *acabou* de acontecer. *Nós* ainda estamos acontecendo. Não consigo ficar no mesmo cômodo que você por dez segundos sem querer que aconteça, então não me diz que é tarde demais. Você ainda quer isso, me quer. E eu te quero pra caralho. Quando eu estava na Antártida...

— Não.

Fecho os olhos e cubro os ouvidos. Se eu pensar em como sofri quando pensei que ele poderia morrer, vou perder a raiva, a indignação, e acabar abraçada nele a noite toda. Talvez tente segurá-lo para sempre.

— Não fale disso — insisto.

— Não quer ouvir que, enquanto me perguntava se seríamos resgatados a tempo, tudo em que conseguia pensar era você? — pergunta, baixo. — Que, depois de só uma semana com você, não foi minha família, nem as lembranças de 28 anos neste planeta que me mantiveram são e, sim, alguns dias com você? Reviver nossos beijos e nossas conversas. A esperança de voltar para você e te convencer de que não deveríamos nos afastar. Que eu estava errado. Que fui um babaca estúpido por achar que conseguiria.

— Estou feliz por ter saído vivo — confesso, um reflexo muito pálido do alívio avassalador que senti quando soube que ele tinha sido resgatado. — Mas você não entende? — pergunto, piscando para conter lágrimas. — Você fez a coisa que mais me cansa, porque é o que todo mundo faz. Mentiu para conseguir o que quer.

— Se me deixar explicar...

— Como vai explicar? Vai usar essa mente brilhante e essa lábia para me convencer? Me persuadir? Vocês todos são muitos bons em nos enganar, não é? Se gosta um pouco de mim que seja, não me convença. Não confunda minhas convicções. Agora, quando você me fala a verdade apenas me lembra que, seja lá o que tivemos antes, foi mentira.

— O que você espera? Que eu só me afaste?

— Não era o plano original?

— Antes disso, Nix. Antes de *nós*. Se não tivesse ido embora de Amsterdã mais cedo, eu teria lhe dito a verdade. Teria dito que não poderia me afastar.

Estou derretendo de novo. Quanto mais fico perto dele, quanto mais fico nesse calor que geramos quando estamos juntos, mais difícil fica me agarrar à raiva. Eu acabo cedendo quando ele está dentro de mim, quando me diz todas as coisas que quis ouvir desde a primeira vez que fizemos amor.

Estou enfraquecendo no momento em que algo brilhante no piso perto de uma das caixas chama minha atenção. É um dos panfletos de neon que penduramos na busca por Tammara.

Tammara. Outra garota perdida. Morta.

Mamãe. Perdida. Morta.

Nossa terra, nossas tradições, nosso idioma — estão todos perdidos, mortos. Roubados. Um ciclo de pilhagem, desdém e crueldade que começou com uma invasão, um ato atrás do outro que se acumularam em sistemas que nunca nos dão uma chance.

*Mentiroso. Vigarista. Ladrão.*

Era por quem eu estava me apaixonando. Foi para quem me entreguei. O filho de nosso opressor. O herdeiro de nossos espólios.

*Mentiroso. Vigarista. Ladrão.*

Deixo o mantra reverberar por mim, atingindo todos os lugares que Maxim reivindicou, e os tomo de volta.

Ele passa as mãos no cabelo, afastando-os do rosto e expondo a fileira estreita de pontos na testa. Endureço a determinação contra as partes de mim que enfraquecem, pensando nele em perigo.

— Sai. — Até eu ouço a nova firmeza na minha voz, a dura decisão das minhas palavras. — Não quero te ver nunca mais.

— Nix.

Ele se aproxima, já esticando as mãos, mas me esquivo e abro a porta.

— Vai — ordeno. — Era esse o plano desde o começo. Dissemos que nos afastaríamos, e estou sustentando isso. Vai para a Amazônia, para a Antártida. Vai mudar seu mundo. — Aponto para o slogan da campanha na minha camiseta. — E vou mudar o meu.

— Só existe um mundo, Nix — responde.

Uma risada áspera arde na minha boca, ácida e amarga.

— Nossa, você é mesmo bobo se acredita nisso. Toda estatística, toda notícia, toda promessa quebrada e garota morta me dizem que não vivemos no mesmo mundo e que temos batalhas diferentes a enfrentar. Vai enfrentar as suas e me deixe com as minhas.

Algo muda nele, no rosto. Raiva e determinação enrijecem seus traços. Ele anda até mim, mas não me toca.

— Já que descobriu que sou um Cade… Não preciso esconder mais. Tem algo que você deveria saber sobre nossa família.

— E o que é? — indago, sentindo-me caçada pelo brilho lupino em seus olhos.

Quero negar a excitação que isso me causa.

— Conseguimos tudo o que queremos — declara, passando o olhar pela extensão do meu corpo. — E eu quero muito você, Lennix Moon. Quero a garota que persegue estrelas.

— Bem, você não pode tê-la. Não pode me ter.

— Não posso te forçar. Não iria querer você desse jeito mesmo. Você quer tempo. Respeito isso. Não posso te *obrigar* a me dar outra chance. — Ele inspira, cansado, e enfia a mão no cabelo. — Tenho que partir agora para a expedição, mas não terminamos.

— Eu digo que terminamos.

Minha voz sai surpreendentemente firme, considerando o quanto estou tremendo por dentro.

— Não terminamos. Faça o que precisa fazer. Mude seu mundo — fala, com suavidade, o olhar conectado com o meu com tanta intensidade que não tem como desviar. — Tenho que ir construir meu mundo, mas, quando for a hora, vou voltar por você.

# PARTE 3

*"Vamos unir nossas mentes para ver que tipo de futuro podemos construir…"*

— **Touro Sentado, líder e homem sagrado do povo dakota**

# 34
# LENNIX

**DEZ ANOS DEPOIS**

— Nunca transe com o candidato.

Não importa quantas vezes eu diga isso, tem sempre uma garota ingênua ainda fresquinha, recém-saída da faculdade, que não entende. Que precisaaaaaava saber qual era a sensação de noventa quilos de futuro presidente entre as pernas.

— É a regra número um, Lacy. — Sento na beira da mesa e avalio a jovem diretora de tecnologia da campanha. — E você a desobedeceu.

— Não foi de caso pensado.

Lágrimas grossas caem dos olhos de Lacy, e ela as esfrega o suficiente para parecer fofa, mas sem estragar a maquiagem.

— Pare com as lágrimas, meu bem — aviso. — Essa pose que você está encenando é uma reprise. Já vi todas as temporadas.

Lacy congela no meio do choro, me fitando sob cílios postiços.

— Não tenho tempo para lágrimas nem para desculpas — continuo. — No primeiro dia, digo a todo mundo para não transar com o candidato. Faz mal para os negócios. Elimina sua objetividade. Acima de tudo, dá à imprensa e, com isso, aos eleitores, um foco além das questões importantes. E, noventa por cento das vezes, todo mundo paga: o candidato, a mocinha e, mais importante, o povo que o candidato poderia ter ajudado se o tivéssemos colocado no poder. É a principal razão para a regra existir, porque o povo é nosso resultado final.

Cruzo as pernas, balançando um sapato Louboutin verde de salto fechado só na frente no ritmo do tique-taque do relógio da parede.

— Vou ter que dispensá-la — afirmo, com a rigidez que uma demissão exige.

Lacy me olha bruscamente, chocada.

— Está de sacanagem? — Ela balança a cabeça, sacudindo as ondas loiras. — Eu poderia ter comandado a área de tecnologia de umas cinquentas campanhas, mas quis trabalhar com a Criadora de Reis. Escolhi você.

Faço cara feia para o apelido ridículo que a imprensa começou a usar alguns anos atrás, quando vários dos meus candidatos ganharam eleições notórias.

— Na verdade, eu que te escolhi — digo para lembrá-la, sem gentileza. — Não foi o contrário. Aprecio seus talentos especiais e sua dedicação ao trabalho, mas você ficou comprometida. Agora estou em modo de urgência cobrindo seus rastros e dando meu melhor para manter isso longe da imprensa.

— Nós fomos discretas.

— Ah, é isso que chama de discreta? A esposa de Susan chegou em casa e encontrou vocês duas na cama *dela*, sendo que as crianças estavam dormindo no andar de cima. Que parte disso exatamente você considera discreta?

— Kristin devia estar viajando — rebate Lacy, na defensiva. — E estava muito tarde, sabíamos que as crianças não desceriam. Eu só… Susan é muito incrível.

— Eles geralmente são. Na minha experiência, poder enfeita os gansos. Faz com que pareçam pavões, mas, no fim, é só um pássaro que grasna quando voa.

— Preciso deste emprego, Lennix.

— E eu preciso que você se afaste desta campanha. Demiti-la é o primeiro de vários passos para manter Kristin do lado de Susan, sorrindo para as câmeras até a eleição. Susan pode ter problemas de fidelidade, mas tem boas ideias para conseguir igualdade salarial para as mulheres. É tudo que me importa. Precisamos que ela ganhe em Denver.

— Mas para onde eu vou? — Lacy chora, e, dessa vez, acredito nas lágrimas. Ela não perde tempo com o rímel. — O que vou fazer? Você pode pelo menos me dar uma carta de recomendação?

— Claro. Na primeira linha, vou dizer "Cuidado com essa aí, ela transa com as candidatas". — Tiro alguns lenços do suporte de vidro no canto da mesa e lhe entrego. — Eu gostaria que fosse diferente, e lhe desejo o melhor.

— Me deseja o melhor o cacete. — Lacy se levanta, os punhos cerrados. — Sua vaca. Sabe como vai ser difícil encontrar outro emprego na política sem uma carta de recomendação?

— Será que vai ser mais difícil do que manter as pernas fechadas? Porque essa parte foi bem difícil para você. — Eu me inclino para trás e pressiono o interfone. — Karla, Lacy está pronta para ser acompanhada.

As portas de vidro pesadas se abrem. Minha assistente, Karla, está ali, acompanhada por dois seguranças. Eles se aproximam e, embora não agarrem Lacy, é óbvio que, se ela se mexer, estão preparados.

— Que ridículo — grita Lacy. — Vou te processar por isso.

— Tente. Você assinou um contrato inflexível alegando que não teria relações sexuais com nenhum candidato que a Hunter, Allen representasse. Todos nós assinamos esse acordo com o entendimento de que sua violação daria base para demissão imediata.

— Vai se arrepender disso — solta ela entre os dentes.

— Você pode arrumar suas coisas. — Eu pego atrás da mesa uma caixa já pronta. — Ou Karla pode fazer isso por você. Para mim, tanto faz.

Lacy tira a caixa da minha mão e vai até a porta de cabeça bem erguida, com Karla em seu encalço.

— Eu mesma arrumo. Não tenho do que me envergonhar.

— Na verdade você teve um caso com uma mulher casada cuja esposa quase morreu dando à luz trigêmeos. Então… sim. O público acharia que você deve se envergonhar.

Susan também deveria se envergonhar, mas é improvável que faça isso. Se preocupar, sim, se conseguiremos convencer sua esposa a ficar por perto. Se preocupar com isso nunca chegar ao nariz enxerido do público. Mas ela não vai se preocupar por eu ter demitido uma das mentes mais brilhantes na tecnologia que encontrei em muito tempo.

— E agora preciso de uma substituta.

— Precisa mesmo — afirma Kimba da porta, a "Allen" de Hunter, Allen & Associados. — E rápido. Essa campanha está a todo vapor.

— Karla! — chamo alto o suficiente para alcançar o escritório da minha assistente.

Ela vem correndo, passando a mão pelo cabelo roxo curtinho, com as bochechas vermelhas.

— Lacy não está feliz — avisa, de olhos arregalados. — Mas os seguranças estão com ela.

— Que bom. Quero que ela saia daqui em dez minutos. Ligue para Kristin Bowden para mim, pode ser? Preciso falar com ela para ontem.

— Pode deixar, chefe. — Karla vai em direção à porta, mas lança uma mensagem de despedida. — E, para antes de ontem, você precisa sair daqui e para o estúdio.

— Exatamente por isso estou aqui — declara Kimba. — Precisamos sair em dez minutos se quisermos chegar à gravação a tempo.

— Aff. — Massageio a têmpora. — Me lembre de novo por que estamos fazendo isso *agora*? Tenho um voo para Nova York hoje à noite para o comício no Queens. Não preciso disso nesse momento.

— A gente está fazendo isso porque *Mundo Político* é o novo programa mais popular na área. — Kimba ergue as sobrancelhas perfeitamente moldadas sobre olhos castanhos astutos. — Sabe que, para mim, fazer um negócio desses é que nem fazer papanicolau, mas temos livros para vender, amiga.

— *Mais alto* já está na lista de mais vendidos do *New York Times*, e Bryce Collins não teve nada a ver com isso. Se ele quisesse *mesmo* ajudar, teria nos recebido na semana de lançamento quando pedimos. Por que agora?

— Quem disse que ele quer ajudar? Com certeza tem os próprios objetivos, mas em cavalo dado não se olham os dentes. Mexe essa bundinha bonita.

Sorrio, balanço a bundinha bonita em questão para ela, vou para trás da mesa e me jogo na cadeira com um suspiro cansado.

— E a editora quer que a gente faça isso — continua Kimba. — O estúdio vai mandar um carro para levar a gente.

— Chique.

O interfone toca na minha mesa.

— Lenn — diz Karla. — Estou com Kristin Bowden no telefone.

Kimba e eu trocamos um olhar cansado. Suspiro e pego o telefone, recostando-me na cadeira e colocando os pés em cima da mesa.

— Kristin — cumprimento, pronta para implorar e acalmar. — Obrigada por atender minha ligação.

---

— Então ela ainda está dentro? — pergunta Kimba, no carro que o *Mundo Político* mandou para nós.

— Por um fio. Está irritada e magoada, claro, mas realmente acredita na visão de Susan. E a ama e quer salvar o casamento, então saber que Lacy não trabalha mais na campanha ajudou bastante. Mas boa sorte para fazer Susan parar tempo suficiente para consertar o casamento.

— Todo político é narcisista?

— Basicamente, com algumas exceções. A gente trabalha com o que recebe.

— Sabe quando todo mundo fala que existe um candidato inesquecível? — pergunta Kimba. — A gente já colocou pessoas incríveis no poder e fizemos bastante coisa boa, mas ainda estou esperando por isso.

— Eu também. — Suspiro. — Até lá, a gente continua fazendo o melhor que dá.

Nosso melhor tem sido ótimo, e conquistamos muito. Nos cinco anos desde que abrimos nossa empresa de consultoria política, Allen, Hunter

& Associados, conseguimos eleger muita gente que defende as causas das pessoas marginalizadas.

— Você está linda — elogio minha amiga quando chegamos ao estúdio do *Mundo Político* no centro da cidade.

— Você acha? — Ela afofa a nuvem do cabelo castanho de textura natural, realçado com dourado. — A academia deve estar funcionando. Tenho que manter essa bunda em forma.

Vários homens e algumas mulheres observam a tal bunda no vestido fúcsia colado de Kimba.

— Acho que está se saindo bem — respondo, irônica.

— Você está linda também. — Ela aponta meu vestido. — É outro original Wiona?

— É. — Aliso o vestido justo azul-celeste e a echarpe no meu pescoço. — Tento usar as coisas dela quando apareço na imprensa.

Wiona é uma estilista indígena incrivelmente talentosa que conheci na Dakota do Norte. Uso suas roupas em toda oportunidade que tenho, declarando minha origem quando posso.

Estamos no camarim retocando a maquiagem quando Alice, a produtora, entra. Ela é esperta, e a respeito apesar do seu apresentador ser um pouquinho imbecil. Ele se faz de moderador que mantém objetividade profissional, mas acho que isso disfarça levemente seu preconceito implícito e sua misoginia. Kimba diz que acho preconceito e misoginia até em plantas. Ela não está errada, mas fala sério. Essas coisas afetam todo mundo.

— Contaram quem vai estar com vocês hoje? — pergunta Alice, olhando de mim para Kimba no espelho enquanto as maquiadoras aplicam cor em nossas bochechas.

O formato do *Mundo Político* é similar aos programas de auditório tradicionais, em que os convidados permanecem enquanto outros são chamados. O apresentador estimula conversa e interação entre eles.

— É a Rhonda Mays? — indaga Kimba. — A defensora de educação especial?

— E o senador Biggs — acrescento. — Um republicano de Ohio, certo?

— Ah. — Alice baixa as sobrancelhas com cuidado, como se não quisesse franzir a testa totalmente. — Tivemos algumas mudanças no programa. Apenas outro convidado hoje. Desculpe por não terem sido informadas.

Fico tensa. Não gosto de entrar nessas situações de surpresa. Qualquer um que trabalhe com política sabe disso. Kimba e eu pensamos rápido, mas não gosto de ser pega desprevenida. Já fui emboscada mais de uma vez por repórteres tentando fazer nome às custas de uma possível gafe minha. O segredo é a preparação.

— Quem? — pergunto, seca.

— Owen Cade.

*Filho da puta.*

Não exatamente o Owen. Ele não é um filho da puta, até onde sei. Na verdade, ele se provou um senador excelente. Moderado em algumas coisas que eu preferiria que fosse progressista, mas não é um idiota. Ele tem compaixão, parece colocar o povo em primeiro lugar, nunca foi associado a nenhum escândalo e tem aquele "quê" especial pelo qual a maioria dos políticos dariam o testículo ou seio esquerdo. Ele tem estoque desse "quê" especial.

*Assim como o irmão.*

— Tudo bem — responde Kimba. — Obrigada, Alice.

— Ah, que bom — diz Alice, com alívio no rosto. — Vejo vocês lá. Alguém vai vir buscá-las quando for a hora.

A porta se fecha atrás de Alice, e encontro o olhar de Kimba no espelho.

— Sabe que não gosto de surpresas — digo com os lábios entreabertos enquanto a maquiadora traça o contorno da minha boca.

— Sei que não gosta dos Cade — rebate Kimba, com os olhos obedientemente levantados enquanto a maquiadora aplica rímel.

— Acho que está ótimo — afirmo para a maquiadora, indicando suas maletas, pincéis e paletas coloridas. — Obrigada, mas acabamos. — Olho para a maquiadora de Kimba. — Você também.

— Já estou acabando — protesta ela. — Só tenho que…

— Você acabou — declaro com um sorriso que mal move minha boca recém-pintada.

Quando ficamos sozinhas, Kimba e eu trocamos um longo olhar pelo espelho. O nome Cade sempre me deixa desconfortável.

— Sabe que ele está na cidade, não é? — pergunta Kimba.

— Quem?

Contraio os músculos, me preparando para a resposta.

— Maxim. Testemunhando no Congresso sobre mudança climática.

— Ah. — Desvio o olhar da minha amiga para a segurança do meu próprio reflexo, achando cabelos errantes para alisar. — Que bom ele lembrar que é norte-americano e agraciar nossas terras com sua presença.

— Ele vem para os Estados Unidos o tempo todo, mas muito dos seus negócios são fora daqui.

— Parece que você o tem acompanhado mais do que eu, que tenho zero informação a respeito dele.

— Faz dez anos, Lenn. Sei que ele mentiu para você…

— Isso. Faz dez anos, o que torna essa conversa desnecessária.

A última vez que vi Maxim pessoalmente foi naquela sala de reunião em Oklahoma. Sua ameaça de que voltaria para me encontrar mostrou ser papo furado, embora ele tenha tentado manter contato no início. Mensagens de textos — sem resposta. Cartões-postais de lugares distantes — jogados no lixo. Recados de voz — apagados antes que eu ouvisse o apelo em suas palavras. O incidente — beleza, a transa — na sala de reunião demonstrou que fico vulnerável quando se trata de Maxim, então tive que eliminar toda tentativa, cortá-lo toda vez e mantê-lo afastado da minha vida. Ele estava tão ocupado arriscando a própria vida na Amazônia, ou sei lá onde, que não foi difícil.

Até que tudo… parou.

Fui obrigada a presumir que sua ameaça de voltar foi realmente vazia. Toda vez que ele ia à capital testemunhar no Congresso, eu me perguntava vagamente se ele iria aparecer no escritório. Se usaria o elemento-surpresa e tal, mas não. Durante a última década, ele pareceu completamente concentrado em construir seu império de energia limpa, assim como disse que faria. A ativista e o capitalista, ocupado demais para voltar. Ou quem sabe ele tenha seguido em frente.

*Como eu.*

A porta abre, e uma assistente da produção enfia a cabeça no vão ali.

— Estão prontos para as senhoritas. — Ela abre mais a porta e gesticula para a frente com a prancheta. — Venham comigo, por favor.

Bryce Collins é exatamente quem achei que fosse, com perguntas variando entre a condescendência sutil e o machismo descarado.

— Sei que a chamam de Criadora de Reis, srta. Hunter — diz ele. — Mas parece que você gosta mesmo é de fazer rainhas. Mais ou menos sessenta por cento dos seus candidatos são mulheres.

— Na verdade está mais perto de setenta por cento — respondo com um sorriso grande e orgulhoso.

— O que tem contra nós, homens? — pergunta, o humor forrado de farpas invisíveis.

— Como abordamos no nosso livro *Mais alto*, Kimba e eu decidimos que queríamos amplificar vozes silenciadas: queríamos colocar no poder as pessoas mais preocupadas com grupos marginalizados, sobretudo mulheres, pessoas não brancas, LGBTQIAPN+ e com deficiência.

— Parece que todo dia adicionam mais uma letra para os gays — comenta Bryce com uma risada maldosa.

— Tente acompanhar — aconselha Kimba. — É o mínimo que podemos fazer.

— Sim, bem, e agora estão trabalhando com uma candidata que preenche várias categorias — responde ele. — Susan Bowden, uma mulher gay, casada e mãe de três filhos. Como vai a eleição em Denver?

Se ele está farejando uma matéria, não podemos entregar nada, não sem saber se podemos confiar em Kristin.

— Susan é uma líder excepcional. — Meu sorriso sai naturalmente. — Esperamos grandes coisas dela, coisas que beneficiarão pessoas que precisam de representantes melhores, ainda mais mulheres em busca de igualdade salarial.

— Vivo ouvindo que mulheres não ganham muito — declara Bryce, e dá de ombros. — Mas as senhoritas parecem estar se saindo bem, e muitas outras mulheres também.

— Exigimos o mesmo valor dos nossos colegas — rebate Kimba. — Não é toda mulher que está em posição de exigir. São por essas que lutamos.

— Sim, bem — continua Bryce. — Mencionaram seu livro, *Mais alto*. Nele, criticam bastante alguns dos fundadores desta nação, srta. Hunter. Homens amplamente reconhecidos como heróis.

— Reconhecer suas contribuições sem expor suas falhas, as discrepâncias entre retóricas de liberdade, maus-tratos sistemáticos e exclusão de grupos marginalizados é um desserviço — respondo, tentando conter a irritação. — E, quanto a serem heróis, como eu poderia considerar Andrew Jackson, um presidente que sancionou a morte de meus ancestrais, um herói? Um homem que os enviou para o Caminho das Lágrimas? Ele é meu herói? Os homens que tiraram nossa herança, roubaram nossa língua, proibiram nossos costumes não são meus heróis. Meus ancestrais, o povo que resistiu a eles, esses, sim, são heróis para mim.

— Me perdoe. — Bryce se inclina para a frente, os olhos brilhando, obviamente desfrutando da irritação que me causa. — Mas seus sentimentos não parecem muito patriotas.

— Dizem que a discordância é a maior forma de patriotismo — respondo. — Amo este país demais para aceitar as mentiras escritas nos livros de história. Amo demais a Constituição para não responsabilizar os homens que a escreveram pela verdade de seus princípios.

— Alguns chamariam sua perspectiva de radical.

— E estariam certos — rebato com meu sorriso mais meigo. — Vou continuar amando este país de um lado e expondo as práticas corruptas do governo de outro.

— O que deveríamos fazer com essa informação, srta. Hunter? — questiona Bryce. — Sentir culpa por algo que nossos ancestrais fizeram? Essa discussão não acaba apenas perpetuando a discordância que está despedaçando nosso país? Como isso é produtivo?

— Não só é produtivo como é essencial. A maioria dos norte-americanos não sabe realmente a verdade do que aconteceu com os povos indígenas porque os livros de história não contam. Precisamos saber o que aconteceu se quisermos assegurar que nunca aconteça de novo. E não é apenas o que se sucedeu no passado, e, sim, o que ainda acontece. Ainda vivemos em meio a isso, e há coisas que podem ser feitas agora. Não se trata de culpar o passado. Se trata de todos nós nos responsabilizarmos pelo futuro.

Bryce pisca, aparentemente no fim do questionamento, e volta a atenção para Kimba. A luz guerreira nos olhos dela o avisa que ele não vai querer continuar com isso, então ele oferece uma versão mais suave dos ataques pelos próximos minutos até que entramos em intervalo e Owen Cade chega ao estúdio.

— Vocês estão se saindo bem, meninas — comenta Bryce, dando tapinhas na mão de Kimba.

— Não somos suas meninas — respondo, tranquila. — Somos suas convidadas, e obrigada por nos receber.

Ele me observa por alguns segundos, dissecando o que é um agradecimento, devo admitir, falso.

— Obrigado por virem de última hora — responde por fim.

Quero perguntar por que foi de última hora. Ele não parece muito interessado no nosso livro, nas nossas causas ou em nós em geral, mas me distraio com Owen Cade se sentando ao meu lado. Estão verificando seu microfone, o que me dá uma oportunidade de verificar ele.

Já o vi antes, claro. Ele é um senador da Califórnia, mas nos esbarramos muito pouco. Talvez tenha sido intencional da minha parte. Nunca me permiti pensar muito nisso. Nele. Ou no irmão.

Ele é muito diferente de Maxim. Enquanto Maxim tem cabelo escuro e olhos verdes como o pai, Owen parece muito com a mãe, loiro de olhos azuis. De forma literal e real, o menino dourado da política. Joga dos dois lados, consegue se manter ponderado no mais mordaz dos climas políticos e, até onde sei, nunca traiu a esposa.

— Senhoritas — diz para mim e Kimba quando se acomoda. — Que bom vê-las hoje. Acho que não nos conhecemos de verdade, mas conheço seu pai e avô de nome, é claro, srta. Allen. Sua contribuição para os movimentos dos direitos civis é inestimável. Lamento muito pela perda da sua família.

O avô de Kimba morreu anos atrás, mas seu pai faleceu de infarto há apenas alguns meses. A dor retorce sua expressão por um instante, mas ela a oculta e coloca a máscara profissional no lugar tão rápido que poucos notariam.

— Obrigada, senador Cade — responde ela.

— Por favor — pede ele. — Me chame de Owen.

Ela não vai chamá-lo assim. Nem eu.

— E, srta. Hunter. — Ele vira o olhar azul penetrante para mim. — Queria conhecê-la há muito tempo.

— É mesmo?

Mantenho a voz neutra e fico aliviada quando Bryce pede nossa atenção para revisar o próximo segmento. São na maioria perguntas para Owen, mas Bryce quer todos preparados.

— Estamos de volta — anuncia Bryce para a câmera —, acompanhados do senador Owen Cade. Obrigado por estar conosco, senador.

— Obrigado pelo convite — responde Owen.

Imagino se sua humildade é cena. Tem que ser. Seu pai e irmão certamente não são humildes. Talvez ele seja apenas o melhor ator da família.

Bryce é muito mais solícito com o senador bonito do que foi conosco. Mesmo que Owen não fosse um dos membros mais poderosos do Senado, ele ainda teria o famoso pedigree Cade do seu lado. Isso sempre atrai atenção e respeito. As perguntas de abertura de Bryce são bem tradicionais, interrogam os votos recentes de Owen e as posições que ele toma em tópicos seguros. Mas o *Mundo Político* não seria tão popular se Bryce não atacasse a jugular e fizesse as questões que todo mundo quer saber.

— E logo poderemos adicionar oficialmente candidato a presidente aos seus títulos, senador? — indaga ele, cauteloso.

Owen ri, de postura relaxada, e se encosta na cadeira. Ele cruza o calcanhar sobre a perna comprida com a mesma tranquilidade física e a força que o irmão.

— Não descarto a possibilidade — responde. — Mas ainda não estou preparado para fazer nenhum anúncio.

— Sua família tem um histórico na política — continua Bryce —, mas é ainda mais conhecida pelos negócios. A Cade Energy, comandada por seu pai, e a CadeCo, comandada por seu irmão, que são notoriamente brigados. Onde o senhor fica no espectro da crença deles?

— Não sou meu pai nem meu irmão. — O sorriso simpático se dissolve do rosto de Owen, e vejo traços da impiedade pela qual sua família é conhecida. — Represento o povo da Califórnia há dez anos. Meu irmão é, como a maioria sabe, um defensor ferrenho de energia limpa, e meu pai trabalha com petróleo e gás. Acredito que a mudança climática seja uma das questões mais urgentes que enfrentamos agora e com certeza em um futuro próximo. Contudo, sou pragmático e entendo que mudanças não ocorrem da noite para o dia. Somos um país produtor de petróleo e dependente dele. Milhões de empregos estão ligados à produção de combustível fóssil. Acredito em fazer uma transição responsável desta nação para uma menor dependência de combustível fóssil enquanto cultivamos soluções de energia verde como a eólica e a solar.

— Seu irmão ganhou bastante dinheiro com essas soluções que ele deseja tanto que os Estados Unidos adotem — observa Bryce. — A *Forbes* o inseriu na lista de bilionários deste ano. Bem conveniente que as medidas recomendadas por ele sejam as mesmas que enchem seu bolso.

O sorriso de Owen retorna.

— Meu irmão caçula já arriscou a vida em lugares que a maioria de nós mal conhece, coletando dados para lutar pelo planeta. Ele é aventureiro, capitalista e ambicioso, mas não é um oportunista. Um oportunista não faria parte da organização filantrópica Giving Pledge, dedicando metade de sua riqueza para doação durante o curso de sua vida.

— Falou como um irmão leal — comenta Bryce, com ironia.

— Sou leal às pessoas de que gosto — responde Owen —, incluindo as pessoas que votam em mim. Trabalho em favor de seus interesses.

— E quando os interesses entram em conflito com os muitos lobistas de petróleo que seu pai emprega? — questiona Bryce, me impressionando com sua tenacidade jornalística.

— Amo meu pai — declara Owen, com cuidado, permitindo um sorriso leve. — Mas não trabalho para ele.

— Senhorita Hunter — chama Bryce, me sobressaltando ao introduzir meu nome na conversa. — Tenho interesse em ouvir o que pensa. A senhorita já desafiou a Cade Energy em vários projetos de gasodutos durante os anos.

— Sim, os que teriam passado por terras sagradas — rebato, me recuperando rápido o suficiente para responder. — Muitas cidades deste país foram construídas com base em subterfúgios e grilagem que quebram acordos e promessas.

— E realmente impediu alguns deles — diz Bryce, olhando para mim e Owen.

— Não se pode ganhar sempre. — Viro minha atenção para o senador também. — Mas estou curiosa, senador Cade, em saber o que acha de corporações roubarem terras para esses projetos. Acha que as empresas como a de seu pai deveriam poder ocupar propriedades que não lhes pertencem, terras sagradas, por exemplo, pelo bem de seus próprios interesses?

— Verifique meu histórico no tema da construção de gasodutos, srta. Hunter — retruca Owen, sustentando meu olhar com firmeza. — Em mais de uma ocasião, votei pata bloquear gasodutos que poderiam violar algum acordo com uma liderança indígena. Na verdade, trabalhei com o senador Nighthorse, a quem acredito que a senhorita ajudou a eleger, nesta questão e na legislação de MIDM.

— MIDM? — pergunta Bryce. — É tanto jargão! Podem explicar para os iniciantes?

— Mulheres Indígenas Desaparecidas e Mortas — explico.

— Isso — confirma Owen, quase com gentileza. — Trabalhei com o senador Nighthorse e sua esposa, Mena, na questão da MIDM assim como em debates de igualdade salarial e reforma do sistema de justiça criminal, que sei ser um interesse especial seu, srta. Allen.

— Certamente — concorda Kimba. — Venho seguindo os desdobramentos legislativos na redução de penas obrigatórias. Um ótimo trabalho que torço para que se prove frutífero.

Owen Cade é impressionante por si só. No fim da gravação, acho que vou mesmo votar nele, caso decida concorrer.

Estamos tirando os microfones quando alguém bate na porta do camarim.

— Entra — dizemos Kimba e eu ao mesmo tempo.

Owen Cade enfia a cabeça loira levemente despenteada na porta. Sua equipe de segurança está no corredor, e ele fica meio dentro e meio fora do cômodo.

— Senhoritas, podemos conversar?

Kimba ergue as sobrancelhas com o mesmo nível de dúvida que sinto.

— Podemos. Sim, senhor. Claro.

— Nada de senhor, por favor — pede, entrando e fechando a porta.

— Cresci em Atlanta — explica Kimba, seca. — Peço desculpas pelos meus maneirismos sulistas automáticos. É difícil se livrar deles.

Owen se apoia na parede com um meio-sorriso.

— Vou concorrer à presidência.

Maxim previu isso anos atrás, mas ouvir de Owen ainda assim me pega de surpresa. Pigarreio e respondo:

— Boa sorte. Tenho certeza de que será um bom candidato.

— Acho que consigo ser, com a equipe certa comandando minha campanha — responde, olhando para nós duas. — O que acham desse trabalho?

Por um momento, fico muito chocada para responder, e depois respondo do jeito mais inadequado. Eu rio… como se faz na frente de um senador poderoso.

— Desculpe. — Cubro a boca e balanço a cabeça para desanuviá-la. — É que você não é nosso cliente típico, e não sei bem como podemos ajudá-lo.

— Por quê?

Ele franze a testa e inclina a cabeça.

— Porque meninos brancos ricos não precisam da nossa ajuda — declaro, direta. — Caso não tenha notado, nossa missão é eleger quem defende os marginalizados.

— O que pretendo fazer — rebate ele sem pestanejar. — Não me ouviu discutir meus planos para a reforma do sistema de justiça, para a igualdade salarial feminina e para as mulheres indígenas desaparecidas e mortas? Que lugar melhor para colocar um aliado do que na Casa Branca?

— Acho que não...

— Tudo que peço agora é que pensem nisso — corta e entrega um cartão a Kimba. — É meu número pessoal. Espero ter notícias de vocês em breve.

E, com essas palavras, ele sai.

— Dá pra acreditar nesse cara? — pergunto quando a porta se fecha.

— É. Que coragem a dele, oferecer para a gente a maior oportunidade da nossa vida — responde Kimba, com um tom irritado na voz. — O homem provavelmente vai ser o próximo presidente dos Estados Unidos, Lenn. Sabe disso, não é?

Recordo suas respostas suaves, o rosto aberto e honesto com o bônus da beleza digna de uma estrela de cinema.

— Talvez — respondo. — Mas nem por isso a gente deveria representá--lo. Não podemos comprometer nossa missão.

— Ele talvez *personifique* nossa missão. Olha, sou toda a favor de eleger mulheres e pessoas não brancas, tanto quanto você. Sabe disso, mas, no fim, queremos mudanças feitas no sistema para ajudá-los. Um amigo na presidência só ajudaria.

— Só não sei se é o certo para nós.

— E não sei se é apenas você que toma essa decisão — rebate Kimba. — Cada uma tem cinquenta por cento disso, meu bem. Meus cinquenta dizem que deveríamos fazer. Além de promover as causas com que nos importamos, teremos eleito um presidente. Sabe quantos negócios atrairemos se conseguirmos isso?

— Muitos — murmuro sem muito entusiasmo.

— Muitos. Não podemos não considerar. — Kimba apoia o quadril na mesa de maquiagem, me observando com atenção. — Ei, sou eu. Vamos falar da verdadeira razão de você não querer trabalhar com Owen Cade. O irmão dele.

Lanço um olhar mortal para ela.

— Isso é ridículo. Acha que ainda gosto daquele homem?

— Vi vocês dois juntos — diz ela, com delicadeza. — Nas palavras da minha musa Sade, não foi um amor comum.

— Não foi *sequer* amor. Foi uma semana.

— Ele foi seu primeiro.

— Todo mundo tem um primeiro.

— O primeiro de todo mundo não é Maxim Cade. E você pode não ter sido a primeira dele, mas ficou óbvio que era especial.

— Tão especial que ele mentiu para mim — cuspo, me agarrando à indignação justa que envolvi ao meu redor como uma armadura. — Ele sabia o que eu sentia pelo pai dele.

— Já pensou que ter medo de te contar do pai seja uma indicação do quanto ele queria que desse certo? Que talvez ele tenha achado que você não lhe daria uma chance se soubesse?

Não respondo, só a encaro. É demais. Maxim na cidade. Seu irmão e sua oferta. Evitei de propósito tudo que envolvia Maxim Cade pelos últimos dez anos. Construí a vida com que sonhei, e ele construiu a dele. Nós dois conseguimos tudo o que queríamos.

Uma parte rebelde dentro de mim tem a ousadia de sussurrar:

*Nem tudo.*

# 35
# MAXIM

— Nunca é demais salientar a necessidade de uma economia circular, que minimize o desperdício e maximize nossos recursos naturais.

É um jeito diferente de dizer o que venho falando para este painel há uma hora. Não é minha primeira vez testemunhado no Congresso, mas pode ser a última.

— Pode elaborar, sr. Cade? — pede um homem de rosto estreito no pequeno microfone, me encarando do assento alto.

— Posso. Em um sistema circular, minimizamos o desperdício, a emissão e o vazamento de energia ao diminuir e encerrar ciclos energéticos e materiais — explico com a maior paciência que consigo. — Diferente de um modelo "pegue, faça e jogue fora" linear e tradicional. Circularidade econômica não só reduz o uso de recursos, a geração de resíduos e o desperdício e conserva recursos, como também reduz a poluição do meio ambiente.

— De acordo com os estudos que forneceu — observa uma deputada, olhando para uma pilha considerável de papéis —, a China e a Europa estão na liderança disso.

— É verdade que a maior parte dos movimentos avançados em economia circular está acontecendo na Europa e na China — respondo. — A Europa tende a dar mais atenção aos impactos no meio ambiente, enquanto a China também está muito preocupada com as consequências econômicas. Economia circular é uma política nacional na China desde 2006.

*Em outras palavras, estamos atrasados, pessoal.*

— Tem exemplos concretos? — pergunta o primeiro deputado, com uma sobrancelha erguida.

— São muitos — respondo. — Mas acho que um dos melhores exemplos está na indústria têxtil. Na moda, é a reciclagem de roupas e fibras para que possam voltar à economia em vez de acabar como resíduos em lixões. Marcas como Patagonia e Stella McCartney são exemplos notáveis de como isso pode funcionar.

— E o senhor mesmo se aventurou nisso, correto, sr. Cade? Está ganhando dinheiro com essa economia circular? — pergunta outro, quase uma acusação.

— Com toda a certeza — confirmo, sem vergonha. — Sapatos, leggings, tops esportivos. Minha empresa Use de Novo refaz, refaz e refaz qualquer coisa. Não estamos apenas regenerando materiais, e sim lucrando. Precisamos desses jeitos novos de pensar se quisermos cumprir os acordos de redução de emissões que nós e nossos parceiros globais estabelecemos.

— Tudo isso é muito para assimilar — comenta um deles. — Muito para processar.

— Exatamente, e é por isso que eu preferiria estar debatendo como reeducar a população americana e treinar nossa mão de obra para empregos verdes em vez de convencê-los de que o céu realmente vai desabar. Precisamos tornar isso concreto para o povo. Dizer a fazendeiros que o aquecimento global contribui para desertificação, o que resulta em menor rendimento da lavoura. Eles vão entender isso.

Passo mais meia hora explicando coisas que a maioria dos estagiários das minhas empresas poderiam facilmente esclarecer para esses políticos. Seus castelos têm depósitos de chaminés, soprando veneno no meio ambiente com negligência. Torço para que eu não esteja perdendo tempo os "educando", mas eles não cumpriram com o prometido no passado no grau e no nível que eu esperava.

— Se não enfrentarmos esses problemas — declaro —, as consequências socioeconômicas são até maiores do que as que já discutimos. Ecossistemas alterados e desastres naturais causam pobreza, fome, situação de vulnerabilidade, doenças e afetam desproporcionalmente os países já mais vulneráveis. Sendo bem franco, em algumas instâncias, acredito que já é tarde demais e temos que começar a pensar em como sobreviver ao que fizemos, e não revertê-lo.

Fazem mais perguntas e procuram por meios de contornar a verdade, mas não lhes dou saídas fáceis, e rebato com dados concretos todo atalho que tentam tomar.

— Vamos — murmuro para minha assistente Jin Lei depois de responder à última pergunta. — Quero a saída mais rápida e com menos imprensa possível.

"Menos" se mostra relativo, já que um pequeno grupo de jornalistas está reunido na saída que encontramos.

— Maxim — grita um repórter, enfiando o iPhone na minha cara. — Está feliz por voltar aos Estados Unidos?

— Estou sempre nos Estados Unidos — rebato, de forma neutra, de olho na calçada entre a porta e o SUV à espera na rua. — Só não anuncio minhas idas e vindas, mas, sim. Claro, é sempre bom estar em casa.

— Essa é sua quinta vez testemunhando no Congresso — outro grita. — E, como trabalha com o conselho especial de mudança climática do presidente, há alguma chance de vermos você se aventurando na política?

— Hum, não. — Rio e começo a ir em direção ao carro. — Deixo isso com meu irmão.

— Tem muitos boatos sobre ele concorrer à presidência — comenta o repórter. — Você deixou bem claro que é independente, sem filiação a nenhum partido. Se seu irmão concorrer, podemos esperar que o apoie?

— Talvez eu seja um pouco parcial, mas este país teria sorte em ter meu irmão como presidente. — Pego o cotovelo de Jin Lei e abro caminho. — Não finjo saber o que ele vai fazer, mas vai ter meu apoio total, não importa o que aconteça.

Aceno com a cabeça para o carro e retomo o sorriso que usei o dia todo com os intransigentes do Congresso.

— Desculpem. Tenho que ir.

Deixo suas perguntas persistentes ricochetearem nas minhas costas inofensivamente a caminho do carro.

— Por que aqui eles são tão interessados? — indago a Jin Lei, apoiando a cabeça no banco. — Ando na rua em Londres, Paris, Milão... e nenhum pio.

— Primeiro — responde Jin Lei —, eles não te veem muito. Segundo e terceiro seriam seu irmão e pai. Um em breve vai ser candidato à presidência, e o outro é dono de uma das maiores petrolíferas do mundo. Os norte-americanos não têm monarquia, então se interessam por tudo que chega perto disso. Ao que parece, os Cade chegam perto.

Sinto falta do anonimato. Dos dias em que as únicas pessoas que notavam minha presença eram os alunos na minha turma quando eu era monitor no doutorado. Meus dias de Kingsman eram simples, leves. Embora bem poucas, minhas lembranças mais afetuosas daquela época da minha vida estão em Amsterdã.

— O novo escritório está pronto?

Olho para o cenário em movimento do centro de DC.

— Sim, senhor.

— E o apartamento em cima?

É temporário, mas preciso do meu local de trabalho a poucos passos de onde durmo, considerando o quão pouco durmo.

— Sim, senhor. Os dois estão prontos.

— Que bom. — Passo as mãos no rosto. — Caramba, estou exausto.

— Esse foi seu último compromisso do dia — avisa ela, os olhos escuros preocupados. — O senhor pousou já trabalhando.

— Estou acostumado. Tudo bem.

A cobertura do hotel tem piso de mármore e parede de vidro, o cúmulo do minimalismo moderno. O arranjo elaborado das orquídeas na mesa do hall é a única coisa viva do lugar. Todo o resto parece sem vida, impessoal e exageradamente luxuoso.

— É perfeito — afirmo.

No escritório, uma parede de plasma exibe múltiplas telas: CNN, CNBC, MarketWatch e noticiários do mercado internacional. Amplio a tela para que a parede inteira exiba o programa que gravei.

— É aquele *Mundo Político* que o senhor queria gravado, não é?

— Hum, sim — respondo, distraído, assistindo aos créditos do programa. — Estou esperando meu irmão. Avise lá embaixo que o senador e sua equipe de segurança podem subir assim que chegarem.

A porta se fecha atrás de Jin Lei, e assisto ao babaca do Bryce entrevistar Kimba e Lennix, que é ainda *mais* do que antes. Mais bonita. Mais confiante. Mais entusiasmada. Tudo nela me atrai em um nível que poucas coisas já atingiram. Ela encara Bryce com olhos perspicazes, mantendo-se serena enquanto ele tenta desconcertá-la. Destemida quando ele tenta intimidá-la. Gloriosa quando ele desdenha. Ela é exatamente o que os últimos dez anos a tornaram, e me arrependo de ter perdido a jornada.

Eu tentei. Torci para que os meses que passei na Amazônia abrandassem sua posição, lhe dessem espaço para se acalmar e reconsiderar. A correspondência ignorada não me deteve, mas, quando voltei aos Estados Unidos, Wallace Murrow deteve. Um pouquinho de investigação certeira revelou que Lennix estava namorando o irmão de Vivienne. Nix tinha falado em alto e bom som que não me queria em sua vida. Há uma linha tênue entre fazer de tudo por uma mulher que eu acreditava me desejar tanto quanto eu a desejava e perseguição ou assédio. Eu não podia parar no lado errado dessa linha, muito menos com ela. Controlar o próprio destino é fundamental para Nix.

Sempre parecia haver algum obstáculo. Se não fosse outro homem em sua vida, era algum objetivo meu para alcançar. Nos primeiros anos, muitas coisas que fiz foi com meu pai em mente — para lhe mostrar como ele estava errado sobre mim —, mas, em algum momento, passei a pensar em quem eu queria ser e o que eu queria fazer.

Em certo momento, foi comprar uma empresa com pouca esperança de sobreviver, mas com potencial infinito. Tirar essa empresa da vala consumiu cada segundo meu por três anos, mas ela se tornou a fundação do conglomerado CadeCo.

Em outro momento, foi rechaçar uma aquisição hostil. Eles se arrependeram de me trair. Realizei uma aquisição reversa, virando o jogo e adquirindo a empresa pelas minhas ações em vez de ser engolido. Cada desafio me aproximava mais dos meus objetivos e me afastava mais de Lennix, a mulher que eu não conseguia esquecer.

*Mas estou aqui agora, Nix. E você vai ter que lidar comigo.*

— Vejo que está chegando na melhor parte — comenta meu irmão da porta.

Eu me viro e sorrio, feliz em vê-lo pela primeira vez em meses.

— Pode, por favor, deixar seus cães de guarda lá fora? — peço, acenando para os dois homens de rosto severo em alerta máximo. — E avise a eles que este lugar é praticamente uma fortaleza. Podem relaxar.

Ele sorri e pronuncia algumas palavras para eles antes de fechar a porta.

— Você tem um cão de guarda também.

Ele tira o paletó, afrouxa a gravata e se joga no sofá de couro de frente para a parede de plasma.

— Jin Lei late, mas não morde — digo, sentando-me em frente a ele. — Mas seu latido é bem assustador.

— Então, o que achou da entrevista? Valeu a pena os favores que tivemos que cobrar para consegui-las?

— Esse tal de Bryce é um babaca. Ele deveria ficar feliz por Lennix concordar em ir ao seu programinha.

— Tem boa audiência.

— Assim como os reality shows. Você perguntou a ela?

Ele apoia as botas italianas na mesa de centro.

— Perguntei, sim.

— E aí?

Ele está enrolando de propósito.

— Kimba está interessada.

— E Lennix?

— Ela disse que não ajuda meninos brancos ricos.

Ele faz uma careta, e eu rio.

— É a cara da Nix.

— É melhor você ficar feliz por eu ter concordado que elas são as melhores para comandar minha campanha. — Ele pega um copo d'água que Jin Lei deixou por perto. — Ou eu não faria isso.

— Quer ser presidente? Contrate-as. São as melhores. Já vai receber os votos dos brancos moderados e progressistas. Você precisa das mulheres negras, latinas. Essas eleitoras terão opções e vão procurar coisas bem específicas no candidato que apoiarem. E ninguém entende de grupos marginalizados como essas mulheres. Então realmente importa eu ter sugerido?

— Mas por quê? Você mal mostrou interesse na minha carreira política antes. — Seu sorriso se alarga. — Mas *nela* você está interessado. Estou certo, irmão? Você conhece a srta. Hunter?

*Intimamente e nem um pouco.*

— A gente se conheceu.

— Não vem com baboseira. É do meu futuro, talvez do futuro deste país, que estamos falando. Não sou seu casamenteiro. Preciso ganhar e preciso saber tudo de sua história com Lennix Hunter.

Entorno um pouco do uísque que Jin Lei sabe de que gosto e estoca em todos os lugares onde fico.

— Quer um pouco?

Ofereço o decantador.

— Não, obrigado. Me fale de você e Lennix.

— O que quer saber?

Vou até a parede de vidro, observando a vista da cidade. Luzes cintilantes encobrem a sujeira da política. É uma cidade onde ideais vão para camas corruptas com esperança de resolver as coisas. Uma das cidades de que menos gosto no mundo, mas preciso estar aqui para conseguir o que quero.

— Você transou com ela? — pergunta ele.

— Não é a parte importante da história. — Rio e balanço a cabeça. — Já transei com muitas mulheres. Você deveria estar perguntando por que essa. O que a torna tão especial para eu enfim me dar ao trabalho de me envolver na sua carreira política? Para eu lidar com aquele nojento do Bryce para arranjar seu encontro com ela? E instalar um escritório na capital, entre tantos lugares, quando meus negócios estão por toda parte, menos aqui?

— Então por quê?

Tomo um longo gole no líquido entorpecente antes de responder.

— Preciso saber se ela é tão boa quanto me lembro. Será que me convenci de que éramos perfeitos juntos antes de eu estragar tudo?

— Me dá um minuto para digerir isso. — Owen se inclina para a frente e apoia os cotovelos nos joelhos. — Então você tem um passado com Lennix Hunter.

— Isso. — Reviro os olhos. — Foi o que acabei de dizer.

— Você nunca falou tão sério assim de mulher nenhuma, com uma exceção. — Ele arregala os olhos para mim. — Amsterdã. Lennix é a garota de Amsterdã.

— E daí?

Resposta brilhante, mas é tudo que consigo dizer tão de repente. Eu não esperava que ele fizesse a conexão com tanta rapidez.

— Ainda está apaixonado por ela? Como estragou isso?

Bato o copo na mesa e esfrego os olhos.

— Eu meio que deixei de fora o fato de ser um Cade. E que meu pai é, para todos os efeitos, o homem que ela talvez mais odeie no mundo.

— O gasoduto.

— Sim, entre outras coisas. Ela disse que menti para ela.

— O que *tecnicamente* você fez.

— Não tinha nada técnico na nossa conexão antes de eu partir para a Antártida. Eu pretendia contar a ela quando voltasse, mas o resgate ousado do nosso pai ganhou muita cobertura e me expôs em todos os jornais antes que eu pudesse explicar.

— Então você desistiu?

— Não exatamente — respondo, na defensiva. — Deixei as coisas pausadas.

— Por... uma década? — questiona ele, com a testa franzida. — Amsterdã foi uns dez anos atrás, não foi?

— Olha, ela me mandou embora. Eu tentei, e ela me recusou. Ela tinha coisas para fazer, e eu também. Nenhum de nós estava pronto para parar o que estava fazendo. — Dou de ombros. — Talvez ela tenha tomado a decisão certa. Nem imagino administrar um relacionamento à distância considerando os últimos dez anos da minha vida.

Venho planejando isso há algum tempo. Os acontecimentos se fundiram perfeitamente: a abertura da empresa de consultoria política de Kimba e Lennix, o avanço de Owen no precioso plano de dez anos para a presidência e a conquista das minhas metas e obtenção de um pouquinho de espaço para respirar pela primeira vez em anos.

— E, agora que decidiu que a quer, chegou a hora? — pergunta Owen, com uma expressão incrédula. — E ela deveria simplesmente seguir seus desejos?

— Acho que ela deseja também. Ou, pelo menos, vai desejar quando eu a relembrar. — Abro um sorriso lento e grande. — A gente mal conseguia parar de se tocar.

— Me poupe dos detalhes, irmão — pede ele, com uma careta de nojo. — Não preciso que as complicações da sua vida amorosa estraguem as coisas para mim. Só quero a habilidade dela.

— Pode ficar com a habilidade. — Entorno outro gole muito necessário do uísque. — Quero todo o resto.

# 36

# LENNIX

— Funcionou perfeitamente — comento, ao pegar a mala na esteira.

— É, você sabe que odeio viajar sozinho — responde Wallace, pegando a dele também.

— Consegui chegar ao comício no Queens.

— E dei minha a palestra na conferência.

— E nós dois conseguimos ver a bebê. — Viro o olhar entusiasmado para ele. — Madison é a bebê mais fofa do mundo. Ela tem seus olhos. Os olhos de Vivienne.

— E o cabelo ruivo de Stephen. Minha mãe está radiante. Aliviada que um dos filhos reproduziu. — Ele me cutuca, brincalhão, conforme passamos pelo Aeroporto Internacional Reagan e saímos no ar fresco de outono. — Ela estava contando com você casar comigo e lhe dar netos. — Ele ri quando fico vesga e dou a língua. — Você estragou tudo quando terminou comigo.

— O que teria estragado tudo — digo, esticando o pescoço para procurar o carro que Karla mandou para nós — seria a gente se divorciar depois de uns três meses e deixar o clima estranho com minha melhor amiga.

— Achei que *eu* fosse seu melhor amigo. Foi meu único consolo quando você acabou tudo.

— Claro que é. — Dou tapinhas tranquilizadores na sua mão. — Só não conte para Viv e Kimba, tá? Vai ser nosso segredinho.

— Ali está o carro — diz ele, e aponta para um Lincoln Aviator à espera.

Nós nos acomodamos no banco de trás, e eu só queria fechar meus olhos por alguns minutos, mas, claro, Wallace mantém um fluxo constante de conversa.

— Achei que bioquímicos supostamente fossem introvertidos, criaturas retraídas — declaro, fingindo exasperação... mais ou menos. — Você está uma matraca, Wall.

— Foi por isso que me largou?

— Terminei — corrijo deliberadamente. — Porque o sexo era estranho. Falei isso para chocá-lo, mas é verdade. Mal consigo conter o sorriso.

— Ah, sim. Lembrei agora — responde ele, com ironia. — Você disse que era como beijar seu primo postiço de criação.

Nossa risada vem ao mesmo tempo e enche o carro. É bom gargalhar assim quando estou com Wallace. Pena que o sexo fosse estranho e que eu gostasse muito dele para deixá-lo se casar com alguém que não o desejava como ele merecia.

— Você se safou por um triz, amor.

Eu dou um tapinha em sua bochecha.

— É o que você está fazendo ao recusar Owen Cade? — pergunta ele. — Se safando?

Eu me arrependo de lhe contar tudo. Ele sabe do meu passado com Maxim, já que Vivienne alertou o irmão para não namorar comigo. Ela disse que eu ainda não tinha superado um cara que conheci em Amsterdã. Na época, já tinham se passado meses, então presumi que ela estava errada.

Ela não estava.

Fico feliz por Wallace e eu termos namorado apenas alguns meses, e eu não ter desperdiçado mais tempo dele. Apenas o suficiente para saber que éramos melhores como amigos. Ele teve a infeliz honra de ser meu segundo amante, e Maxim é difícil de superar. Acho que ninguém me satisfaria logo depois de eu estar com ele. Eu precisava que o efeito que ele tinha sobre meu corpo se esvaísse, mas não deu certo. Por mais que odeie admitir, Maxim deixou uma marca em mim, e outras mãos me tocavam da forma errada. Ninguém mais se encaixa do mesmo jeito em mim, não é a mesma sensação.

244

— Você vai perder essa oportunidade única para evitar um cara com quem transou por uma semana dez anos atrás? — pergunta Wallace, bufando. — Você é melhor do que isso. Mais esperta do que isso. Ambiciosa demais para isso.

— Falando em ambição — digo, suavemente desviando a atenção de mim. — Parabéns pela promoção. Kimba e eu adoramos saber que você agora esteja em DC.

— Sempre quis minha própria equipe de pesquisa. — Wallace sorri. — Mas eu não esperava que chegasse tão cedo. Estou bem empolgado com essa oportunidade na CamTech. Me mudar para mais perto de vocês com certeza foi um bônus.

— Coisas boas acontecem quando se é brilhante e batalhador.

Ele desconsidera meu elogio, dando de ombros com um sorriso modesto.

— Que nada. Agora pare de me distrair com bajulação. Vamos voltar para você e Maxim Cade.

*Aff. Valeu a tentativa.*

— Não existe eu e Maxim Cade.

— Parece estar se esquivando. O que sua terapeuta acha?

Solto um suspiro pesado.

— Não falei com ela sobre isso ainda. Eu vou. Só…

— Só o quê, meu bem? — Ele coloca minha cabeça em seu ombro. — Vai lá. Conte tudo para seu primo postiço de criação.

Começo a rir, meio que bufando, e viro o rosto para o cheiro acolhedor de seu suéter.

— Ele mentiu para mim — explico, e odeio o fato de que ouvir isso ainda me deixe um pouco triste. — E me fez de boba.

— Fez mesmo, Lenny? — Wall beija minha cabeça. — Ou só diz isso para não ter que lidar com o que ele fez você sentir? Ou talvez ainda faça?

Levanto a cabeça e o encaro sob a iluminação fraca dos postes da cidade passando pela janela do carro.

— Você também, não — reclamo, fazendo um som chateado na garganta. — Você fala igual minha terapeuta. E Mena.

— Acho que talvez as duas estejam certas. — Wallace analisa meus olhos, franzindo de preocupação o rosto afetuoso. — Parte de você tem medo de confiar na felicidade por causa do que aconteceu com sua mãe.

— Não é na felicidade que não confio. É nele. E nas mentiras. Ele me fez de boba.

— Tá bom. Então não fique com ele, mas não jogue fora a chance de comandar a campanha do próximo presidente.

— Quem sabe se Cade vai mesmo ganhar.

— Se você e Kimba aceitarem, vai — responde Wally com um sorriso.

— Ainda tem a questão do pai de Owen. — Cuspo a palavra desagradável. — Preciso saber que ele não vai interferir e que não vou precisar lidar com aquele babaca.

— São coisas que você pode discutir e resolver. O senador Cade não é o pai. Não perca essa chance, amor. Eles já te chamam de Criadora de Reis. O que vão dizer quando você fizer um presidente?

— Não ligo para como me chamam. Só quero fazer as coisas que são importantes para mim. Para o meu povo e outros grupos que foram marginalizados, ignorados e desprezados.

— Se você eleger Cade, pode ganhar vantagens. Coordenadores de campanhas vitoriosas se tornam funcionários da Casa Branca, membros do gabinete, atores poderosos de verdade no cenário político. Pode ser uma catapulta para você e para Kimba

— Nem sei se tenho escolha, no fim — respondo, meio petulante. — Kimba quer topar. Todo mundo acha que sou o buldogue, mas, atrás das portas fechadas, ela me faz parecer um Bambi.

— Apenas pense nisso. — Wallace beija minha bochecha. — E quem disse que ele vai estar envolvido? Talvez vá ficar afastado. Ele ficou por uma década. Por que parar agora?

*Quando for a hora certa, vou voltar por você.*

Essas palavras me recordam como ele me olhou naquele dia na sala de reunião. Como se fôssemos inevitáveis. A vibração que estava sempre bem ali sob minha pele perto dele voltou, mesmo que ainda não tenhamos nos encontrado pessoalmente. E não consigo deixar de imaginar se ele a sente também.

# 37
# LENNIX

— Ele chegou, *gliko mou*.

As palavras de Iasonos são desnecessárias, já que vi os dois seguranças que sempre acompanham Owen Cade sentados no salão. Já estão revirando o taramasalata e o pão espalhados na mesa.

— Obrigada, Nos.

Sorrio afetuosamente para o homem que tem sido meu amigo desde quando me mudei para DC, sete anos atrás. Na busca por comida grega boa, Kimba e eu esbarramos em uma espelunca clássica e discreta que acabou tendo o melhor baklava que já provei. Estava quase no fim do expediente naquela noite, e Kimba e eu fechamos o lugar. Depois de poucas visitas, fomos "adotadas" por Nos.

Seu restaurante, Trógo, fecha às segundas-feiras, mas já conduzimos mais do que uma reunião secreta na sala dos fundos quando ele não estava aberto. Hoje talvez seja a mais importante.

Iasonos para na porta vaivém.

— Só você hoje?

— É, Kimba está no escritório, mas sabe que vou pagar caro se não levar um pouco do seu spanakopita para ela.

— Vou preparar — diz ele, com um sorriso satisfeito enrugando as bochechas. — Para você também?

— Não. Só uma salada para mim. — Reviro os olhos para a desaprovação óbvia em seu rosto. — Se dependesse de você, eu estouraria todas as minhas roupas.

— Você precisa de mais carne nesse corpo.

— Tenho bastante carne — respondo, rindo a caminho da sala dos fundos. — Salada, por favor.

Owen está sentado a uma das poucas mesas da sala. Está coberta com uma toalha quadriculada em vermelho e branco e velas apagadas. Ele está no celular, mas sorri quando me vê entrar.

— Tá bom, Chuck — diz ele. — Tenho que ir, mas o vejo no Capitólio antes da reunião.

Sento na cadeira a sua frente e pego a jarra de água.

— Espero que não tenha desligado por minha causa.

— Desliguei, sim, na verdade. Sei o quanto seu tempo é valioso e não queria deixá-la esperando.

Mais atencioso do que a maioria dos candidatos. Um ponto para ele.

— Você já pediu? — Dou um gole na água. — Quer algo mais forte do que água?

— Não, tenho uma reunião do subcomitê depois daqui e preciso estar com a cabeça no lugar.

— Faz sentido.

— Fiquei feliz por receber a ligação de Kimba. — Ele se serve da água. — Ela parecia empolgada em trabalhar comigo, e fiquei curioso quando comentou que você queria conversar antes de fecharmos.

— Ela está empolgada, sim. — Dou um sorriso genuíno, que reservo para pessoas genuínas. — Eu estou empolgada. Sei que pode parecer o contrário, mas gosto de pôr todas as cartas na mesa, então quis conversar com você antes de prosseguirmos.

— Uma mulher das minhas.

Seu sorriso também é verdadeiro, o que me tranquiliza. Vendê-lo aos eleitores será como distribuir maçãs do amor de graça na feira. Ele é o candidato perfeito.

— Tem algumas questões que precisamos debater antes de eu aceitar — explico, traçando um jogo da velha com o dedo na mesa quadriculada. — Seu pai é a primeira.

— E meu irmão a segunda?

Ergo o olhar da mesa. Claro que fez uma investigação sobre mim e Kimba antes de nos abordar.

— Ou sua equipe de pesquisa andou bastante ocupada — declaro, meio irônica —, ou o próprio Maxim contou.

— Os dois — responde, com a voz calma e os olhos firmes. — Minha equipe é boa, mas provavelmente não teria achado aquela semana em Amsterdã. Maxim me contou.

— Contou?

— Ele não falou muito, mas sei que acabou… mal.

Não haveria final bom para o que tivemos. Eu achei que acabaria por causa da afirmação que Maxim fez desde a nossa primeira noite juntos: que iria se afastar independentemente do que acontecesse. No fim, acabou por causa da verdade que ele escondeu.

— Foi apenas uma semana. — Abaixo o olhar, protegendo qualquer segredo que meus olhos possam revelar sem permissão. — Mas não terminamos em bons termos. Eu gostaria de saber que papel você o vê exercendo na sua campanha.

— Bom, estou contratando a Hunter, Allen porque confio na opinião de vocês. — Ele me direciona um olhar sincero sob uma mecha loira que escapou do penteado. — Mas meu irmão é muito popular e respeitado.

— É. Bonito. Visionário. Tem consciência ambiental e filantrópica. Um pouquinho rico e privilegiado demais para se confiar completamente, mas se afastar do pai lhe dá a narrativa da meritocracia. As pessoas gostam dele, confiam nele.

— Parece que andou pensando um pouco nisso.

— Penso em todo mundo quando estão ligados a uma das minhas campanhas.

— Uma das suas? — Ele ergue as sobrancelhas. — Então estamos combinados?

— Nem de longe. — O comentário não é afiado de verdade, e sorrimos. — Ainda preciso esclarecer como vamos utilizar seu irmão. Concordo que ele talvez seja seu representante mais valioso, mas não quero trabalhar com ele.

A especulação de Owen e minha determinação resoluta colidem no silêncio tenso que minha afirmação deixa para trás.

— Kimba ou outro funcionário pode acompanhá-lo quando ele sair em campanha — afirmo. — Vamos designar alguém para prepará-lo para entrevistas e aparições.

Iasonos entra com minha salada e a païdakia de Owen. Interrompemos a conversa enquanto Nos serve a comida.

— Mais alguma coisa? — pergunta Nos.

— Não — respondo com um sorriso. — Estou satisfeita.

— Eu também — acrescenta Owen. — Parece delicioso. Muito obrigado.

Solícito e sensível com a natureza particular de meus negócios aqui nos fundos, Iasonos sai rapidamente.

— Então você não quer contato nenhum com Maxim — diz Owen, pegando o garfo e o fio da conversa. — Entendi.

— Quero evitar constrangimentos, e uma relação pessoal, mesmo passada, pode ser constrangedora, mas entendo que possa ter momentos em que… a gente se encontre.

— Entendi — afirma ele, depois de uma mordida na comida fumegante. — Vou dizer a ele.

Parece frieza fazer Owen dar o recado para Maxim, mas quero o mínimo de contato possível com ele.

— A outra questão pode ser mais difícil, na verdade. — Dou um suspiro profundo antes de entrar no assunto. — Acho que seu pai não deve ter nenhuma conexão pública com a campanha.

Ele me fita por vários segundos antes de pousar o garfo.

— Meu pai falou da presidência pela primeira vez para mim quando eu tinha 7 anos, srta. Hunter. Ele não vai aceitar ser cortado.

— Me chame de Lennix, por favor.

— Lennix — pronuncia, com ênfase —, meu pai é um dos homens mais poderosos do mundo. Ter seu apoio só pode ser uma coisa boa.

— Sério? Sendo que você se distanciou dele na metade dos projetos que os lobistas de petróleo propuseram?

— Bem...

— Sendo que seu irmão, que acabamos de dizer que vai ser um dos seus representantes mais importantes, está brigado com ele há quase quinze anos por causa de suas diferenças filosóficas e políticas profundas?

— Verdade, mas...

— Sendo que eu liderei vários protestos contra ele quando a Cade Energy infringia propriedade restrita de aldeias?

— Eu sei, mas...

— Ele apoiá-lo faz nós três parecermos hipócritas. — Eu me debruço na mesa, desafiando as aulas de etiqueta ao apoiar os cotovelos. — E não estou na política há tempo suficiente para aceitar parecer insincera.

— Ele tem conexões que podemos usar.

— Algumas delas, se descobertas, podem levar a desdobramentos desagradáveis. — Ergo a mão quando parece que ele vai protestar. — Disse desagradável, não ilegal. Já começamos a investigar. Estar na legalidade não quer dizer que a opinião pública vá gostar.

— Está dizendo que eu deveria cortar meu pai totalmente?

— Estou dizendo que, se seu pai estiver controlando algo, não quero nem ver.

— Ele não está me controlando — responde Owen, com o mais próximo de raiva que já vi em seus olhos.

— Então essa discussão é irrelevante.

— Não existe um meio-termo entre ele representar a campanha e não estar envolvido em nada?

— Não disse que ele não podia estar envolvido em nada. Acho que se alinhar com ele publicamente de forma muito íntima pode dar errado. Falei que não quero ver qualquer controle que ele tenha, não que ele não possa trabalhar nos bastidores.

— Vamos esclarecer uma coisa, srta. Hunter — diz ele, ignorando com ênfase meu pedido para se dirigir a mim informalmente. — Meu pai não é um ventríloquo, e eu não sou fantoche. Você vai gerir minha campanha, mas nunca esqueça que a campanha é minha. Entendo as discordâncias que tem com meu pai e que não queira se envolver com meu irmão. Não vou hesitar em me distanciar um pouco deles se necessário, mas não vou renegá-los apenas por serem quem são. — Sua expressão se suaviza. — São minha família. Nem sempre concordamos em tudo, mas apoiamos um ao outro e deixamos as diferenças de lado quando algo é muito importante. Eu diria que concorrer à presidência é muito importante. Espero que os eleitores se identifiquem com isso.

De forma deturpada, sua resistência solidifica em mim o desejo de trabalhar mesmo com Owen Cade. Expus meus limites, mas ele não alterou os seus para me satisfazer. Se ele for íntegro assim lutando pelas causas com que me importo, vou considerar sua vitória como nossa.

— Senador Cade, acho que podemos resolver isso. Vamos estabelecer algumas regras básicas e considerar exceções caso por caso. — Assinto e ofereço um sorriso simpático. — O que acha de sobremesa? O baklava é divino.

# 38
# MAXIM

— Owen me contou que você está a fim da nova coordena-
dora de campanha dele.

Ao ouvir as palavras da minha cunhada, eu fico tenso antes de entregar
meu casaco para a jovem à espera dele.

— Ele contou o quê?

Tento dispensar a ideia com uma risada breve, mas Millicent não é
boba. Tolice é um dos poucos luxos que os Cade realmente não podem
bancar.

— Lennix, não é? — Millicent ajusta as flores no arranjo volumoso no
hall da casa deles em Georgetown. — Ainda não a conheci, mas soube
que é brilhante.

— Bem, você vai conhecer toda a equipe que eles reuniram — respondo, redirecionando a conversa. — Não é o objetivo de hoje? Apresentar
a família à equipe?

— É, Owen acha importante a gente se sentir confortável com as
pessoas que vão exercer um papel tão importante na nossa vida pelos
próximos dezoito meses. — Aparentemente satisfeita com o arranjo de
flores, ela se vira para mim e me dá o braço. — Eu, particularmente, mal
posso esperar para conhecer sua nova namorada.

Jogo a cabeça para trás e grunho.

— Vou matar meu irmão.

— É que faz muito tempo que você não gosta de alguém. — Ela aperta meu braço. — Quero que seja feliz.

— Eu sou feliz, Mill. Não se preocupe comigo.

— Claro que nos preocupamos. Você vive por aí, arriscando a vida em algum lugar desolado, e por quê? Algas? Amostras de plástico?

— Não vou para um lugar realmente perigoso há muito tempo. — Sorrio para ela. — Eu sinto certa saudade, e acho que você está simplificando demais pesquisas científicas complexas que podem talvez reverter o aquecimento global.

— Ah, deve ser muito pesado.

— O quê?

— O planeta todo nesses ombros grandes e largos. — Ela arregala os olhos, inocente. — Como o mundo vai continuar girando sem você e seus tops esportivos reciclados?

— Você ama esses tops — respondo, levando-a para a sala de jantar. — O de decote nadador não para no estoque, e acho que você compra metade deles.

Ela dá um soquinho no meu braço.

— Você deveria ter me trazido o novo, seu bobão.

— Vou enviar alguns. — Rio e olho para a mesa de jantar formalmente arrumada. — Uau. Você usou a artilharia pesada mesmo.

— É importante a gente começar com uma demonstração de força — explica Mill, firme. — Todos eles estão a bordo do trem Cade, com destino à Casa Branca. Eles devem ver o que significa ser um de nós.

Engraçado. Eu corri do meu nome o máximo que pude, e Mill mal via a hora de se casar com ele. Ela é uma Cade completa. A esposa de político perfeita. Qualquer coisa dela ou de sua vida antes de Owen que não se encaixe, ela descarta sem pensar duas vezes.

Owen e Mill não têm um casamento arranjado. Acredito que eles se amem, mas é uma combinação poderosa, sem dúvida. Seu pai, um ex-governador, treina a filha bonita para a Casa Branca pelo mesmo tempo que nosso pai treina Owen. Não faz mal nenhum que ela provavelmente seja inteligente o suficiente para comandar o país em uma emergência.

— De volta a essa mulher, Lennix — diz Millicent. — Quem sabe com ela por perto você se acalme um pouco.

Se tem uma coisa que não fico perto de Lennix é calmo. Pelo menos, não ficava. Quem sabe agora? Não ficamos no mesmo cômodo há dez anos e, na última vez que estivemos juntos, eu a comi em cima da mesa.

— Duvido — respondo.

— Duvida de quê? — pergunta Owen da porta da sala de jantar.

— Que a nova namorada do Max o acalme.

— Namorada? — Owen franze a testa. — Quem?

— Ela está falando da Lennix — explico, puxando um fio solto da trança bem presa de Millicent.

— Maxim! — grita ela e corre para o espelho emoldurado que ocupa metade de uma parede. — Agora vou ter que consertar.

— Sabe que conversamos sobre isso, Max — comenta Owen, com a expressão de irmão mais velho a todo vapor. Ele praticamente balança o dedo para mim. — Sabe das condições de Lennix.

— Condições? — indaga Millicent, virando-se do espelho. — Quais são?

Owen não faz ideia de onde quero que ele e Lennix enfiem suas condições. É em um canto bem escuro.

— Ela não quer trabalhar diretamente com Maxim por causa do passado tórrido deles — responde, puxando-a para seu lado. — Você está linda, Mill.

— Nossa, obrigada, Owen. — Ela sorri para ele, de cabelo loiro sedoso e olhos azuis límpidos. Eles são basicamente Ken e Barbie versão presidencial. — Mas me fale mais dessas condições e do caso tórrido deles. Eu não tinha ideia.

— Não foi tórrido. Estamos esperando quantas pessoas? — pergunto, deliberadamente desviando do tema incômodo das condições de Lennix e nosso passado.

— Bem, é só a equipe principal — responde Millicent, piscando para mim e murmurando *Vamos conversar depois.* — E queríamos que fosse intimista, então dissemos que podiam trazer algum parceiro.

— Legal — comento, só meio escutando e vagamente interessado enquanto confiro as ações no relógio.

— A maioria não vai trazer ninguém — afirma Owen, hesitando por um instante antes de continuar. — Mas Lennix vai.

Ergo a cabeça e encaro meu irmão por um momento demorado enquanto faço um esforço consciente de não arreganhar os dentes para ele. Por fim, expresso a pergunta que martela minha cabeça:

— Quem?

# 39

# LENNIX

— Tem certeza disso? — indaga Wallace, o tom de dúvida na voz refletido em sua expressão.

— Já disse dezenas de vezes que a gravata está boa — respondo, e estico a mão para ajustar o nó. — Mas, pelo amor de Deus, quando eu te dei de presente, nunca pensei que você a deformaria. Onde aprendeu a amarrar isso? Nos escoteiros? Essa gravata é Armani, e assim parece que comprei na loja de 1,99.

— Não estou falando da droga da gravata, Lenny. — Wallace pega minha mão e a afasta do seu pescoço. — Estou me referindo a te acompanhar nesse negócio da campanha.

— Claro. — Viro o olhar para os arbustos perfeitamente aparados que cercam a varanda da casa de Owen Cade. — Eles disseram que podíamos trazer alguém.

— Alguém? Tipo um amigo aleatório?

— Aleatório? — Arregalo os olhos e escancaro a boca de choque. — Você não é aleatório. Você é um dos meus melhores amigos. Joe vai trazer a Erin.

— Eles são casados.

— Howard vai trazer Bill.

— Eles são casados. — Ele aponta para si mesmo. — Não sou seu marido.

— Não por falta de tentativa sua. — Sorrio para ele. — Vai, Wall. Preciiiiso de você.

— Sou sua fachada, não sou? — pergunta, seus olhos tomados pela suspeita e, em seguida, por uma súbita constatação. — Você está achando que Maxim Cade vai te deixar em paz se pensar que está comprometida.

— Exatamente. — Meu sorriso vem e vai, e então balanço a cabeça. — Não! Bem, não. Nem um pouco.

Ele baixa a cabeça e me fita, astuto.

— Tá bom. Talvez um pouco — digo, e cubro os ouvidos. — Para de ficar me olhando assim.

— Se esperam que Maxim acredite que são casados há anos — diz Kimba da escada —, essa briguinha de vocês vai convencê-lo.

— Quer calar a boca? — sibilo, olhando para os arbustos como se pudessem estar grampeados.

— E a impresionante falta de química sexual que vocês dois têm? — Kimba aponta para nós. — Cheira a matrimônio em dificuldades.

— Será que podemos vestir a calcinha da maturidade e mostrar ao senador Cade por que somos as melhores na área? — indago.

— Já estou usando minha calcinha da maturidade, querida — responde Kimba, quase deslizando pelos degraus. — E é da La Perla.

— Não estou nada confortável com esse assunto — resmunga Wallace. — Fico dizendo a mim mesmo: "Wall, você precisa de amigos homens". Garotas demais.

— Para. Você ama a gente. — Kimba se aproxima e abraça Wallace. — Como tá, Wall? Bem-vindo ao paraíso. É bom ter você em DC. Parabéns pela promoção.

— Valeu — agradece Wallace, devolvendo o abraço.

— Agora a gente podia convencer sua irmã a aceitar uma oportunidade promissora de vez em quando — interrompo. — Quem recusa o *LA Times*?

— Faz uma década, Lenn — comenta Kimba. — Você ainda está perturbando a Viv com isso?

— Não estou *perturbando* ela por algo que aconteceu dez anos atrás — respondo. — Não quando podemos voltar apenas ao ano passado quando ela recusou uma grande oportunidade em Paris.

— Ela estava grávida de Madison — relembra Wallace. — Por favor, não critique minha sobrinha, Mary Tyler Moore.

— Mary Tyler Moore? — pergunto, sem ligar os pontos.

— Isso, Mary Tyler Moore — afirma Wallace, paciente, como se nós devêssemos saber disso. — Mulher de negócios dos anos 1970. Da TV, aquela que joga o chapéu para cima.

— O que foi que eu falei de você assistir a essas reprises? — Kimba bate no braço de Wallace. — Qual vai ser a próxima? Bonecas infláveis? Como é que vou arranjar uma garota normal para você se fica vendo *Mary Tyler Moore*?

— Não gosto de garotas normais — declara Wallace, mal-humorado. — Ache alguém como Lennix.

— Ei — reclamo, ofendida. — Sou normal.

Eles trocam um olhar significativo antes de se voltarem para mim.

— Você não é nem um pouco normal — afirma Wallace. — É por isso que te amo, Lennix.

Ele pronuncia isso bem quando a porta se abre e ficamos cara a cara com ninguém menos do que Maxim Cade.

Eu deveria ter me preparado melhor para este momento. Vagamente, me recordo de experimentos em que a exposição contínua a certos estímulos diminuiu a sensibilidade dos sujeitos ao impacto deles. Eu deveria ter passado a noite toda assistindo a vídeos de Maxim sem parar a fim de não reagir assim a ele.

Claro que o vi nos últimos anos, na televisão, mas a tela e a distância diluíam o impacto dos olhos de pedras preciosas e do cabelo escuro brilhoso. Eu não sentia seu cheiro, não sentia que estava à sombra de uma muralha. Meu corpo se enrijece em reflexo, lembrando exatamente há quanto tempo ele esteve dentro de mim. O sangue parece lava nas minhas veias, rastejando devagar sob o calor fixo de seu olhar.

Folhas quebram sob o passo de alguém na calçada. O vento do outono assobia entre os galhos quase secos. Os arredores me transmitem informação sensorial para me firmar neste momento em que não consigo desviar o olhar de Maxim, e ele parece nem tentar desviar o olhar de mim.

— Hum-hum — pigarreia Kimba e despedaça o silêncio carregado, se aproximando de Maxim para um abraço. — Muito bom ver você, Maxim. Faz muito tempo.

Ele dá tapinhas nas costas dela, ainda de olho em mim. Quando ele se vira para ela, solto minha respiração, e só então percebo que a estava prendendo desde que ele abriu a porta.

— Bom ver você também. — O sorriso de Maxim para Kimba é caloroso e sincero. — Vejo que anda agitando o mundo.

— Foi necessário. — Kimba ri e inclina a cabeça. — Eu e a Criadora de Reis aqui. Dá para acreditar?

O sorriso de Maxim se dissipa, e ele volta a atenção para mim.

— Acredito, sim — responde, em voz baixa. — Sempre soube que Nix era excepcional.

O silêncio doloroso se prolonga até eu ter certeza de que meus ouvidos vão sangrar.

— Oi, Maxim. — Não me aproximo dele, nem ele de mim. — Bom te ver de novo.

— Idem — murmura ele, e dirige o olhar frio para Wallace. — Me apresente a seu...

Não vou completar essa frase por ele de jeito nenhum.

— Este é Wallace Murrow — digo, dando o braço a Wallace. — Wall, Maxim Cade.

— Prazer em conhecê-lo — fala Wallace, estendendo a mão.

Maxim simplesmente a encara por alguns segundos, esperando além da educação e a um triz da grosseria antes de apertar a mão de Wallace.

Wallace me olha de relance, confuso e irritado na mesma medida.

— Hum, vi seu depoimento no Congresso há algumas semanas...

— Está frio aqui fora — corta Maxim, abrindo mais a porta. — Entrem. Todo mundo já chegou.

Entro primeiro, escapando da mão que Maxim estende para meu braço. Sem olhá-lo, sigo o som de vozes.

Nossa equipe central, selecionada a dedo, está espalhada por sofás e enfiada em cantos, bebendo e beliscando os canapés servidos em bandejas. Vou até Joe, nosso diretor de campo, e sua esposa Erin. Estão de pé ao lado de uma mulher que reconheço como Millicent Cade, uma das esposas de políticos e anfitriãs mais poderosas da cidade. Um convite para uma festa sua estabelece o lugar da pessoa na sociedade de DC, e uma esnobada solidifica o lugar fora dela.

— Boa noite — cumprimento os três. — Senhora Cade, sou Lennix Hunter. Um prazer finalmente conhecê-la.

— Ah, ouvi falar tanto de você, por Owen *e* Maxim — afirma ela, os olhos azuis de centáurea aguçados de curiosidade. — Precisamos conversar logo.

— Sim, temos muito a conversar. Há um membro da equipe designado para a senhora ao longo da campanha — aviso, a interpretando mal de propósito. — Acho que vai amar June.

— Tenho certeza de que vou — murmura, seu sorriso aprofundando e abrindo as covinhas em suas maçãs do rosto. — Fique sabendo: escolho minhas próprias roupas.

— Seu gosto é impecável. June só vai garantir que ele seja bem exibido durante a campanha.

Nossos sorrisos demonstram um entendimento mútuo antes de ela sair para verificar os outros convidados.

— Esses Cade são impressionantes — declara Joe. — Obrigado por me incluir.

— Adorei seu trabalho em Maryland para a eleição de governador. O comparecimento dos eleitores quebrou recordes, e sei que foi trabalho seu.

— Faremos isso, e muito mais, para o senador Cade. — Joe olha para Owen e Maxim perto da lareira conversando com Howard, nosso coordenador de voluntários. — Baita dobradinha esses dois irmãos. Temos recursos de sobra com que trabalhar.

Wallace se junta a nós, com uma bebida em cada mão. Joe sai para se juntar à esposa, Erin.

— Aqui está seu martíni, hum... querida — diz Wallace, me entregando um copo.

— Haja coração — sussurro. — Foi muito convincente. Não acredito que você ainda não está de joelhos me pedindo em casamento.

— Graças a você — range Wallace —, Maxim Cade me tratou como um pária a noite toda.

— E, com noite toda, você quer dizer os quinze minutos desde que chegamos?

— Ele está me fuzilando com os olhos. — Wallace demonstra com um olhar pseudoassustador. — Tipo assim.

Minha risada involuntária se transforma em uma gargalhada, o que acontece quase sempre com Wallace. Eu me apoio nele, enterrando o rosto e rindo em seu ombro.

— Valeu — fala Wallace, mas ouço um pouco de humor em sua voz. — Estou sendo ainda mais fuzilado.

— Ele foi grosseiro com você? — Ergo o olhar, ainda apoiada em seu ombro. — Bem, depois de te olhar como se fosse um parasita e praticamente se recusar a apertar sua mão?

— Tentei falar com ele sobre seu trabalho com sistemas de reciclagem em países em desenvolvimento e ele me deixou falando sozinho.

Faço uma careta.

— Ele está sendo ridículo. Não entendo.

— Acho que ele me ouviu dizer que te amo.

— O que não é da conta dele. *Eu* não sou da conta dele.

— Você vai ter que conversar com ele. — Ele mastiga algo de cheiro delicioso embrulhado em bacon. — Por quanto tempo temos que manter esse namoro de mentira?

— Quer ficar quieto? — Olho em volta para garantir que ninguém ouviu. — Você é o pior namorado de fachada do mundo.

— Não sou, nada.

— É sim. É mais provável que ele acredite que estou namorando Kimba no ritmo que você está indo, caindo aos pés dele assim.

— Só o admiro e gostaria de conversar de verdade com ele sobre os problemas do mundo.

— Também gostaria de caminhadas longas na praia? — Dou um gole muito necessário no martíni. — Quem sabe usar a jaqueta dele no recreio? Chamá-lo para ser seu par no baile?

— Se eu não te amasse tanto… — Ele fixa um olhar assustado por cima do meu ombro. — Hum, Maxim. Oi. A gente estava só… Aquele carro novo elétrico que você está desenvolvendo. Acho ótimo.

O comentário de Wallace recebe um silêncio gélido. Não olho para trás para reconhecer a presença de Maxim.

— Obrigado — responde ele a Wallace depois de mais alguns segundos congelantes. — O jantar vai ser servido. Será que eu poderia conversar um segundo com você, Nix?

— Acho que não — murmuro no copo de martíni. — Mas obrigada pelo aviso do jantar. Pronto, Wall?

Wallace me olha por um instante como se eu tivesse chutado seu cachorrinho e então diz, entre dentes:

— Sim, meu bem.

Eu o arrasto para seguir todo mundo até a sala de jantar. Wallace e eu nos sentamos na ponta da mesa com Kimba e algumas outras pessoas da equipe. Maxim está sentado perto de Cade e Millicent na outra ponta, e os gêmeos loiros de Cade se juntam a eles, ambos com posturas excelentes à mesa e risadas contagiantes. O barítono sonoro do "tio Max" flutua até minha ponta da mesa mais de uma vez, misturado com risadinhas infantis. O escudo em volta do meu coração quase escorrega ao ver e ouvir Maxim próximo da família. Em Amsterdã, vi que ele sentia saudade deles. Pelo que sei, a relação com o pai continua tensa, mas é bom vê-lo com a família de Owen.

— Então, Murray, o que você faz? — A pergunta de Maxim voa pela mesa e corta conversas variadas como uma flecha. — Como profissão, quero dizer.

Um silêncio constrangedor se espalha pelo grupo, todo mundo sem saber se deveria esperar pela resposta de Wallace ou voltar a suas conversas.

— Ah, é Murrow. — Wallace pigarreia. — E, respondendo à pergunta, sou bioquímico. Me especializei em desenvolvimento de vacinas.

— Uau! — exclama Bill com sobrancelhas erguidas, claramente impressionado. — Cara inteligente, hein?

Wallace dá de ombros, tímido e sempre desconfortável no centro das atenções.

— Acho que todo mundo tem sua especialidade — murmura ele.

— Mas o MIT não distribui doutorados em bioquímica à toa — afirmo.

— Duke — corrige Wallace, suavemente.

— Duke — repito, e não preciso fingir o orgulho que sinto por meu amigo. — Wallace é brilhante. Ele se dedica a tornar as vacinas mais efetivas em nações em desenvolvimento.

— Admirável — comenta Millicent na outra ponta da mesa, dando um sorriso gentil para Wallace.

— Lennix e Wall vão viajar para administrar vacinas em alguns meses — acrescenta Kimba, piscando para Wallace. — Essa é qual? Sua sexta viagem a serviço juntos?

— Sétima — corrijo. — E não se preocupem, pessoal. *Eu* não vou nem me meter com as agulhas.

— O que vai fazer, então? — pergunta Millicent.

— Nossa equipe está ajudando com alguns projetos de construção — respondo.

— Onde? — pergunta Maxim, com uma ruga entre as sobrancelhas escuras.

Encontro seu olhar diretamente, o que quase não fiz a noite toda. Minha única sobrancelha erguida pergunta o que é que isso tem a ver com ele, mas respondo.

— Talamanca. A aldeia bribri de lá tem uma das maiores populações indígenas da Costa Rica. Mais de dez mil pessoas.

— Lenny vai levar um grupo de estudantes da aldeia de San Carlos, no Arizona, com a gente — emenda Wallace.

— Para eles é ótimo ver outra comunidade indígena — continuo. — Uma com boa parte da cultura e língua intactas. Eles acham que vamos ajudar o povo bribri, mas, sinceramente, esses estudantes vão ganhar mais do que vão oferecer. Pelo menos, é assim que sempre acontece comigo.

— É seguro? — questiona Maxim, me forçando a olhar para ele de novo.

Eu não deveria ter olhado, porque um fluxo invisível de lembrança passa entre nós. Cada beijo, cada toque, toda vez que rimos e fizemos amor viaja na estrada do meus olhos para os dele. É uma colisão de frente que me deixa abalada, exposta, com todo mundo à mesa testemunhando o desastre.

Abaixo os olhos e respiro fundo.

— Muito seguro — responde Wallace, com a voz calma e segura. — Eu nunca faria nada que colocasse Lenny em perigo.

Ele pega minha mão sob a mesa e a aperta, me banhando com o afeto caloroso de seu sorriso. Ele se curva para beijar minha testa e sei que, para os outros, parece íntimo — e é mesmo. É a intimidade de uma amizade que sobreviveu a sexo ruim, corações partidos por outras pessoas, e ainda consegue se manter firme. Pisco rapidamente, tocada pela amizade incondicional de Wallace e ainda sem fôlego por causa da troca de olhares direta com Maxim, como se os airbags tivessem sido ativados e me atingido no peito. Será que estarei com hematomas amanhã?

— Bom, isso é bem legal — elogia Owen, sorrindo para Wallace. — Parece que você é tão apaixonado por ajudar pessoas quanto Lennix é.

Wallace e eu entrelaçamos os dedos com força, e sei que ele está torcendo para que mudem de assunto tanto quanto eu. Não demora muito para voltarem a discutir as últimas fofocas do Capitólio e dissecar as temporadas de *Game of Thrones*. Compartilhamos uma risadinha breve, e, quando ergo o rosto, o olhar de Maxim está fixo na minha mão, ainda entrelaçada à de Wallace.

— Acho que no fim não sou um namorado de mentira tão ruim — murmura Wallace no meu ouvido. — Maxim parece convencido. Quem sabe ele não toca a vida e encontra outra mulher para se distrair aqui em DC.

— Quem sabe — digo, com um nó na garganta. — A gente se saiu bem.

Achei que sentiria alívio por ele acreditar que estou comprometida, mas não sinto. Vou precisar examinar a inconsistência de minhas emoções quando estiver sozinha. Já expus demais.

Passamos pelos próximos dois pratos deliciosos até Owen se levantar e começar a falar.

— Comam. — Ele acena para a mesa, incentivando todos a continuar a refeição. — Não é uma reunião formal. Tenho certeza de que Kimba e Lennix preveem muitas dessas pela frente.

Todos riem e continuam comendo, dividindo a atenção entre os pratos e o novo candidato.

— Obrigado a todos por virem. Mill e eu queríamos receber vocês aqui na nossa casa — continua Owen. — Para conhecerem nossos filhos, Darcy e Elijah, e meu irmão, Maxim, que vai ser vital na nossa estratégia. Por algum motivo, as pessoas amam esse homem. Não entendo.

Maxim lhe lança um olhar sarcástico e volta os olhos para o prato, a boca em uma linha firme. Por um momento, me sinto horrível por ignorá-lo, por enganá-lo, mas preciso me proteger. Sei como é sofrer por esse homem. Não vou passar por isso de novo.

— Lennix e Kimba — chama Owen, me arrancando dos pensamentos. — Gostariam de dizer alguma coisa?

Kimba odeia falar em público em qualquer circunstância. Ela acena com a cabeça para mim, me dirigindo um olhar que diz *Nem ouse, amiga*. Com um suspiro, tomo um grande gole de água e me levanto. Analiso o rosto das pessoas reunidas ao redor da mesa, e analiso o que deveria dizer.

— Minha mãe uma vez disse que a injustiça nunca descansa, nem eu. — Uma curva triste dos lábios é o mais próximo que consigo chegar de um sorriso. — Ela era uma agitadora. Uma das minhas lembranças mais antigas é de estar nos ombros dela em algum protesto. Está no meu sangue. — Encontro e sustento os olhos de toda a minha equipe. — Estou contando que esteja no de vocês também. O senador Cade é um candidato notável, que sei que todos nós podemos seguir. Não é segredo que Kimba e eu dedicamos a vida a eleger candidatos que vão defender as causas dos marginalizados. É isso que me faz levantar da cama toda manhã. Tem sido meu foco total pelos últimos dez anos, desde que me formei.

O olhar de Maxim abre um buraco em mim, mas o ignoro e continuo.

— Nessa jornada haverá momentos em que pensaremos que estamos perdendo. Coisas que nunca previmos e que não sabemos bem como contornar vão acontecer. Haverá momentos em que vamos querer desistir, mas eu venho de uma longa linhagem de guerreiros. Os apaches foram os últimos a se render. Tenho um certo orgulho disso. Eu acolho essa história como parte de quem sou e de como luto. — Olho para Owen. — Vou lutar por você, senador Cade, porque confio em você para lutar pelas pessoas a quem dediquei minha vida a servir. Cada pessoa sentada nesta mesa foi escolhida não só pela mente brilhante, mas também pelo coração guerreiro. Você é o candidato dos sonhos, mas nós somos a equipe dos sonhos. — Deixo um minúsculo sorriso curvar meus lábios e digo, em voz mais baixa: — Não nos decepcione.

Minha equipe aplaude. Owen dá um sorriso solene na sua ponta da mesa, e sua esposa me analisa com um novo interesse, olhando de mim para o cunhado. Eu me sento e pego o copo de água, rezando para que isso acabe logo e eu possa ir embora.

Leva apenas meia hora abençoada antes de as coisas começarem a se desfazer. Uma babá vem levar os gêmeos para o andar de cima. Os funcionários limpam o restante do último prato, e todo mundo começa a pegar os casacos e se despedir.

Wallace está me ajudando a vestir o casaco quando Maxim se aproxima. Ele só fica parado. Eu o sinto, mesmo que não erga o olhar dos meus sapatos de salto Stuart Weitzman. O silêncio rodeia nós três, me envolvendo e me esmagando como arame farpado cortando minha carne.

— Posso dar uma palavra com você antes de ir, Lennix? — pergunta por fim Maxim, a voz suavizada.

Uma palavra. Ele quer me levar para o escritório de Owen ou para a biblioteca. Ele vai me desgastar até não sobrar nada. Vai me fazer esquecer que mentiu e que eu não deveria permiti-lo ficar a menos de dez passos do meu corpo e coração. Ele quer me relembrar como é sentir seu toque, seu cheiro e gosto. Ele antigamente camuflava o lobo, mas não mais. Ele domou o cabelo, cortou as ondas brilhantes que quase beijavam os ombros, mas seu espírito ainda é feroz, uivando em uma frequência com a qual eu não deveria estar sincronizada, mas estou. Ele agora é um lobo completo e um Cade descarado. Ele ainda é rebelde, e tenho medo de que eu não consiga resistir a ele mais do que consegui naquela sala de reunião uma década atrás.

Medo. Estou com medo. É uma emoção que não me permiti reconhecer neste cenário com Maxim. Será que isso é tomar consciência de mim? Minha terapeuta ficará muito feliz.

Sem erguer a cabeça, respondo antes de me virar para sair.

— Não.

# 40

# MAXIM

A noite de ontem não foi boa.

Não sei o que eu esperava, mas não era que Lennix trouxesse a droga de um acompanhante. Não só um acompanhante, mas um *namorado*, pelo que pareceu. Um namorado com quem ela faz projetos humanitários, constrói poços e torna o mundo um lugar melhor. Admito, de má vontade, que Wallace Murrow não é um cara ruim. Nem um pouco. Eu me certifiquei disso quando eles namoraram antes, mas agora estão juntos *de novo*? Na década em que ficamos afastados, eu me empolguei com o fato de que Nix nunca namorava ninguém por muito tempo. A relação com o Wallace foi a mais longa de que soube, e agora ela voltou com ele?

Eu me afastei antes. As feridas estavam frescas. Sua raiva ainda ardia, e ela ignorou toda tentativa que fiz de entrar em contato. Sem falar que eu estava brigando com unhas e dentes para salvar minha empresa, mas muito tempo se passou desde então. Nós dois estamos em momentos diferentes, e cansei de esperar.

Não sei bem a seriedade da relação dela com Murrow, e... isso não faz sentido, mas não sei se acredito. Falta alguma coisa ali. Eu nunca tinha sentido nada parecido com a urgência quente e viciante que surgia entre mim e Lennix, e não senti de novo desde então. Acho que eu queria acreditar que ela também não. Talvez seja simplesmente a minha parte arrogante — que confesso, sem hesitar, ser boa parte da minha personalidade. Seja lá o que eu esperava, me incomoda ela não estar disponível.

Como Grim não viu isso? Sua empresa de segurança é um dos melhores investimentos que já fiz. Ela paga dividendos que não têm nada a ver com lucro. Informação com frequência é tão valiosa quanto dinheiro, e Grim comercializa informação como um mafioso.

Após a última briga com meu pai, continuei procurando respostas para a mudança climática, mas também direcionei a atenção para fazer o que os Cade fazem de melhor: construir uma fortuna. O que realmente bombou nos cofres foi a inovação. Encontrar inventores interessados em criar as coisas que usamos todo dia de forma mais sustentável. Não só tops esportivos e roupas, mas pequenos componentes de carros elétricos dos quais agora tenho a patente para tornar toda a indústria mais eficiente.

Ao longo dos anos, Grim ficou meio de olho em Lennix por mim. Não foi difícil. Seu estrelato no mundo político se desenvolveu de forma constante e espetacular, o que não me surpreendeu nem um pouco.

O que quero de Lennix? Saber se minha memória me enganou e ela não é tão fantástica quanto me lembro? Preciso dessa garantia para seguir em frente? Não posso chamar isso de amor, esse ardor quase obsessivo dentro de mim quando penso nela, quando a vi ontem. Ela era uma vela acesa que se extinguiu muito rápido, mas a fumaça do que tivemos perdurou, pairando no ar todos esses anos.

Não chamaria de amor, mas é algo que nunca encontrei em outro lugar, e preciso saber se posso tê-lo de novo.

Se posso *tê-la* de novo.

Não sou famoso, no geral. Não encontro mulheres gritando, nem fãs deslumbradas quando saio na rua, mas, em certos círculos, sou bem conhecido. DC seria um desses círculos, ainda mais com meu irmão crescendo do jeito que cresceu. Puxo a aba do boné Astros um pouquinho para baixo e ajusto os óculos. Quando entro na Royal — a cafeteria do bairro LeDroit Park onde, de acordo com minhas fontes, Lennix toma café toda manhã —, não desperto qualquer interesse.

Ela está sentada a uma mesa escondida nos fundos. A luz do sol faz suas maçãs do rosto pronunciadas cintilarem em dourado. Ela está lendo, com as sobrancelhas escuras franzidas, e morde o lábio inferior. Fico parado um instante a observando. É gostoso simplesmente poder olhá-la mais uma vez. Ela pega a xícara fumegante de chá ao seu lado e dá um gole.

— Bom dia — digo.

— Droga. — Ela leva um susto, protestando com um sibilo a queimadura e repuxando o lábio inferior. Ela pousa a xícara de chá fumegante e me lança um olhar repleto de impaciência. — Bom dia. É esperar muito que isso seja uma coincidência?

Abro um sorriso enviesado e aponto para a cadeira vazia a sua frente.

— Posso sentar?

— Bom, já que você teve todo o trabalho de me encontrar.

Eu me sento e deixo os óculos e o boné na mesa.

— Não deu muito trabalho, já que você toma café da manhã aqui todo dia.

— É esquisito você saber disso.

— Há quem veja esquisitice como determinação.

— Um novo negócio para você se aventurar. Citações inspiradoras para perseguidores. — Ela empurra o croissant intocado na sua frente. — Estampe essa frase num cartaz com o oceano de fundo. Vai ficar lindo na parede de algum voyeur.

— Boa. — Rio e me afundo mais na cadeira. — Isso poderia ser evitado se tivesse simplesmente falado comigo ontem.

Ela ergue o olhar sob a extensão de cílios escuros, mas o desvia para as pessoas passando do outro lado da janela. Houve uma época em que o corpo desta mulher implorava pelo meu, e agora ela mal me olha.

— Achei que não tínhamos nada para conversar — explica, os olhos ainda fixos no lado de fora, a voz envolta em uma camada de indiferença. — Presumo que Owen tenha contado das minhas condições para aceitar o emprego.

— Está se referindo a Kimba ser responsável por mim?

Procuro incutir um tom leve e divertido nas palavras, mas não achei graça quando Owen me contou. Ainda não acho.

— Seu contato. — Ela olha diretamente para mim. — Não é incomum a gente dividir as responsabilidades.

— É incomum ter transado com os clientes?

Ela contrai o canto dos olhos e da boca. Era isso o que eu queria: a chama que sei que está ali, não as cinzas frias que tem me dado.

— É exatamente por isso que achei que não deveríamos trabalhar juntos — declara.

— Porque está assustada? Ou porque Wally não ia gostar?

— Não estou assustada, e é *Wallace*. Por favor, não se meta no meu relacionamento.

— Seu relacionamento. — Prolongo a palavra como se examinasse sílaba por sílaba. — Então, quando você e Wallace começaram a namorar?

Na época, Grim relatou que eles estavam namorando, mas não estava claro quando tinham começado.

— A primeira vez não foi muito depois da formatura da faculdade — responde.

Fico tenso com suas palavras.

— Você estava com ele quando fui ao escritório da campanha em Oklahoma?

— Não. — Ela pigarreia. — O que aconteceu naquele dia foi um erro, mas nunca teria acontecido se eu estivesse comprometida.

— É o que você gosta de pensar.

— Eu sei que sim. Nunca trairia Wallace.

Sua voz soa convincente e verdadeira, e fico com menos certeza ainda do que está acontecendo entre eles.

— Se tem algum propósito, pode falar logo? — pergunta ela, olhando para o relógio fino no pulso. — Preciso ir para o escritório.

— Você claramente acredita que meu irmão pode ganhar — afirmo, abaixando a voz e olhando em volta.

Owen ainda não anunciou a candidatura, e esta cidade está infestada de olhos e ouvidos.

— Acredito que vai ganhar. Eu não o teria aceitado se não acreditasse.

— Mas ele é um Cade. Mesmo sangue. Mesmo sobrenome. Mesmo pai que eu.

— Você ainda não entende? — Ela se inclina para a frente, me encarando com um olhar impassível. — Quem sabe se eu poderia ter superado quem seu pai era? Você não me deu a chance de decidir. Você fez comigo o que sempre fazem. — Ela ergue o queixo em um ângulo orgulhoso. — Você achou que sabia o que era melhor e decidiu por mim. Você arrancou minhas escolhas, deixou eu me envolver profundamente com você sabendo o que eu sentia por seu pai e pela Cade Energy. Você, por vontade própria, ocultou a verdade para conseguir o que queria.

— Eu deveria ter agido de outra maneira — admito entre lábios cerrados. — Não tem ideia de quantas vezes desejei ter te contado a verdade desde o começo, mas não contei.

— Você mentiu.

— É, acho que já ficou bem claro durante os dez anos em que se ressentiu de mim.

— Acha que fiquei me remoendo por você? Não fiquei.

Isso me ofende, porque perdi a conta de quantas vezes fiquei me revirando na cama em alguma cidade qualquer, me lembrando de seu cabelo espalhado no travesseiro. Imaginando sentir o cheiro dos lençóis de novo depois da primeira vez que fizemos amor, uma mistura inebriante de nosso corpo e do perfume suave que beijava seu pescoço. Toda vez que vejo um moinho lembro de sua voz suave e baixa rindo e me chamando de Doutor Quixote enquanto pedalava na minha frente.

— Se quer dizer a si mesma que o que tivemos não foi nada especial — afirmo —, então mentiras não devem te incomodar tanto quanto diz que incomodam. Não posso mentir para você, mas tudo bem você mentir para si mesma?

— Não é isso.

— Nós dois tínhamos planos, sonhos e objetivos. É bom que a gente tenha tirado um tempo para buscar tudo que queríamos. — Estendo a mão até a sua perto do chá, e entrelaço nossos dedos. — Mas eu disse que voltaria por você. Nunca te esqueci, Nix. E sempre torci para que chegasse um momento em que a gente pudesse consertar as coisas.

— Você não deveria ter voltado. — Ela afasta a mão, olha fixamente para o chá. — Não por isso. Não por mim. Se realmente está aqui por seu irmão, eu expus meus termos, e nós dois podemos ajudar a elegê-lo. Se voltou por mim, vai se decepcionar.

— Voltei pelos dois, e não pretendo me decepcionar com nenhum resultado.

Seus olhos faíscam, cinza como pólvora e tão explosivos quanto, quando encontram os meus.

— Falei para Owen que não vou trabalhar com você.

Na noite anterior, Lennix comprometeu a equipe toda à campanha de Owen. Kimba não vai deixar que elas percam uma oportunidade tão boa assim. Os riscos são muito altos para um incômodo pessoal como uma relação passada atrapalhar. Owen está dentro.

*E eu também.*

— Acha mesmo que voltei pela adrenalina de trabalhar com você em uma campanha? — Rio. — Não dou a mínima para quem vai se "responsabilizar" por mim. O que acontece entre a gente está completamente separado da tentativa de Owen à presidência.

— Não tem nada acontecendo entre a gente.

— Caramba, acabei de voltar. — Finjo um suspiro exasperado. — Me dê um tempo. Estou indo o mais rápido que posso.

— Sabe que não quis dizer isso. Falei para Owen…

— Sei o que falou para Owen, e fico muito feliz em ter Kimba como meu contato. O que é que isso tem a ver com a gente?

Ela franze a testa.

— Você concordou com as condições.

— Concordei, mas suas condições não disseram nada sobre o que faço fora da campanha.

— Filho da puta — declara, o tom calmo, os olhos ardendo.

— Nós dois sabemos quem são meus pais, não sou filho da puta. Babaca, sim. Idiota, talv…

— O que você quer?

— O mesmo que queria dez anos atrás. — Suavizo o tom. — Uma chance com você.

— Por quê?

— Porque ninguém nunca fez o que você fez comigo. Nem antes, nem depois de você. Quero ver se o que a gente tinha, o que *deveríamos* ter, ainda existe.

— Não existe.

— Mentirosa.

Ela abre a boca como estivesse prestes a falar, mas não dou tempo de ela dizer nada.

— Senti ontem. Sinto agora. Já que valoriza tanto a verdade, me diz que não sente.

Os músculos se tensionam sob sua pele marrom-dourada distinta, desfazendo a linha firme do maxilar.

— Wallace e eu…

— Sim, como me livro dele? — pergunto bruscamente.

— Está perguntando como se livrar do meu namorado? — Suas sobrancelhas escuras se franzem sobre seu olhar de desdém. — Não se livra.

— Faça um favor a todos nós. Quando ele te pedir em casamento, simplesmente recuse com gentileza.

— Ele não…

— Ele vai, e, quando pedir, diga não.

— Por que eu faria isso?

— Porque sim.

— Não estamos na segunda série, Maxim. "Porque sim" não é um argumento forte ou convincente.

— Por causa *de mim*. Melhorou?

— Sua arrogância é mesmo espantosa.

— Obrigado.

— Não foi um elogio.

— Eu faço meus próprios elogios. Qual a sensação de saber que você pode colocar um homem como eu de joelhos?

— Não quero nada disso.

— Ah, não se preocupe. Você vai ficar de joelhos também. Devo te dizer o que vai fazer quando estiver? Ou você se lembra? — Chego para a frente um pouquinho e abaixo a voz. — Você pensa em algum momento na sensação que foi ter meu pau na sua boca, Nix?

— Para — ordena, rangendo os dentes, sem olhar para mim, e com os dedos trêmulos na xícara.

— Saber que, naquele momento, eu estava completamente à sua mercê. Que pertencia a você.

— Eu não...

— Porque eu penso em você assim o tempo todo. Eu te quero assim de novo. Toda noite. Nua na cama e totalmente minha.

— Em que mundo você poderia sequer pensar que eu pertenceria a você?

— No que criaremos juntos.

Quando digo isso, qualquer guarda que ela tivesse erguida baixa. Apenas por um segundo, vejo algo em seus olhos que me diz que não estou louco. Diz que não estou perdendo tempo. Diz que tem mais na sua resistência além de Wallace, nosso passado, meus erros e mentiras. Não sei o que está por trás desta guarda, mas não vou parar de lutar até descobrir.

— Você fez isso de propósito — declara ela enfim. — Esperou até que a equipe toda estivesse pronta e assinássemos oficialmente o contrato com Owen para mostrar suas cartas.

— Sim.

— Porque acha que quero tanto ganhar que não vou recuar...

— Não, porque você acredita em Owen e não vai deixar o fato inconveniente de que te quero afetar a candidatura dele.

— Está certo. Não vale a pena desistir de alguém que pode auxiliar no avanço das minhas causas por você. — Um sorriso severo e impassível surge em seus lábios e depois se desfaz. — Mas, se acha que vai ter uma segunda chance, não vai.

Ela se levanta, e eu também. Não perco tempo sendo discreto com o olhar que passo por seu vestido vermelho-vivo moldado ao corpo dos ombros ao quadril, traçando a curva de suas coxas. Seu salto a deixa na altura do meu nariz. Depreendo seu cheiro de todos os outros flutuando pela cafeteria. O dela é apimentado, salpicado de sálvia e mel.

Quero puxá-la para meu colo, enterrar o rosto na curva de seu pescoço como já fiz uma vez. Mordiscar sua pele suave até que ela estremeça contra mim. Eu faria coisas indecentes com ela em plena luz do dia se achasse que poderia sair impune.

Ela se move para dar a volta por mim, e eu seguro delicadamente seu cotovelo. O contato com sua pele me afeta. Ela é uma descarga de eletricidade, e meu corpo, um fio desencapado, atingido pelo poder que ela provavelmente não sabe — ou não se importa — que tem sobre mim.

— É uma pena que você coloque o ressentimento de lado tempo o suficiente para eleger um Cade — digo —, mas não para perdoar um.

Ela olha feio para minha mão em seu cotovelo e depois para mim.

— Não, não te perdoo, e não pode me obrigar. Você não pode me convencer a perdoar.

— Passei os últimos dez anos conseguindo o que queria, não porque sou um Cade, mas porque me esforço mais do que todo mundo. Continuo trabalhando depois que todo mundo vai para casa. Me arrisco de maneiras que ninguém mais nem considera. Não desisto de causas aparentemente perdidas. Quando quero algo, realmente quero, faço o que for preciso até conseguir.

As forças de sua resistência e de minha determinação se chocam. Ninguém que passasse por aqui saberia que essa cafeteria charmosa na verdade é um campo de batalha e que nossas armas estão empunhadas.

— Sei que não posso te *convencer* a me dar outra chance, mas lembre-se disso, Nix. — Inclino a cabeça para tão perto que minha respiração balança seu cabelo e seu cheiro agita minha pulsação. — Quanto mais preciso lutar por algo, com mais intensidade eu o tomo para mim.

# 41
# LENNIX

Faz um mês que Maxim me encurralou na cafeteria. Sei que ele e Kimba andaram conversando, mas não tem muito o que ele fazer agora. Somos nós que estamos trabalhando sem parar. Formamos o comitê para explorar a viabilidade eleitoral de Owen e temos discretamente arrecadado dinheiro de doadores interessados, que são muitos. Estamos criando estratégias, reunindo dados e nos preparando para anunciar de forma oficial a formação do comitê eleitoral. Ao longo deste ano, até as primárias de fevereiro em Iowa, tem muito menos coisas para Maxim fazer do que terá depois.

Não se passou um dia sem que eu pensasse no nosso confronto na cafeteria. Fico esperando Maxim pular de trás de um arbusto e tentar me beijar ou algo assim. Ele fez todas aquelas declarações de querer uma segunda chance, de se livrar de Wallace, de me fazer perdoá-lo, e depois… nada.

*Você parece quase decepcionada.*

Isso foi minha voz interior.

*Bom, voz interior, cala a boca.*

*Não* estou decepcionada. Só estou me preparando para seu próximo passo. Se não vai agir, por que ainda está por aqui?

Não consigo desviar os olhos da grande tela plana na parede em frente a minha mesa. O quadro "Noite no Capitólio" do *Mundo Político* exibe

Maxim saindo com uma socialite dezessete anos mais nova. O homem tem 38 anos. O que ele está fazendo com uma menina de 21?

*Tá. Até eu ouvi o ciúme no meu julgamento.*

— Por que você ainda está aqui? — pergunto para o escritório vazio, largando uma caixa de comida indiana na mesa.

— Por que quem ainda está aqui? — indaga Kimba da porta.

Nosso espaço é uma mistura de industrial com moderno e fica no complexo central de DC. Ficamos muito orgulhosas em abrir a Hunter, Allen & Associados. Escolhemos nós mesmas todos os móveis, toda a pintura, os acabamentos e os tapetes. Foi um trabalho de amor. Toda essa operação é um trabalho de amor.

— Ah, oi. — Cutuco o frango tandoori. — Achei que todo mundo já tinha saído.

— Esqueci uma coisa — diz ela, e ergue uma pasta.

Assinto e como uma garfada de arroz.

— Saquei.

— Por que quem ainda está aqui?

*Grunhido interno.*

— Hum, ninguém — balbucio, a boca deliberadamente cheia de carne saborosa.

— Ah, tá. — Kimba se apoia no batente. — Porque achei que você estava perguntando para a televisão por que Maxim Cade ainda está em DC. Ou até por que ele está saindo com uma mulher linda e dez anos mais nova que você.

Paro de mastigar, a boca arreganhada de um jeito que não pode ser bonito. Eu a olho com irritação por cima de uma garfada, pigarreio e apoio a caixa de comida de volta na beira da mesa.

— Então estão mesmo namorando?

Kimba revira os olhos para o teto e entra de vez no escritório. É sexta-feira, nosso dia casual, e sua calça jeans está larga em todo lugar menos na bunda. Ela está usando uma camiseta com a frase "Black Girl Magic", e seu cabelo está preso, exibindo as linhas exuberantes do rosto. Minha melhor amiga é bonita demais.

— Quer mesmo saber?

Ela se senta na poltrona de antiquário que escolhi por ser resistente, confortável e linda.

Pego as taças e a garrafa de vinho guardadas sob a mesa e começo a servir.

— Conte.

— Maxim instalou um escritório aqui em DC.

Derramo vinho tinto na mesa e na minha mão.

— Como assim? Por quê?

— Ele disse que pode trabalhar de qualquer lugar — explica Kimba, me vendo limpar a bagunça com o guardanapo. — O homem tem negócios pelo mundo todo. Disse que acredita que se envolver com a sociedade de DC vai beneficiar a campanha, mas tenho minha própria teoria.

*Que não quero ouvir.*

— Quer um pouco? — ofereço o frango para ela. — Tem bastante.

— Não, valeu. Não quer saber por que acho que Maxim ainda está em DC?

Inclino a cabeça e cerro um olho.

— Eu sei perguntar quando quero mesmo saber algo, mas valeu.

— Acho que ele ainda está em DC pela mesma razão que vê-lo com a miss Estados Unidos te incomoda tanto.

— Não me incomoda. — Eu a fito de novo. — Peraí. Ela é mesmo miss?

— Não, mas é jovem. O que quero dizer é que acho que ele está aqui por você.

Meu coração dá uma cambalhota boba no peito, e eu tomo um gole caprichado de vinho.

— Não ligo para a miss Estados Unidos nem para o motivo de ele estar aqui.

— Ele ainda acha que você está namorando o Wallace, sabe.

Um sorriso satisfeito se espalha por meu rosto.

— Como sabe disso?

— Porque ele me perguntou se ainda estava namorando o Wallace.

Bato a taça na mesa.

— O que você respondeu? Me conte exatamente o que disse.

— Eu disse que, pelo que eu sabia — diz, com um suspiro descontente —, nada tinha mudado.

— Ótima resposta. Não mentiu, mas não me traiu. Muito bom.

— Você não está com nem um pouco de tesão?

Engasgo com a comida e bato no peito por causa da mudança brusca de assunto.

— Como é que é? Repete?

— Eu tive um orgasmo atrás do outro na semana passada, foi incrível. E qual foi a última vez que gozou mesmo?

O sorriso de Kimba é como um pão doce atrevido besuntado de obscenidade.

— O sr. Gostoso não conta. Qualquer um pode colocar pilhas nisso.

— Ah, não, meu bem. Não com o vibrador. Esses foram com carne e osso. — Ela agita as sobrancelhas. — Muita carne.

— Quem foi?

— Não se preocupe com quem.

— Ai, meu Deus, com quem, sua piranha descarada?

— Aquele lobista do interior novo que conhecemos mês passado.

— Ah, ele era um sonho.

— Sim, senhora, e generoso. Ele cuidou bem da sua amiga aqui. — Ela fecha os olhos e suspira. — Ai, ai.

— Bem, estou muito feliz por você, mas não esquente comigo.

— Estudos mostram que orgasmos frequentes tornam as mulheres significativamente mais produtivas.

— Sério?

— Não, mas aposto que é verdade.

— Sai. — Aponto o dedo para a porta. — Some e me deixa aqui com minha comida deliciosa e solitária.

— Mas, sério, Lenn — diz Kimba, ao se levantar e ir para a porta. — Sei o quanto você valoriza a honestidade. Você precisa ter uma conversa honesta *consigo mesma*. Você se lembra de como era com Maxim?

Mordo o lábio para não gemer. Revivo aquela semana nos meus sonhos eróticos. Não só o primeiro e melhor sexo da minha vida, mas todo o resto. Uma intimidade tão fina que Maxim e eu conseguíamos enxergar um ao outro com clareza, dos pés à cabeça. Deitados em um campo de tulipas semidesabrochadas. Nossos olhos se encontrando em um jantar subterrâneo à luz de velas. Corridas por ruas molhadas de chuva, ser perseguida por seus passos pesados e o estrondo baixo de sua risada.

Meu coração arde no peito, e solto o garfo, torcendo para que seja uma indigestão, mas temendo que seja outra coisa.

— Se conseguir perdoá-lo — declara Kimba —, e, pessoalmente, acho que já perdoou, só está com medo de se arriscar de novo, então não perca mais tempo. Ele não está namorando a miss Estados Unidos agora, mas, se o fizer esperar muito mais, ele talvez namore.

# 42
# MAXIM

— *Ya by khotel sosat' tvoy chlen.*

Mantenho minha risada chocada baixa o suficiente para que apenas a mulher sentada ao meu lado ouça.

— Meu russo é irregular, Katya — murmuro, cortando em pedaços no meu prato o cordeiro perfeitamente preparado. — Mas acho que você acabou de pedir para me chupar. Estou certo?

— Você lembra. — Seus olhos castanhos ardem acima da taça de Sangiovese. — Te ensinei bem.

— Eu na verdade lembro muito pouco das suas aulas, mas sei bem o suficiente para dizer: *Nyet, spaseebo.*

— Está me rejeitando? — Sua expressão provocante se torna cabisbaixa. — Mas a gente se divertiu tanto em Moscou.

Ela desliza a mão sob a mesa até meu colo, me encontrando e me apertando com força.

Estou suportando o tédio deste jantar no coração de Georgetown para fazer conexões, não apenas para a campanha de Owen, mas também para a legislação que quero defender no futuro. Não esperava que a filha de um embaixador russo que conheci cinco anos atrás estivesse presente.

Ainda assim, aqui estamos. Meu pau na sua mão sob a mesa, ao lado do líder da comissão orçamentária.

— Tira a mão, Katya. — Minha voz sai calma, mas firme. — Agora.

— Não está falando sério. — Ela desliza a mão para cima e para baixo. — Ah, viu, ele quer sair para brincar. Lembra da noite que tivemos juntos? E da manhã? — Uma risada rouca flutua de seus lábios, e seus olhos castanhos ficam escurecidos de humor e tesão. — E da tarde?

— Não vou pedir de novo. Tira a mão.

Ela retira a mão e faz beicinho.

— Você velho é menos divertido.

— Gosto de achar que estou mais sábio. — Olho para ela e vejo seus cílios abaixados, piscando rapidamente, e a cor de suas bochechas está viva. — Ei, desculpe. Não quis magoá-la. É só... — A verdade vai fazê-la se sentir melhor. — Katya, tem outra pessoa.

Ela ergue o olhar e me encara.

— Você está com alguém?

Balanço a cabeça em negativa, um sorriso irônico curvando um canto da boca.

— Não, quero outra pessoa e estou esperando ela me querer de volta.

— Isso é bem nobre — responde Katya, com o sotaque russo se acentuando, e deslizando a mão de volta para minha coxa. — Mas enquanto espera...

Seguro sua mão e a afasto, mas dou o que torço para ser um sorriso gentil.

— *Nyet, spaseebo.*

Ela assente e corta o próprio cordeiro.

— Quem é essa mulher maluca que não sabe o que está perdendo?

— Ah, ela sabe. Já teve antes, mas eu estraguei tudo.

— Você a traiu? — pergunta ela, semicerrando os olhos em fendas de censura.

— Não, eu menti.

Katya assente, sabiamente, abaixando as curvas da boca e dando de ombros.

— Mentir é simplesmente trair a verdade.

— É, bom, fiz isso com algo que era importante para ela. Ela está com outra pessoa por enquanto.

— Mas vai tirá-la dele, *da*?

Faço que não.

— Ela vai ter que deixá-lo. Preciso que ela venha até mim.

Lennix se entregando livremente foi a coisa mais inebriante que já provei. Ela desceu pela minha garganta como vinho, quente, úmido e encorpado. Desabotoando sua blusa, oferecendo os seios. Apoiada nos cotovelos na minha cama, com a luz do sol da manhã reluzindo entre suas pernas longas e firmes bem abertas. Implorando para eu não parar no frio da noite, na chuva.

*Caralho*. Meu pau não ficou duro com a mãozinha da Katya, mas pensar nos beijos de Lennix de dez anos atrás me deixou rígido igual a um tronco de árvore.

— Tem alguém tirando fotos para os jornais de amanhã — sussurra Katya, se aproximando. — Vamos deixá-la com ciúmes.

— Quê?

Antes que eu consiga impedir, ela me beija.

# 43

# LENNIX

— Vai ser fantástico.

Millicent está quase reluzente ao ler os planos que esboçamos para o anúncio do comitê eleitoral de Owen na véspera do Ano-Novo. Caixas de comida, xícaras de café, notebooks e iPads recobrem a mesa de vidro da sala de reuniões. Os rostos ao redor da sala estão cansados, mas sua reação faz o esforço valer a pena.

— Concordo — afirma Owen, distraído. — Fantástico.

Ele está lendo o esboço de um projeto de lei durante a reunião, lidando com o desafio de ainda trabalhar como senador enquanto concorre à presidência. O que só vai se intensificar conforme avançamos no processo.

Millicent lhe lança um olhar frio e revira os olhos.

— Ele vai ser um chato até esse projeto passar. Bom, eu tenho algumas perguntas sobre o cardápio e a decoração. Ainda vai ser véspera de Ano--Novo. Tem que ser festivo.

— Vai ser na nossa casa — avisa Owen, ainda com o olhar na pilha enorme a sua frente. — Nossa decoração de Natal dura do dia de Ação de Graças até o dia de São Patrício. Não tem como ser mais festivo.

— Ele exagera — diz ela com um sorriso. — Desmonto a decoração para o Dia dos Namorados em fevereiro.

Ela cruza os braços e começa o que lembra uma marcha militar.

— Mas isso é irrelevante. Precisamos discutir o cardápio, a decoração adicional, o entretenimento, os fogos...

— Fogos? — perguntamos ao mesmo tempo eu, Kimba e Owen.

Ela arqueia uma sobrancelha soberba, com a expressão de um general.

— Vamos ter algum problema com os fogos? É o mínimo que podemos fazer para lançar uma das maiores presidências da história de nossa bela nação. Um Cade finalmente na Casa Branca? Temos que explodir alguma coisa.

O silêncio paira no ar. Todos trocam olhares nervosos. E então uma risadinha na outra ponta da mesa de reuniões. É Maxim, que não deu uma palavra a reunião toda. Com a cabeça e os ombros curvados sobre o iPad, presumi que mal prestava atenção. Seu humor parece liberar o de todo mundo, e então todos rimos. Owen ri mais alto e puxa a esposa para o colo.

— Se minha querida quer fogos — declara ele, ao beijar o topo da cabeça de Millicent —, vai ter fogos.

Ela ri e enterra o rosto no pescoço dele.

— Obrigada, Owen.

Levanto e mostro a minha expressão de general.

— Tem mais uma coisa que precisamos debater — aviso, esperando que as risadas diminuam. — Esse anúncio vai acontecer na sua casa. Sendo mais precisa, na sua mansão no bairro Pacific Heights, em São Francisco.

— É a nossa casa — afirma Owen, enrijecendo a voz. — Achei que tínhamos concordado que isso daria um toque pessoal em vez de em uma prefeitura ou algo assim.

— Acho que a festa ser na sua casa é ótimo — digo. — E Millicent é conhecida por ser uma anfitriã incrível, então tratar isso como uma festa é perfeito. A gente só precisa ter consciência da imagem. Os republicanos vão pintar você de elitista, e, sendo sincera, tem muito na sua criação que grita riqueza e a palavra mais suja do momento: privilégio.

— Não podemos mudar quem somos — diz Millicent, um pouco na defensiva.

— Não estou pedindo para mudarem quem são — garanto a ela, mantendo a voz calma. — Estou pedindo para administrarem como vocês são vistos. A gente não quer que eleitores da classe trabalhadora, passando por dificuldades, sintam que não conseguem se identificar com vocês. Ver todos os seus amigos ricos reunidos no enorme salão de festas da sua mansão não diz exatamente: "Entendo sua dor".

— Tá bom — responde Millicent, com o cenho franzido. — O que sugere?

— Acho que precisamos garantir que vocês não pareçam os ricaços que realmente são, se quisermos que a classe média use a urna a seu favor ano que vem, senador Cade. A maioria dos norte-americanos não presta atenção em política até o começo das campanhas eleitorais. Quer que a primeira impressão que eles tenham de você seja o elitismo de que seu adversário com certeza vai acusá-lo?

Minhas palavras caem com um baque no silêncio subsequente. Espero um instante e estou prestes a elaborar quando Maxim fala antes que eu consiga.

— Ela está certa, Owen.

Ergo o olhar e encontro o seu fixo em mim, mas ele rapidamente o desvia para o irmão.

— Poucas pessoas cresceram do jeito que crescemos ou vivem do jeito que vivemos. Queremos que elas saibam que podemos ter muito, mas queremos usar o que temos para ajudar.

— Exatamente — acrescento. — Não estou sugerindo que esconda quem é ou finja pobreza. Seria falsidade, e sua autenticidade é uma das coisas mais atrativas em você.

— Então o quê? — pergunta Owen.

— Suas posições políticas, sua personalidade, tudo em você atrai muito os millennials — declaro. — Você traz uma aura de frescor para eles.

— Bem, é bom saber. — Owen ri. — Ouviu, Mill? Esse coroa atrai muito os millennials.

Alguns membros da equipe riem, mas também estão digitando no iPad e no notebook, fazendo anotações e reunindo dados. Já começaram a rastrear possibilidades antes de eu precisar pedir.

— Vamos convidá-los — sugere Kimba, seus olhos castanhos reluzindo de empolgação. — Estudantes, organizadores comunitários, influencers do Instagram, líderes de grupos marginalizados, todos eles.

— Isso! — concordo. Kimba e eu praticamente compartilhamos um cérebro, então vejo que rumo isso pode tomar. — Caravanas de ônibus.

— De carro, de trem — emenda ela. — Vamos enviar agora convites para lideranças universitárias, pessoas que se voluntariaram para campanhas, todos figuras-chave nessas categorias cruciais. Não vamos deixá-los com a cara grudada na janela.

— Beleza — digo. — Vamos abrir a porta. Verdade, eu tenho uma casa grande, mas é *sua* casa também. Pelo menos hoje à noite.

Todos riem de novo, e a breve tensão que tinha se infiltrado na sala some completamente. Começo a caminhar, meu cérebro como uma colmeia, cada ideia desencadeando outra até que eu fique zumbindo de pensamentos e não consiga pronunciar as palavras rápido o suficiente.

— Não só uma festa para celebrar o Ano-Novo — afirmo, a voz subindo —, e sim uma era nova!

— Uma festa de véspera de uma nova era. — Kimba ri, batendo na minha mão. — Uauuu! Agora a gente está progredindo, meu bem.

Continuamos a debater ideias e designar elementos para serem colocados em prática. Passa mais uma hora antes de acabarmos, mas me sinto bem melhor com essa festa que vamos dar.

— Tem planos para o dia de Ação de Graças, Lennix? — pergunta Millicent, juntando os restos do jantar enquanto a equipe se prepara para sair.

— Lennix não comemora o dia de Ação de Graças — diz Maxim da outra ponta da mesa, em voz baixa. Ele ergue o olhar do iPad para mim. — A não ser que isso tenha mudado.

Nós nos encaramos por tanto tempo que sinto as outras pessoas percebendo.

— Não, não comemoro.

O dia de Ação de Graças é uma dessas *tradições* norte-americanas que têm origens problemáticas para os indígenas.

— Não me incomoda que outras pessoas comemorem — digo, dando de ombros. — Até alguns do meu povo comemoram. Está tudo bem. Eu só não participo. — Sorrio para aliviar o clima e minhas palavras. — Mas sempre vou ver minha família. Meu pai e eu pedimos pizza, assistimos aos desfiles e a jogos chatos de futebol americano.

Todo mundo ri e em seguida vão embora. Ainda estou processando Maxim saber que não comemoro o dia de Ação de Graças. Devo ter esquecido que conversamos sobre isso. Achei que me lembrasse de tudo daquela semana.

— Maxim, Lennix — chama Owen. — Vocês dois podem esperar um minuto?

Maxim olha para o relógio Richard Mille em seu pulso.

— Posso te dar vinte segundos. Jin Lei está no carro lá embaixo e tenho um voo para pegar.

— Vai sair de DC? — pergunto antes que consiga controlar a droga da língua.

Maxim congela no meio do ato de vestir a jaqueta de couro e me olha, com uma sobrancelha erguida.

— Bem — digo, apressada. — Só perguntei em caso de precisarmos de algo ou termos dúvidas.

Ele veste a jaqueta e pega o iPad na mesa.

— Kimba tem meu itinerário e sabe como entrar em contato comigo.

Uma das minhas condições. Ele não diz isso, mas a verdade silenciosa viaja por toda a mesa.

— Sim, tenho falado com Jin Lei — afirma Kimba, sorrindo. — Sei como te achar.

Ele sorri de volta com uma tranquilidade que não existe mais entre nós. Não fez nenhuma tentativa de me procurar. Tudo que eu soube de Maxim veio de Kimba ou das colunas de fofoca. Parece haver notícias dele no circuito social de DC toda noite. A mais nova fofoca o envolve beijando a filha de um embaixador russo. Tenho tentado me convencer a semana inteira de que não me importo. Afinal, ele acha que estou com Wallace. Talvez tenha decidido desistir?

*E eu não deveria ficar feliz por ele ter decidido isso?*

— Bem, minha mãe começou a cozinhar o jantar de Ação de Graças — informa Kimba, esfregando a barriga. — Já estou sentindo o cheiro de peru e molho.

— Ahh, e vagem no forno — geme Howard.

— Macarrão com queijo — rebate Kimba enquanto saem da sala de reuniões.

— Vou dar uma olhada nos gêmeos — avisa Millicent. Ela para na porta e se vira para mim. — Obrigada por não se intimidar na reunião, Lennix. Algumas pessoas puxam meu saco por causa do meu marido.

— Primeiro, se eu puxar seu saco — digo —, vai ser por causa de quem *você* é, não seu marido. E, segundo, não tenho vocação para puxar nada.

Trocamos sorrisos lentos e genuínos. Ela assente e sai da sala.

— E aí, irmão? — pergunta Maxim. — Tenho um avião para pegar.

— Aonde vai? — pergunta Owen, franzindo a testa um pouco.

— Berlim, Praga, Estocolmo — responde Maxim. — E depois fica tudo confuso e você vai ter que perguntar a Jin Lei.

— Quando volta para os Estados Unidos? Vai estar em casa no Natal? O rosto de Maxim se desfaz.

— Você já sabe a resposta, Owen. Vou garantir que os gêmeos recebam os presentes e…

— E sua mãe? — demanda Owen. — Quando vai vê-la?

— Vejo minha mãe mais do que nunca — rebate Maxim. — Só não com ele. Ele não quer me ver.

— E ele diz que você não quer vê-lo. — O rosto de Owen é uma mistura de exasperação e frustração. — Vocês dois são os mais…

— Meu voo, Owen — corta Maxim. — Eu já ajustei tudo para sua campanha. O mínimo que pode fazer é não me encher o saco quando eu precisar voltar para minha vida de vez em quando.

— Sabe que não é isso… — Owen respira fundo. — Enfim, tá bom. Faça o que precisa fazer, mas estaremos na casa da mãe e do pai. Nossos filhos precisam conhecer os avós e o tio.

Maxim continua em silêncio, imóvel, com os músculos do corpo aparentemente retesados. Owen por fim assente e cruza as mãos na mesa. Eu me sinto uma intrusa testemunhando essa discórdia familiar. Eu me pergunto se esqueceram que estou aqui, mas então Owen dirige a atenção para mim.

— Meu pai vai estar presente quando eu anunciar o comitê eleitoral.

Suas palavras não dão espaço para debate, e não discuto.

— Sim, senhor — respondo. — Eu esperava isso, mas torço para que você não queira que ele discurse ou...

— Não, nada disso. — Owen franze a testa. — Ele não quer isso. Na verdade, ele se manteve bem afastado de tudo. Talvez tenha medo de te espantar caso se envolva, Max.

— Foi esperto — entoa Maxim. — Vai dar tudo certo.

Millicent passa a cabeça pela porta, segurando o celular no peito.

— Desculpe, mas posso te roubar por um segundo, Owen? As crianças querem dar boa-noite.

— Claro.

Owen se levanta e sai da sala, já com o sorriso reservado apenas para as três pessoas que vivem sob seu teto.

As paredes se fecham assim que fico sozinha com Maxim. O ar palpita como fumaça preenchendo meus pulmões, me sufocando. Eu me permito respirar rápido, em inspirações curtas, para que o cheiro dele não domine meus sentidos. Pego a bolsa e vou para porta, decidindo nem falar nada. No batente, porém, a curiosidade leva a melhor e me viro para ele.

Seus olhos estão esperando por mim, intensos e famintos. Lobo completo. A emoção crua em seu rosto rouba meu fôlego, meus pensamentos e minhas palavras por um instante. É familiar. Essa expressão pairou sobre mim enquanto ele penetrava meu corpo com sensualidade dominante, mas está diferente nessa versão madura dele. Está ainda mais perigosa, mais atraente.

Pigarreio, precisando quebrar a tensão que cintila entre nós.

— Quando te contei que não comemoro o dia de Ação de Graças?

Ele franze a testa e curva os cantos dos lábios cheios e firmes.

— Na noite em Vuurtoreneiland.

— Sério? Não lembro. Acho que falamos de muita coisa naquela noite.

A memória volta para mim de repente. Nós dois apoiados na mesa, nos aproximando, nos esticando para ouvir a voz do outro, como arqueólogos escavando a cabeça, procurando por respostas. Eu quis tanto engarrafar esses momentos, não perder uma palavra do que ele dissesse…

— Não acredito que esqueci que te contei — digo, me apoiando no batente.

— Foi uma noite ótima. — Ele ri e se senta na beira da mesa. — Acho que nós dois estávamos a mil por hora e, no fim do jantar, eu estava muito ansioso para sair dali.

Meu rosto esquenta com a lembrança de nossa partida apressada. Não conseguíamos parar de tocar um no outro na barca de volta à cidade. Confessei minha virgindade sob a luz do luar e corremos pelas ruas para chegar à casa dele. Tudo que aconteceu quando chegamos retorna, e me vejo de novo, espalhada em sua cama, me oferecendo a ele.

— Uma ótima noite mesmo — repete, capturando meu olhar. — Penso nela o tempo todo.

*Eu também.*

É um sussurro velado chamuscando meu coração com sua fumaça quente e seu sentimento secreto. Procuro minha raiva, meu ressentimento — qualquer coisa ainda oculta por causa das coisas que ele não me contou naquela semana —, mas só consigo lembrar das coisas que contou. E o tempo dobra em si mesmo, misturando Kingsman, o jovem aventureiro com a cabeça cheia de sonhos, e Cade, o homem inacreditavelmente bem-sucedido à minha frente, que deu vida às ideias do jovem. Quando paro para pensar, não são dois homens muito diferentes. Nem um pouco diferentes. O que tivemos naquela semana, naquela noite, foi verdadeiro. Acho que queria fugir disso porque as consequências de perdoar Maxim, recebê-lo de volta à minha vida…

— É melhor você pegar o voo — aviso, me virando para sair.

— Nix — chama ele de atrás de mim, a voz se aproximando. — Tenho te dado espaço, mas não desisti. Decidi usar uma tática diferente.

Paro, mas não me viro.

— E que tática é essa?

— Deixar que você sinta saudade de mim — responde, suave. — Deixar que lembre como éramos juntos. Está funcionando?

*Todo santo dia.*

Todo santo dia alguma lembrança de nosso tempo juntos perturba minha paz de espírito, mas não vou lhe contar isso.

— Estou tentando respeitar seus desejos. — Ele para na minha frente para ficarmos cara a cara. — Respeitar sua decisão e seu… — Ele retorce os lábios. — Seu relacionamento, mas falei que voltaria quando fosse a hora certa. Acho que essa hora é agora. Amo meu irmão, e o apoiaria na candidatura, mas não moraria na cidade por ele.

Ele passa o nó dos dedos na minha bochecha e afasta meu cabelo.

— Não estou aqui por Owen, Nix. Estou aqui por você.

— Maxim — digo, com a respiração presa na garganta. — Acho que não…

— O que tenho que fazer? — pergunta ele, se inclinando para alinhar nossa boca, para que a pergunta espere nos meus lábios por uma resposta. — O que um homem como eu, acostumado a ter tudo que quer, faz quando a mulher que ele quer mais do que tudo não o perdoa por um erro de quando ele era estúpido e jovem e não soube agir melhor?

Fecho os olhos contra a urgência em seu olhar verde-escuro, uma floresta em que me perderia. Meu peito está pesado como se eu estivesse correndo, mas o único esforço é ficar longe de seus braços, não me jogar em cima dele e o beijar como se fizesse dez anos que tive algo tão bom quanto o que tivemos. Uso todas as minhas forças para permanecer imóvel, muda.

Quero contar que não tem nenhum relacionamento para ser respeitado, que não tem nada para perdoar. Mas, se eu disser qualquer uma dessas coisas, não vai haver barreira entre nós — nada afastando o lobo da minha porta. E se ele entrar...

Com passos velozes, escapo para o elevador, entro e pressiono o botão de fechar as portas. É provável que eu só vá vê-lo de novo no anúncio. Quando ergo o olhar, ele está parado, a frustração evidente em seu rosto.

— Boas festas, doutor — desejo quando as portas se fecham.

# 44
# LENNIX

— Feliz Natal, mamãe.

É o que digo todo ano aqui neste lugar onde sussurrei seu nome. Não é muito, mas é o que tenho. Sem corpo e sem túmulo. Uma história sem fim. Só torço para que ela tenha encontrado paz, porque não sei se vou conseguir um dia.

— Descanse em paz, Liana — diz meu pai, o olhar sério e cabisbaixo.

Quase esqueci que ele estava ao meu lado, de tanto que me entreguei à minha tristeza. Ele vem todo ano, embora eu não o chame há muito tempo. Eles nunca se casaram e não estavam juntos quando ela morreu.

A culpa me apunhala.

— Pai, você não precisa continuar vindo. — Pego sua mão e a aperto. — Você deveria estar em casa com Bethany. Eu podia ter vindo sozinha.

— Bethany está bem — comenta ele sobre a professora de inglês com quem se casou depois de alguns anos de namoro. — É só uma hora, e ela entende.

Ela é bem legal. Desde que entrou na vida do meu pai, o Natal se tornou festivo de novo com árvores iluminadas e mesas arrumadas.

— Além disso, Liana foi uma mulher que merece ser lembrada.

Assinto. Ela foi mesmo. Uma guerreira. De coragem e princípios.

— Você parece tanto com ela — declara meu pai, com um sorriso gentil curvando os lábios mesmo que seu olhar esteja no céu, não em mim. — Ela teria orgulho de você, de como lutou para proteger este lugar.

— E fracassei — murmuro, a infelicidade queimando meus olhos. — Não consegui salvar...

*Minha mãe. A terra. Tammara.* Perdas demais para nomear. Fico cansada. Encaro a extensão suave de terra seca, a trilha do gasoduto que a atravessa como uma cicatriz, fechada, mas grosseira.

— Não pode salvar todo mundo, Lenn — diz meu pai, deslizando um braço a minha volta e me apertando. — Mas você é filha da sua mãe, então sei que sempre vai tentar.

Assinto em seu ombro, lágrimas ardendo meus olhos.

— Só prometa que vai parar de lutar por todo mundo o tempo todo para encontrar algo para você — pede meu pai. — Liana nunca fez isso, mas você pode.

Ele tem razão. Em geral, parece que todas as coisas que mais desejo são para outras pessoas.

*Nem tudo*, a droga daquela voz me relembra.

Fecho os olhos com força contra as imagens que inundam minha mente — imagens de mim e Maxim. Meu desejo por ele era um ser vivo que atormentou, gritou e exigiu coisas para si, agarrou o que queria. Agarrou-o do jeito que ele veio. Desejou-o sem barreiras, mesmo que doesse.

Mas, então, *de fato* doeu, e eu fugi.

A terra desértica zomba de mim, um caixão aberto que não contém nada mais do que um sussurro e minha dor. Nossa, muita dor. Uma dor que não sei se consigo suportar de novo.

Mena diz que eu me afasto para que nunca precise sentir isso mais uma vez — nunca precise perder algo assim de novo. Será que não ter alguém para perder significa não ter ninguém... nunca?

# 45
# MAXIM

— E então Lennix disse "Boas festas"... — Pauso para enfatizar: — "Doutor".

David e Grim não parecem impressionados por esse arremate. Na verdade, parecem um pouco desinteressados.

— Vocês pegaram o significado disso, não é? — indago. — Lembra que contei que ela me chamava de...

— Doutor Quixote — ambos completam, monótonos, com os braços cruzados.

Estão jogados no sofá modular luxuoso que ocupa um quarto da sala. Estamos na minha casa, no meio das encostas de Aspen. Nenhum deles tem família próxima, e a minha... Bem, é claramente complicada.

— Nem sempre. Na maior parte, ela me chamava só de doutor, mas teve a vez que fomos...

— Andar de bicicleta — dizem juntos de novo, a impaciência surgindo em suas vozes.

— Contei isso para vocês? — Fico confuso. — Dos moinhos quando fomos pedalar em Amsterdã?

— Cacete — grunhe David, passando a mão no cabelo. — Não sei você, Grim, mas se ele disser "Amsterdã" mais uma vez...

— Pois é. — Grim pega a gemada bem batizada que meu cozinheiro aperfeiçoou durante os anos. — Vou dar um jeito de arrancar minha orelha.

— Boa. — David ri e bate a xícara na de Grim. — Mas, Max, você disse que Kimba é seu contato principal para a campanha, certo? Ela ainda tem a bunda perfeita? Ela perguntou de mim? Sabe, ela e eu também tivemos uma ótima semana na cidade que não deve ser nomeada.

— Sério? — Grim se vira para ele, de sobrancelhas erguidas. — Você trepou com ela?

— Cara... — David fecha os olhos e joga a cabeça para trás nas almofadas. — Está no meu top dez de melhores sexos de todos os tempos.

— Top dez? — Grim realmente parece impressionado. — Nossa.

— Licença — interrompo. — Mas eu estava tentando pedir conselho a vocês.

— Ainda estamos falando de você? — David franze a testa. — Não queria dizer, cara, mas Kimba e eu também curtimos uma semana, e você não me ouve tagarelar sobre isso sem parar.

— Porque não significou absolutamente nada para nenhum de vocês. Ela pediu na rua que eu lhe desse tchau e me falou que não significou nada.

David dá um sorriso de lado.

— Mas aposto que ela lembra do meu pau com carinho.

Ele e Grim batem os punhos, e suas risadas obscenas ecoam pela sala.

— Eu estava tentando perguntar se deveria ligar para Lennix — continuo. — Ela não me chamava de doutor desde que voltei. Caramba, ela mal tem olhado na minha cara.

Pela janela que vai do chão ao teto, contemplo as montanhas. Terrenos vizinhos brilham com luzes natalinas, e a lua está baixa no céu, como um enfeite do tamanho da Terra, iluminando montanhas de neve elevadas. É um cenário de cartão-postal festivo, mas não dá a sensação de Natal. Não de verdade.

Conversei com Owen, Millie e as crianças ontem antes de saírem para a casa dos meus pais em Dallas. As crianças amaram os presentes que mandei, e eu ouvi suas risadas agudas e o cocker spaniel latindo ao fundo. O que me lembrou dos Natais quando éramos criança, de mim e Owen correndo para o térreo um minuto depois da meia-noite e rasgando os presentes. Minha mãe e meu pai acordavam conosco para assistir.

Tive uma infância fantástica. Consigo reconhecer isso agora. Não pela razão que as pessoas presumiriam, por todo o dinheiro, mas sim pela minha família. Acho que bloqueei parte disso para que o afastamento do meu pai não doesse tanto, mas, hoje à noite, eu sinto. Meu pai era mais ocupado do que eu compreendia na época, mas o peguei uma vez colocando nossas bicicletas debaixo da árvore para estarem lá quando acordássemos. Ele ficou parado com minha mãe, de roupão e olhos embaçados, sorrindo enquanto nós pedalávamos nos corredores.

Sinto saudade dos meus pais. Do meu pai. Não me permito reconhecer isso na maioria dos dias. A hostilidade se calcificou entre nós, se tornou óssea, e pode ser doloroso rompê-la.

— Se não ligar — diz Grim, me tirando das manhãs de Natal passadas —, só vai continuar pensando nisso.

— E, Deus nos acuda, *falando* disso — emenda David. — Então liga.

Droga, eles estão certos. Vou para a varanda em frente a montanhas peroladas. Digito o número, esperando enquanto o frio penetra meu suéter grosso.

— Maxim! — exclama minha mãe, a voz falhando ao dizer meu nome.

Talvez eu seja covarde. Esse foi o telefonema mais fácil de fazer.

— Mãe, oi.

— Eu estava torcendo para você ligar. Pretendia ligar para você daqui a pouco, então...

Um silêncio carregado de emoção surge entre nós.

— É bom ouvir sua voz — digo, forçando um tom mais leve. — Essas crianças do Owen já enlouqueceram a senhora? São os monstrinhos mais barulhentos que já conheci. Eles me deixam doido em DC.

— Aposto que, se sobrevivi aos meus próprios monstrinhos Kingsman — responde, com a voz calorosa —, sobrevivo aos do Owen.

Não penso nisso há anos, em como ela corria atrás de nós pela casa gritando: "Estou procurando os homens do rei!".

— Fico muito feliz por você estar com Owen durante a candidatura — continua ela. — Ele precisa de alguém em quem possa confiar, e política é um jogo sujo.

— Um que ele joga há dez anos — lembro a ela, seco.

— Sim, mas esse nível é outro. Requer até mais impiedade. — Ela pausa para rir. — E nós dois sabemos que você é dez vezes mais implacável do que seu irmão.

— Não sei bem como me sentir com isso, mãe. Valeu?

— Você puxou ao seu pai — declara ela, com humor e carinho na voz. — Os dois jogam sujo quando precisam. Estou contente por Owen ter seu apoio. Cuida do seu irmão, filho.

Deveria ser um pedido estranho, já que sou mais novo, mas ela está certa. Owen tem um coração de ouro, e sempre fui o guerreiro de nós dois.

— Eu vou, mãe — prometo. — Estou com ele.

— Você, hum... gostaria de falar com seu pai? — pergunta ela, tentando manter a voz normal.

Tento me manter normal também, como se meu pai e eu conversássemos todo dia e não de dois em dois anos.

— Claro.

É Natal, afinal.

— Tá bom — responde ela, claramente feliz e aliviada. — Deixe-me chamá-lo. Te amo, Maxim.

— Também te amo, mãe.

— Maxim. — A voz profunda do meu pai troveja no celular, o que me leva de volta para os dias ensolarados, afundados até a coxa na água, e ele gritando para o rio enquanto jogamos o anzol de pesca.

— Pai — respondo, mantendo a voz calma. — Feliz Natal.

Lembro que não sou mais aquele universitário que ele criticou por não ser implacável, nem dedicado o bastante. Nem aquele que se perguntou se o pai estava certo quando disse que nunca venceria sem a proteção do seu nome. Sou o homem que fugiu da sombra do pai e voou sozinho.

— Feliz Natal — responde meu pai. — Espero que esteja sendo bom para você.

— Sim, ótimo.

— Está em Aspen?

*Como é que meu pai sempre sabe onde estou?*

— Ah, estou. Com David e Grim.

— Passe nossos cumprimentos a eles. — Segue-se uma longa pausa que nenhum de nós parece saber como preencher antes que ele continue: — É bom que esteja em DC com Owen.

— É — respondo, me agarrando em algo que concordamos. — Acho que ele tem chances reais. Na verdade, de acordo com os números, é o que tem mais chance. Ele lidera em todas as pesquisas.

— Não confio em pesquisas e não confio naquela garota que ele botou para coordenar a campanha. Sob as roupas e a educação cara, é a mesma menina sem vergonha que tentou impedir meu gasoduto. E continua tentando impedi-los, um estorvinho.

Cerro os dentes para conter as palavras afiadas que quero gritar para ele.

— Ela é a melhor da área, pai — afirmo, minha voz tão rígida quanto um manequim. — Eles não a chamam de Criadora de Reis à toa.

— Você acha que não sei da sua paixãozinha por Lennix Hunter? — pergunta ele, um tom amargo em sua voz. — Esse seu pau um dia vai te levar a um lugar a que não precisa ir. Ah, calma. Já levou. Amsterdã, não foi?

Aperto o celular até eu achar que vai quebrar.

— Não se meta na minha vida, pai.

— Diga a *ela* para não se meter na minha.

— Sabe que não posso controlar Lennix. Toda vez que você tenta instalar um gasoduto em aldeias, ela vai para cima de você.

— Bem, é melhor ela torcer para eu nunca ir para cima dela.

Um bloco de gelo se solidifica no meu peito. Sei como as vinganças do meu pai funcionam. Carreiras arruinadas. Fortunas perdidas. Vidas despedaçadas.

— Deixe eu tornar algo bem claro para você, Warren — anuncio, com um estrondo baixo de raiva que mal reconheço como minha própria voz. — Acha que as coisas foram ruins entre nós nos últimos quinze anos? Toque nela e vou fazer o pior que você já fez parecer brincadeira de criança. Me entendeu?

Um silêncio enregelante se acumula por quilômetros, tão frio e densamente escuro quanto o inverno antártico. Neve começa a cair, flocos cristalinos enormes que pousam na minha mão e derretem antes que eu possa tocá-los ou apreciá-los.

— Você escolheria aquela vadiazinha em vez da sua família? — indaga meu pai, a voz tensa e furiosa.

— Escolheria ela em vez de você.

Ele responde bufando com desprezo.

— O único motivo pelo qual vou tolerá-la no anúncio é porque Owen parece acreditar que ela sabe o que faz e não me escuta quando digo para ele dispensá-la.

— Não quero te ver nem a três metros dela no Ano-Novo.

— Você nunca vai me ver a três metros dela se depender de mim — responde ele, cheio de raiva. — Tchau, Maxim, e feliz Natal.

A ligação morre do mesmo jeito que qualquer afeto que achei ter guardado por ele. Toda vez que penso ser possível consertar tudo que deu errado entre nós, meu pai faz algo para me relembrar por que me afastei para começo de conversa.

Não foi assim que imaginei o Natal. Em algum lugar no fundo de minha mente, pensei que Lennix e eu teríamos resolvido as coisas a essa altura. Ela disse que em todo Natal vai até o local onde sussurrou o nome da mãe e a deixou descansar de alguma forma. Ela provavelmente vê o gasoduto da Cade Energy e se lembra de todos os motivos pelos quais não confia em mim. Meu pai. A empresa da minha família. Minhas mentiras.

Não posso consertar nem mudar nenhuma dessas coisas. Como a magoei e a enganei está no passado; mas, de pé aqui no frio sozinho sob uma lua natalina e o cair da neve, imagino se algum dia vamos encontrar nosso caminho para o futuro.

# 46

# LENNIX

— Está tudo incrível, Mill — observo. — E a casa está linda.

Um exército de garçons circula pelo cômodo carregando bandejas cheias de champanhe. Luzes natalinas cintilam no teto e em volta do corrimão da escada. Os galhos da árvore enorme no canto se esticam até o teto, a decoração alegre aumentando a atmosfera festiva.

— Ainda mais linda com todos os estudantes aqui. — Millicent analisa o lugar, cheio de rostos de vários líderes jovens de todo o país. — Foi uma ideia muito boa. Todo mundo está empolgado, mesmo que não saibam o que está por vir.

— Com certeza alguns suspeitam. CNN, MSNBC, Fox, todo veículo midiático grande está nesta festa. Sabem que não seriam chamados aqui só para brindar o novo ano.

— Depois de hoje à noite, tudo muda, não é? — Seus olhos azuis encontram os meus, e estão sérios neste cenário festivo. — Quando ele tornar oficial, nossa vida vai mudar para sempre.

— Vamos só anunciar o comitê de avaliação hoje. Ele vai anunciar a candidatura em fevereiro, e aí começamos.

— Você não o teria aceitado se não achasse que ele pode ganhar — afirma ela, com um sorriso compreensivo. — Você aposta nos vencedores, não é?

Penso em todas as batalhas que perdi. Em todos os gasodutos que foram construídos mesmo assim. Em todos os jovens ainda definhando na prisão apesar de eu e Kimba nos esforçarmos muito.

— Nem sempre, não — respondo, olhando meu champanhe. — Só luto por aqueles que acho que deveriam ganhar.

— Ei — chama Kimba, aparecendo ao nosso lado. — A CNN quer uma entrevista depois.

— Licença, meninas. Preciso encontrar meus filhos — avisa Millicent, como despedida. — Vejo vocês daqui a pouquinho.

— Que horas querem fazer a entrevista? — pergunto a Kimba.

— Por volta de meia-noite, e você sabe que não faço essa palhaçada.

— Tá bom. — Rio e reviro os olhos. — Mas um dia você vai ser jogada nos holofotes, então é melhor se preparar.

— Se depender de mim, não. — Ela tira o iPad de debaixo do braço. — Então Owen começa o discurso às onze e meia. Ele faz o anúncio. A gente faz a contagem para meia-noite e depois a entrevista.

— Tá bom. Vou estar pronta.

Procuro Maxim na multidão. Ele tem cumprimentado os convidados a noite toda. Sei que é por Owen, mas ele admite livremente que tem seus próprios objetivos, os mesmos que tem defendido nos últimos anos: fazer este país desapegar dos combustíveis fósseis e direcionar nossos recursos para energia mais limpa e sustentável. É um homem determinado. É difícil lembrar a sensação de todo esse poder e intensidade focados em mim já que não me olhou a noite toda.

Ele está maravilhoso em um terno sob medida perfeito e uma camisa social. Há uma aparência devassa nas sobrancelhas e no cabelo escuros, na curva sensual da sua boca e no brilho animalesco e malicioso de seus olhos.

— Quem convidou a russa? — indaga Kimba.

Desvio a atenção de Maxim para a mulher ao seu lado. É a filha do embaixador russo. A que o beijou. Ele está rindo para ela, com expressão de carinho. Ela segura seu rosto, o gesto familiar e íntimo. Minha respiração fica presa na garganta pela minha irritação. Um espinhozinho afiado cutuca meu coração, mas, antes que a dor tenha tempo de criar raízes,

Maxim afasta a mão e balança a cabeça. Seu sorriso é gentil, mas é uma dispensa firme que me tranquiliza. Ele disse que nunca houve alguém como eu. Acredito nele porque, para mim, nunca houve alguém como ele.

Meu pai me mandou querer algo, tomar algo para mim.

Quero Maxim. Será que o tomo esta noite? Depois de esconder tanto *sobre* mim *de* mim mesma, de mentir para mim mesma, posso contar a ele a verdade?

— Estamos a trinta minutos do anúncio — avisa Kimba, o rosto assumindo um tom sério.

— Vou ver Owen. Acho que ele subiu para revisar o discurso.

Com um último olhar para Maxim, agora rindo com um deputado da Carolina do Norte, disparo para a escada em direção ao quarto de hóspedes onde supostamente Owen está. Os dois homens que sempre o acompanham estão na frente da porta, com expressões imperturbáveis idênticas. Avanço pelo corredor, ansiosa para garantir que ele esteja pronto para o maior discurso da sua vida até hoje. Ele tem um escritor de discursos excelente, mas escreveu a maior parte sozinho. Maxim, Kimba e eu analisamos e demos sugestões. O discurso está carregado em um teleprompter que trouxemos, então ele deve estar preparado, mas quero garantir. Ergo o punho para bater, mas a porta se abre antes que eu tenha chance.

Preenchendo o batente está o homem que é quase a réplica física, embora mais velha, de Maxim. Estreitamos os olhos e enrijecemos os ombros ao mesmo tempo, as únicas coisas em nós em sincronia. Ele fecha a porta.

— Senhorita Hunter — diz Warren Cade, com a fala arrastada. — Me perguntei se ia aparecer.

Ele não queria que eu aparecesse, se seu olhar desdenhoso for alguma indicação do que ele sente por mim.

— Eu estava por perto — explico, mantendo a voz o mais neutra possível. — Muita coisa depende de hoje. Todos queremos que Owen se saia bem.

Qualquer educação fingida se desintegra de seu rosto.

— É melhor você não estragar nada para meu garoto.

— Quero que Owen ganhe. Estou disposta a deixar de lado nossas diferenças pessoais por tempo o bastante para eleger seu filho, porque acredito que ele vai guiar este país em uma direção que beneficia os mais vulneráveis entre nós.

— A senhorita se preocupa tanto com os mais vulneráveis, mas, toda vez que olho, está se envolvendo com homens extremamente poderosos, especificamente meus filhos. Por quê, srta. Hunter? Acho que tem tanta fome de poder como os que alega odiar.

— Seus filhos vieram até mim, não foi o contrário. Não quero poder. Quero o que foi prometido ao meu povo há séculos. Quero só que o que é nosso continue nosso. É o senhor quem está sempre colecionando coisas que não são suas como se já não tivesse o suficiente.

— Suficiente? — Sua risada é sombria e se retorce entre nós. — O que é esse conceito de *suficiente*? Soa totalmente antiamericano. O suficiente não se alcança. Pergunte ao meu filho se ele alguma vez consegue o suficiente. — Ele se curva para olhar diretamente nos meus olhos. — Não Owen. O outro. Maxim é igualzinho a mim. Sabe disso, certo? Debaixo daquela baboseira verde de Greenpeace, ele é tão impiedoso e insaciável quanto eu, embora não goste de admitir. Você acha que umazinha qualquer da aldeia vai ser o suficiente para ele?

Não ser suficiente para Maxim? Para o homem que se colocou entre mim e uma matilha de cães antes de sequer saber meu nome? Não sou o suficiente para o homem que me acordou dos meus pesadelos e me abraçou a noite toda? O homem que implorou por meu perdão, admitiu que errou e voltou por mim... do jeito que disse que iria?

— Você odeia, não é? — indago, a voz baixa e tensa. — O fato de que eu sou a pessoa que ele quer?

Seu sorriso confiante estremece, se esvai.

— Você o conhece tão bem — digo. — Não Owen. *O outro*.

Dou um passo ousado para mais perto de modo que minhas palavras saiam mais próximas.

— Você conhece Maxim bem o suficiente para ver que ele não voltou por Owen. Voltou por mim.

— Está errada — rebate Warren, com uma calma negada pelo brilho duro de seus olhos.

— Estou? Nossa, deve ser irritante seu filho querer... como você disse? Umazinha qualquer da aldeia? A garota que não te suporta e entra toda vez no seu caminho?

— É melhor tomar cuidado — alerta Warren, em ameaça.

— Ou o quê? Vai destruir minha carreira? Ir atrás dos meus amigos? Da minha família? Você não me assusta. — Rio diante de uma constatação repentina. — Eu assusto você. Porque sabe que, se me machucar, Maxim nunca vai perdoá-lo.

— Que ridículo.

Ele bufa uma risada, mas vejo algo em seus olhos, a mesma coisa que Maxim não quer que eu veja nos dele. Desejo. Ele deseja uma relação com o filho do mesmo jeito que Maxim deseja com ele. Ele sente saudade de Maxim, mas não pode tê-lo.

*E eu posso.*

— Sei seu segredo, sr. Cade. — Fico na ponta dos pés e sussurro em seu ouvido. — Você ama mais o Maxim.

Quando me afasto, uma veia divide sua testa como um raio. A raiva o envolve, ciclônica e poderosa. Se as próprias palavras de Maxim não me convenceram do quanto ele gosta de mim, a reação de seu pai convenceu.

— Agora, se o senhor me der licença — digo, mantendo a voz baixa —, seu outro filho precisa de mim.

Abro a porta, entro no quarto e a fecho na cara de Warren Cade. Respiro profundamente para me acalmar e clarear minha mente do encontro desagradável antes de me aproximar de Owen. Ele está sentado na cama, o iPad do lado, e aparenta estar perfeitamente calmo. Ele nasceu para isso. Não só vai bem nas pesquisas; ele é um bom homem. Vai ser bom para nosso país. Vai nos unir, mas ainda assim ser intransigente pelo povo que merece defesa.

— Está pronto?

— O máximo possível.

Seu sorriso está um pouco cansado, mas já o vi em ação o bastante para saber que, quando as luzes acenderem, ele também se acende. Ele vai trazer a energia de que precisamos.

— Hoje já é um grande sucesso, e seu anúncio vai coroar isso do melhor jeito possível. Depois é todo um novo esquema, para o qual estamos prontos.

Owen assente, sorri, mas há uma sobriedade em sua expressão.

— Tem certeza de que está bem, Owen?

Toco seu ombro e franzo a testa.

— Estou, sim. — Seu sorriso é feito para me tranquilizar. — É uma tremenda responsabilidade, venho me preparando para isso a vida toda, mas hoje é mais real do que nunca. Já vi como o poder corrompe, e não quero chegar a esse ponto em hipótese alguma. Entende?

Ainda sentindo a ferida das farpas de seu pai, realmente conheço a sensação e a aparência do poder usado incorretamente.

— O fato de você sequer pensar nisso significa que não vai chegar a esse ponto. Fique firme nessa convicção e se rodeie de pessoas que não vão deixá-lo escapar.

— Estou feliz por ter me rodeado de você e Kimba. Podem me manter na linha?

— Nem precisa se preocupar com isso — afirmo com um sorriso.

A porta abre, e Millicent e os gêmeos aparecem.

— Desculpe interromper — diz ela.

— Nada, estávamos acabando. — Olho para Owen. — Kimba, eu e toda a equipe estamos aqui por você. Avise se precisar de qualquer coisa. Temos uns dez minutos antes de você assumir o palco.

Quando volto ao salão, verifico com o produtor se as câmeras estão posicionadas e prontas para gravarem o anúncio de Owen. Vamos transmitir nas redes sociais ao vivo.

Ergo o olhar e encontro os olhos de Maxim fixos nos meus. É uma noite fria em São Francisco, só que, quando nossos olhares se conectam, um sopro de calor cobre meu corpo todo. Seus olhos deixam os meus para descerem: para meus seios, quadris, coxas, até os pés. Ele não se apressa subindo de volta por cada reentrância e curva até fitar meus olhos de novo. Não assinto, nem sorrio, mas não consigo tirar os olhos dele.

Ele emana poder: o poder físico dos músculos e do corpo forte suavizados pela roupa cara, feita para moldar sua forma. Ele carrega uma aura magnética que atrai senadores, deputados, embaixadores — todos querem um pedaço dele por causa da riqueza que adquiriu e da influência que exerce. Há o poder de sua mente, dessa ferramenta afiada que ele amolou para construir um império do zero, sem o auxílio do pai, por via de uma série de riscos pelos quais só um pirata passaria. E, por fim, há o poder que aparenta ter sobre mim: uma força visceral, pessoal, que sabe me provocar, que me fascina e me hipnotiza. Todos os outros, ele cultivou com cuidado, mas o poder que tem sobre mim, acho que não precisou de esforço.

Sua assistente puxa seu braço, chamando sua atenção, e eu uso a oportunidade para me mexer como se estivesse liberada de um transe.

— A maior noite da campanha até agora — murmuro sozinha —, e você fica babando pelo irmão do candidato.

Quando chega o momento, se torna óbvio que Owen foi feito para isso. Ele assume o palco, ao lado da esposa e dos filhos.

— Quero agradecer a todos vocês pela presença esta noite — declara com um sorriso que envolve o cômodo todo. — Tenho certeza de que havia uma dezena de lugares onde poderiam receber o novo ano, mas escolheram estar aqui comigo e minha família.

Ele se vira para a direita, onde agrupamos de forma estratégica a maioria dos líderes estudantis. Olho para os fundos da sala e chamo a atenção do produtor, sinalizando silenciosamente para ele garantir que peguemos todos aqueles rostos jovens ávidos na câmera, para as imagens de cobertura mais tarde. Ele assente e passa instruções pelo *headset*.

— E um obrigado especial a todos os jovens líderes que vieram de ônibus, de trem, em caravanas de todas as partes do país, para estar conosco hoje. — Owen gesticula para o grupo de estudantes que, como eu sabia que fariam, gritam ruidosamente como se Owen estivesse marcando um gol, e não fazendo um discurso político. — A energia, perspicácia e compaixão de vocês são o que vai assegurar nosso futuro. Só espero que nós, coroas, não o estraguemos demais antes de vocês chegarem nele.

Mais gritos, e Kimba e eu nos aproximamos para cochichar, identificando de quais deles será melhor pegar a reação depois do anúncio.

— Quando comecei no Senado, dez anos atrás, tinha a mesma energia e entusiasmo para fazer as coisas — afirma Owen, um sorriso triste curvando um canto da boca. — É fácil perder de vista os sonhos e tudo que nos motivou ao serviço público no início quando ficamos presos em burocracia e briga interna política. Estar perto de vocês me lembra por que é tão importante nós nunca pararmos de batalhar pelo melhor para nós e para este país. Muitos de vocês podem ter ouvido boatos da minha possível candidatura à corrida presidencial — continua ele, com uma risada. — Eu sei. Boatos em DC? Difícil acreditar. Estou confirmando hoje que formei um comitê de avaliação de viabilidade presidencial.

A sala explode e a energia dispara. Até os participantes mais solenes parecem ser afetados pelo entusiasmo jovem que os estudantes emitem.

— Se recebemos tanta energia assim com o anúncio do comitê — observa Kimba pelo canto da boca pintada —, imagina quando ele anunciar que vai concorrer mesmo.

Assinto, prestes a responder, quando noto Maxim apoiado na parede, me observando. Antes de perceber o que estou fazendo, dou um passo em sua direção.

— Lenn — chama Kimba, tirando minha atenção de Maxim e parando meus passos. — Mark quer você nos fundos.

Quando vou lá depressa e respondo às perguntas do produtor, Owen está finalizando o discurso.

— Então, pelos próximos meses — diz Owen —, minha equipe, minha família e eu continuaremos a explorar o campo e ver até onde essa coisa pode ir.

Os estudantes começam a entoar:

— ATÉ O FIM! ATÉ O FIM!

Owen sorri e ergue a mão para silenciar a multidão e finalizar.

— Tem muita coisa pela frente. Esperamos em breve saudar uma nova era na política nesta nossa grande nação. Mas, hoje, estamos saudando um novo ano. Peguem um copo de champanhe e achem aqueles de quem querem ficar perto. Volto em alguns minutos para fazer a contagem para outro ótimo ano. Obrigado mais uma vez por virem.

Procuro Maxim na multidão e o encontro ainda apoiado na parede com os braços cruzados, a filha do embaixador grudada ao seu lado como cola. Cerro os punhos, afundando as unhas na palma das mãos.

— Só encarar — diz Kimba ao meu lado — não vai ajudar em nada. Nem notei ela se aproximar, de tão concentrada neles.

— Como assim? — Desvio os olhos das duas pessoas glamourosas do outro lado do cômodo, ele um contraste escuro contra a alvura dela. — Não sei do que está falando.

— Qual é, Lenn! — exclama Kimba, com a voz, em geral prática, um pouco mais suave. — Sou sua amiga. Conversa comigo.

Por um momento, pretendo ignorar a simpatia sincera nos olhos da minha melhor amiga, aguentar e fingir que não estou no meio de alguma espécie de crise existencial, mas estou cansada de manter essa armadura no lugar. Está escorregando.

— Ele pediu outra chance — respondo depois de uma pausa. — Maxim disse que era jovem, estúpido e que cometeu um erro. Pediu para eu perdoá-lo.

Kimba assente lentamente, curvando a cabeça para fitar meus olhos abaixados.

— E você o perdoou?

Minha risada sai rápida e oca.

— Bem, sim. Acho que, em algum momento, perdoei.

— Graças a Deus. Eu ia te dar até o fim da campanha, e aí enfiar algum juízo em você.

— Não vai ser necessário. Pelo menos, acho que não. — Olho para onde ele está com a princesa russa. — Se ele ainda estiver interessado.

— Ah, ele está interessado. — Kimba segue meu olhar. — É um homem paciente.

— Não muito — digo, rindo. — Pelo contrário, mas está tentando.

— Então por que deixá-lo esperando? Fale com ele. Conte hoje.

Olho para o relógio.

— O brinde vai ser em dez minutos.

— A parte difícil acabou por ora. Owen vai voltar, fazer a contagem e então o brinde de Ano-Novo.

— E aí a entrevista da CNN — aviso.

Ela revira os olhos para o candelabro brilhante de Millie e solta um suspiro longo.

— Que se dane. Eu faço a entrevista.

Encosto a mão na sua testa.

— O que está fazendo? — pergunta ela, confusa.

— Vendo se está com febre.

Sua risada é afetuosa.

— É melhor você ir pegar aquele homem antes que eu mude de ideia.

— Tem certeza?

— Garota, o que eu disse?

— Obrigada. — Sorrio e a abraço. — Feliz Ano-Novo.

Respiro fundo e atravesso o cômodo até Maxim, ficando mais confiante a cada passo. Parece levar uma eternidade, mas enfim paro na sua frente. Ele ergue o rosto, a postura indolente, as mãos no bolso, mas os olhos estão aguçados e questionadores.

Não olho para a loira bonita ao seu lado, e me dirijo a ele diretamente.

— Como me livro dela? — indago, usando sua pergunta sobre Wallace naquele dia na cafeteria.

Ela solta uma exclamação e ri, me surpreendendo e me fazendo olhá-la. Ela é mesmo linda. Seus olhos castanhos estão achando graça, sem sinais de ofensa, e seu sorriso é natural e ofuscante.

Maxim inclina a cabeça, me observando.

— Katya, pode nos dar um minuto?

— Claro — responde Katya, com o sotaque forte e sexy. — Eu falei. Eu sabia o que estava fazendo.

Conversas continuam ao redor, mas nos encaramos por segundos que se tornam minutos.

— O que ela quis dizer? — pergunto enfim. — Quando disse que sabia o que estava fazendo?

Um sorrisinho curva seus lábios carnudos.

— Ela achou que eu deveria te deixar com ciúme.

— Por que ela… Como ela me conhece?

— Ela não conhece. — Ele dá de ombros casualmente. — Ela quis chupar meu pau, e eu disse não.

Cerro os dentes e engulo o nó doloroso na garganta.

— Por que disse não?

— Porque não quero ninguém chupando meu pau a não ser você.

Meus olhos saltam para os dele, e estão completamente sérios. Não há nenhum sinal de humor.

— Tem algum lugar onde podemos conversar? — pergunto.

— O jardim. — Ele acena com a cabeça para as portas duplas e largas. — Por aqui.

Assinto, e ele se afasta da parede, pega minha mão e me guia pelo cômodo até a porta. Espero que a multidão de corpos esconda nossas mãos dadas. Não preciso de boatos começando ou de perguntas tolas de jornalistas enxeridos entediados com a política e procurando outra coisa.

Quando saímos, somos engolidos por sombras. Ele é apenas uma silhueta intimidante. Eu reconheceria sua forma, seu cheiro em qualquer lugar, mas o que realmente sei deste homem me pedindo para confiar nele em uma nova aventura? Uma que não só arrisca algo dele, mas meu também?

*Meu coração.*

Ele me guia mais para dentro do jardim até que uma alta sebe de arbustos nos abrigue por todos os lados. Entramos em um tipo de labirinto e continuamos mais alguns metros até chegarmos a um banquinho de pedra. Ele se senta e se inclina para trás, apoiando o peso nas mãos esticadas sobre o banco e os braços retos.

— Fale comigo, Nix — pede, observando meu rosto com atenção sob a luz do luar. — Me diga o que está pensando.

Pisco para conter a umidade quente repentina nos meus olhos.

*Estou com medo.*

Quero contar que encaro cães raivosos, gás de pimenta e balas de borracha em um protesto. Faço discursos transmitidos para centenas de milhares de pessoas sem pensar duas vezes. Lidero uma equipe para eleger governadores e quem sabe um presidente. Mas a ideia de dar tanto de mim a ele — de novo — me assusta.

— Wallace e eu não estamos juntos. — Começo com a parte mais fácil das coisas que preciso dizer.

Maxim ergue as sobrancelhas, e um sorriso satisfeito se espalha pelo rosto bonito.

— Quando isso aconteceu?

— Ah, uns três meses depois que ficamos juntos. — Pauso para o impacto. — Quase dez anos atrás.

Seu sorriso desaparece.

— O quê? Mas você disse... você *mentiu* pra mim?

— Não exatamente — respondo, sem arrependimento na voz. — Fiz o que você fez. Deixei você acreditar o que queria sobre a verdade.

— Nunca fiz isso. Como assim?

— Eu realmente comecei a namorar com ele no ano em que me formei na faculdade. Só deixei de fora que durou apenas três meses.

— Vocês ainda parecem bastante próximos. Por que não deu certo?

— Somos melhores amigos. — Rio. — Você vai rir disso. Eu disse para ele que era como transar com meu primo postiço de criação.

Ele fica em silêncio enquanto dou uma risadinha.

— Você achou que eu ia rir de você transando com outro? — pergunta, com certa amargura na voz. — Não acho nem um pouco engraçado.

Minha risada leve se esvai em um silêncio tenso. Ele não esboça um sorriso.

— Você está sendo muito intenso agora, doutor.

— Achei que soubesse que fico muito intenso com qualquer coisa que envolva você. — Nossos olhares permanecem firmes sob a lua com apenas um ligeiro soar de copos e música distantes. — Eu já sabia que você tinha namorado Wallace antes, porque fiquei de olho em você durante os anos. Não de um modo esquisito.

— Tem um jeito não esquisito de vigiar alguém por dez anos?

— Tem, o jeito que usei.

— Se você diz — respondo com um sorrisinho. — Por que ficou de olho em mim desse modo não esquisito?

— Queria acompanhar sua carreira. Eu sabia que você se sairia bem, mas nem eu imaginei que você seria tão bem-sucedida tão rápido.

— Obrigada.

— E estava curioso para saber se você tinha se casado ou tido filhos, uma família. — Ele faz uma ligeira pausa e continua: — O que tive com você, nem cheguei perto de ter com outra pessoa, e foi apenas uma semana. Imagine se tivesse sido mais. Agora *pode* ser mais se você me der outra chance.

— Não sei, doutor.

Deixo as palavras morrerem, sem ter certeza se deveria retomá-las. Sei o que quero, que quero ele, mas o medo que escondi até de mim mesma ainda me faz hesitar.

— Me dá outra chance, Nix. É só o que peço.

— Só isso? — Quase engasgo com minha risada incrédula. — Você é um lobo em roupa de lobo. Você quer tudo.

— Tudo. — Sua concordância sai suave, mas seus olhos ficam rígidos como vidro. — Você não vai ter mais ninguém.

— Viu o que falei? Você vai ficar rosnando, todo possessivo e exigente.

— Claro que vou.

— Vai ficar todo *minha, minha, droga, minha* e...

— Só quando alguém precisar ser lembrado.

— Estou embarcando na campanha mais importante da minha vida, Maxim.

— Eu também, e não estou falando da do Owen.

— Doutor — grunho. — Talvez não seja o momento certo. Já está rápido demais.

— Rápido? Faz dez anos. — Ele estica a mão e acaricia meus lábios com o polegar. — Qualquer momento em que a gente resolva nossos problemas é o momento certo.

— Tem outra coisa que precisamos conversar. — Fixo o olhar nas botas caras aparecendo sob sua calça. — Wallace não foi a única coisa que usei para me esconder. Acho que me escondi atrás de suas mentiras.

— Como assim?

— Minha terapeuta tem uma teoria sobre mim. — Rio sem humor. — Ela tem várias, porque aparentemente sou um caso perdido.

Ele não ri, mas pega minha mão e me puxa um pouco para a frente, até eu ficar entre suas pernas. Não me afasto.

— Me conte essas teorias.

— Mena concorda com ela. Ela sempre diz: "Você pagou a uma desconhecida para te dizer o que eu disse anos atrás".

Ergo os olhos para os dele brevemente, mas a intensidade de seu olhar é demais, e volto a fitar o chão na hora.

— O que é? — pergunta ele.

— Ela disse que, quando minha mãe desapareceu, fechei parte de mim porque fiquei com medo de sentimentos. Medo de esperança. Eu me entendo melhor agora do que quando era mais nova. Não foi difícil me abster de sexo porque preciso de conexão emocional para intimidade física, e me permiti ter isso com bem pouca gente depois que minha mãe morreu.

— Entendo.

— Mas aí te encontrei de novo em Amsterdã. — Balanço a cabeça e aperto o nariz. — E foi como se alguém jogasse dinamite em uma barragem, e tudo que estava reprimido jorrou. Eu senti tudo. Mais do que jamais senti. Quando você disse que se afastaria, acho que lidei com essa ideia muito bem. — Uma risada rouca arranha minha garganta. — O que você não disse é que poderia quase morrer algumas vezes. Eu podia aguentar você se afastando bem mais do que isso.

Uma única lágrima desliza por meu rosto, e eu a seco.

— Odiei que você me fez ter esperança, me fez rezar de novo quando desapareceu. Ninguém conseguia chegar a você. Não sabíamos se estava morto ou vivo. E eu só…

Balanço a cabeça e respiro fundo, procurando força para continuar. Ele aperta minha mão, me incentivando silenciosamente. Estico a mão para seu cabelo, afastando-o para expor a cicatriz cinzenta onde antigamente havia pontos.

— Despejei todos os meus sentimentos em protestos, ativismo, estudos; essas coisas nunca me deixaram na mão. Nunca desapareceram.

— Mas eu, sim — responde ele, com compreensão em sua voz. — Eu desapareci.

— Desapareceu. — Tiro a mão de seu cabelo. — Você desapareceu, e eu criei, criei e criei esperanças do jeito que prometi a mim que não criaria. Achei que você ia morrer.

— Mas não morri — me lembra ele, o tom de voz se elevando. — Amor, não morri.

— Mas você nem tinha chegado em casa e já estava planejando ir para a droga da Amazônia e sabe lá Deus para onde. Você ama perigo.

— Não, não amo perigo — nega ele, a testa franzida com intensidade e combinando com a linha de suas sobrancelhas. — Amo conhecimento, e alguns mistérios precisam ser perseguidos. As maiores inovações, invenções e soluções não caem no nosso colo. Precisamos caçar algumas respostas.

— E elas valem a pena o risco, certo? Ouvi as entrevistas depois. Você é um caçador de adrenalina. É impulsivo. Não me restava esperança o suficiente para alguém como você, e não podia ter o coração partido assim de novo. — Cerro os olhos, mas a minha imagem sussurrando o nome de minha mãe no vento não some. — Não desse jeito. Não posso passar por isso de novo.

— E minha mentira foi a desculpa perfeita para você desistir de mim.

— Em retrospecto, acho que sim. — Passo a mão trêmula no cabelo. — E funcionou até você voltar e começar a exigir que eu sentisse de novo.

Ele agarra minhas pernas e me puxa para ainda mais dentro de suas coxas.

— A gente consegue fazer isso, Nix.

— Consegue? Vale a pena por alguém que mal conheço?

Ele joga a cabeça para trás.

— Mal conhece? Conheço você desde os seus 17 anos.

— Tecnicamente, sim, mas...

— Sei que sua cor favorita é azul-esverdeado — declara ele, apertando as mãos em mim. — Porque elas ficam melhores juntas.

Abaixo a cabeça, escondendo o sorriso.

— Sei que você queria ser uma palhaça — continua —, mas decidiu seguir o caminho mais convencional e ser uma astronauta.

Ele segura minha cintura com uma das mãos e ergue meu queixo com a outra, sustentando meu olhar quando o encaro.

— Sei que é a garota que persegue estrelas, Nix.

Sorrio e afasto uma mecha de cabelo escuro errante da sua testa. O humor se esvai de seus olhos, de sua expressão.

— Já vi o lugar onde você sussurrou o nome de sua mãe no vento — comenta, ligando nossos dedos, me abaixando, sem resistência, para sentar em seu colo.

Eu me aninho nele, enfiando a cabeça no forte declive do ombro com o pescoço.

— Sei que gosta de Bobby mais do que Jack — sussurro no seu ouvido. Seus braços apertam minhas costas, e uma risada estronda por ele. — Sei o local exato do primeiro moinho que comprou, Doutor Quixote.

— *Turbina eólica*, Nix. Não é um moinho.

— Que seja. Sei onde fica.

Minha risada morre, e eu pego seu braço e puxo a manga da camisa. Passo os dedos na pequena faixa de pele marcando seu antebraço.

— Sei que arranjou essa cicatriz protegendo uma garota que nem conhecia em uma briga que não era sua.

Abaixo a cabeça e beijo a pequena lembrança de como nos conhecemos.

— Sei que seu pai é o maior babaca e idiota que já conheci e que não o suporto — afirmo, esfriando o tom e depois descongelando os olhos aos poucos. — E sei que você ainda o ama e sente a falta dele.

Sombras lampejam em seus olhos, do mesmo tom de verde dos de Warren Cade. Ele encosta a testa na minha e segura minha cabeça, soltando um suspiro fundo. Mexe os dedos no meu cabelo, e sinto seus lábios na minha orelha, deixando beijos por meu pescoço.

— Então vou ter minha segunda chance? — pergunta.

Este labirinto é tão intricado quanto a nossa jornada, quanto nossas circunstâncias. O caminho tortuoso até este momento passa por terras sagradas transformadas em campo de batalha, por ruas de pedra e canais em Amsterdã, por tundras congeladas sob sóis da meia-noite. Pela capital da nossa nação. Todo passo me levou a sentar aqui no colo de Maxim, a deixá-lo espantar meus medos. Deixá-lo que me tente a uma segunda chance.

Ergo os cantos da boca, e meu coração se eleva. Me sinto mais leve do que jamais senti desde que ele veio para a cidade.

— Não sei — brinco. — Você não é o universitário simples que conheci antes. Tem a questão de todo o dinheiro que ganhou. Sabe o que dizem. Mais dinheiro, mais problemas.

— Posso doar boa parte, se ajudar. — Ele ri e passa o dedo por meu joelho nu sob o vestido.

— Você já é bastante coisa.

— Me lembro de você me aguentar muito bem — responde, rouco. — Era apertado, mas demos um jeito.

Eu me remexo em seu colo, minha risada ecoando pela rede de arbustos.

— Nossa, Nix. Se continuar se contorcendo assim, vamos descobrir agora mesmo se você ainda me aguenta. Estou morrendo aqui. Vamos ou não vamos fazer isso?

Eu me afasto o suficiente para fitar os olhos de pedra preciosas, me encarando com muita intensidade.

— Vamos.

A palavra mal sai da minha boca e seus lábios já estão nos meus. É um beijo de reivindicação. Sabia que seria. Declara que sou dele, e, com cada movimento reativo da minha língua, aceito seus termos e aviso que ele é meu também. Ele me vira para que minhas pernas fiquem de cada lado do corpo dele, e nosso peito, nivelado. Há um idioma entre as batidas do nosso coração para o qual não tenho a tradução: sem palavras, apenas uma união excepcional.

Eu me afasto e coloco a mão entre nossos lábios.

— Doutor, espera — digo, com um tom brincalhão quando olho para o relógio. — Não é meia-noite. A gente só deve se beijar à meia-noite.

— Que se dane — responde, inclinando-se para murmurar nos meus lábios. — Pode não ser meia-noite, mas está na porra da hora.

Finalmente chegou.

Sua fome é voraz, um consumo desenfreado que me devora. Alimento--o com choramingos, gemidos e prazer desesperado. Ele passa a mão por meu corpo, deliberadamente tomando posse de mim inteira, apertando minha bunda, apalpando meus seios por cima do vestido sem alça, beliscando meus mamilos, beijando meu pescoço e relembrando meu corpo de seu domínio. Ele desliza a mão entre nós, passa por baixo do vestido e dentro da minha calcinha, enfiando dois dedos dentro de mim.

— Doutor.

Inclino a cabeça para encostar minha testa na dele e começo a cavalgar sua mão.

Ele puxa meu vestido até que o ar frio da noite beije meus seios, e depois se curva para chupá-los um de cada vez, sem parar os movimentos entre minhas pernas.

— Vou gozar — ofego.

— Nós dois vamos — avisa, com a voz e o corpo rígidos. — Pretendo te comer bem aqui, agora mesmo.

— Doutor.

— Diz que não. — Ele se afasta para analisar meus olhos, verificando o que quero. — E não vamos.

Meu pai disse que eu deveria encontrar algo para mim. Bem, este homem é para mim. Na iminência do novo ano, ele é tudo que quero. Um futuro com ele, este *momento* com ele, é o que mais quero. Desafivelo e desabotoo seu cinto, abrindo sua calça.

— Tem certeza? — pergunta, com as pálpebras pesadas.

Na última vez que fizemos amor, a raiva permeava o ar, e chamei de erro quando acabamos. Não há dúvida na minha mente agora de que isso é o que quero.

— Tenho. — Ergo os joelhos no banco ao lado de suas pernas, me posicionando e me erguendo sobre ele. — Vamos ver se você ainda cabe.

Sob o vestido, ele coloca minha calcinha de lado e penetra. O ar sibila entre nossa boca. Suas mãos no meu quadril me mantêm imóvel quando começo a me mexer.

— Senti saudade disso — confessa ele, baixinho, e se mexe para beijar meu maxilar. — Saudade de você.

— Idem — respondo, sem fôlego, porque ele me preenche e me estica.

— Idem? — Ele ri e guia meu quadril de maneira ritmada. — Caramba, que delícia.

Eu o abraço, aprofundando as ondulações do meu corpo, arqueando as costas e aumentando a velocidade. Me sinto energizada, como se Maxim tivesse ligado um interruptor que ninguém nunca achou.

— Nunca é assim — sussurro, lágrimas brotando no canto dos meus olhos.

— Nunca é assim — concorda, interligando nossos dedos e pressionando nossas mãos entre meus seios. Ele encontra meu olhar sob a iluminação fraca da lua. — Essa sensação pertence a você, Lennix.

— Sim. — Encosto a testa na dele mais uma vez, enfiando os dedos em seu cabelo. — Você é meu, Maxim Cade.

Ele beija a curva da minha nuca e aperta minha bunda.

— Seu.

— Fala para sua princesa russa — aperto as coxas nele e cavalgo com mais força — e para a rainha de concurso de beleza adolescente darem o fora.

Sua risada sai sem fôlego conforme nossos corpos batalham, lutam para se aproximarem, se pressionam para um encaixe mais profundo de carne e alma.

— Só você, Nix — afirma, deixando a promessa no meu cabelo. — Mais ninguém.

— E eu sou sua — digo antes que ele precise pedir. — Só sua, Cade.

Ele paralisa, e percebo que usei o sobrenome que causou tantos problemas entre nós e pode causar mais no futuro. Esse nome na minha boca sempre foi um insulto, só que aqui, neste emaranhamento de sebes sob um novo ano de estrelas, eu o torno meu. É minha maneira de lhe dizer que quero, que aceito cada parte sua. Até seu sobrenome que representa tudo que odeio e a bagagem que vem com sua família.

— Maxim — digo, minhas coxas arreganhadas sobre ele, meus joelhos apoiados no banco de pedra. — Kingsman.

Eu me afasto o suficiente para lhe mostrar minha aceitação da parte que ele tentou esconder, para mostrar que a parte que nos afastou antes não nos separará agora.

— Cade.

Ouvir seu sobrenome dos meus lábios enquanto ele está tão profundamente dentro de mim parece provocar algo nele. Maxim me aperta com as mãos e as estocadas ficam mais urgentes, fortes e enérgicas. Seguro firme, meu corpo pressionado em volta dele de forma possessiva. Ele leva a mão até o lugar onde nossos corpos se ligam e esfrega meu clitóris, com o polegar rápido e firme.

— Maxim — grito, a voz rouca perfurando a privacidade de nossa noite neste labirinto.

Uma onda de prazer desgovernado atrás da outra me domina, me toma, até que eu esteja trêmula, arquejando na curva calorosa de seu pescoço.

Ele continua, cada estocada mais agressiva e profunda, meus seios nus raspando sua camisa, os mamilos rígidos enquanto ele atinge seu próprio clímax. Um grunhido explode quando ele goza, ficando impossivelmente maior, mais duro e mais enrijecido dentro de mim.

— Caralho, caralho, caralho — entoa ele, as mãos como aço, a respiração áspera e frenética.

Ele emite grunhidos longos e ásperos, se esvaziando dentro de mim, uma adrenalina quente e úmida de paixão. Eu o recebo, trêmulo de êxtase no ponto onde nosso corpo se une. Não quero me mexer porque ele vai sair de mim. Quero deixá-lo assim, manter estes momentos e estas emoções pelo máximo de tempo que posso.

Ele foi meu primeiro. Dez anos atrás quando fizemos amor, eu não sabia que uma paixão assim era rara, algo a se cobiçar, perseguir e agarrar, porém, hoje, sei que é um cometa disparado pelo céu e tudo que posso fazer é pegar carona no seu rastro ardente.

Agora eu sei.

# 47
# LENNIX

— Houve uma pequena mudança de planos — avisa Kimba.

Analiso seu rosto no celular. É nossa terceira chamada de vídeo do dia. Ela tem segurado as pontas em DC, e eu estou em São Francisco, prestes a voar para Ohio. Owen só vai fazer o anúncio oficial da candidatura à presidência em fevereiro, mas estou me antecipando e preparando o campo para a disputa em alguns estados sem um partido favorito definido onde vamos precisar do máximo de vantagem possível.

— Mudança de planos? — Fico confusa e reviso mentalmente minhas reuniões do dia seguinte com coordenadores de voluntários em Ohio. — Se vamos manter o ritmo até fevereiro, temos que seguir o cronograma.

— Sei muito bem — responde ela, seca.

Estou escolhendo pessoalmente os coordenadores de voluntários nos estados indecisos mais cruciais e começando a montar estratégias. Usaremos tecnologia para conseguir votos das maneiras mais inovadoras possíveis, mas aprendi cedo a nunca subestimar a importância de um campo bem preparado.

— Estou a caminho do aeroporto agora — afirmo. — Estou muito confusa, e sabe que odeio ficar confusa tanto quanto odeio pasta de amendoim.

— Não sei se confio em pessoas que não gostam de pasta de amendoim.

— Gruda no… Deixa pra lá! Qual foi a mudança nos planos? Preciso dizer ao motorista o que fazer.

— Ah, ele já sabe.

— Licença, senhor? — Encontro o olhar do motorista no retrovisor. — Aonde estamos indo?

— Chegamos, senhora — responde.

Olho da janela do SUV e percebo que estamos em uma pista de pouso vazia. Exceto pelo jatinho com o emblema CadeCo gravado na lateral.

— Vou matar vocês dois — digo a Kimba quando olho de volta para a tela e a vejo sorrindo.

Estou sorrindo também, então ela não leva minha ameaça muito a sério.

Maxim foi chamado literalmente no Ano-Novo, quase no momento em que a festa acabou, por causa de alguma explosão em uma das suas empresas com sede na Ásia. Uma semana da nossa "segunda chance" e não ficamos no mesmo cômodo nem uma vez desde o jardim, e parto para minha viagem a trabalho com o Wallace em alguns dias.

— Me matar? — Kimba finge considerar. — Acho que você quis dizer me agradecer depois.

O motorista, já com a minha mala, abre a porta para mim. Hesito. Sim, o jatinho diz CadeCo, mas meu Cade não está à vista.

Estou prestes a ligar para Maxim quando um SUV híbrido estaciona. Maxim abre a porta e dá passos largos até mim com um sorriso que só posso chamar de lupino: grande, ardiloso e com a intenção aparente de me devorar. A barba por fazer forma uma sombra no maxilar bem marcado, e o cabelo escuro cai em ondas ao redor das orelhas. Mencionei que gostava dele maior. Espero que não esteja deixando crescer por mim. Amo esse cabelo macio de qualquer jeito que possa sentir.

Ele usa um suéter de tricô cor de aveia, o que deveria ser ilegal contrastando com sua pele bronzeada. A calça jeans escura e as botas o deixam tão forte e sexy que aperto as coxas na hora de tanta necessidade de montar nele. Não sei o que planejou, mas acho melhor que sexo esteja no cronograma, senão vou propor uma emenda.

Ele me abraça e abaixa a cabeça para um beijo. Desce as mãos por minhas costas, agarrando abaixo do meu quadril, quase na bunda, e me puxa na ponta dos pés. Ele ataca minha boca, o calor do beijo queimando minha inibição em segundos. Eu me endireito, envolvo os braços no seu pescoço, abro a boca avidamente para ele e chupo sua língua com o máximo de profundidade e força possível. Esqueço de nossa plateia de dois e em segundos estou gemendo, grunhindo, arfando quanto mais nos beijamos. Ele por fim se afasta apenas o suficiente para encostar a testa na minha, nossas respirações ofegantes se misturando entre os lábios.

— Oi — diz ele.

— Oi.

Sorrio e apoio as mãos em seus ombros.

— Continue me beijando assim e não vamos chegar ao avião.

Meu rosto arde quando assimilo suas palavras e nosso entorno: os dois homens observando e esperando.

— Você está encrencado — aviso com o máximo de severidade que consigo assim tão excitada. — Ninguém mexe na minha agenda.

— Eu mexi. — Ele pega minha mala com o motorista e a arrasta em direção ao avião à espera. — Bem, com a ajuda de Kimba, claro.

— Tenho que estar em Ohio para uma reunião amanhã às nove horas — digo, tentando manter o senso de humor e de aventura.

— E vai.

Ele pega minha mão.

Aperto seus dedos e decido me divertir.

— Aonde vamos, doutor?

— Para um encontro — responde, com o sorriso inocente que faz meu coração se desmanchar todinho.

— Perguntei aonde, não o quê, mas obrigada por me avisar que vamos para um encontro. A maioria dos caras só pergunta, o que é muito chato.

— Quem são esses caras que te fizeram tomar essas decisõezinhas irritantes de onde vai ou o que vai fazer? Eles não sabem que você tem coisas mais importantes para fazer do que pensar em encontros? Vou cuidar disso tudo para você. De nada.

— Alguma coisa não está certa. Odeio quando você usa o charme para tirar a lógica de tudo.

Ele dá de ombros.

— É um dom. E vamos voar para Ohio porque é onde precisa estar. Nosso encontro vai ter que ser no ar. Estou apenas a levando para onde precisa ir e roubando um pouco do seu tempo.

— Você voou até aqui só para me buscar? — Pestanejo para ele. — Você deveria ser o sr. Energia Limpa e Verde. Estou bem decepcionada com sua emissão de carbono.

— Sabe o que dizem de um homem com grande emissão de carbono — brinca ele, agitando as sobrancelhas sugestivamente.

— Ah, meu Deus. Isso foi horrível. Suas piadas conservacionistas são um porre.

— Quem precisa fazer piadas quando posso fazer dinheiro? — pergunta, rindo quando reviro os olhos. — E estou manufaturando tops esportivos feitos com garrafas de plástico. Acho que tudo bem eu voar de vez em quando.

— Sério? Como não soube disso? Preciso de um bom top.

— Não conseguimos mantê-lo em estoque. Mill adora eles, mas vou me arriscar e dizer que você não vai precisar de top nenhum hoje.

— Uau. — Ergo as sobrancelhas e tento ignorar como suas palavras estão seduzindo lugares sensíveis do meu corpo. — Muito confiante você, hein?

Ele baixa os olhos por meu corpo e mordisca o lábio inferior.

— Gosto de pensar que sou esperançoso.

— Quem sou eu para acabar a esperança de um homem?

Subimos os poucos degraus do avião. Ele fecha a cortina atrás de nós e mal tenho tempo para absorver a cabine luxuosa designada para nós antes de ele me puxar para um dos assentos de couro enormes e para seu colo. Ele enfia a mão no meu cabelo, guiando meu rosto até o seu, e ataca minha boca, faminto.

— Maxim. — Rio em meio ao beijo. — Nem decolamos ainda.

— Estou recuperando o tempo perdido.

— Da última semana? — pergunto, beijando seu maxilar, passando pela elevação saliente de sua garganta, até o suéter.

— Da última semana, da última década. Da última hora. — Sua mão se aventura debaixo da minha blusa para apalpar meu seio. Arfo, arqueando as costas para sua palma. — Está com fome?

— Muita.

Eu me movo para montar nele, rebolando o quadril, grunhindo ao sentir sua rigidez aliviar um pouco da pressão sexual, mas em seguida a elevar. Ele me imobiliza enquanto dá estocadas, me provocando por cima da roupa com o que quero nua. Quero rasgar suas roupas, queimar as minhas e celebrar essa coisa nova entre nós bem aqui no assento de couro.

A cortina abre, e olho para trás, para a aeromoça loira que aparenta estar completamente em choque ao ver uma mulher desconhecida montada no chefe.

— Sr. Cade! — exclama. — Me desculpe.

Ela começa a se afastar pela cortina.

— Tudo bem, Laura — diz Maxim, ofegante na curva do meu pescoço. Ele acaricia minhas costas e enfia minha cabeça no seu ombro, escondendo meu rosto em chamas. — Jantar?

— Sim, senhor. O cozinheiro disse que está pronto.

— Obrigado. Pode trazer. — Ele beija meu cabelo. — Estamos famintos.

Quando a cortina se fecha, gargalho e me afasto para olhá-lo.

— Bem, isso não foi nem um pouco constrangedor.

— Ela é paga para não ser deselegante.

Entrelaço os dedos nos dele, olhando para nossas mãos e não para ele.

— Quer dizer que traz mulheres para o seu avião para uns amassos?

— Tenho 38 anos. Não dou mais "amassos". — Ele ergue meu queixo e sustenta meu olhar. — E nunca trouxe uma mulher comigo.

Reviro os olhos.

— Me poupe, doutor. Espera que eu acredite que você nunca transou nas alturas com outras mulheres?

O humor se esvai de seu rosto, deixando um tom sério.

— Espero, sim, que acredite. É a verdade. Aprendi da pior maneira a ser bem cuidadoso com quem deixo entrar no meu espaço particular, na minha vida íntima. Até as pessoas mais autênticas desenvolvem motivos obscuros quando veem exatamente o quanto você poderia fazer por elas.

— Me sinto honrada, então — digo com suavidade. — Nunca teve uma mulher que você achou ser a certa? Talvez sua princesa russa?

Finjo analisar o couro creme e preto e os toques dourados da decoração para que ele não veja o ciúme que com certeza fermenta em meus olhos.

— Katya é ótima. Ela é mesmo, e não posso negar que tivemos uns dias de farra alguns anos atrás.

Engulo um grito feroz e contenho a vontade de arrancar um punhado de mechas loiras do escalpo dela.

— Mas ela nunca veio aqui. — Ele ergue meu queixo de novo. — Só você, Nix.

Analiso seus olhos e acho o que aparenta ser a verdade. Um pouco da tensão nos meus ombros se esvai, e sorrio. A cortina se abre de novo, e Laura entra com um carrinho grande carregando vários pratos com cloches de prata.

Maxim me tira do colo para se levantar e tomar o assento a minha frente. Laura põe a mesa entre nós. Tem frango, frutos do mar, batatas, aspargos, salada e até um pouco do que parece com um ganache de chocolate caprichado.

— Obrigada — murmuro para Laura.

— Obrigado, Laura — diz Maxim. — Pode esperar até pousarmos para tirar a mesa? Não queremos ser incomodados.

Ela assente, e dou um gole no copo de água, torcendo para esfriar o calor se erguendo do centro do meu corpo e atiçando cada parte de mim.

— Espero que não tenha problema ela ter trazido tudo de uma vez e não por pratos — continua ele. — Minha mãe cairia durinha. Ela acha vulgar comer a comida toda junta.

— Você quer tudo de uma vez. Um homem de muitos apetites.

— Então você lembra — brinca ele. — Tem razão, mas também não queria que ela ficasse entrando e saindo. Quero ficar sozinho com você.

Conversamos com a mesma rapidez que engolimos a comida. Eu tinha esquecido de como cada conversa com Maxim revela algo que nunca considerei. Sua mente chega a lugares a que a maioria das pessoas nunca imaginaria. Mesmo enquanto planeja como podemos salvar este planeta, ele está cogitando como poderíamos sobreviver em Marte caso necessário.

Espeto o último pedaço de frango e dou um suspiro satisfeito. Ele assente com a cabeça para o prato vazio que parece ter sido até lambido.

— Queria muito que você tivesse apreciado mais a comida.

Jogo um pão nele, que quica na sua testa. Ele se retrai, pausando o garfo no caminho da boca.

— Agora estou lembrando por que nunca trago garotas para o avião.

Jogo a cabeça para trás e gargalho. Nem lembro a última vez que gostei tanto da companhia de outra pessoa. Quando terminamos a comida, ele leva minha mão até seus lábios e a beija.

— Espero que não se passem dez anos entre este encontro e o próximo.

— Bem, com o ritmo em que a gente está indo, eu na campanha, você pelo mundo todo… — respondo, pesarosa. — Talvez seja assim mesmo.

— Que nada. Não vou deixar isso acontecer de novo.

Há um tom sério em sua voz que me faz erguer o olhar. Sua expressão está completamente sem humor.

— Mereci sua desconfiança, Nix — confessa ele, suave. — Sei que o jeito como agi atingiu um lugar particular em você, e lamento por isso.

— Tudo bem. E, já falei, graças a minha terapeuta, reconheço agora que havia mais do que o que estava na superfície.

— Compreendo seu medo em relação a mim… — Ele balança a cabeça. — Durante os anos, sempre precisei garantir que você estava bem, então entendo você se preocupar com meu… como colocou? Amor por perigo?

Consigo dar um sorriso porque ainda me assusta um pouco que sua busca pela próxima coisa, pela coisa que nem existe ainda, possa um dia colocá-lo em um perigo do qual não consiga sair. Já recolhi esses cacos antes, e não sei se aguento de novo.

— Quero te dar uma coisa.

Ele levanta um pequeno cloche ao lado do prato e revela uma caixinha plana.

— O que é?

Nem importa. É dele para mim. É ele pensando em mim quando estamos separados.

— Abre.

Ele me oferece a caixa de joias, e minhas mãos tremem um pouquinho quando a pego. Nossos dedos se esbarram, e a mesma descarga sibila pelas minhas terminações nervosas de uma maneira que nunca vivenciei com ninguém. Meu corpo encontra mil maneiras de me dizer que Maxim é diferente. Ele se recusou a oferecer essa reação a qualquer outro homem, e estou enfim aceitando seu lugar na minha vida. É difícil imaginar onde me encaixo na dele se eu pensar muito nisso, então resolvi sentir apenas o quanto é bom estar com ele de novo.

— Doutor, é lindo demais. — Lágrimas ardem em meus olhos, e toco a bússola pendurada em um bracelete de platina. — Você não precisava... não precisa fazer isso.

— Eu quis.

Ele o pega, envolve a corda delicada no meu pulso e fecha. Traço os pontos — norte, sul, leste e oeste — e me lembro de correr para as quatro direções durante minha Dança do Nascer do Sol, reunindo os elementos dentro de mim. Esse presente é perfeito e significativo.

— É porque achamos nosso caminho de volta um para o outro — explica ele, com uma torção autodepreciativa na boca. — Ou, melhor, eu cansei de esperar e exigi que você voltasse para minha vida. Talvez eu seja mais como meu pai do que quero admitir.

Ele declara isso com leveza, mas sei que está falando sério e, de algum modo, se questiona, quem sabe até se preocupe.

Eu me levanto e dou a volta na mesa. Pelo menos uma vez, fico mais alta, seu rosto nivelado no meu peito.

— Você e seu pai são bem parecidos, mas você é diferente em todos os pontos certos. Às vezes me pergunto como Warren Cade criou um homem como você.

Ele assente e solta uma risada áspera.

— Também me pergunto a mesma coisa.

— Mas ele não te moldou. A impiedade, a ambição, a determinação e o senso de aventura, todas essas coisas vêm do seu pai, mas você foi além do que ele te ensinou. Você saiu pelo mundo para ver o que mais tinha nele. Escolheu essas experiências, e elas te tornaram o homem que você é. No homem que eu...

Não consigo pronunciar a palavra ainda. Nosso reencontro é muito recente. Nós somos muito recentes, essa versão de nós.

Baixo a cabeça e sustento seu olhar.

— Você é exatamente o homem que eu quero.

# 48
# MAXIM

Não é possível que ela saiba o que significa ouvi-la dizer isso. *Sou exatamente o homem que ela quer.*

O modo como me fita agora é o mesmo com o qual me olhava quando achava que eu era um universitário com dificuldades. Antes de saber meu sobrenome ou quem era minha família, ela me olhava bem assim, uma dupla hélice de curiosidade e fome. Achei que a desejava na época, mas era apenas um fósforo aceso. O que arde dentro de mim no momento é um incêndio violento que estou cansado de tentar controlar.

Ela monta em mim. Sua saia sobe, expondo a extensão de coxas firmes e um vislumbre tentador de calcinha rosa. Deslizo as mãos por suas pernas, para dentro da saia, apalpo sua bunda e a puxo para mim. Sua respiração falha quando sua boceta, coberta apenas por uma faixa de seda, bate no meu pau. Há muito pouco me separando do que desejei desde aquela noite no jardim. Ela fecha os olhos e mexe o quadril, flexionando os músculos da bunda nas minhas mãos.

— Então nada de sexo nas alturas para você até hoje? — pergunta ela.

— Você vai tirar a minha virgindade de sexo nas alturas? — pergunto, rindo.

— Vou tirar, se eu encontrar. — Ela sorri e desliza a mão entre nós, agarrando e apertando meu pau. — Ah, olha. Aqui está.

— Cacete, Nix.

Jogo a cabeça para trás, gemendo com seu toque. Procuro os botões de sua blusa com os dedos atrapalhados, mas estou determinado a vê-la. Seu sutiã também é rosa, a renda deixando entrever os mamilos através do material. Puxo as alças dos ombros, abaixando o sutiã e expondo os mamilos enrijecidos. Não consigo desviar o olhar e provoco um com o polegar. Ela arfa bruscamente, com olhos embaçados e boca entreaberta e ofegante. Abocanho um mamilo e brinco com o outro.

Ela começa a roçar em mim, se contorcendo com ritmo. E pressiona o corpo contra o meu.

— Chupa com mais força.

Nossa, ela é um sonho. Obedeço e faço exatamente o que ela ordena.

— O que mais? — pergunto no seu peito. — Me diz o que você quer, Nix.

— Quero… — Ela fecha os olhos e umedece os lábios. — Enfia o dedo em mim.

*Lógico!*

Ainda chupando seu mamilo, deslizo a mão em sua calcinha, esfrego o clitóris com o polegar e meto três dedos nela.

*Úmido. Quente. Delicioso.*

— Cacete. — Ela agarra minha nuca, cavalga meus dedos e levanta o próprio cabelo, afastando-o do pescoço. — Não para.

Estou hipnotizado pela linha ondulante de seu corpo, pela curva longa e trêmula de sua garganta, pelo balanço de seus peitos. Suas sobrancelhas escuras se unem, e seus gemidos preenchem a cabine.

— O que mais posso fazer por você? — questiono, a voz rouca, meu pau muito duro.

Satisfazê-la me excita tanto quanto sentir as mãos dela em mim.

Ela me fita através de um arco de cílios volumosos quando diz o que torci muito para um dia ouvir dela:

— Chupa minha boceta.

Vou gozar na calça se não entrar nela logo.

Eu a levanto, e ela envolve os braços no meu pescoço e enrosca os calcanhares na base da minha coluna. Com passos rápidos, nos levo para o quarto no fundo do avião mobiliado com tudo de que preciso para ficar confortável mesmo a trinta mil pés.

Eu a deito com gentileza na cama, subo sua saia, e desço a calcinha até tirá-la pelos tornozelos. Puxando-a para a beira, pressiono o rosto entre suas pernas e passo a língua no interior de sua coxa. Está úmido, e me embriago com o cheiro, com o gosto de sua paixão.

— Assim? — pergunto ofegante na elevação suculenta e úmida entre suas coxas.

— Ah, nossa, Maxim. Isso. Continua.

Alterno entre lamber sua boceta, abrindo os lábios e enfiando minha língua, e chupar o clitóris. Não sei quanto tempo fico ali embaixo, mas parece um delírio febril. Eu me perco. Quis isso, ela, por tanto tempo que tenho medo de parar. Ela se derrama na minha língua, o sabor delicioso, até melhor do que lembrava. Grunho, sem querer parar apesar da pulsação vibrante do meu pau.

Ela está relaxada, de olhos fechados e dedos trêmulos, o lábio inferior inchado de beijos preso entre os dentes, e bochechas riscadas de lágrimas. Levanto, pairo acima dela e enterro a cabeça na nuvem escura de cabelo esparramado sob a dela.

— O que mais? — sussurro em seu ouvido. — Quero fazer você se sentir muito bem. O que mais posso fazer?

Ela ergue os cílios lentamente, as pupilas escuras dilatadas de luxúria e emoção que engolem a névoa cinza de seus olhos.

— Me come.

Um tremor passa por meu corpo todo. Não sei se ela está implorando ou exigindo, mas quero lhe dar isso agora mesmo. Sem paciência, tiro a calça e a cueca e puxo o suéter pela cabeça. Eu me acomodo entre suas pernas, mas ela me interrompe.

— Espera — pede, a palavra singular pairando entre nós. — Quero te ver.

— Me ver?

Nem consigo raciocinar por um instante, mas então ela começa a me tocar, trançando os músculos da minha barriga e do quadril. Ela acaricia minha tatuagem no peitoral esquerdo.

— Endurance — lê. — Não lembro de estar aí antes.

— Não estava.

— É por causa do navio de Shackleton? Ou da sua perseverança?

Sorrio e deixo beijos por seus peitos, contente por ela se lembrar das coisas que lhe contei sobre meu herói da expedição.

— Os dois.

Ela estremece sob meus lábios e dedos, passando a mão na minha bunda. Eu me tensiono sob sua exploração sensual. Ela acaricia minhas coxas e me puxa para a frente.

— Você é um homem lindo, Maxim Kingsman Cade.

Um sorriso malicioso ilumina seus olhos e curva seus lábios. Ela abre as pernas como se fossem portões do paraíso.

É sua disposição que me desfaz. Ela deseja isso tanto quanto eu. Eu me apoio em um cotovelo ao lado de sua cabeça. Penetro com uma lentidão excruciante, centímetro por centímetro torturante. Meu corpo implora para estocar com força, mas quero saborear estes primeiros segundos quando ela se torna minha de novo. O jeito que seu corpo se aperta em mim é literalmente a melhor coisa que já senti na vida.

— Meu Deus — arfa ela, fechando os olhos.

— Olha para mim quando eu estiver te comendo, Lennix.

Ela abre os olhos, faiscando com o tom exigente e possessivo que não consigo suprimir mais. Ela estava certa sobre mim. Sou um lobo em pele de lobo, e vou consumi-la se permitir. Não vou deixar nem uma migalha para outro homem. Ela é *minha*.

— Dei o que você queria — afirmo. — Agora é sua vez de me dar o que eu quero.

— O que posso fazer por você, sr. Cade? — pergunta, com a voz provocante e rouca.

Afasto algumas mechas esvoaçantes de seu rosto.

— Nunca mais se afastar de mim de novo.

Surpresa paira em sua expressão. Eu me mexo dentro dela, penetrando mais fundo até grunhirmos e nos agarrarmos como se isso pudesse acabar a qualquer momento.

— Tá bom. — Sua respiração está pesada e rasa. — Não vou me afastar de você.

É tudo que quero dela.

*Ah, e essa boceta.*

— Quero isso. — Ergo sua perna, apoiando o joelho na dobra do meu cotovelo e uno nossa testa enquanto me enterro ainda mais nela, o mais fundo possível. — Só isso.

Meto nela, iniciando um ritmo implacável na busca por satisfação. Perco a linha de raciocínio no paraíso de seu corpo. Suas pernas se enroscam nas minhas. Eu a beijo, e a maneira como ela se abre para mim é tão afetuosa, a emoção em algo tão simples quanto o deslizar de nossas línguas em sincronia, que meu peito dói. Passo a mão entre nós, esfregando-a, segurando seu pescoço conforme o ritmo de nosso corpo se torna frenético, uma mistura caótica de braços, pernas, boceta e pau. A troca vívida de odores e sons nos abriga em um mundo que afasta tudo exceto nós. Criamos um universo próprio. Somos só nós, e aqui é onde quero estar.

*Ela* é onde quero estar.

Passei a vida toda buscando respostas, soluções, verdade, dinheiro, sucesso — só pensar em algo, e eu terei sido motivado a conseguir. Essa motivação é tão parte do meu DNA quanto os olhos verdes do meu pai. Só que, neste momento, profundamente dentro da mulher que parece ser parte de mim, sentindo-a pulsar ao meu redor, a batida do nosso coração ribombando em sincronia, meu corpo despejando seus segredos nela, ganho a única coisa que me escapou todos esses anos. Uma quietude perfeita. Um fim para a busca. Uma sensação de ter encontrado, de ter visto, algo que nem sabia que estava buscando.

*Então isso é satisfação.*

# 49
# LENNIX

Não me abstive de sexo, mas faz anos que não acordo com um homem na minha cama.

*Muito menos um lobo.*

Uma parede de músculos aquece minhas costas, e braços rígidos me seguram em um aperto possessivo e extremamente cuidadoso. Traço o volume do bíceps de Maxim, a pele dourada e os pelos finos cobrindo seu antebraço. Quando toco a pequena cicatriz que nos apresentou, sorrio. Aquela garota de 17 anos babando pelo homem lindo em meio a nuvens de gás lacrimogênio e chuva de balas de borracha não tinha ideia de que acabaria aqui com ele. Nua em lençóis bagunçados de amor.

— Acordou? — pergunta ele, deixando beijos carinhosos nas minhas costas, nuca e ombros, sua mão vagando por minha barriga e deslizando entre meus seios.

Seu pau se enterra na curva da minha bunda.

— Estou vendo que *você* acordou. — Eu rio.

Sua risada vibra por meus ossos como um carro, acelerado, a toda velocidade.

— Não ligue para ele — diz. — Ele só tem uma obsessão.

Eu me viro no luxo de lençóis de seda de um milhão de fios, na maior cama em que já dormi. Maxim não faz nada em pequenas proporções, e o avião na noite anterior e este hotel não são exceções.

— Qual obsessão?

Sorrio para olhos que espelham minha própria satisfação.

— A obsessão por *você*. — Seu sorriso diminui um pouco, mas não o contentamento. — Basicamente só você, Nix.

— Sim, mas preciso sair desta cama se pretendo chegar à reunião. Estou em Ohio para trabalhar para seu irmão, parceiro. Desculpe não termos mais tempo juntos.

— Tenho uma ideia. — Ele baixa a cabeça e mordisca minha orelha, enviando uma onda de luxúria pelo meu corpo para a qual não tenho tempo. — Você podia pular a viagem a serviço para a Costa Rica e vir comigo a Paris para uma conferência de mudança climática.

— Você *percebe* que acabou de sugerir que eu renuncie ao meu compromisso de construir escolas em uma vila carente para fugir para Paris com você?

— Isso é ruim? — pergunta com a cara limpa e um pouco de divertimento nos olhos.

Bato no seu ombro.

— Você sabe que não posso. Eu me comprometi com essa viagem antes da campanha do Owen, então o momento não é dos melhores, mas tenho que honrar minha palavra. E também não posso deixar na mão os estudantes de San Carlos que vou levar.

— E Wallace?

Maxim passa o dedo na minha clavícula, sem erguer o olhar quando pergunta.

— O que tem ele?

— Dez dias inteiros em uma selva quente com o ex parece sexy. — Um sorriso sem humor retorce sua boca em uma curva rígida. — Quem sabe sentimentos antigos despertem. Essas coisas acontecem.

— Ei. — Passo o polegar no seu sorriso incomum. — Primo postiço de criação, esqueceu?

Seu sorriso se torna genuíno pela primeira vez desde quando começamos a conversar sobre a viagem.

— Não é assim comigo e Wall — emendo. — Nunca foi. A gente só… tentou.

— Bem, não existe essa de tentar comigo. — Maxim me empurra com suavidade de volta para os travesseiros. — Não há como parar isso.

Seus beijos vão desde a curva do meu pescoço até o declive do meu seio, derretendo meu centro; meu quadril começa a se mexer, sutilmente encontrando um ritmo antigo de desejo. Seus dedos vagam dos meus joelhos para o interior da minha coxa, e sobem mais. Minha respiração falha quando ele acaricia entre minhas pernas.

— Doutor — grunho, dando uma olhada desanimada no meu relógio de pulso. — Minha reunião. Tenho que levantar. Tenho que ir.

— Ainda não — sussurra e beija meu pescoço, descendo para sugar meu mamilo e apertar minha bunda. — Me dá mais um pouquinho. Mais dois minutos.

Dois viram dez. Suas mordidinhas afetuosas me devoram. Toques leves inflamam nosso corpo. Nosso coração retumba, e nossa paixão nos envolve. Mais um pouquinho se torna tudo, e, antes que eu perceba, estamos perdidos em um emaranhado de eu sou dele e ele é meu, insaciável, inseparável.

Perfeitos juntos.

# 50
# LENNIX

— Você está me odiando? — pergunta Wallace.

O olhar que lhe lanço é em parte afetuoso, parte exasperado, sem nem um pouco de ódio.

— Claro que não. — Levo uma colher cheia de arroz e feijão para a boca, o prato principal aqui na aldeia bribri, e mastigo antes de continuar: — Está sendo uma ótima viagem.

— Não está muito difícil?

Ele morde a batata enrolada em folha de bananeira e espera minha resposta.

— A parte mais difícil foi chegar aqui.

Depois de pousarmos em San Jose com nosso grupo de vinte pessoas — alguns médicos e cientistas como Wallace, alguns voluntários adultos como eu, e dez estudantes da aldeia San Carlos —, fizemos uma viagem de ônibus turbulenta de cinco horas em terrenos irregulares nas montanhas, desviando de vez em quando de bois e galinhas no meio da estrada. Depois uma balsa nos levou para as partes da aldeia apenas acessíveis por água.

— Paco disse que temos sorte por não ser temporada de chuvas — comenta uma das estudantes, Anna, com o sorriso grande brilhando por causa do aparelho. — A gente talvez não conseguisse cruzar o rio.

Sorrio para as jovens de San Carlos que têm se comportado com bastante dignidade desde que chegamos. Algumas delas falam espanhol, que é a língua principal do povo daqui. Escuto com fascinação e um pouco de melancolia as pessoas de bribri falando sua língua nativa também. Sei um pouco de apache e estou sempre aprendendo mais, só que eu, como muitos da minha geração, não sou fluente. O legado devastador do colonialismo nas Américas é muito vasto, mas uma das piores partes é o desaparecimento gradual de nossas línguas. Fomos proibidos por muitos anos de falar nossos idiomas, e vários podem ser extintos na próxima década. O povo bribri pode não ter muita coisa material, mas amo ver que ainda tem sua cultura, seus modos antigos e sua língua, mesmo enquanto tentam acolher a modernidade.

Como vacinas.

— Como foram as imunizações hoje? — pergunto a Wallace.

— Muito bem — responde ele. — A vacinação na Costa Rica é obrigatória, mas é mais difícil administrar em alguns desses lugares remotos. Algumas pessoas daqui precisam andar por horas para chegar ao hospital. Estamos nos organizando com o Ministério da Saúde para vacinar o máximo de crianças possível. Vou trabalhar amanhã em outra aldeia não muito longe daqui.

— Vou perguntar a eles se podem me liberar para ajudar você. Eu queria ser palhaça. Isso deve valer de algo. Posso distraí-las das agulhas.

— Beleza, Bozo. Combinado. — Wallace ri e bebe um gole d'água. — Então, como vai seu namorado?

Não consigo impedir o sorriso a tempo, e Wallace, que me conhece bem demais, aponta para meu sorriso dedo-duro.

— Lenny está caidinha!

— Ah, pelo amor.

Tento tirar o sorriso permanente que surge sozinho na minha boca toda vez que penso em Maxim, na noite que tivemos juntos e na manhã seguinte em Ohio. No que teremos quando eu voltar.

— Nem faz tanto tempo assim que começamos a…

A palavra *namorar* oscila nos meus lábios, quase saindo. Fui de evitar Maxim, para tolerá-lo, para transar com ele e sentir saudade dos seus abraços. Tenho medo de admitir até para mim o quanto meus sentimentos por ele são profundos. Com certeza, não vou admitir nada para Wallace.

— Como vão Viv e o bebê? — pergunto, torcendo para Wallace me deixar mudar de assunto.

Ele lança um olhar de *você não me engana*, mas dispara sua mais recente narrativa das crônicas de tio. Conforme Wallace se torna mais animado, as gargalhadas dos estudantes e do resto da equipe terminando o jantar se tornam mais altas. O bom humor deles é uma ótima camuflagem para meus pensamentos nada felizes. Estou com saudade de Maxim. O tempinho que tivemos antes de eu partir não foi o suficiente. Meu corpo anseia por ele, mas não é só isso. Meu coração dói e parece que mal bate com Maxim tão longe. Abro as mãos no colo e sigo o mapa invisível que ele esboçou nelas muito tempo atrás.

*Agora você tem o mundo todo nas mãos.*

Acaricio a bússola pendurada no bracelete. Sei que é cara e eu provavelmente deveria tirar enquanto trabalho aqui. Se eu fosse esperta, teria deixado as joias caras em casa. Mas de jeito nenhum isso aconteceria. Eu precisava dessa parte dele comigo.

— Prontas para irem dormir, mocinhas? — pergunto às garotas, notando os leves traços de cansaço no rosto. — Todas nós vamos acordar bem cedo amanhã.

Atravessamos a aldeia, caminhando sem pressa na grama verdejante, com as folhas das palmeiras lançando sombras sob a lua. Subimos os poucos degraus de madeira da nossa cabana de palha. Cinco de nós a compartilhamos, com colchões no chão e mosquiteiro.

Depois de vestirmos os pijamas e nos acomodarmos sob o mosquiteiro, começa a conversa. Amo as perguntas sobre garotos e faculdade, amo ouvir os sonhos, as ambições, como querem manter nossa cultura, língua e tradições mesmo enquanto vivem no mundo fora da reserva. As mesmas coisas pelas quais precisei passar.

Há uma dualidade singular nas nossas experiências que às vezes é difícil para outros compreenderem. Viver em pedaços de terra que, por direito, pertencem a nossos ancestrais. Viver em uma nação que amamos e que professa liberdade, autonomia e justiça para todos, enquanto nossas tradições são oprimidas, somos arrancados de casa e suportamos injustiças inimagináveis. Coisas como o dia de Ação de Graças, Dia de Colombo e até o Monte Rushmore, que foi construído nas nossas terras sagradas — todos são símbolos da tradição norte-americana, mas também são exemplos flagrantes de como fomos maltratados. Conquistados. Quando os Estados Unidos foram de aniquilar nosso povo para assimilá-lo, perdemos muito. Essas jovens precisam aceitar essa verdade para se saírem bem lá, mas ainda assim continuar lutando para não perdermos mais das tradições e da cultura que nossos ancestrais confiaram a nós.

Se não estivesse aqui, eu estaria em casa, enrolada no meu robe de caxemira ao lado da lareira com uma taça cheia do meu vinho Bordeaux favorito. Provavelmente revisando dados e documentos de estratégias para a campanha de Owen. Amo minha vida e não consigo imaginar um caminho mais adequado para quem sou e como fui feita. Mas essas viagens, essas noites conversando com garotas como essas sobre sonhos e maneiras de manter e transmitir nossa rica herança — não trocaria isso por nada.

— Posso perguntar uma coisa, srta. Hunter? — indaga Ana depois de um tempo de conversa.

— Claro. — Abafo um bocejo e me forço a me concentrar. — Fale.

— Sua, hã... primeira vez — diz ela rápido e com um suspiro profundo como se estivesse mergulhando na água. — A senhora, bem, o amava?

A pergunta me pega de surpresa. Conversamos sobre garotos, claro, e paqueras, mas não esperava isso. Anna tem 16 anos, então acho que está no momento. A maioria das garotas parece não esperar tanto como eu esperei, mas elas não têm Maxim Cade como o primeiro. Um sorriso de lembrança curva meus lábios no escuro. Nossa, ele foi tão cuidadoso comigo, e depois saiu completamente do controle, como se não conseguisse me penetrar rápido o suficiente e quisesse ficar lá para sempre. Não tive palavras naquela noite para o que senti quando ele me iniciou não apenas no sexo, mas também nesse mundo que é só nosso. Somente nossos dois corpos, sol e lua, apenas nossas almas, terra e água. Somos o céu e o mar, e o horizonte é onde nosso coração se encontra. Cada parte desse mundo é feito por nós, de nós e somente para nós. Não consegui articular isso na época, mas agora não tenho escolha.

— Sim, eu o amava — respondo, tentando manter a voz estável, com a emoção ardente na minha garganta quase derretendo as palavras.

Não tenho tempo de processar essas palavras e seus significados antes de as garotas insistirem por mais. Quanto mais perguntas, mais difíceis as respostas. Enfim, elas começam a embolar as palavras e meus olhos pesam. A brisa entrando pela janela aberta nos mantém acordadas por mais alguns instantes, e então adormecemos.

A manhã logo chega. Parece que mal fechei os olhos quando Wallace sacode delicadamente meu ombro e pergunta se ainda quero ir com ele à outra aldeia. O sol nem nasceu ainda. As garotas ainda têm mais ou menos uma hora de sono, então me visto com o máximo de silêncio que consigo. Eu me junto a Wallace e Paco em um jipe que já viu dias melhores, subo no banco de trás e encosto a cabeça na janela.

— Pelo menos dá para ir de carro — comenta Wallace, com um pouco de ironia. — A aldeia fica a uns quinze quilômetros. Teria sido uma longa caminhada.

— Me promete que não vou ter que enfiar uma agulha em uma pobre criança desavisada — peço a ele com um bocejo.

— Só seja minha palhaça, Lenny.

Ele estica o braço para trás a fim de puxar minhas tranças de modo afetuoso. Trocamos um sorriso e então caímos em silêncio. Pelo menos dessa vez, Wallace não mantém comentários constantes sobre tudo que vemos, e me deixa admirar a vista. É difícil acreditar que, a apenas cinco horas de distância, há um aeroporto e uma cidade badalada. Aqui na periferia fica essa mata bravia e indomada, a estrada estreita esculpida na lateral da montanha apenas o suficiente para a passagem do único vestígio de progresso. Paco está dirigindo com cuidado, e não consigo deixar de olhar para o lado, para a colina íngreme revirando meu estômago.

O jipe para de repente e atrai minha atenção para a frente. Um caminhão camuflado pequeno com a traseira coberta de lona bloqueia nosso caminho na faixa fina de estrada.

— Que merda é essa? — pergunta Wallace, olhando pelo para-brisa.

Tiros rasgam o ar, desconexos e estridentes. Meu coração se aperta, clamando no meu peito com o som violento. Wallace me empurra para o chão do banco de trás.

— Fica abaixada — murmura.

O pânico seco em sua voz é apenas superado pelo pavor. Um grito fica preso na minha garganta. Um fluxo de palavras em espanhol soa nos meus ouvidos mais rápido do que consigo processar ou traduzir. Forço o corpo o mais baixo possível no assoalho, mantendo a cabeça encolhida.

Escancaram a porta de Paco. Ouço-o implorar, uma série de *por favores* e apelos confusos. Eu me preparo para o som do tiro que pode terminar sua vida, mas ele não vem. Cerro um grito nos lábios. Estou completamente alheia ao que está acontecendo. Meu medo não tem corpo ou forma — apenas som.

À minha direita, ouço abrirem a porta de Wallace também, e arrastarem seu corpo.

— Esse aqui — diz um homem em inglês, com um sotaque bastante forte. — Ele.

— O quê? — pergunta Wallace, a voz um pouco mais alta e confusa. — Não. Teve algum engano. *Un error. Vacuna.*

— *Sí, sí* — responde o homem, com satisfação nas palavras. — *Vacuna.* Vem. Ele.

De jeito nenhum vou ficar agachada no banco de trás como um coelho acanhado enquanto sabe lá Deus quem sequestra meu melhor amigo. Nunca me senti tão assustada, mas não suportaria saber que não fiz nada. Que não tentei. Já soube de turistas sendo sequestrados por grupos extremistas ou mercenários. Esse paraíso dominado por plantas engolirá qualquer rastro de Wallace, e posso nunca encontrá-lo. Isso não vai acontecer comigo de novo. Não posso mais perder ninguém desse jeito. Estou construindo a coragem para sair e fazer alguma coisa, tentar alguma coisa, quando a porta de trás se abre e tiram minha escolha.

— Ha-ha-ha! — exclama um homem, de um jeito arrastado. — O que temos aqui?

Sua voz é tão neutra que soa como se ele tivesse limpado brutalmente tudo que pudesse dizer quem era o dono dela. Quando ergo o olhar por medo, a máscara cobrindo o rosto do homem combina com seu anonimato. É uma máscara de Abraham Lincoln, cômica, do tipo que uma criança usaria como fantasia. Ele é muito musculoso, largo e alto, talvez uns dois metros, com cabelo loiro se amotinando na cabeça e formando paradoxalmente uma nuvem de ondas angelicais. Além da calça camuflada, usa uma camiseta do Kurt Cobain.

— Oi — diz ele, o tom irritantemente calmo para um homem com um fuzil jogado no ombro. — Se importa de se juntar à festa?

Ele ordena que eu saia com um rápido movimento da cabeça. Cerro os dentes contra uma torrente de palavrões e demandas quando sua frivolidade arranca a fúria enterrada sob o medo.

Eu me desenrolo do esconderijo atrás do banco do motorista e saio. Vários homens de cabelo escuro, ao que parece moradores locais, estão atrás dele, armados e severos. Paco está encolhido na traseira do caminhão, com os pulsos em algemas de plástico. Wallace está de pé com uma arma apontada para a cabeça.

— Quem é essa? — pergunta outra voz bem atrás dos ombros de Lincoln.

Um homem, quase da altura de Lincoln, talvez alguns centímetros menor, com um cabelo não tão loiro, com ondas não tão angelicais, e um sotaque com certeza do Oriente Médio, anda até nós usando uma máscara de Richard Nixon.

— Ainda não sabemos — responde Lincoln.

— Posso ficar com ela? — pergunta Nixon, e sinto, mesmo fitando pelas fendas da máscara, seus olhos rastejarem por meu corpo vestido de camiseta e calça jeans justas.

— Talvez a gente precise se livrar dela, irmão — responde Lincoln, com um tom de desculpas.

O medo amolece meus joelhos, e luto para ficar em pé. Meu peito se aperta tanto que cada respiração se torna uma tortura. A ameaça em suas palavras atinge meu coração acelerado.

Lincoln pega minha mão e me arrasta para a frente.

— Que pena seria. Ela é uma coisinha bonita, mas preciso do bom doutor aqui, não de clandestinos. Não posso bancar peso morto, mesmo que seja leve.

— Bem, vamos ver quem ela é — fala Nixon, ao pegar minha mochila no banco de trás e a vasculhar. Ele tira meu passaporte. — Lennix Moon Hunter. Que tipo de nome é esse? O que é você? Mexicana ou algum tipo de porto-riquenha?

— Yavapai-apache — respondo, tentando manter a voz firme. — O que querem com a gente?

— Ah, não quero nada com você — garante Lincoln, a voz suave. — Devo te jogar dessa montanha em alguns segundos.

Meu Deus. Um grito ensurdecedor está preso na minha cabeça, desesperado para sair. Não sei nem se conseguiria correr. O pavor faz meu corpo pesar e gruda meus pés no chão.

Lincoln acena com a cabeça para Wallace.

— É ele quem quero.

— Eu? — Wallace toca o peito. — Por… Eu não… Por quê? Sou um bioquímico administrando vacinas. Houve algum engano.

— Eu sei quem você é — afirma Lincoln, com o sorriso inclinando a máscara para o lado —, mas obrigado por confirmar que é exatamente quem a gente procurava. Você vai fazer muito dinheiro para mim, dr. Murrow.

— Não tenho ideia do que você está falando — diz Wallace, com as palavras e olhos agitados. — Mas Lennix não tem nada a ver com isso. Deixe ela ir. Ela não viu seu rosto e…

Lincoln corta as palavras de Wallace o estapeando com o dorso da mão. Mesmo sob o calor do sol recém-nascido, o frio emana dos olhos azuis congelantes de Lincoln por trás da máscara.

— Essa operação é minha, dr. Murrow — diz como se não tivesse acabado de tirar sangue dos lábios de Wallace. — Eu digo o que quero de você e eu decido se Lennix Moon Hunter vive ou morre.

Ele solta um fluxo baixo de comandos em espanhol, e dois dos homens armados pegam Wallace pelos braços e o enfiam na traseira coberta do caminhão.

— Não!

Eu me jogo para a frente, meu pavor por Wallace superando o medo por mim mesma. Lincoln me detém com a coronha da arma sob meu queixo.

— Você não foi convidada. Ainda — avisa ele, a voz áspera e agradável. — Preciso descobrir quem você é antes de te deixar entrar no clube.

— Já a vi antes — emenda Nixon, me analisando com os olhos semicerrados nas fendas da máscara.

— Não nos conhecemos — afirmo com cuidado, a coronha da arma se afundando no meu pescoço. — Eu lembraria de um rosto desses.

A risada de Lincoln ressoa pelas árvores, ricocheteando nas montanhas e assustando os pássaros nos galhos.

— Ah, entendi. Por causa da máscara. — Ele gesticula para o rosto coberto. — Indiazinha esperta você, não é? Sorte sua que gosto de mulheres valentes e estrangeiras.

— Sou norte-americana — respondo, tensa com o insulto —, como você.

As bochechas de sua máscara caem quando seu sorriso desaparece.

— Você não sabe o que sou, quem sou e, se for uma vadia esperta, vai garantir que continue assim.

— Lembrei — declara Nixon, entusiasmado. Ele remexe a arma no ombro. — Aquele programa *Mundo Político*. Foi onde a vi. Ela estava falando do livro.

Lincoln inclina a cabeça, com os olhos azuis semicerrados de interesse e especulação.

— Política, srta. Moon? — pergunta Lincoln, com certeza errando deliberadamente meu sobrenome. — A situação realmente ficou feia.

Queria que ele só parasse de brincar com a comida e mordesse logo para eu saber com o que estou lidando.

— Deixe ele ir — mando.

Antes que eu consiga dar o próximo suspiro, ele agarra minha nuca, me levanta do chão e, com alguns passos potentes, me leva até a beira da estrada. Ele me balança do lado da montanha, me segurando com a mão forte. Centenas de metros se abrem sob minhas pernas penduradas. Selva abundante, a curva de um rio correndo com pedras iguais a garras saindo da água e se esparramando para tão longe que lembram peças de um jogo de tabuleiro. Respirar é impossível, não apenas por causa da mão enorme interrompendo meu fluxo de ar, mas porque o desespero e o medo estão tomando conta de mim, de forma enjoativa.

— Para! — berra Wallace da traseira do caminhão. — Você vai deixá-la cair!

Ele é silenciado. Não sei pelo quê ou por quem, mas sua voz alta cai em um silêncio abrupto.

— Não ligo se ela cair — diz Lincoln, e as maçãs do rosto da máscara se erguem com um sorriso que infesta seus olhos azuis com um brilho diabólico. — Vou segurá-la aqui até ela aprender quem está no comando ou morrer.

Isso é poder na sua pior forma. Um louco que, ao afrouxar os dedos, pode me arremessar para a morte certa. Ao apertar os dedos, ele pode fazer o mesmo, me sufocando.

Ele aperta, o prazer doentio inundando os olhos azuis. O som incontrolável que emito ao lutar por ar, lutar pela vida, preenche meus próprios ouvidos. Lanço as mãos para seus braços involuntariamente, pois, se ele me soltar, morro. Não consigo impedi-las de implorar por alívio das algemas de ferro no meu pescoço.

*Vou morrer.*

O pensamento voa pela minha cabeça tão rápido que mal consigo contê-lo. Eu o visualizo me largando, e meu estômago se revira como se eu já estivesse caindo.

Os músculos grossos de seus braços incham e se tensionam com o esforço de me manter suspensa. Apesar da força evidente, ele está com dificuldades para sustentar meu peso, e sinto seus dedos escorregarem no meu pescoço. Minhas unhas afiadas esfolam sua pele. Lágrimas caem no meu rosto, a resposta desesperada do meu corpo ao aperto torturante na minha garganta.

Perco as forças e solto os braços. Pensamentos e imagens inundam minha mente. Meu pai debruçado em trabalhos dos alunos, erguendo o rosto, com amor nos olhos, e me vendo na porta do seu escritório. Mena espalhando pólen sagrado nas minhas bochechas e me mergulhando no rio frio e revigorante. Kimba e Vivienne, deitadas sob o sol da primavera, nossas risadas flutuando pelo rio Amstel.

Maxim.

*Meu Deus, Maxim.*

— Doutor.

Cuspo seu nome como um gemido sufocado. Soluços sacodem meu corpo arfante pendurado sobre uma queda mortal. Os traços confusos da paisagem abaixo giram conforme minha consciência se rende. Por trás dos meus olhos, surge um céu apagado, um cobertor de escuridão que envolve toda visão e todo som. Um milhão de imagens que minha mente e meu coração esconderam se marcam atrás das minhas pálpebras quando elas se fecham.

Encontrar com Maxim pela primeira vez no meio de uma chuva de balas de borracha no deserto do Arizona. Vê-lo de novo sob a luz do luar em Amsterdã. Perder-me com ele, me encontrar com ele em um labirinto de sebes, redescobrindo um ao outro depois de anos separados. Uma década desperdiçada. Será que um dia vou conseguir compensar o tempo perdido? Dizer a ele que o amo? Nossa, eu o amo tanto, e ele nem sabe.

E agora… agora é tarde demais.

Este livro foi impresso pela Vozes, em 2024, para a Harlequin.
O papel do miolo é avena $70g/m^2$, e o da capa é cartão $250g/m^2$.